Im winterlichen Helsinki blickt Zelda auf ihre Ehe zurück und fragt sich, ob sie Charlie, mit dem sie seit dreizehn Jahren verheiratet ist, verlassen soll.
Sie ist noch Studentin, als sie Charles Campbell, ihren Professor, heiratet. Und sie ist verliebt und könnte glücklich sein – wären da nicht die beiden Töchter aus Charlies erster Ehe, die ihre Ferien regelmäßig beim Vater verbringen. Die strahlenden Sommer auf der kleinen Farm in Kansas werden getrübt durch Cathys und Carolines sture Abweisung aller Versuche der neuen Frau ihres Vaters, sich ihnen freundschaftlich zu nähern. Erst im Laufe der Jahre gelingt es Zelda mit viel Geduld – und mit einigen Rückschlägen –, das Vertrauen der Mädchen zu gewinnen.
Doch die schwierige Rolle der Stiefmutter bleibt nicht ihr einziges Problem. Charlie macht als Historiker Karriere, und wegen der vielen Umzüge muß Zelda, die ihren Beruf liebt, ihre eigenen Pläne mehr als einmal zurückstellen. Da kommt der Wunsch nach einem eigenen Kind gerade recht. Adam und Lucy werden geboren, und wieder macht Zelda neue, widersprüchliche Erfahrungen – mit der eigenen Ungeduld, mit der Liebe zu den Kindern und ihrem Wunsch nach einer eigenen beruflichen Karriere. Ihre Unzufriedenheit wächst. Und als sie ihren Mann schließlich mit den Kindern zu einer Gastprofessur ins winterliche Helsinki begleitet, scheint ihre Ehe am Ende zu sein …
Einfühlsam erzählt Nancy Thayer von den Gefühlen einer jungen Frau im Spannungsfeld zwischen Liebe, Familie und Beruf.

Nancy Thayer, 1944 in Kansas City geboren, studierte englische Literatur und unterrichtete an verschiedenen Universitäten. Sie ist zum zweitenmal verheiratet, hat zwei Kinder und lebt als freie Schriftstellerin auf der Insel Nantucket, Massachusetts. 1999 ist in Amerika ihr neuer Roman, *Between Husbands and Friends*, erschienen.
Lieferbare Titel im Fischer Taschenbuch Verlag: ›Frauen aus guter Familie‹ (13189), ›Zwischen den Zeiten‹ (14027), ›Gläsernes Glück‹ (14195); in Vorbereitung: ›Aber die Liebe bleibt‹ (Bd. 14784 – September 2000).

Unsere Adresse im Internet: www.fischer-tb.de

Nancy Thayer

Liebe aus zweiter Hand

Roman

Aus dem Amerikanischen von
Christel Dormagen

Fischer Taschenbuch Verlag

2. Auflage: November 1999

Deutsche Erstausgabe
Veröffentlicht im Fischer Taschenbuch Verlag GmbH,
Frankfurt am Main, November 1999

Die amerikanische Originalausgabe erschien 1980
unter dem Titel ›Stepping‹
im Verlag Doubleday & Company, Inc., New York

Gesamtherstellung: Clausen & Bosse, Leck
Printed in Germany
ISBN 3-596-14525-2

Für Lee …

Eins

Ich sitze in einer Wohnung in Kulosaari, einem Vorort der finnischen Hauptstadt Helsinki. »Kulosaari« bedeutet verbrannte Insel. Vor langer Zeit hat man hier die Bäume verbrannt, um das Land urbar zu machen. Heute ist von diesen Brandrodungen nichts mehr zu sehen, das Land ist üppig und grün. Aber es handelt sich tatsächlich um eine Insel, die mit dem eigentlichen Helsinki über niedrige Brücken verbunden ist. Von den Brücken blickt man auf einen Seehafen voller Yachten und gigantischer gelbschwarzer Eisbrecher. Kulosaari ist ein reizvoller, freundlicher Vorort, dicht besiedelt mit ziemlich neuen, adretten Mietshäusern, vielen eleganten Reihenhäusern, kleinen Einkaufszentren, Schulen und Büchereien. Überall zwischen den Betonbauten, die die Menschen und das, was sie zum Leben brauchen, beherbergen, finden sich noch immer Reste einer ursprünglichen Landschaft: moosüberwachsene steinige Hügel, scharf vorspringende graue Felsen, Birken, Fichten, Kiefern und Beerensträucher. Gepflegte Wege für Fahrradfahrer, Jogger oder Spaziergänger schlängeln sich kreuz und quer durch Wälder und Lichtungen, an Spielplätzen und Anhöhen vorbei. Hier und da blitzt zwischen den hellen Birkenstämmen das leuchtende Blau des Meeres auf. Weiter inseleinwärts liegen stattliche Grundstücke, die den Botschaften verschiedener Länder gehören: So kann man zum Beispiel an der chinesischen Botschaft vorbeispazieren und die große glasgerahmte Schautafel studieren, die dort an der Straße aufgestellt ist. Auf den Fotos sind Maos Wohn- und Eßzimmer und sein Schlafbereich zu sehen. Neben Maos keuscher Pritsche steht ein langer, schmaler, mit Papieren übersäter Schreibtisch. Mitunter hat man Gelegenheit, die chinesischen Botschafter beim Verlassen ihrer Villa zu beobachten, und manchmal nehmen sie sogar den 16er Bus nach Helsinki, so wie wir anderen Pendler auch.

Ich bin hier in Kulosaari schon in verschiedenen ausgesprochen schönen Wohnungen gewesen, Wohnungen mit viel Glas und Metall, in frischen, lebhaften Farben und mit warmen Holzfußböden. Ich weiß, daß es sie gibt. Meine Bleibe für die nächsten Monate ist allerdings überhaupt nicht schön. Sie liegt im vierten Stock des ältesten Betonwohnblocks der Gegend. Es gibt weder einen Aufzug noch den Komfort manch anderer moderner Errungenschaften, an den ich so gewöhnt bin. Die Wohnung besteht aus vier Zimmern, kleinen Zimmern mit kalten, grauen Linoleumböden; an manchen Stellen haften noch schmierige Streifen von altem Teppichklebeband. Im Wohnzimmer hängen zwei pompöse Kristallüster, sie sind die Glanzstücke der Wohnung. Die Wände sind schmutziggrau, die Möbel schäbig und bunt zusammengewürfelt: ein purpurrotes Sofa mit passendem Stuhl, beide ganz kratzig und fadenscheinig vor Alter; zwei grüne Sessel; ein sechzig mal sechzig Zentimeter großer blauer Läufer; verstaubte weiße Rüschengardinen, eingerahmt von braunschwarz gewürfelten glatten Vorhängen; ein häßlicher Couchtisch, ein Eßtisch mit ramponiertem Furnier und Stühle, die nicht zusammenpassen. In den zwei Schlafzimmern stehen je zwei Betten und eine kleine Kommode, beide nicht alt genug, um als antik durchzugehen, aber alt genug, um verdächtig schmuddelig zu wirken. Die Küche, in der ich gerade sitze, ist klein und verfügt über einen wackeligen Tisch, auf dem eine Plastikdecke mit orangeweißem Karomuster liegt. Hier sitzen wir beim Frühstück, beim Mittag- und beim Abendessen. Der Tisch steht direkt am Fenster, das uns nicht nur den Anblick vom Wohnblock gegenüber mit seinen diversen Stromversorgungsanlagen beschert, sondern auch den Blick auf die Autobahn nach Helsinki. PKWs, Lastwagen und Busse rasen darauf hin und her. Was mache ich eigentlich hier? Diese Frage stelle ich mir fast ununterbrochen.

Mein Mann ist Professor für Geschichte und hat ein Fulbright-Stipendium für eine Gastprofessur in Helsinki. Das machen wir hier. Oder genauer gesagt, das macht er hier. Ich bin hier, weil er hier ist, und unsere beiden kleinen Kinder sind aus demselben Grund hier. Im Augenblick ist unser vierjähriger Sohn Adam gerade in einer Art Vorschule der finnisch-amerikanischen *Lastentarha*-Gesellschaft. Unsere zweijährige Tochter Lucy schläft hinter der Küche im Kinderzimmer. Und unsere anderen Kinder – die beiden Töchter meines Mannes aus erster Ehe – sind nur als Geister, als Erinnerungen hier. Als wir das letzte Mal in Europa waren, hatten wir Caroline und Cathy dabei. Adam und Lucy waren damals noch nicht geboren, ich war aber gerade schwanger mit Adam. Mittlerweile sind Caroline und Cathy zweiundzwanzig bzw. neunzehn und erwachsen. Die eine arbeitet als Biologin, die andere besucht noch das College, und beide leben ihr eigenes Leben. Die beiden Geschwisterpaare sind in unserem Falle kaum miteinander in Berührung gekommen (*aufeinandergeprallt* ist in unserem Falle vermutlich das treffendere Wort). Sie sind beide getrennt auf Reisen vorbeigekommen, und wir sind nicht, wie viele andere, zu einer neuen großen Familie verschmolzen. Aber hier in Finnland denke ich oft an Charlies Töchter, meine Stieftöchter, und ich wünschte, sie wären hier. Ich bin einsam in diesem Land der vielsilbigen Wörter, isoliert in dieser Wohnung, auf dieser Insel. Die Spielzeugküche, die unverständlichen Straßenschilder, die Straßenbahnen und Schiffe – all das erinnert mich an Amsterdam, wo wir Caroline und Cathy dabeihatten, wo das Leben in einem fremden Land Spaß brachte.

Hier bringt das Leben keinen Spaß oder doch nur selten. Gewöhnlich besteht es aus langweiliger, harter Arbeit. Wir haben kein Auto, und der Kühlschrank ist ein Witz – winzig und ohne Tiefkühlfach; deshalb dreht sich mein Leben um die schlichte Notwendigkeit der täglichen Essensbeschaffung. Ich erledige das morgens, weil ich dann meine Kinder auf dem großen eingezäunten Sandplatz gegenüber von den Geschäften lassen kann. Dort paßt die »Parktante«, eine sehr freundliche, ruhige Frau in warmer brauner Winterkleidung, auf vielleicht fünfundzwanzig Kinder auf, die, dick eingemummelt in Schneeanzüge, mit Eimern, Schaufeln und Lastwagen auf dem Platz spielen. Besonders glücklich fühlen sich meine Kinder dort nicht – keiner spricht mit ihnen, keiner spielt mit ihnen, sie kommen sich verloren vor – wie die Ausländer, die sie auch sind; aber darauf kann ich keine Rücksicht nehmen. Sie brauchen die frische Luft, ich brauche diese wenigen Minuten Frieden. Und es kostet nur zwanzig Dollar im Monat – das ist meine lohnendste Investition in Finnland. Ich haste zum Lebensmittelgeschäft und suche nach billigen Fleischangeboten, fuchtele wild mit dem Finger und nicke dem Metzger zu (ein Pfund Rinderhack: zwölf Finnmark, das sind drei amerikanische Dollar). Der schwierigste Teil beim Einkaufen ist jedesmal, frisches Gemüse oder einen schönen knackigen Apfel zu ergattern, so etwas ist im finnischen Winter schwer aufzutreiben. Und der schönste Teil kommt, wenn ich an der Backwarentheke stehe und überlege, welche herzhafte, warme Sorte *limpa* – Brot – ich diesmal kaufen soll. Außerdem nehme ich meist noch ein paar Joghurts mit, eine kleine Tüte Milch und zwei Flaschen Jaffa, eine finnische Orangenlimonade, die ich den Kindern immer dann serviere, wenn etwas aus dem Ruder zu laufen droht. Ich kaufe jeden Tag sehr überlegt und sorgfältig ein, zum einen wegen des Geldes und zum anderen, weil ich alles in einem roten Netz, das in meine Handgelenke schneidet, sechs Häuserblocks weit und vier Stockwerke hoch nach Hause tragen muß. In der Wohnung angekommen, packe ich die Lebensmittel aus und mache mich an die Wäsche, was jeden Tag geschehen muß. Im Badezimmer steht zwar glücklicherweise eine Waschmaschine, aber die ist winzig. Und manchmal habe ich dann auch ein wenig herrlich freie Zeit, in der ich die Post lese oder wonnevoll eine ungestörte Tasse Tee trinke, bevor ich wieder die Treppen hinunter und in die Kälte hinaus muß, um meine Kinder von der Parktante abzuholen. Ich wandere mit ihnen nach Hause und mache für uns alle Mittagessen, und danach geht Adam in seine Vorschule, und Charlie geht wieder zur Universität, und Lucy macht manchmal Mittagschlaf. Und falls sie das tut und falls ich nicht zehn Häuserblocks weit laufen muß, um Sachen von der Reinigung zu holen, oder nach Helsinki muß, um etwas für den Haushalt zu besorgen (Staubsaugertüten, Glühbirnen, Gummistiefel für die Kinder), sitze ich an diesem wackeligen Küchentisch, starre auf die Autobahn und versuche, meine Gedanken zu ordnen. Gegen vier oder fünf sind wir alle wieder beisammen – aufgewacht oder nach Hause zurückgekehrt. Dann mache ich mit den Kindern einen Spaziergang, stelle anschließend das Abendessen auf den Tisch, wasche ab und verbringe den Rest des Abends mit Hoppe hoppe Reiter, Hexenspiel oder Verstecken. Die Finnen sind sehr zurückhaltend, äußerst zurückhaltend sogar, und in diesem ganzen Gebäudekomplex mit achtundvierzig Wohnungen gibt es kein einziges Kind. Die Frauen, denen ich bei der Parktante begegne, sprechen mich nie an, sie meiden mich, als wäre ich aussätzig. Die Finnen, die ich kenne, raten mir, den ersten Schritt zu tun und jemanden zum Tee einzuladen, aber ich bezweifle, daß mir das je gelingen wird, da ich die Menschen nicht einmal dazu bringen kann, mir in die Augen zu sehen. Abgesehen von den offiziellen Fulbright-Terminen bin ich also allein, und meine Kinder haben nur mich als Freundin. Gleichzeitig Mutter und Spielgefährtin zu sein ist allerdings nicht einfach. Ich habe nur wenig Spielzeug mitgenommen, weil ich dachte, es sei einfacher, hier welches zu besorgen, als es über den Ozean mitzuschleppen. Es stellte sich jedoch heraus, daß Spielsachen hier zu teuer sind, zwei- oder dreimal so teuer wie in den Staaten, und das Fulbright-Gehalt deckt gerade mal den Lebensunterhalt. Also muß ich mich mit erfundenen Spielen begnügen. Ich verstecke mich und krieche und belle und rutsche mit Adam und Lucy auf dem Boden herum, aber mit dem Herzen bin ich nicht dabei. Sie brauchen Freunde, die wirklich gern bei solchen Spielen mitmachen, und ich brauche ebenfalls Freunde. Ich bin einsam hier.

Einsam und angeödet. Und überflüssig und unglücklich. Ich fühle mich in diesen kleinen grauen Zimmern mit ihren niedrigen Decken in der Falle. Wenn nachts die schwere Haustür unten am Ende der Treppe zuschlägt, dann knallt sie so dumpf und endgültig wie die Tür einer Gefängniszelle. Ich tigere umher und wünsche, ich fände einen Ausweg aus allem. Es ist nicht nur Finnland, es ist nicht nur die Tatsache, daß ich mich mit zwei kleinen Kindern in einem fremden, abweisenden Land befinde. Zu schaffen macht mir auch, daß ich vierunddreißig bin und meine Arbeit am College als Grundkurslehrerin für Aufsatz und Literatur aufgegeben habe, um hierherzukommen. Es klingt wahrscheinlich komisch, aber von diesem Unterricht für Collegeanfänger verstehe ich etwas, und er bringt mir Spaß. Mir gefallen die noch etwas unbeholfenen Studenten des ersten Collegejahrgangs, sie sind so optimistisch, quirlig, unverstellt. Ich finde es wunderbar, wenn sie zum ersten Mal die Spannweite einer Metapher erfassen oder einen anständigen Absatz schreiben. Ich arbeite gern mit Wörtern und den Gebilden, die sich aus Wörtern bauen lassen. Mit Vergnügen beobachte ich aus der lebhaften, sicheren Zone eines Klassenraums oder Büros, wie die Welt da draußen den Zyklus von Schneestürmen und Frühlingsblüten durchläuft. Ich unterhalte mich gerne mit anderen Lehrern, lache mit ihnen beim Tee, lese die Zettelchen begeisterter Studenten (»Scheiße, ohne Mrs. Campbells Englischunterricht würde ich bestimmt keinen einzigen verdammten Satz schreiben können!«). Ich liebe das Unterrichten. Ich liebe es nicht anstelle von Ehe und Kindern. Die möchte ich auch. Mit dem Wegfall des Jobs, mit meinem Hiersein ist mir ein Teil meines Lebens abhanden gekommen, und das verstärkt das Gefühl von Isolation und verschwendeter Zeit.

Und dennoch spüre ich, während ich hier an diesem Küchentisch sitze oder rastlos in diesen vier kleinen Zimmern umhertigere und überall gegen kalte graue Wände stoße, daß ich an irgend etwas arbeite. Ich arbeite etwas durch. Ich denke immer häufiger an die Vergangenheit, als könnte ich, wenn ich sie verstünde, auch meine Zukunft besser gestalten. Oder meine Gegenwart. Denn ich brauche weiß Gott irgend etwas, das mir in der Gegenwart hilft. Früher habe ich bei Carolines und Cathys Geschichten über ihre Mutter Adelaide immer gelacht. Wie sie im Haus herumgeschrien und ihnen den Besen mit den Borsten voran an den Kopf geknallt hat. Aber jetzt ertappe ich mich selbst dabei, wie ich in dieser Wohnung herumschreie und Möbeln und Wänden einen Tritt versetze. Vielleicht verbindet mich ja nach all diesen Jahren doch etwas mit Charlies erster Frau Adelaide: das Brüllen. Ich brülle, weil ich unterrichten möchte. Adelaide brüllte, weil sie einfach nur zu Hause bleiben und Hausfrau und Mutter sein wollte.

O gewiß, wir sind verschieden, Adelaide und ich, das steht außer Frage. Ich habe mir häufig, in einer großartigen menschenfreundlichen Anwandlung, gewünscht, mich wie ihre Schwester zu fühlen. Doch ich bin nicht ihre Schwester. Ich kenne sie nicht einmal. In dreizehn Jahren habe ich sie nur zwei- oder dreimal gesehen. Ich würde sie nicht mögen und sie mich auch nicht, selbst wenn wir nicht denselben Mann geheiratet hätten. Sie ist genau wie ich in Kansas geboren und aufgewachsen, aber ihr Geburtsjahr ist 1931, und ich bin 1943 geboren. Sie ist einzig mit dem Wunsch aufgewachsen, ein Haus und Kinder zu haben und ein ganz normales, sicheres, konventionelles Leben zu führen. Ich dagegen wollte als junges Mädchen alles, nur das nicht. Gut, eins haben wir gemeinsam: Wir haben beide nicht ganz das bekommen, was wir wollten.

Und noch etwas haben wir gemeinsam. Vielleicht – vielleicht – vielleicht enden wir beide als Charlies Exfrauen.

Sind die Kinder – die Tatsache, daß man kleine Kinder hat – der Grund für die Schwierigkeiten? Ich glaube, daß es viel mit ihnen zu tun hat. Dabei habe ich mir diese Kinder so gewünscht. Doch der Gedanke, daß meine Ehe mit Charlie aus denselben Gründen scheitern könnte wie Adelaides Ehe mit ihm, ist beunruhigend. Nein, da spielen sicher noch andere Dinge eine Rolle. Und doch, wenn ich an regnerischen Sonntagen nicht mit Charlie schlafen kann, wenn wir nicht gemeinsam ein Kunstmuseum oder ein nettes Restaurant aufsuchen können, weil diese kleinen, noch ungebändigten Kinder an unseren Rockschößen hängen, dann muß ich über Charlies Ehe mit Adelaide nachdenken. In Anlehnung an das Wort Blutsauger nennt eine Freundin von mir ihre Kinder Muttersauger. Das Wort paßt gut. Kinder beginnen im Mutterleib, gedeihen dann an unserer Brust und werden von unserer Milch entwöhnt, nur um sich unseres gesamten Lebens zu bemächtigen. Psychologen heben die Bedeutung der *Bindung* zwischen Mutter und Kind hervor; das Wort weist auf ein Band hin, auf ein konkretes Gebilde wie etwa ein Seil, das die beiden miteinander verbindet. Vielleicht wäre das Wort *aussaugen* geeigneter. Mindestens während der ersten sieben Jahre saugt ein Kind aus seiner Mutter alles, was es nur kriegen kann: Liebe, Aufmerksamkeit, Nahrung, Wärme, Worte, Berührungen, Kleidung, Ermunterung und das Gefühl für die eigene Person. Könnte es nicht sein, daß Adelaide, ebenso wie ich, einen Punkt in ihrem Leben erreicht hatte, wo sie all ihre Kraft brauchte, um einfach nur durch den Tag zu kommen, da sie ja über psychische Saugnäpfe mit zwei nimmersatten Kreaturen verkoppelt war? So daß sie abends mit Charlie ins Bett fiel und schluchzte: »O Gott, bitte laß mich einfach bloß schlafen!« So daß sie ganz außer sich schrie: »Deine Scheiß-Fakultätsparty ist mir völlig egal, ich bin viel zu müde dazu.« So daß die einzigen Bücher, die sie noch las, von Entlein, Häschen und Elfen handelten. Sicherlich war das alles mit ein Grund dafür, daß sie so viel herumschrie und Sex so sehr haßte und so gehässig und unleidlich wurde, wie sie dann war. Auch wenn Caroline und Cathy bei der Scheidung erst acht und fünf waren, hatte Adelaide jene Phase der Dauererschöpfung schon hinter sich, in der man nachts nie durchschlafen kann und einem die Arme weh tun, weil man ständig schwere, feuchte Körper herumschleppt.

Ich weiß es nicht. Vielleicht waren die Kinder gar nicht der Grund für die Scheidung von Charlie und Adelaide. Adelaide war stets so angewiesen auf ihre Kinder – im Grunde bezog sie ihr Selbstbewußtsein aus ihnen. In jenen ersten Jahren, als die Mädchen uns immer im Sommer besuchten, beklagte Adelaide sich dauernd in Ferngesprächen bei Charlie: »Ich halte es nicht mehr aus, mir fehlen meine Babys so schrecklich. Warum hast du mir bloß meine kleinen Mädchen weggenommen?« Caroline und Cathy waren damals zehn und sieben Jahre alt, und während solcher Telefonate krochen sie stumm in den Flurschrank, drängten sich aneinander und hockten eng umschlungen im Schutz der Mäntel und Gummistiefel. Charlie mußte sie dann mit dem Versprechen von Eishörnchen oder neuem Spielzeug wieder herauslocken, und er versuchte ihnen zum hundertsten Mal zu erklären, wieso Daddy und Mommy nicht mehr zusammenlebten und daß es so für alle besser sei und daß ihre Mutter bestimmt nicht sterben würde, nur weil sie die Mädchen vermißte.

Doch sie starb tatsächlich beinahe. Die Mädchen waren alles, was sie besaß, und sie bedeuteten ihr alles. Ich bin sicher, daß ich meine Kinder genauso sehr liebe wie Adelaide die ihren, aber ich würde mir weiß Gott nicht den Tod wünschen, wenn jemand mir Adam und Lucy für ein paar Wochen wegnähme. Ich fände es herrlich. Ich würde einfach nur dasitzen und die Wände anstarren und in der Stille baden. Was für ein seltsamer Gedanke: In den dreizehn Jahren, die ich jetzt mit Charlie verheiratet bin, habe ich so viel Zeit meines Lebens damit verbracht, mich um Adelaides Kinder zu kümmern. Ich habe wirklich mein Bestes getan, damit ihre Kinder während der Zeit bei uns gesund und glücklich waren, und ihr Glück liegt mir immer noch am Herzen. Wäre es denn da nicht naheliegend, daß Adelaide sich erkenntlich zeigte und mir die Kinder für eine Weile abnähme? Wie himmlisch wäre es, wenn sie mich ein bißchen entschädigte, wenn ich Adam und Lucy für eine Woche los wäre, in der Gewißheit, daß sie mit Orangensaft und Hamburgern versorgt und zum Zähneputzen angehalten würden, daß sie ins Kino und in den

Zoo dürften und insgesamt königlich behandelt würden! Los, Margaret Mead, wir definieren »die erweiterte Familie« neu!

Oh, dieser ewige finnische Regen macht mich ganz verrückt. Was für absurde Gedanken. Adelaide haßt mich, zumindest hat sie das früher getan, zumindest haben Caroline und Cathy mir das erzählt. Ich habe nie begriffen, wieso. Ich fand, sie sollte mich eigentlich mögen und mir dankbar sein. Ich habe mir immer so viel Mühe gegeben, daß ihre Töchter gesund und glücklich waren, wenn sie uns besuchten. Im Ernst, ich finde, sie könnte mir, bevor wir beide sterben, ruhig mal einen Dankesbrief schreiben. Warum eigentlich nicht? Wir haben keine fünf Minuten miteinander gesprochen, und doch haben wir unser Leben wechselseitig beeinflußt. Komm, Adelaide, schreib mir einen Dankesbrief für all das, was ich für deine Töchter getan habe!

Und ich schreibe dir auch einen. Denn alles in allem bin ich doch froh, daß Charlie dich geheiratet hat, weil so deine beiden Töchter auf dieser Welt sind. Ich bin froh, daß du mit Charlie Kinder hast. Ich bin froh, daß ich Stiefkinder habe.

Und es ist keine Kleinigkeit, wenn ich das sage. Ich mußte einen langen, harten Weg zurücklegen – dreizehn Jahre mit nackten Füßen über zersplittertes Glas –, um zu dieser Einsicht zu gelangen.

Und doch ist es zugleich mehr und weniger als das. Stiefeltern erleben dasselbe, was auch sonst gemeinhin im Alltag passiert: Banale Handlungen führen zu melodramatischen Reaktionen. Ich wünschte, meine Stieftöchter wären jetzt hier bei mir in Finnland, denn wir hatten in der Vergangenheit soviel Spaß miteinander. Mindestens einmal in meinem Leben habe ich ihnen allerdings auch sehr heftig den Tod gewünscht, wirklich den Tod, und wenn sie jetzt hier wären, hätten wir es womöglich überhaupt nicht lustig miteinander. Wir haben so viele unterschiedliche Phasen durchgemacht, Charlies Töchter und ich. Nichts ist einfach, und nichts bleibt, wie es ist. Unser Verhältnis ist nie rein, eindeutig und unbeschwert gewesen.

Vielleicht liegt alles auch nur an mir. Vielleicht hat es damit zu tun, daß ich eine Methodistin aus Kansas bin. Sicherlich kommen Menschen, die in Neuengland oder Kalifornien aufgewachsen sind, viel besser mit Scheidung und Stiefkindern zurecht, nehmen es leichter und leiden weniger. Im Laufe der Jahre habe ich Geschichten von Stiefeltern gesammelt. In der Hoffnung, ihr Leben könnte ein erhellendes Licht auf meine Situation werfen, habe ich den Stiefeltern sehr genau zugehört. Ich kenne eine Stiefmutter, die ihrem Stiefsohn ins Gesicht sagt, daß er ein gottverdammtes Arschloch ist (er ist fünfzehn), und ihn nicht ins Haus läßt. Dabei ist sie eine rechtschaffene Person, aber sie grämt sich nicht und fühlt sich auch nicht schuldig. Eine andere Frau, die ich kenne, ist mit ihrem früheren Ehemann und dessen neuer Frau befreundet und besucht beide regelmäßig mit ihrem neuen Mann. Beider Kinder sind etwa gleich alt und spielen miteinander Football oder Krocket auf dem Rasen, während die vier Erwachsenen im Innenhof sitzen, miteinander plaudern und trinken. Ich kenne aber auch eine Frau, deren Exmann ein junges Mädchen geheiratet hat. Die neue Frau sperrt die Kinder oft stundenlang in ihren Zimmern ein, wenn sie wütend ist. Und wenn sie sehr wütend ist, schlägt sie sie. Und wieder eine andere Stiefmutter geht einfach jeden Sommer, wenn die Kinder ihres Mannes zu Besuch kommen, allein auf Reisen und vermeidet auf diese Weise jeden Kontakt mit ihnen.

Verglichen mit ihnen scheine ich dann doch gar keine so schlechte Stiefmutter gewesen zu sein, auf jeden Fall keine gemeine oder böse. Stiefmütter haben einen so schlechten Ruf. Ich habe mich immer mit Schneewittchen oder Aschenputtel identifiziert und nicht mit ihren Stiefmüttern. Auf diese Rolle war ich nicht vorbereitet, ich habe sie mir nicht ausgesucht.

Und genau das beschäftigt mich jetzt: die Sache mit der Wahl. Als gute Methodistin aus Kansas habe ich nicht gelernt, selber zu wählen. Wenn ich auf mein Leben zurückblicke, habe ich den Eindruck, daß ich sehr lange Zeit einfach das hingenommen habe, was mir über den Weg lief, daß ich das Nicht-Wählen zu einer Art Lebensprinzip gemacht habe. Deshalb fühle ich mich jetzt eigenartig verkrüppelt und verstört, weil ich an einem Punkt angelangt bin, wo ich eine Wahl treffen muß. Wie bin ich eigentlich dahin gekommen, wo ich jetzt bin? Was wird aus mir werden? Was um Himmels willen mache ich bloß in Helsinki, wieso denke ich an meine Stiefkinder, während meine eigenen draußen im Freien bei der Parktante sind und sich bei dem finnischen Nieselregen bestimmt erkälten? Besteht das Leben der anderen Menschen auch aus lauter absurd unzusammenhängenden Teilen? Ich weiß es nicht. Ich weiß es nicht. Ich glaube, ich mache mir jetzt einen Hagebuttentee, und dann werde ich aus dem Fenster schauen und an die Vergangenheit denken. Ich habe das Gefühl, daß ich begreifen muß, was für eine Frau ich gewesen bin, um zu begreifen, wer ich in Zukunft sein werde.

Ich bin in Kansas geboren und aufgewachsen. Bis dahin ist alles einfach und schnell zu begreifen und abzuhaken. Ich liebe meine Eltern, sie lieben mich, wir schreiben uns und rufen uns häufig an. Weil ihre Berufe sie zu der Zeit so stark in Anspruch nahmen, haben sie mich ohne große Einwände ziehen lassen. Aber als ich klein war, haben sie mich sehr verhätschelt und dafür gesorgt, daß ich ein behütetes, unneurotisches Kind sein konnte. Eine gute Wahl habe ich aber doch getroffen – sofern man es als wählen bezeichnen kann, wenn man den Menschen heiratet, in den man sich leidenschaftlich und hoffnungslos verliebt hat –, und das war die Entscheidung für die Ehe mit Charlie. Alles was nur Charlie und mich angeht, ist wunderbar klar und gut. Nur wo die Kinder ins Spiel kommen – seine Kinder und unsere Kinder –, geraten die Dinge in Unordnung.

Charlie und ich haben an einem strahlenden Septembertag im Jahre 1964 geheiratet. Er war sechsunddreißig, ich war einundzwanzig. Er war Professor für Geschichte, ich war Studentin. Wir zogen nach Kansas City, Missouri, wo er an der Universität lehrte und ich meinen Magister machte. Wir kauften ein Haus, so klein und schnuckelig, daß es wie ein Puppenhaus wirkte. Es lag in einem der schönsten Teile der Stadt, und die Universität war von dort aus zu Fuß zu erreichen. Die ersten idyllischen Monate unserer Ehe spielten sich zwischen der Universität, unserem Stadt-Puppenhaus und der Farm ab.

Die Farm – so nannten wir sie – war keine richtige Farm. Niemand betrieb dort Landwirtschaft, Verwertbares wuchs dort nicht. Es handelte sich um vierzig Hektar rauhen, felsigen Geländes in den Ozark-Bergen von Missouri. Am Fuße eines gebirgigen Teils mit Eichen, Kiefern, Fichten und Hartriegel erstreckte sich ein großes, weites Tal, das in einem zweieinhalb Hektar großen See endete, der von einem Wildbach gespeist wurde. Von Kansas City aus brauchten wir zwei Autostunden bis zur Farm, und wir mußten eine kleine

Brücke passieren, die über den Wildbach führt, um zu dem offiziellen Eingang unseres Grundstücks zu gelangen. Deshalb schien der Bach Zauberkraft zu besitzen, er war die symbolische Pforte, die uns reinigte und läuterte und von allem befreite, was wir nicht mochten.

Es gab dort auch ein Haus, das Charlies Eltern sich als Feriendomizil gebaut hatten. Der Weg dorthin führte in einem großen Kreis um eine mächtige Eiche. Das Haus selber war nicht sehr ansehnlich, aber man konnte bequem und angenehm darin wohnen. Es gab ein großes Wohnzimmer mit einem Natursteinkamin, der uns im Winter wärmte, und einer Veranda mit Fliegengitter, das uns vor den Myriaden von Insekten schützte, die die feuchten Ozark-Sommer mit ihrem Summen erfüllten. Außerdem gab es zwei kleine Schlafzimmer, ein großes Schlafsofa im Wohnzimmer und ein winziges, aber benutzbares Badezimmer.

Und das Schönste daran war, es gehörte wirklich uns. Das heißt, es hatte niemals Charlie-und-Adelaide gehört. Einige Jahre, nachdem Charlie und Adelaide geheiratet hatten, waren Charlies Eltern für immer in das Farmhaus gezogen, und da die Eltern Adelaide nicht besonders mochten und Adelaide selber keine Neigung zum Landleben zeigte, hatte Charlie in acht Jahren Ehe nur drei oder vier Nächte mit seiner ersten Frau auf der Farm verbracht. Kurz nach Charlies Scheidung starb sein Vater nach einem Schlaganfall, und seine Mutter zog wieder in die kleine Stadt in Missouri, in der sie aufgewachsen war, und seitdem gehörte die Farm Charlie. Er verkaufte etwas von dem Land, um seinen älteren Bruder auszuzahlen, der in Kalifornien lebte und nie nach Missouri kam. Er hatte sich betrogen gefühlt, als Charlie die Farm erbte. Danach waren jedoch alle zufriedengestellt. Ich machte mich ans Streichen und Tapezieren, sah zu, daß Charlie und ich in dem Zimmer schliefen, das seine Eltern benutzt hatten, und verkaufte die Betten des Gästezimmers, die vollkommen in Ordnung waren und in denen Charlie und Adelaide geschlafen hatten. Dieses Zimmer richtete ich so ein, daß es ebenso als Gästezimmer wie auch als Zimmer für Charlies Töchter dienen konnte. Das Haus gehörte uns, Charlie-und-mir. Nirgendwo spukte Adelaide mehr herum. Caroline und Cathy konnten sich nicht erinnern, daß sie je dort waren.

Das Land selber gehörte uns noch mehr als das Haus, oder – da Land niemals einer bestimmten Person gehört, sondern ruhig und unveränderlich es selbst ist – sollte ich besser sagen, das Land war uns noch teurer. Es war steiniges, zerklüftetes, buckliges Gelände, die Sorte Boden, auf der man beim Gehen leicht stolpert. Klapperschlangen und Mokassinschlangen bevölkerten es, Kojoten, Pumas, Wölfe und auch Rotwild streiften in den Wäldern umher. Und einmal brachte mir ein Hund eine riesengroße tote Fledermaus an, komplett mit den getrockneten segeltuchartigen Flügeln. Es müssen dort also auch Fledermäuse gehaust haben, ich selbst habe allerdings nie eine lebendige gesehen. Die herrlichen Eichen und Kiefern boten dem giftigen Essigbaum und dem kletternden Giftsumach Halt und stützten Schlingpflanzen, die dick und stark und behaart wie Affenarme waren. Im Gras lebten Spinnen, und in der alten Scheune hausten Mäuse und Ratten, im Teich gab es Bisamratten, und nur der Himmel weiß, was sonst noch alles dort sein Wesen trieb. Doch in all unseren Jahren auf der Farm wurde niemand von einer Schlange oder Spinne gebissen, niemand kam mit kletterndem Giftsumach oder dem giftigen Essigbaum in Berührung, überhaupt wurde niemand je dort irgendwie verletzt. Der Ort war verzaubert. Das Gelände, das uns gehörte, hatte die Form einer leicht geöffneten Hand, mit einem hohen einzelnen Berg am einen Ende, einer Senke, dort wo der Wildbach floß, und mittendrin glitzerte das leuchtend blaue Gewässer. Verschiedenste Vögel lebten dort: Rotkehlchen, Spatzen, Eichelhäher, Kardinalvögel, Eulen, Silberreiher und Fischreiher, Falken, Krähen, Tauben, Reisstärlinge, Fasanen, Wachteln und vor allem Ziegenmelker. Von Frühling bis Herbst schickten sie Morgen für Morgen ihre Rufe durchs Tal – komisch, aufdringlich, betörend. Sie begrüßten uns am Morgen und sangen uns abends in den Schlaf. Der Ort war verzaubert.

Und unsere Pferde waren dort. Neben meinen übrigen Besitztümern brachte ich auch Liza, meine sechsjährige Reitstute, mit in die Ehe. Meine Eltern hatten sie mir zu meinem fünfzehnten Geburtstag geschenkt – damals war ich ganz vernarrt in Pferde –, und ich brachte sie auf einer Farm unter, die eine gute halbe Autostunde entfernt von uns lag. Es war herrlich, daß sie jetzt bei uns auf unserem Gelände sein konnte, wo ich morgens schon in aller Frühe und abends zum Tagesausklang mit ihr ausreiten konnte. Charlie kaufte sich einen Wallach, ein großes, stattliches Tier, und wir ritten stundenlang gemeinsam durch die Wälder und über die Wiesen; es waren Zeiten stummen, schaukelnden Glücks.

Die ersten neun Monate unserer Ehe waren vollkommen glücklich. Vollkommen. Während der Woche hatte ich mein Studium und das, was Kansas City an Kino, Ballett, Konzerten und Theater bot. Und an den Wochenenden und in längeren Ferien hatte ich die Farm. Und ich hatte Charlie, Charlie, Charlie, den großen, blonden, starken, brillanten, stattlichen Charlie, ganz für mich allein. Ich betete ihn an. Ich liebte ihn. Ich glaubte, wir würden für immer glücklich sein.

Charlies Töchter kamen 1965 am letzten Junitag zu uns zu Besuch. Ihre Mutter wollte sie nicht schicken, sie selber wollten nicht zu uns, und obwohl ich sie bisher noch nicht gesehen hatte, war auch ich nicht unbedingt erpicht auf ihren Besuch. Aber aus Liebe zu Charlie sagte ich selbstverständlich nichts. Und Charlie wollte seine Töchter gerne eine Weile bei sich haben. Es war auch juristisch in beiderseitigem Einverständnis festgelegt, daß Caroline und Cathy jeden Sommer bei ihrem Vater verbringen sollten. Gerichtliche Anordnungen sind meistens nervig und lästig, sie haben aber den Vorteil, daß sie genau dann klar und deutlich und verbindlich sind, wenn die menschlichen Gefühle eher zu Verbohrtheit, Gefühlsduselei und Verwirrung neigen.

Anfang Juni schickte Charlie, zusammen mit seinem monatlichen Scheck für die Kinder, einen Brief, in dem er Adelaide fragte, für wann er die Flugtickets für Caroline und Cathy bestellen sollte. Nach der Scheidung war Adelaide wieder nach Massachusetts gezogen, in eine Stadt in der Nähe von Amherst, wo Charlie mit ihr und den Töchtern einige Jahre gelebt hatte, als er an der dortigen Universität lehrte. Und Adelaide hatte dort Freunde und wußte, daß sie eine Stelle als Sekretärin an der Universität bekommen konnte.

Adelaides Antwort auf Charlies Brief war kurz: Da die Mädchen noch so klein seien, schrieb sie, und so jung, halte sie es für besser, wenn sie in diesem Jahr keine lange Flugreise machten, was ja immerhin hieße, daß sie alleine in Chicago umsteigen müßten. Vielleicht sei es im nächsten Jahr möglich.

Einen ganzen Tag lang tobte und wütete Charlie. Seit seiner Scheidung war klar, daß Adelaide sich nicht entgegenkommend zeigen würde. Wenn er den Mädchen Geschenke schickte, erhielt er nie irgendein Zeichen, daß sie sie bekommen hatten. Wenn er sie anrief, war es gewöhnlich Mittagszeit oder Badezeit oder Schlafenszeit, und sowieso sei es grausam und gemein, sagte Adelaide, daß er sie überhaupt anrufe, es rege die Mädchen immer schrecklich auf. Weihnachten war Charlie nach New York zu irgendeiner Tagung geflogen und hatte dort einen Vortrag gehalten. Dann hatte er sich einen Tag frei genommen, um nach Hadley zu fahren und den Mädchen ihre Weihnachtsgeschenke zu überreichen und sie zum Essen auszuführen. Seit Weihnachten hatte er nichts mehr von Adelaide oder seinen Töchtern gehört, nur die Unterhaltsschecks für die Kinder waren eingelöst worden. Er hatte Caroline im Februar und Cathy im März angerufen, um zu hören, ob sie ihre Geburtstagsgeschenke bekommen hatten, und die Mädchen hatten ja, danke gesagt, aber nicht viel mehr. Charlie hatte erzählt, daß die Mädchen bei seinem Weihnachtsbesuch zurückhaltend und sogar schüchtern gewesen waren. Sie hatten ihn nicht angefaßt, nicht geredet, waren spröde. Als er dann aber ins Auto gestiegen war und wegfahren wollte, waren beide in Tränen ausgebrochen, und Klein-Cathy war durch den Schnee zu ihm gelaufen, hatte ihn umarmt und gebeten, nicht wieder wegzugehen. Seitdem hatte er sich auf den Sommer gefreut, wenn die Mädchen für längere Zeit bei ihm sein würden. Dann wollte er sich um eine engere Verbindung mit ihnen bemühen und hoffte, ihnen zeigen zu können, wie sehr er sie liebte.

Er war wütend über Adelaides Brief und konnte nicht fassen, daß sie glaubte, sie könne ihm die Mädchen vorenthalten. Es verletzte ihn, daß sie genau das vorhatte. Voller rechtschaffener Empörung rief er Adelaide an jenem Abend an. Und wurde mit einem Trommelfeuer an Haß und Wut überfallen.

Natürlich war sie unglücklich, und sie hatte Probleme. Als geschiedene Frau mit zwei kleinen Kindern hatte sie es nicht leicht: Sie mußte Geld verdienen, obwohl sie doch am liebsten zu Hause geblieben wäre, um nur Mutter zu sein. Die Frauenbewegung kam leider für Adelaide zu spät. In jenem Sommer zogen ihre engsten Freunde fort, und sie war noch keinem Mann begegnet, der ihr gefiel und dem sie gefiel. Alles in allem war es ein Jahr, in dem nichts, aber auch nichts gelingen wollte. Wie sie selbst sagte: Die Mädchen waren alles, was sie besaß. Wie konnte Charlie sie ihr da wegnehmen, wenn sie sie doch so sehr brauchte!

Charlie war auf die Wut, die Lautstärke und den Schmerz nicht vorbereitet. Er war ganz benommen und stotterte ins Telefon: »Aber – aber – aber.« Ich saß neben ihm und war völlig fasziniert. So etwas hatte ich noch nie erlebt, außer in lustigen Fernsehserien, wo der Komiker ein Gesicht zieht und den Hörer vom Ohr weghält und eine hohe, schrille, verrückte Stimme endlos daherplappert.

Im Kern ging es darum: Wenn Charlie Caroline und Cathy wirklich lieben würde, hätte er sie erst gar nicht verlassen. Da er sie verlassen hatte, liebte er sie nicht. Sie, Adelaide, hatte ihr möglichstes getan, um den Mädchen begreiflich zu machen, daß ihr Vater sie nicht liebte und daß sie ohne ihn glücklicher sein würden. Er war ja offenbar auch glücklich ohne sie. Inzwischen hatten sie es geschafft, ein neues Leben mit neuen Freunden zu beginnen, und es war absolut bösartig von ihm, wenn er jetzt versuchte, die kleinen Mädchen aus einem Haus wegzuholen, wo sie sich endlich sicher und geliebt fühlten, von einem Ort, an dem sie Freunde besaßen. Die kleinen Mädchen hatten genügend Kummer und Schmerzen erlitten, es reichte jetzt wirklich. Sie alle drei waren glücklich miteinander, eine richtige Familie, und es war gemein von ihm, sie auseinanderzureißen.

Als Charlie endlich auch mal zu Wort kam, sagte er, daß er die Mädchen liebe und wünsche, daß sie ihn wie abgemacht besuchten, und daß er seinen Anwalt anrufen werde. Er legte auf.

Fünf Minuten später klingelte das Telefon. Als Charlie abnahm, war Caroline, seine ältere Tochter, am Apparat. Sie schluchzte.

»Daddy«, weinte sie, »bitte hol uns nicht von Mommy weg. Wir können nicht ohne Mommy leben. Mommy kann nicht ohne uns leben. Bitte sag nicht, daß wir zu dir kommen sollen. Wir wollen nicht bei dir und der Dame wohnen. Wir wollen bei Mommy bleiben.«

Und bevor Charlie antworten konnte, war Adelaide wieder am Apparat. »Da siehst du, was ich meine! Das war deine eigene Tochter, die dich angefleht hat, sie in Ruhe zu lassen. Ich weiß, dir ist es egal, was ich will, aber die Gefühle deiner Töchter werden dir doch etwas bedeuten, falls du sie überhaupt liebst. Und die arme kleine Cathy steht direkt neben mir und weint sich die Augen aus. Sie kann nicht einmal sprechen, so durcheinander ist sie!«

»Adelaide«, sagte Charlie, »ich will, daß meine Mädchen in diesem Sommer zwei Monate bei mir sind. Ich werde jetzt auflegen und meinen Anwalt anrufen.«

Und das tat er.

Zwei Wochen und zweihundertfünfzig Dollar für Anwalt, Ferngespräche und Einschreiben später kamen seine Mädchen an.

Diese zwei Wochen waren eine seltsame, wunderbare, schreckliche Zeit für mich. Charlie vertraute mir Dinge über seine erste Ehe an, von denen ich bis dahin keine Ahnung gehabt hatte. So erleichtert ich auch über seinen Mangel an Liebe zu Adelaide sein mochte, so beunruhigt und eifersüchtig war ich wegen seiner übergroßen Liebe zu seinen Töchtern. Sie seien immer Adelaides »Besitz« gewesen, sagte Charlie. Für sie sei es sonnenklar gewesen: Sein Bereich war die Arbeit, ihrer das Haus und die Kinder. Sie schrieb ihm nicht vor, wie er Geschichte zu lehren und zu erforschen hatte, und ebensowenig durfte er ihr vorschreiben, wie sie die Kinder zu erziehen hatte. Es ging so weit, daß er schließlich glaubte, seine Zuneigung zu den Mädchen könnte sich besser entfalten, seine Beziehung zu ihnen wäre womöglich enger und sein Einfluß auf ihr Leben größer, wenn er nicht mit ihnen zusammenlebte, wenn er und Adelaide sich scheiden ließen.

Er bat mich um meine Hilfe. In jenem Sommer hatte er zwei wichtige größere Projekte in Arbeit, Projekte, für die er Fördersummen erhalten hatte; und für Ferngespräche und Anwaltskosten und Flüge kreuz und quer über den halben Kontinent brauchten wir das zusätzliche Geld. So fragte er mich, ob ich mich mit um seine Töchter kümmern könne, damit es ihnen gutging und sie das Gefühl hatten, daß sie erwünscht waren.

Ich wollte noch mehr als das. Ich beschloß, diesen Sommer ausschließlich Charlie und seinen Mädchen zu widmen. Ich beschloß, dafür zu sorgen, daß sie gesund blieben, daß sie sich nicht langweilten, daß sie in geradezu überwältigender Weise glücklich waren. Zurück in Massachusetts würden sie erzählen, daß Charlie der wunderbarste Vater der Welt sei, daß es der schönste Sommer ihres

Lebens gewesen sei und daß ich das schönste, wunderbarste, netteste, intelligenteste, erfindungsreichste, herzlichste Wesen auf der ganzen Welt sei, eine Mischung aus Madonna und Barbiepuppe. Ich hatte keine Ahnung, auf was ich mich da einließ.

Caroline und Cathy kamen am letzten Tag im Juni, und nach all den vorausgegangenen Dramen wirkten die leibhaftigen blassen kleinen Geschöpfe ziemlich ernüchternd. Sie sollten später einmal zu erstaunlich schönen Frauen heranwachsen, aber das wußten wir damals natürlich nicht, und es war auch wirklich noch nichts davon zu sehen. Caroline war zehn und hatte Hasenzähne. Richtige, unübersehbare Hasenzähne. Immerhin versuchte sie aber, intelligent und interessant zu erscheinen. Weil sie sich häßlich vorkam, versuchte sie klug zu sein. Cathy wiederum war hübsch, und zwar auf genau dieselbe klassisch hilflose, doofblonde Baby-Doll-Weise wie ihre Mutter. Und deshalb wirkte sie häufig etwas beschränkt, was sie eindeutig nicht war. Was für ein Paar! Zwei blasse, verschreckte kleine Mädchen in hellblauen Sommerkleidern, mit sauberen weißen Schuhen und Söckchen und weißen Handschuhen. Ihr Anblick – die Tatsache, daß sie wirklich und wahrhaftig da waren – bestürzte mich; mir wurde blitzartig klar, daß mein Leben mit Charlie sich von jetzt an ändern, daß es mächtig durcheinander geraten würde. Ich wollte nett sein. Ich lächelte. Aber einen Moment lang konnte ich mich nicht rühren. Das machte nichts. Überglücklich, daß er endlich seine Töchter sah, stürzte Charlie ihnen entgegen und drückte sie an sich. Zusammen mit ihnen kehrte er zurück und machte uns miteinander bekannt. Und da konnte ich mich bewegen, eine Hand, einen Fuß, alles übrige, und mein neues Leben begann. Ich ging mit meinem Ehemann und seinen Kindern aus der Flughafenhalle. Auf dem Rückweg nach Hause saßen Caroline und Cathy vorne neben Charlie auf dem Beifahrersitz, während ich alleine hinten im Wagen saß.

Ich glaube, in der ersten Woche waren wir alle wie benebelt. Ich auf jeden Fall. Kaum waren wir zu Hause angekommen, fischte Caroline einen dicken, versiegelten Umschlag aus ihrem Koffer und überreichte ihn mir ganz vorsichtig, damit ihre Finger nicht meine berührten.

»Der ist für dich«, sagte sie, ohne mir in die Augen zu sehen. »Er ist von meiner Mutter.«

»Was um Himmels willen ist das?« sagte ich und starrte den Umschlag an, als wäre er eine Kröte. Mir auszumalen, was Adelaide mir wohl mitzuteilen hätte, überstieg in beängstigendem Maße meine Vorstellungskraft.

»Es ist eine Liste mit den Sachen, die wir gerne essen«, sagte Caroline.

»Ich zeige den Mädchen erst mal ihre Zimmer und das übrige Haus«, sagte Charlie. »Lies du inzwischen in Ruhe den Brief, Zelda.« Um seinen Mund zuckte ein Lächeln.

Gehorsam setzte ich mich ins Wohnzimmer und öffnete den Umschlag.

»Zelda«, stand da als Anfang, und ich dachte: Klar, sie wird mich natürlich nicht »Liebe ...« nennen.

Wie Sie wissen, bin ich absolut nicht einverstanden mit diesem Besuch. Meine Töchter sind äußerst empfindlich, sowohl gefühlsmäßig als auch körperlich, und durch all die Veränderungen, die ihnen so grausam zugemutet wurden, sind sie noch zusätzlich verletzt worden. Deshalb schicke ich Ihnen diese Anweisungen, die strikt befolgt werden müssen, damit meine kleinen Mädchen mit so wenig psychischen Schäden wie möglich zu mir zurückkehren.

1. Ernährung
Zum Frühstück müssen sie jeden Tag folgendes bekommen: ein ganzes Glas Vollmilch, eine kleine Schale Getreideflocken mit Zucker, zwei Scheiben Toast und ein Ei, vorzugsweise pochiert oder weichgekocht. Wenn sie ihr Ei gegessen haben, dürfen sie auch ein süßes Brötchen bekommen.
Zum Mittagessen muß es geben: Suppe, ein Sandwich, vorzugsweise mit Fleisch, aber Erdnußbutter geht auch, frisches Obst, wie z. B. einen Apfel oder eine Birne, ein ganzes Glas Vollmilch und Kartoffelchips, wenn sie ihr Obst gegessen haben.
Abends müssen sie haben: ein großes Stück gutes Fleisch, nicht bloß Würstchen oder Pizza. Mindestens einmal die Woche müssen sie Leber und irgendeinen Fisch bekommen. Steaks,

magere Hamburger, Hühnchen oder gut durchgebratenes Schweinefleisch sind auch möglich. Zwei Sorten Gemüse zu jeder Mahlzeit. Einen frischen Salat. Eine Kartoffel oder Reis. Ein Glas Vollmilch. Als Nachtisch sollte es etwas Gesundes geben, so wie Milchpudding oder Eiercreme oder Götterspeise mit Früchten.
Vorm Zubettgehen dürfen sie heiße Schokolade mit Zimttoast bekommen.
Sie müssen unbedingt Vitamintabletten nehmen. Ich habe die Flasche eingepackt, die ich mit meinem eigenen Geld gekauft habe. Wenn sie nicht reicht, dürfen sie nur Chewamins kriegen und nichts anderes, weil sie nur die mögen.
Sie dürfen nicht mit Süßigkeiten, Bonbons und Keksen vollgestopft werden.
Wenn sie Verstopfung haben, müssen sie vor dem Schlafengehen Rosinen essen.
Sie müssen ihre Mahlzeiten regelmäßig einnehmen: Frühstück um acht, Mittagessen um zwölf und Abendessen um halb sechs, sonst gerät ihr Verdauungssystem durcheinander.
Bereiten Sie das Essen so vor und servieren Sie es so, daß es appetitlich aussieht, damit sie auch Lust zum Essen haben.

2. Schlaf und Ruhe
Sie müssen um zehn Uhr abends im Bett sein, nicht später, und sie sollten jeden Morgen so lange schlafen dürfen, wie sie wollen, da Schulferien sind.
Nach dem Mittagessen sollten sie eine Ruhepause einlegen. Sie müssen nicht unbedingt schlafen, aber sie sollten sich hinlegen oder eine Stunde lang ruhig sitzen. Das ist wichtig für ihre Gesundheit.

3. Weitere Gesundheitsmaßnahmen
Sie müssen dreimal täglich die Zähne putzen. Nur *Crest*-Zahnpasta ist erlaubt. Wenn sie ihre Zähne nicht putzen, bekommen sie keinen Zimttoast. Alle zwei Tage müssen sie baden, und wenn sie in ein öffentliches Schwimmbad gehen, müssen sie sich sofort nach dem Schwimmen duschen. Einmal in der Wo-

che müssen sie ihr Haar mit *Johnson's Baby Shampoo* waschen. Dabei brauchen sie Ihre Hilfe.
Sie müssen sich jedesmal, wenn sie auf der Toilette waren, und auch vor und nach dem Essen die Hände waschen. Auch wenn sie ein Tier gestreichelt haben.
Ihre Nägel sollten einmal in der Woche geschnitten werden.
Für den Fall, daß sie eine öffentliche Toilette benutzen sollten, müssen Sie unbedingt vorher sauberes Toilettenpapier auf die Brille legen, damit ihre Haut nicht mit dem Sitz in Berührung kommt.
Wenn die Mädchen krank werden, sollten sie viel Flüssigkeit trinken und Aspirin nehmen – das Kinderaspirin mit Apfelsinengeschmack –, aber sie dürfen ohne meine Erlaubnis keine Medikamente von einem fremden Arzt einnehmen.
Falls eines der Mädchen auch nur ein bißchen krank wird, bin ich auf der Stelle zu benachrichtigen, egal zu welcher Tages- oder Nachtzeit.

4. Allgemeines
Die Mädchen dürfen Ihnen nicht im Haushalt helfen.
Sie dürfen keine Filme sehen, die traurig sind oder in denen Gewalt vorkommt; sie sind sehr empfindlich, und so etwas macht ihnen schreckliche Angst. Dasselbe gilt fürs Fernsehen.
Wenn sie schwimmen gehen, müssen sie die ganze Zeit beaufsichtigt werden.
Sie dürfen nicht einem Babysitter überlassen werden.
Sie dürfen nur mit Sicherheitsgurt Auto fahren.
Wenn sie mich anrufen möchten, egal zu welcher Tages- oder Nachtzeit, dann muß ihnen das erlaubt werden. Sie haben mich jeden Mittwochabend um sechs Uhr anzurufen, damit ich weiß, ob alles in Ordnung ist.

Sie dürfen nicht mit Jungen spielen.
All ihre Sachen sind frischgewaschen und gebügelt, und ich erwarte sie in demselben Zustand zurück. Jeden Morgen müssen sie frische Unterwäsche und frische Kleider anziehen. Ihre Nachthemden müssen einmal die Woche gewaschen werden.

Sie dürfen nicht barfuß gehen. Sie könnten sich die Füße an Glas oder sonst irgendwas schneiden.

Sie dürfen in keiner Weise angeschrien oder schlecht behandelt werden. Sie sind sehr liebe kleine Mädchen, und sie tun nie etwas Böses, deshalb sollten sie auch nie bestraft werden. Sie sind wunderbare, süße, sehr kostbare, zarte Kinder, und als solche müssen sie auch jederzeit behandelt werden.

Adelaide.

Ich war in dem Moment mit dem Brief fertig, als Charlie wieder im Wohnzimmer erschien, eine zarte, kostbare, blasse, blonde Tochter an jeder Seite. Ich starrte sie einen Augenblick vollkommen entsetzt an. Nägel schneiden, dachte ich, Leber, Sicherheitsgurte, Vitamine, saubere Schlafanzüge. Das schaffe ich nicht.

Ich muß genauso schrecklich geguckt haben, wie ich mich fühlte, denn Charlie kam zu mir und nahm mir den Brief aus der Hand. Er überflog ihn, und das Zucken um seinen Mund wurde zu einem echten, breiten Lächeln. Dann zerknüllte er den Brief zu einem Ball.

»Du hast ihn gelesen«, sagte er. »Jetzt vergiß ihn.«

Doch ich konnte ihn nicht vergessen. Der Brief verströmte unmißverständliche Autorität. Wenn Charlie ihn nicht weggeworfen hätte, hätte ich ihn an die Küchentür geheftet, um ihn morgens und abends lesen zu können. Ich hatte den verzweifelten Wunsch, alles richtig zu machen.

In den ersten ein, zwei Tagen war das schwierig. Die Mädchen mußten lernen, daß ihr Körper nicht auf der Stelle verfaulte, wenn ich sie berührte. Ich lernte alles über Kinderserien im Tagesfernsehen. Und Charlie lernte, daß die Mädchen regelrecht Angst vor ihm hatten, daß er versuchen mußte, ihr Vertrauen wiederzugewinnen. In jenen ersten paar Tagen taten wir nichts anderes als die Mädchen umwerben. Wir gingen mit ihnen in Walt-Disney-Filme, in den Zoo und in Parks. Ich hatte neun Monate lang alle meine Rabattmarken gesammelt und gab sie den Mädchen, die sie begeistert in die Heftchen klebten. Dann fuhr ich mit ihnen in den Laden, und sie durften sich für die Marken aussuchen, was sie wollten. Als Töchter ihrer Mutter entschieden sie sich wenig überraschend für Babypuppen.

Die Rabattmarken waren ein Knüller. Wir gingen mit ihnen Eis essen, wir nahmen sie zum Einkaufen mit. Wir redeten sanft und freundlich mit ihnen, wir lächelten ununterbrochen.

Es lief dann sehr gut mit all den Extras, den Ausflügen, Eishörnchen, neuen Spielsachen und obendrein mit Charlies unermüdlicher sanfter Liebe und meiner wohlwollenden Freundlichkeit. Die Mädchen tauten ein wenig auf, sie gaben keine genuschelten einsilbigen Antworten mehr, sondern wagten sich tatsächlich mit ganzen Sätzen hervor. Aber dann waren da noch die Anrufe von Adelaide.

Heute glaube ich, daß Adelaide uns nicht absichtlich entzweien wollte, ich glaube, daß sie in jenem ersten Sommer einfach nicht anders konnte. Daß sie am allerersten Abend anrief, um zu hören, ob die Mädchen gut angekommen waren, war nur natürlich. Charlie schickte die Mädchen ans Telefon, eine oben im Schlafzimmer, die andere unten in der Küche, damit sie mit ihrer Mutter sprechen konnten. Doch nach wenigen Minuten, als Caroline die Tränen über die Backen rollten und wir hören konnten, wie Cathy oben regelrecht schluchzte, zog Charlie Cathy vom Telefon fort, und bevor ich unten den Hörer auflegen konnte, hörte ich Adelaide kreischen:

»Zur Hölle mit euch! Gottes Fluch über euch! Wie könnt ihr mir meine Babys wegnehmen? Ich bin hier ganz allein, sie liegen nicht in ihren Betten. Wie, glaubt ihr, soll ich da die Nacht überstehen?«

An jenem Abend sprach Charlie eine Stunde lang mit Adelaide und versuchte sie zu beruhigen, während die Mädchen sich weinend im Flurschrank verkrochen hatten. Viele Jahre später erzählte Caroline mir, daß Cathy und sie sich schon sehr viel früher in Schränken versteckt hatten, um dem Krach zu entgehen, wenn ihre Mutter und ihr Vater sich stritten. Es wurde sogar zu einer stehenden Redewendung für die Mädchen. Im Teenageralter sagten sie zum Beispiel: »Als ich Bob sah, wäre ich am liebsten in den Schrank gerannt und hätte geweint.« In jenem ersten Jahr, an jenem ersten Abend, versuchte ich die Mädchen mit viel Zureden herauszulocken, aber sie weinten nur noch heftiger, weswegen ich schließlich den Schrank zumachte und sie sich selbst überließ. Was für ein Einstand für eine Stiefmutter: Die beiden Mädchen im Schrank, Charlie, der am Telefon mit Engelszungen auf seine erste Frau einredete, während ich auf den Stufen der Vorderveranda saß und dem Vergehen eines wunderschönen Sommerabends zusah.

Schließlich beendete Charlie das Gespräch, holte die Mädchen aus dem Schrank, umarmte und beruhigte sie, und wir gingen alle Eis essen, was allerdings so endete, daß Cathy über dem Schlafzimmerteppich alles wieder ausbrach und ich es sanftmütig aufwischte. An eben jenem Abend, in eben jenem Augenblick spürte ich zum ersten Mal stiefmütterliche Bitterkeit – sie ist deine Tochter, dachte ich, wisch du ihr Erbrochenes auf. Aber Charlie wiegte Cathy in seinen Armen und gab ihr kleine Schlucke Limonade zu trinken, und unser aller Bedarf an Drama war für diesen Abend gedeckt.

Damit war die Struktur vorgegeben. Die Tage verstrichen auf angenehme Weise, so daß wir einander abends alle freundlich gesonnen waren, und dann kamen Adelaides Anrufe, und alles war wieder hin. Ich habe mir jedenfalls fest vorgenommen, daß ich, falls Charlie und ich uns scheiden lassen sollten und Adam und Lucy bei ihm leben würden, alles mögliche unternehmen würde – mir einen Liebhaber suchen, mit einer Freundin zusammen wohnen oder das Trinken anfangen, nur um nicht noch einmal solches Elend zu erleben und zu verursachen.

Donnerstag abend teilte Charlie Adelaide mit, daß er die Mädchen auf eine kleine Reise mitnehmen würde, und die beiden würden sie dann einmal die Woche, am Mittwoch abend, anrufen, so wie sie vorgeschlagen hatte. Und am Freitag morgen brachen wir alle zur Farm auf. Dieser Tag verging schnell mit Auspacken, dem Besorgen von Vorräten und ersten Reitversuchen für die Mädchen (sehr kurzen Ausritten, sie hatten Angst vor Pferden) und einem Spaziergang zum Teich (in dem sie nicht schwimmen wollten, weil es darin vielleicht Schlangen, Käfer, Würmer oder Fische gab). Und plötzlich war Samstag morgen, und ich machte gerade im Schlafanzug das Frühstück, als Anthony und June Leyden aufkreuzten.

Die Leydens waren alte Freunde von Charlie und Charlie-und-Adelaide. Anthony sah gut aus, war gewandt und auf irritierende Weise brillant. Er unterrichtete an derselben Fakultät derselben Universität wie Charlie. Genaugenommen hatte Charlie über Anthonys Vermittlung die Stelle bekommen. Er war ein echter Freund von Charlie. Aber nicht von mir. Vor allen Dingen nahm er Charlie-und-mich nicht richtig ernst. Ich hatte mich mit Haut und Haaren in Charlie verliebt, und Anthony machte dauernd anzügliche Bemerkungen über uns beide und versuchte mir auf den Zahn zu fühlen, wenn Charlie nicht dabei war.

Und ich mochte Anthonys Frau June nicht oder vielmehr das, was Anthony und seine Frau gemeinsam darstellten. Anthony allein konnte fröhlich und geistreich und witzig sein, aber seine Frau war auf so hübsche, adrette, rechtschaffene Weise heilig, daß die beiden zusammen wie die Verkörperung von Ehe, Besitz und Kindern erschienen. Alles, was sauber und von Staat und Kirche gutgeheißen wurde, fand sich in ihnen versammelt.

Ich war June schon vor meiner Ehe mit Charlie mehrmals begegnet, und jedes Treffen war eine Prüfung. June war eine Freundin von Adelaide gewesen – angeblich war sie es immer noch –, und obwohl ich Charlie erst nach seiner Trennung von Adelaide kennengelernt hatte, lehnte June mich ab, sie bestand darauf, mir die Rolle der Ehezerstörerin aufzudrücken. Wenn sie mir mit ihren knappen bedruckten Baumwollkitteln und zerknautschten Schürzen, ihrem staubfreien Haus mit den beiden schüchternen Kindern, der elektrischen Waschmaschine, der Trockenschleuder, dem Mixer und dem Vileda-Tuch wie die leibhaftige tüchtige, patente Hausfrau vorkam, dann wird sie in mir mit meinen langen Haaren, dem mangelnden Interesse an Haushaltsdingen und meiner ständigen Rumfummelei an Charlie sicherlich eine Art Satansweib gesehen haben. Ich hielt sie für wichtigtuerisch, und sie hielt mich für leichtsinnig, und wahrscheinlich hatten wir beide recht. Ich war damals, vor meiner Ehe mit Charlie, noch in einer Studentinnenverbindung und hatte alles andere als die Verbesserung der städtischen Grundschulen im Kopf, sondern beschäftigte mich vielmehr mit lauter unwichtigen Dingen, wie etwa der Satire unserer Verbindung für den Varietéwettbewerb. Heute weiß ich: Kinder sind in der Tat eine große Belastung, man fühlt sich tatsächlich verantwortlich, man kann nicht mehr in jedem Augenblick das tun, wozu man Lust hat. Verglichen mit June war ich leichtsinnig. Und dennoch – auch wenn ich wohlwollend zurückschaue, glaube ich, daß sie absichtlich unfreundlich zu mir war. Sie betrachtete mich als Feindin, als Bedrohung. Damals hielt ich sie für eine Zicke. Und ganz am Anfang, kurz bevor ich Charlie heiratete, ärgerte sie mich ständig und ganz gewiß mit Absicht.

»Charlie!« rief sie zum Beispiel, wenn sie uns zusammen sah. »Lieber Charlie«, sagte sie, küßte ihn auf die Wange und übersah mich völlig, »wie geht es dir?« Und sie schaute ihn mit einfühlsamer Wärme an, so als wisse sie um sein geheimes Leid, weil er mit mir und nicht mit Adelaide zusammen war.

Oder sie strahlte ihn an: »O Charlie, weißt du noch, wie schön es letztes Jahr war, als du mit Adelaide und den Mädchen bei uns warst und wir diesen Picknickausflug gemacht haben?«

Oder: »Ja, dieses Brot ist wirklich köstlich, nicht? Das Rezept stammt von Adelaide. Sie ist die allerbeste Köchin.«

Oder: »Ja, sind meine Kinder nicht wirklich süß? Aber im Grunde sind doch alle Kinder wunderbar. Sie sind das lebendige Zeugnis der immerwährenden Liebe zwischen einem Mann und einer Frau.«

Oder sie nahm Charlie beiseite und sagte mit Bühnenflüstern: »Ich habe heute Adelaide gesehen. Sie hat sich die Haare schneiden lassen und ist eine völlig neue Frau. Du solltest wirklich mal bei ihr vorbeigehen und sie anschauen. Ich weiß, du wärst begeistert.«

Auch nachdem Charlie und ich geheiratet hatten und Adelaide mit den Mädchen nach Massachusetts gezogen war, änderte sich Junes Verhalten nicht. Sie wurde höchstens noch rigider und ablehnender mir gegenüber, so als versuche sie, die Botschafterin für Adelaides Verbitterung zu sein.

Zu jener Zeit damals – wie lange scheint sie her zu sein, so viel hat sich inzwischen verändert – war die Situation für Frauen noch entschieden anders, besonders für Frauen aus Kansas. Adelaide und June waren eingesperrt in ein Leben, das Ehemann, Haus und Kinder hieß. Ich war zehn oder zwölf Jahre jünger als sie (und meine Mutter und Großmütter hatten alle das College besucht und eine ziemlich liberale Einstellung), und ich wollte auf keinen Fall das, was die beiden hatten. Ich war ihre Feindin, da ich offen verkündete, daß ich ihre Art Leben nicht für erstrebenswert und befriedigend hielt. Und auf gewisse Weise waren auch sie meine Feindinnen: Schreckgespenster, die mir vorführten, was aus mir werden würde, wenn ich vergaß, die Pille zu nehmen, wenn ich einen Fonduetopf kaufte oder mir Stoffe anschaute. Ich wollte promovieren, wollte an der Universität lehren und verschlang genauso gierig wie die Männer alles, was ich in die Finger bekam, und schärfte meinen Verstand genau wie sie in geistreichen Gesprächen. Charlie, dessen Lebensgeister durch die tägliche häusliche Routine seiner ersten Ehe abgestumpft waren, liebte das verrückte Leben, das wir führten. Wir nahmen mindestens jede zweite Mahlzeit auswärts ein, und das zu allen Tages- und Nachtzeiten, wir erledigten die Wäsche und den Hausputz gemeinsam oder ließen es bleiben, wir schliefen miteinander oder ritten auf unseren Pferden aus, anstatt uns Möbel, Teppiche oder Stühle anzuschauen. Wenn wir jedoch mit Anthony und June zusammen waren, fühlte ich mich nie wohl. Ich hatte keine Lust, Junes Rezepte zu erfahren oder Geschichten über kranke oder besonders gescheite Kinder zu hören. Ich wollte mich mit Charlie und Anthony unterhalten, nicht mit ihr. Wir hatten einander nichts zu sagen.

Damals war für mich alles entweder schwarz oder weiß. Ich mochte June nicht, und sie mochte mich nicht. Aber ich protestierte nicht, als Charlie Anthony mit seiner Familie für jenen ersten Samstag auf die Farm einlud. Ich glaube, ich dachte, die Tatsache, daß Charlies Mädchen in unserem Haus waren und ich für alle kochte und herumschwirrte und reizend war, würde mich in Junes Augen akzeptabler machen. Charlic schätzte Anthony sehr, und er ertrug June. Ich wollte, daß die Leydens mich mochten. Nein, ich wollte, daß sie mich liebten. Ich wollte, daß sie mich absolut wunderbar fanden. Ich wollte, daß sie Charlie-und-mich glücklich priesen. Ich hätte noch etwas mehr Übung in liebenswürdigem Herumschwirren haben sollen. Wir hätten noch ein paar Wochen mit der Einladung warten sollen.

Es ging gleich von Anfang an schief. Wir vier waren gerade aufgestanden und tapsten gähnend in der Küche umher und versuchten wach zu werden, da sah Charlie, wie der Wagen der Leydens die Einfahrt zur Farm passierte.

»Heiliger Bimbam«, sagte Charlie. »Da sind Anthony und June. Sie kommen jetzt schon. Das kann doch nicht wahr sein! Halte du die Festung, Zelda. Ich gehe nach draußen und empfange sie.«

»June und Anthony?« sagte ich voller Panik. Ich war nicht vorbereitet auf sie, nicht im mindesten. »Bist du sicher, daß es ihr Wagen ist? O Gott, ich bin noch nicht einmal angezogen. Also gut, du gehst raus, Charlie, und zeigst ihnen einen Platz zum Parken, und ich – Caroline, würdest du wohl bitte ans Fenster gehen und gucken, ob Mr. Leyden auch das Tor wieder schließt, damit die Pferde nicht herauskönnen? Cathy, könntest du wohl noch ein paar Scheiben Toast machen? Ich muß mich anziehen.«

»Quiek, quiek …«, sagte Cathy.

»Entschuldige, Cathy, ich habe nicht verstanden, was du gesagt hast.« Ich blieb auf halbem Weg zum Schlafzimmer stehen.

»Ich hab gesagt, daß ich nicht weiß, wie man Toast macht«, sagte Cathy und starrte auf das Tischtuch.

»Ach, das ist ganz einfach, Herzchen. Du bist sieben Jahre alt, da wird es Zeit, daß du es lernst. Du steckst nur zwei Scheiben Brot in diese kleinen Schlitze da und drückst den roten Knopf runter. Wenn sie hochspringen, nimmst du sie raus und bestreichst sie mit Butter. Das ist alles. O Gott, sie steigen schon aus dem Auto. Ich muß jetzt in meine Kleider und mir das Haar –«

»Quiek, quiek …«, flüsterte Cathy.

»Was hast du gesagt, Cathy?« Ich ging zurück in die Küche und knöpfte mir dabei den Schlafanzug auf.

»Ich hab gesagt, daß ich es bestimmt falsch mache«, sagte Cathy.

»Ach, Herzchen, Toast kann man gar nicht falsch machen«, sagte ich. »Steck einfach das Brot rein und drück den Hebel runter. Ich muß jetzt –«

»Quiek, quiek …«

»Was?« Ich war kurz vorm Schreien. Ich konnte sehen, wie die Leydens sich mit Charlie dem Haus näherten.

»Ich verbrenn mir bestimmt die Hände. Mutter sagt, wir müssen in der Küche sehr vorsichtig sein, sonst verbrennen wir uns die Hände.«

»O Cathy, o Gott, die Hände verbrennen, o nein. Sieh mal, Cathy, es ist ganz einfach. Ich verspreche dir, du verbrennst dir nicht die Hände. Steck einfach nur zwei Scheiben Brot – o nein, Cathy, weinst du etwa, weil ich möchte, daß du Toast machst? Cathy –«

In dem Moment betraten die Leydens das Haus. Anthony warf mir einen Blick zu und begann zu lachen. Dafür daß es noch so früh war, war er bester Laune. Hinter ihm stand June und sah mit zufriedener Mißbilligung zu.

»Oh, welch glücklicher Tag!« rief Anthony mir zu. »O Freude, erhabene! Ein Anblick, den zu erleben ich nie zu hoffen gewagt hätte: Zelda Campbell in kurzem Pyjamahöschen. Du hast wunderbare Beine, Zelda, aber ich muß gestehen, dein Geschmack enttäuscht mich. Eine blauweiß gestreifte Pyjamajacke mit roten Flicken an den Ellbogen? Nicht sehr sexy. Ich hätte etwas aus Spitze oder etwas Durchsichtiges oder zumindest ein Bändchen erwartet. Du bist noch kein Jahr verheiratet. Was ist heutzutage nur aus den Bräuten geworden! Ich weiß, sie werden wie ihre Ehemänner, pfui Teufel –«

»Hallo Anthony, hallo June«, sagte ich und versuchte, in meinem aufgeknöpften Schlafanzug einen würdigen Eindruck zu machen. »Das ist ein alter Collegepartyschlafanzug. Entschuldigt bitte, ich ziehe mich jetzt schnell an, und du, Charlie, mußt wohl erst mal Cathy suchen und sie trösten. Sie ist heulend in ihr Zimmer gerannt. Ich habe sie gebeten, Toast zu machen.«

»Aha!« brüllte Anthony. »Die böse Stiefmutter schlägt wieder zu!«

Ich war kurz davor, in Tränen auszubrechen, schenkte den Leydens ein verkrampftes Lächeln, flüchtete ins Schlafzimmer und schloß die Tür fest hinter mir. Dann lehnte ich mich von innen dagegen, atmete tief durch und versuchte, nicht zu weinen. Ich wollte nicht weinen, ich wollte gelassen sein. Ich wollte perfekt sein. Doch es war erst acht Uhr morgens, und schon spürte ich, daß mein Tag, meine Woche, mein Sommer verdorben waren. Ich wünschte mir so heftig, daß Charlies Mädchen und Charlies Freunde mich mochten, mich für eine sympathische, tüchtige Person hielten. Und die Farm war ein zu kostbarer Ort, als daß dort unerfreuliche Dinge passieren durften.

Und was war denn schließlich passiert? Ich war in einem aufgeknöpften kurzen Pyjama vor Charlies aufgeblasenen Freunden erschienen. Ich hatte ein siebenjähriges Mädchen gebeten, Toast zu machen. Keines von beidem war eine Katastrophe, beschloß ich. Sicher nahm ich alles viel zu schwer. Ich hörte auf zu zittern und zog mich an. Ich kämmte mir das Haar und erteilte mir flink eine Schnellektion: Du bist ein großes Mädchen, sagte ich zu mir, und die Gestalten da draußen sind auch nur Menschen. Es wird alles gut werden. Ich lächelte mir selbst im Spiegel zu. Dann ging ich aus dem Schlafzimmer, bereit zum Strahlen.

Am einen Ende des großen Raums schenkten Anthony und Charlie sich Kaffee ein und plauderten; an anderen Ende saß June auf dem Sofa. Caroline und Cathy kuschelten sich an sie, und obwohl keine der beiden weinte, sagte sie: »Nicht weinen, ihr Süßen. Es wird alles gut. Ich weiß, wie schwer es für euch ohne eure Mommy ist. Aber eins sollt ihr wissen: Wenn ihr mich braucht, kannst du mich jederzeit anrufen, Caroline. Du weißt doch, wie man wählt, oder? Du bist groß genug, um meine Nummer im Telefonbuch zu finden. Wir sind die einzigen Leydens. L-E-Y-D-E-N.«

Als ich den Raum betrat, packte mich plötzlich Ratlosigkeit. Es war, als befände ich mich am falschen Ort. Am einen Ende des Zimmers hielten sich die Männer auf, am anderen die Frau und die Mädchen, und ich paßte weder zu den einen noch zu den anderen. Cathy schaute mich vorwurfsvoll an, so wie ein endlich gerettetes Kind seinen Peiniger anschaut. Niemand sonst hatte unsere kleine Auseinandersetzung bemerkt, sie war so schnell vorüber, daß ich sie fast schon vergessen hatte. Und sie war gewiß nicht bedeutsam genug, um in dieser Weise fortgesetzt zu werden. *Ich habe sie doch nur gebeten, Toast zu machen*, hätte ich am liebsten gebrüllt. *Macht jetzt bloß keine Szene!*

Statt dessen versuchte ich zu lächeln und ging zu June.

»So«, sagte ich, »in Jeans fühle ich mich besser. Entschuldige, daß ich bei eurer Ankunft noch nicht angezogen war. Wo sind eure Kinder, June, habt ihr sie nicht mitgebracht?«

»Doch natürlich«, sagte June, ohne mich anzusehen. »Um nichts in der Welt hätte ich gewollt, daß die Kinder sich nicht sehen. Meine beiden sind sofort zu den Pferden gelaufen. So, meine Süßen, ihr zwei beiden und ich, wir gehen jetzt nach draußen und begrüßen Dickie und Dierdre. Ich freue mich doch schon so darauf, daß ihr vier kleinen Mäuse wieder zusammen spielt, genau wie – früher.« Und June stand auf, nahm – immer noch, ohne mich anzusehen – die beiden Mädchen an die Hand und ging mit ihnen zur Tür hinaus. Ihr Rücken war sehr beredt, kerzengerade, triumphierend.

June besaß eine Eigenschaft, über die auch Adelaide verfügte und die andere Mängel ausglich, und das war ihre Autorität in allem, was den Umgang mit Kindern betraf. In jenem ersten Jahr war ich sehr unsicher und zögerlich, weil ich Angst hatte, zu streng zu sein und die Mädchen zu verschrecken. Ich fragte zu häufig, was sie essen oder machen wollten; und da sie nicht gewohnt waren, Entscheidungen zu treffen, starrten sie mich nur verstört an, und ich war frustriert. June war eine Mutter, und sie strahlte wirkliche Macht aus. Ich habe mich häufig gefragt, ob ich als Mutter inzwischen ebenso selbstsicher auftrete wie sie damals: Sie war eine regelrechte Dampfwalze an Selbstgerechtigkeit. So ein Gefühl habe ich nicht.

Ich weiß nicht mehr, wie lange ich so dastand, mich überrumpelt und, gegen meinen Willen, auch verletzt fühlte. Ich begriff nicht, wieso diese Frau es darauf anlegte, mich vor den Kopf zu stoßen. Ich hatte doch mein Bestes versucht. Ich hatte mich dafür entschuldigt, daß ich noch nicht angezogen war. Ich hatte mich nach ihren Kindern erkundigt. Ich hatte gelächelt. Und sie hatte mir buchstäblich den Rücken gekehrt.

Am liebsten wäre ich zu Charlie gelaufen, hätte mich ihm in die Arme geworfen und gesagt: »Würdest du bitte diese Frau entfernen, aus diesem Haus und von der Farm!« Aber Anthony hatte mich schon damit aufgezogen, daß ich eine Vaterfigur geheiratet hatte. Und ich war fest entschlossen, nicht schwach zu erscheinen, mich nicht an Charlie anzulehnen. Außerdem fühlte ich mich June, trotz ihrer Hochnäsigkeit, himmelweit überlegen. Ich war jünger, schlanker, hübscher, freier, schlauer. Noblesse oblige. Ich würde mit ihr fertig werden. Dann dachte ich, ich würde mit allem fertig werden; ja, ich ging nach draußen zum Hof vor der Scheune, wo alle Kinder versammelt waren. Sie lehnten über dem Zaun, schnipsten mit den Fingern und versuchten, die Pferde auf sich aufmerksam zu machen.

»Wer will mal reiten?« fragte ich, und sofort schrien Junes beide Kinder:

»Ich!«

»Ich zuerst!«

Ich sattelte mein Pferd Lisa und ließ erst Dickie und dann Dierdre reiten. Ich hatte dem Pferd den Halfter angelegt und führte es an einem Seil. Es ist nicht besonders aufregend, in einem Hof große Achten und Kreise abzuschreiten, während ein fremdes Kind wild um sich tritt und »Hü-hott! Hü-hott!« brüllt. Doch ich setzte meine Runden fort und hatte ein perverses Vergnügen am Vergnügen der Kinder. Ich hätte June am liebsten die Zunge herausgestreckt und gerufen: »Ätsch-bätsch, hi hi, ich kann Kinder auch glücklich machen!«

In einem Anfall von Übermut nahm ich schließlich den Sattel ab, setzte alle vier Kinder auf Lisa, sprang auf den ungesattelten anderen Falben, öffnete das Gatter und machte mit den Kindern einen langen Ausflug zum Teich hinunter und wieder zurück. Unterwegs kicherten sie die ganze Zeit, sie schlingerten und klammerten sich aneinander fest und schrien: »Hoho, Silver, auf geht's!« Anthony kam heraus und machte Fotos, und June blieb allein zurück. Wieder beim Stall angelangt, gab ich beiden Pferden Zuckerstückchen und Äpfel und hatte Lust, sie zu küssen, und tat es.

Danach verkündete Charlie, er werde jetzt das Ruderboot klarmachen, und Anthony half ihm, es aus der Scheune zum Teich zu tragen. Die vier Kinder sprangen vergnügt hinterher. June war zum Auto gegangen, um sich eine Plastiktüte mit Wolle und Stricknadeln zu holen, und trug sie feierlich zum Teich hinunter. Sie setzte sich ans Ufer, strickte und machte ein zimperliches Gesicht und ermahnte alle mit einer Stimme, die so entnervend geduldig war wie die vom lieben Gott persönlich: Alle sollten bitte vorsichtig sein, die Kinder könnten nicht schwimmen. Jeder kam mal dran und durfte eine Zeitlang rudern, und Dickie und Dierdre versuchten, einen Frosch zu fangen, und schließlich gelang es ihnen auch.

»Guck mal, Mom, wir haben einen Frosch gefangen!« schrie Dikkie.

»Wie wunderbar, mein Kleines«, sagte June. »Aber jetzt setz ihn wieder ab. Sonst holst du dir noch was Garstiges von ihm.«

Anthony und Charlie zogen ihre Kreise auf dem Wasser und diskutierten über Fakultätsprobleme, die Kinder planschten und kreischten am Ufer, und June strickte mit zusammengekniffenem Mund selbstgerecht vor sich hin und redete nicht mit mir. Ich saß in der Sonne, sah eine Weile zu und sagte dann zu Charlie, ich ginge jetzt wieder ins Haus, um das Mittagessen anzurichten.

Wegen des Essens war ich ganz aufgeregt. Ich brannte darauf, es zu servieren. Es war mein erstes offizielles Essen-mit-Gästen. Ich hatte mich für ein Menü entschieden, das die großkotzigsten Verbindungsstudentinnen immer bei ihren Sommerparties servierten: Shrimps mit Avocadosalat. Gebutterte Mohnbrötchen. Frische Erdbeeren mit Schlagsahne. Ich deckte den Tisch wunderschön auf der insektengeschützten Veranda, stellte einen Strauß Wildblumen in die Mitte und konnte es kaum erwarten, daß alle vom Teich zurückkehrten. Ein Baby hätte ich aus dem Stand nicht produzieren können – und wenn ich es gekonnt hätte, hätte ich es doch nicht getan –, um June zu demonstrieren, daß ich das Herz auf dem rechten Fleck hatte, ein gutes Essen hatte ich allerdings vorbereitet. Es war wie ein symbolischer Akt, eine Friedensgeste. June würde nicht umhin können zuzugestehen, daß es ein gelungenes Menü war. Die Avocados hatten genau den richtigen Reifegrad und lagen in einem Nest aus knackigem Salat, umgeben von einem bunten Gemisch aus Tomaten, hartgekochten Eiern und Limonen, alles hübsch zurechtgeschnitten. Ich hätte das verdammte Zeug schrecklich gern fotografiert. Für die Erwachsenen standen Weingläser und gekühlter Wein bereit, für die Kinder gab es Limonade. Die Brötchen waren warm und lagen unter einer Tuchserviette in einem Korb. Der Wein stand in einem riesigen, mit Eiswürfeln gefüllten Schmortopf (immerhin waren wir hier auf der Farm). Es war das eleganteste Essen, das ich je zubereitet hatte. Es war ein Angebot. Ich zeigte, daß ich bereit war, wie eine Frau zu handeln, wie Junes Vorstellung von einer Frau: Ich kochte und bediente und dekorierte und tat das alles höchst bereitwillig.

June erschien als erste, und als ich ihr sagte, das Essen sei fertig, kommandierte sie die Kinder ins Badezimmer, damit sie sich Hände und Gesicht wuschen. Anthony und Charlie wuschen sich am Spülbecken in der Küche und kamen dann auf die Veranda heraus.

»Donnerwetter!« sagte Charlie überrascht. »Das sieht ja phantastisch aus.« Er nahm mich in die Arme und küßte mich. Er flüsterte mir ins Ohr: »Zelda, du bist die Größte. Ich liebe dich.«

Ich lehnte mich an ihn und genoß die Wärme seines Körpers. In jenen frühen Jahren war ich ein Tier. Ich liebte seine Berührung mehr als alles auf der Welt. Sie war das Wichtigste für mich. Neun Monate lang hatten wir einander Tag und Nacht liebkost, geküßt, gestreichelt und umarmt, wir hatten gekuschelt, uns aneinander gerieben und uns abgeschleckt. Mit der Ankunft der Mädchen jedoch hatten wir, ohne uns vorher abzusprechen, eine Art Hände-weg-Moratorium in Kraft gesetzt. In jenem Sommer nahm Charlie mich nur dann in die Arme, wenn wir sicher im Bett lagen und es mitten in der Nacht war. Es war vorbei mit der wilden Vögelei auf dem Wohnzimmerboden am hellichten Tag. Selbst im Bett war das miteinander Schlafen anders. Wir trieben es ruhiger, so als fürchteten wir, das Haus könnte wackeln und die Mädchen würden sich erschrecken. Tagsüber umarmte Charlie Cathy oder Caroline, nicht mich. Wir wieselten geschäftig umher und plauderten heiter miteinander wie die allerbesten sittsamen Freunde. Ich bewältigte jene Tage mit einer Art fröhlichem, angemessenem, erträglichem Schmerz. In meinen Träumen lag ich nachts in den Armen meines Mannes.

Und an jenem Samstag lehnte ich mich eine Minute lang an Charlie, und er lehnte sich an mich, und wir mußten uns voneinander losreißen und hilflos angrinsen, weil wir spürten, wie das Verlangen zwischen uns aufflammte.

Gerade als ich mich von ihm löste, kam Cathy mit sauberem Gesicht und sauberen Händen auf die Veranda. Sie starrte ihren Vater und mich an. Und ihre Augen funkten eine unmißverständliche Botschaft: »Das ist mein Daddy. Hände weg. Laß ihn in Ruhe. Ich hasse dich. Das wirst du mir noch büßen.«

Ich wich zurück und dachte, ich würde wahnsinnig. Keine Siebenjährige konnte so etwas denken, glaubte ich damals, als ich Siebenjährige noch nicht kannte. Bestimmt übertrieb ich jetzt. Sie war doch nur ein kleines Mädchen und kein Monster. Und ich bin immer noch überzeugt, daß sie auch damals nie auf den Gedanken gekommen wäre, mich umzubringen. Sie wünschte sich nur von ganzem Herzen, ich möge verschwinden. Da das nicht klappte, wollte sie mich verletzen. Das war logisch, denn ich hatte sie verletzt.

Wir versammelten uns alle um den Tisch und setzten uns, und ich wartete, daß sie den ersten köstlichen Bissen probierten. Da brach Cathy in Tränen aus. Innerhalb kürzester Zeit hatte sie sich in ein lautstarkes, unkontrolliertes Schluchzen hineingesteigert.

»Ich hasse Shrimps!« schrie sie. »In Shrimps ist Sand, und sie haben Knochen, die wie Glas schmecken. Und dieses grüne Ding hasse ich auch. Sie macht nie irgendwas Leckeres zum Essen!«

Nach einem betretenen Schweigen, bei dem mich alle erwartungsvoll ansahen, sagte ich so ruhig ich konnte: »Cathy, ich habe euch genau das gemacht, was eure Mutter mir aufgeschrieben hat.«

»Bei Mutter müssen wir nie Leber essen«, jammerte Cathy. »Und zum Frühstück nie eklige alte Eier. Bei ihr kriegen wir Knusperflokken oder Früchtemüsli. Und nie, nie, nie Shrimps! Nie im Leben Shrimps, die sind eklig, eklig, eklig!« Sie bekam einen neuen Heulanfall.

Schließlich trug Charlie Cathy ins andere Zimmer. Caroline starrte unglücklich auf ihren Teller, während ihr langsam zwei Tränen über die Backen liefen. In der Folgezeit beobachtete ich, daß, immer wenn eine der beiden Schwestern weinte, die andere es ihr nachtat.

June stand auf, und ohne den Triumph in ihrer Stimme zu verhehlen, sagte sie: »Ich habe schon befürchtet, daß so etwas passieren könnte. Ich habe Erdnußbutter im Wagen. Du hast doch sicher Brot, Zelda?«

Angesichts einer Frau, die wahrhaftig mit Erdnußbutter im Auto herumfuhr, konnte ich nur meine Niederlage eingestehen. Ich hatte noch nicht einmal Erdnußbutter im Haus. Ich sagte ja, ich hätte Brot, stand auf und holte es, und gemeinsam machten wir für alle vier Kinder Brote mit Erdnußbutter und Gelee. Irgendwann hatte Charlie Cathy endlich beruhigt, und wir saßen wieder alle um den Tisch. Charlie und Anthony sagten: »Es ist köstlich«, und June ging so weit, zu bemerken: »Ja, es war sehr nett«, aber mir war das Essen verdorben, selbst der Weißwein konnte daran nichts mehr ändern. Ich fühlte mich reingelegt. Ich fand, daß Cathy ein Miststück war. Ich spürte, wie jene beschissenen zwei Minuten sich irgendwie aufgebläht hatten und den ganzen Sommer zu überschatten und zu verderben drohten, mit Sicherheit jedoch den ganzen Tag.

Am liebsten hätte ich zu Cathy gesagt, sie solle verschwinden, aus meiner Ehe, aus meinem Leben, von meiner Farm verschwinden.

Aber natürlich sagte ich das nicht. Das geht nicht, nicht mit einer Siebenjährigen, die der eigene Ehemann liebt. Und erst sehr allmählich lernte ich das, was ich an meinen eigenen Kindern dann von neuem begriff: Wie verfahren eine Situation auch sein mag, mit kleinen Kindern gibt es immer ein Morgen, eine neue Chance. Kinder sind Gefangene. Sie können ihre Freundschaftsnadel nicht zurückgeben, können sich nicht von ihren Eltern scheiden lassen oder sie enterben und aus dem Haus jagen. Sie vergeben so schnell, wie sie einschlafen, und sie erwarten, daß man ihnen ebensoschnell vergibt.

Damals wußte ich das nicht. Ich schleppte mich durch den Rest des Tages und war froh, als Anthony mit June und den Kindern am Abend wieder aufbrach. Charlie und ich saßen mit Caroline und Cathy draußen auf der Veranda und hörten den abendlichen Geräuschen zu: Frösche quakten, Vögel zwitscherten, andere Kreaturen raschelten im Gebüsch und suchten sich ihr Nachtlager, und der tapfere Ziegenmelker brachte uns allen ein Ständchen. Während ich das Geschirr spülte, brachte Charlie die Mädchen zu Bett, und anschließend ging ich widerwillig zu ihnen, um gute Nacht zu sagen.

Beide sahen so klein und süß aus, wie sie da in ihren dünnen Baumwollnachthemden, die Babypuppen mit Goldetikett neben sich, im Bett lagen. Ich küßte erst Caroline und dann Cathy auf die Stirn, wie ich es auch schon die Tage vorher getan hatte. Es herrschte immer noch dicke Luft, und deshalb sagte ich (indem ich mich streng ermahnte: Du bist die Erwachsene, sie ist das Kind): »Es tut mir sehr leid, daß ich euch Sachen zu essen mache, die du nicht magst, Cathy. Wie wäre es denn, wenn ihr beiden mir von jetzt an beim Einkaufen helft? Du sagst mir dann einfach, was du gerne ißt.«

Cathy sah mir in die Augen. »Na gut«, sagte sie schmollend, ohne einen Zentimeter nachzugeben. Sie lächelte nicht. »Ich will meinen Daddy und nicht dein Essen«, schien ihr versteinertes Gesicht zu sagen.

Doch da richtete Caroline sich plötzlich in ihrem Bett auf und sprang mir bei: »Cathy ist immer mäkelig mit dem Essen, auch zu Hause. Mutter sagt, sie ist zum Verzweifeln, und Omi sagt, sie kriegt nie einen Mann.«

Ich fühlte mich so ermutigt, als hätte mein strengster Professor mich soeben bei meinem Referat unterbrochen und gesagt: »Ein sehr guter Gedanke, Mrs. Campbell.« Ich lächelte. Ich entspannte mich.

»Ich war übrigens auch eine mäkelige Esserin, als ich klein war«, sagte ich. Ich setzte mich auf Cathys Bett – allerdings ans Fußende.

»Ich habe nie Ananas gegessen, und heute mag ich sie besonders gern. Aber Süßkartoffeln werde ich wohl nie mögen.«

»Ich mag bestimmt nie Spinat!« sagte Caroline und krauste die Nase und schüttelte den ganzen Körper in begeistertem Haß.

»Und ich würde nie im Leben Zwiebeln essen!« piepste Cathy.

Offenbar hatte ich eins ihrer Lieblingsthemen erwischt. An jenem Abend saßen wir fast eine Stunde zusammen, die zwei kleinen Mädchen und ich, und diskutierten vergnügt über Rüben und Kokosnüsse und Lebertran und all die anderen Sachen, die wir nie mögen würden. Heimlich war ich froh, daß beide Mädchen dabei nicht mich nannten.

Es mußte erst Charlie erscheinen und der Sitzung ein Ende machen. Er bestand darauf, daß die Mädchen endlich schlafen müßten. Ich war froh. Sie waren mit der Zeit albern geworden – »Ich mag keine Pupse mit Senf!« –, aber damals wußte ich noch nicht, daß man alberne kleine Kinder manchmal so schnell und entschieden bremsen muß, wie man ein Garagentor herunterläßt. Ich hatte ihnen gefallen wollen und nicht gewußt, wie ich da wieder herauskam, so daß ich für kurze Zeit ihre Gefangene gewesen war. Doch als ich aus dem Zimmer ging, war ich zufrieden. Immerhin, dachte ich, immerhin sind wir jetzt Freunde. Immerhin hört endlich dieser häßliche Hickhack auf.

Ich mußte noch eine Menge lernen.

Zwei

Dritter Oktober in Helsinki, Finnland, und zwei ziemlich bemerkenswerte Dinge sind geschehen. Erstens hat es heute geschneit. Nicht stark genug, um das immer noch grüne Gras zuzudecken, doch es reichte, um den Gang mit den Kindern zur Parktante sehr mühsam zu machen. Ich fühlte mich schuldig, als ich sie bei ihr abgab, besonders, weil Lucy gerade erkältet ist. Aber es brachte ihnen solchen Spaß, draußen zu toben, herumzurennen und sich schmutzig zu machen, daß ich sie dann doch daließ. Es war für die Kinder in jeder Hinsicht das Beste, entschied ich: Sie müssen an die frische Luft, und ich liebe diese kostbare Zeit allein in der Wohnung – ich blühe richtig auf. Manchmal schreibe ich Briefe oder kritzele in diese kleinen Kinderschreibhefte, die ich im Lebensmittelladen entdeckt habe, manchmal erledige ich auch Hausarbeiten, und jeden Tag wasche ich die Wäsche in der winzigen Maschine im Badezimmer und hänge sie zum Trocknen auf, entweder auf unserem sechzig mal sechzig Zentimeter großen Balkon oder auf der Leine über der Badewanne. Und immer denke ich nach, ich grübele und grübele. Wenn Charlie und Adam und Lucy hier sind, schalte ich einen Teil meines Gehirns ab und handele wie eine gute Ehefrau und Mutter. Nur wenn ich allein bin, öffne ich jene verborgene Tür, und dann prallen meine Wunschphantasien und mein Verstand heftig aufeinander.

Das zweite Bemerkenswerte, was heute geschah, war der Auslandsanruf, den ich erhielt. Die Übersee-Telefonistin sprach mit Akzent, weswegen ich sie dauernd falsch verstand und immerzu sagte: »Nein, nein, Dr. Campbell ist im Augenblick nicht zu sprechen«, bis ich fast erschrocken begriff, daß der Anruf für mich war.

»Zelda?« Es war Stephens Stimme, und sie war so deutlich zu verstehen, als befände er sich im Nebenzimmer anstatt Tausende Kilometer entfernt. »Zelda? Bist du es? Ist Charlie da? Kannst du reden?«

»Ja, ja«, schrie ich, als ich wieder Luft bekam. »Das heißt, ja, ich bin's. Nein, Charlie ist nicht hier. Ja, ich kann reden. Ist etwas passiert?« Und plötzlich sah ich vor meinem inneren Auge, wie unsere wunderschöne alte Farm, die im Augenblick an einen Gastdozenten für Mathematik vermietet war, in Flammen stand.

»Nein, nein, es ist alles in Ordnung. Alles läuft gut. Ich habe einfach nur Sehnsucht nach dir. Ich habe schreckliche Sehnsucht nach dir, Zelda, so geht es nicht weiter. Es ist alles verkehrt.«

Bei diesen Worten tat mein Herz einen Sprung, und mir wurde wunderbar warm, ich fühlte mich wunderbar glücklich. Und eigenartig triumphierend dazu: In den vergangenen drei Wochen hatte ich keinmal Sehnsucht nach Stephen gehabt. Ich hatte an ihn gedacht, wenn ich jenes verrückte geheime Fach in meinem Kopf aufschloß, aber ich hatte mich nicht verzweifelt nach ihm gesehnt, ich hatte nicht gelitten.

»O Stephen, ich sehne mich auch nach dir«, sagte ich. »Aber wir waren uns doch einig – neun Monate sind keine sehr lange Zeit, wenn es darum geht, über lebenswichtige Entscheidungen für uns alle nachzudenken –«

»Neun Monate sind viel zu lang«, sagte Stephen. »Neun Wochen sind zu lang. Ich brauche keine Bedenkzeit mehr. Ich weiß genau, was ich will. Ich will dich.«

»O Stephen, denk an Ellen. Denk an Charlie, er ist dein Freund. Denk an all die Kinder –«

»Sie würden es überleben, wir würden es alle überleben. Es gäbe einen Monat mit Heulen und Zähneklappern, und dann würde das Leben ganz normal weitergehen. Begreifst du denn nicht, daß es so viel schlimmer ist, wenn du mit Charlie und ich mit Ellen weiterleben muß, wo wir beide uns doch lieben?«

»Aber jetzt noch nicht, Stephen, ich kann es einfach nicht. Ich brauche unbedingt noch Zeit, um nachzudenken, ganz unbedingt.« Die wunderbare Wärme war weg. Ich hätte am liebsten geweint. »Bring mich nicht dazu, daß ich dich anflehe, bring mich nicht dazu, daß ich dich bitte. Ich will nicht noch einen Mann fragen müssen, ob ich tun darf, was ich tun möchte und muß. Du verdirbst alles.«

»Ich komme nach Helsinki«, sagte Stephen.

»Was? Was?« schrie ich, und wegen der transatlantischen Zeitverzögerung hallten unsere Stimmen nach und überlagerten sich plötzlich.

»Ich habe gesagt, ich komme nach Helsinki.«

»Was? Was?«

»In New York findet eine Konferenz statt, und ich kann hier sagen, daß ich teilnehme. Ich kenne jemanden, der mich deckt. Ich habe schon gebucht. Ich komme morgens um halb zwölf eurer Zeit an, mit der BEA, Flugnummer 270, am neunundzwanzigsten November. Kannst du mich am Flughafen abholen und ein Hotel für mich reservieren?«

»Stephen, das packe ich nicht. Du kannst nicht herkommen. Bitte.«

Ich muß ziemlich verzweifelt geklungen haben, es folgte ein langes Schweigen, und dann sagte Stephen:

»Ich verspreche dir, ich mache keine Szene. Ich werde dich nicht zwingen. Ich werde nicht einmal über die Zukunft mit dir reden. Ich möchte dich einfach nur sehen, bei dir sein. Ich bleibe nur zwei oder drei Tage. Wir werden zusammen essen, uns in meinem Hotel verstecken, reden, wenn du magst. Ich möchte dich nur sehen, Zelda. Ich möchte dich wieder berühren. Alles auf kleiner Flamme. Kein Druck. Ist das in Ordnung?«

Ich war ganz schwach vor Angst und Freude und Sorge. »Also gut«, sagte ich. »Also gut.«

»Dann auf Wiedersehen bis zum neunundzwanzigsten November. Schreib mir, Zelda, hier an die Universität.«

»Gut. In Ordnung. Auf Wiedersehen.«

»Ich liebe dich, Zelda.«

»Auf Wiedersehen.«

»Oh, ich liebe euch, ich liebe euch, Schokoladenäuglein, Federhühnchen«, sagte ich oft zu meinem dunkeläugigen Sohn, zu meiner blonden Tochter mit dem feinen Haar. »Ich liebe euch, ich liebe euch, ich liebe euch!« schrie ich begeistert, wenn ich auf ihren Betten Ringkämpfe mit ihnen veranstaltete, an ihrem süßen Fleisch nippte. »Ich könnte euch auffressen!«

»Ich liebe dich, Charlie«, hatte ich so häufig in unserem gemeinsamen Leben zu meinem Mann gesagt. Und ich meinte es auch.

Ich liebte auch zwei, drei oder vier Frauen, die mir wichtig waren, die für mich mehr als Freundinnen oder Mentorinnen waren. Ich liebte meine Eltern, ich liebte meine Großeltern, die in Altersheimen dahindämmerten. Auf gewisse Weise liebte ich auch meine Stieftöchter.

Aber jetzt liebte ich zum ersten Mal in meinem vierunddreißigjährigen Leben schließlich und endlich unmißverständlich und am allermeisten mich. Das war ein großartiges Gefühl.

Was Stephen anging, war ich mir nicht so sicher. Vielleicht liebte ich ihn, vielleicht auch nicht. Das war eines der Dinge, die ich herausfinden wollte. Was an der Geschichte war eine Herausforderung, was daran war Dankbarkeit, wieviel hatte es schließlich damit zu tun, daß ich über dreizehn Jahre lang mit keinem anderen Mann als Charlie geschlafen hatte?

Wir waren Stephen und Ellen mehrere Male auf Universitätsfesten begegnet, und es stellte sich heraus, daß Stephen der neue Leiter der Englischabteilung war. Ellen hatte Kinder in Adams und Lucys Alter – selbstverständlich waren es auch Stephens Kinder, aber bei Kindern denkt man immer, daß die Mutter sie hat, weil sie mit ihnen zu Hause ist. Adam und Carrie, Ellens vierjährige Tochter, kannten sich sogar von der Vorschule. Charlie, der nicht mehr so schnell Freundschaften schließt, weil er Bücher für einen sinnvolleren Zeitvertreib hält, mochte Stephen, weil er so viel über Bücher wußte. Ich mochte Ellen, weil sie so wunderschön anzuschauen war und weil sie wie ich war – eine Frau, die »eine Karriere« gehabt hatte, jetzt aber eine hingebungsvolle Mutter war. Sie war glücklich über ihre Kinder, fand das häusliche Leben aber trotz ihrer Begeisterung ziemlich einengend und langweilig. Wir trafen uns immer häufiger zu gemeinsamen Unternehmungen, feierten sogar ein wunderschönes Weihnachtsfest miteinander, und die Freundschaft mit der Hunter-Familie war insgesamt ein Lichtblick in unserem Familienleben.

Dann rief Stephen mich letztes Jahr im September an und erzählte mir, daß einer der Professoren einen Herzinfarkt gehabt hatte. Er fragte, ob ich vielleicht Lust hätte, zwei Seminare an der Universität zu geben. Es gehe um Anfängerunterricht in Literatur und Aufsatzkunde, die Bezahlung sei mäßig, und er könne ohne Schwierigkeiten ein höheres Semester finden, wenn ich nicht interessiert sei. Aber er habe mich so oft sagen hören, wie sehr ich das Unterrichten vermisse ... Ich fühlte mich wie eine Ertrinkende, die plötzlich gepackt und an die Oberfläche gezogen wird.

Ich unterrichtete jeweils Montag, Mittwoch und Freitag nachmittag, und ich genoß es. Ich fand es stets von neuem ungeheuer aufregend, wenn ich im Klassenzimmer umherwanderte, mit den Studenten lachte und versuchte, die Stunden mit lauter verrückten Mätzchen zu beleben, damit die jungen Leute nicht nur etwas lernten, sondern auch Spaß beim Lernen hatten. Ich war eine gute Lehrerin. Das war ich auch schon früher gewesen, aber jetzt war ich älter, und es war gut zu wissen, daß meine Fähigkeiten mir nicht abhanden gekommen waren. Es war auch gut zu wissen, daß die tollen großen, imposanten Basketball-Stars zwar nicht mehr mit mir zu flirten versuchten, aber immer noch gut genug aufpaßten, um zu begreifen, wie man einen anständigen Essay schreibt. Ich wußte, daß ich eine gute Lehrerin war, ich hatte nicht den geringsten Zweifel daran. Ich erhielt einen Teilzeitvertrag für das Frühjahrssemester, und niemand zu Hause beklagte sich. Das Unterrichten gab mir irgendwie Kraft für mein übriges Leben; ich lächelte bei der Hausarbeit, sang meinen Kindern Lieder vor, begann, erfindungsreicher im Bett zu werden.

Ich hätte auch diesen Herbst wieder unterrichtet, doch statt dessen erhielt Charlie ein Fulbright-Forschungsstipendium, und da sind wir nun in Helsinki. Ich sage mir ständig, daß ich jederzeit wieder unterrichten kann, daß dies hier eine seltene Chance ist, eine fremde Kultur zu erleben, daß wir reisen sollten, solange die Kinder klein sind. Aber da ist eben auch noch meine Lust zu unterrichten, die hinter den geschlossenen Türen meines Kopfes herumgeistert und mich an den Schultern rüttelt, wenn ich sie herauslasse. Früher hatte ich vor, Universitätsprofessorin zu werden und eine Englischabteilung zu leiten. Und jetzt weiß ich nicht genau, ob ich Stephen will oder die Stelle, die er zu vergeben hat.

Es war erfrischend, nach so langer Zeit wieder zu unterrichten, und Stephen war immer da, er machte mir Komplimente, erzählte überall von meiner guten Arbeit und half mir. Es war einfach, ihn liebzugewinnen. Und um so herrlicher, insofern er ein Mann war, an den nur wenige herankamen. Er war schlank und gutaussehend, ein Neuengland-Privatschultyp, der in Yale promoviert hatte. Er hatte eine Menge veröffentlicht, und zwar an all den richtigen Stellen, und er war viel in der Welt herumgekommen. Er besaß die unerschütterliche Gelassenheit eines Mannes, der auf seinem Fachgebiet absolut kompetent ist und außerdem aus einer reichen Familie kommt. Seine Frau war ein weiteres Juwel in seiner Krone. Sie war Schauspielerin am Broadway gewesen und gab nun ihr Können an der Universität und an kleinen Stadttheatern weiter, allerdings spielte sie selber nicht mehr, da sie fand, daß die Schauspielerei sie zu sehr auszehre, und sie wollte ihre Kräfte für die Familie aufsparen. Stephen Hunter besaß alles, und das wußte er, und jetzt wollte er eine wunderbare, einzigartige, innovative Englischabteilung aufbauen – sein ganzes Tun und Trachten war darauf ausgerichtet. Das Lächeln, das er Sekretärinnen, Professoren, Studenten und Verwaltungsangestellten schenkte, war bezaubernd, aber kurz. Er wollte es schnell erledigt wissen. Er hatte eine Menge zu tun. Die Leute fingen an, ihn hochnäsig oder allzu ehrgeizig zu finden, eisig und unmenschlich. Ich war nur eine unbedeutende Teilzeitdozentin; ich genoß den Neid der anderen, die sahen, wie Stephen sich auf meinen Schreibtisch setzte und mit mir plauderte und lachte. Ich glaubte, er witzele am Montag mit mir über den Aufsatz eines Erstsemesters, weil wir am Sonntag mit all unseren Kindern Schlittenfahren gewesen waren. Ich glaubte, er diskutiere Institutsangelegenheiten mit mir, weil ich gute Ideen hatte. Viele von ihnen wurden dann ja auch in die Tat umgesetzt. Ich glaubte, da unterhalte sich eben ein intelligenter Mann mit einer intelligenten Frau über die Arbeit. Ich war betrübt und erfreut zugleich, als sich herausstellte, daß alles ganz anders war.

Eines Morgens im März rief Ellen mich völlig verzweifelt an.

»Was soll ich bloß machen, Zelda?« jammerte sie. »Carrie hat die Grippe erwischt und ist richtig krank. Seit Stunden hat sie nun schon über neununddreißig Grad Fieber, sie kann nichts bei sich behalten und will nur noch auf meinem Schoß sitzen. Und ich habe Stephen versprochen, daß ich heute abend ein kleines Essen für

Wieheißtergleich – für diesen Großkritiker geben werde, der heute einfliegt. Ich habe gestern schon eine Schokoladentorte gebacken, sie steht jetzt im Kühlschrank. Aber ich schaffe es unmöglich, das ganze Essen vorzubereiten. Und sowieso will hier bestimmt niemand etwas essen, das ganze Haus stinkt nach Erbrochenem.«

»Aber Stephen kann diesen Herrn doch sicher auf Spesen zum Essen ausführen«, sagte ich.

»Nein, nein, nicht am ersten Abend«, sagte Ellen. »Dieser Mensch ist wirklich eine große Nummer, und sie erwarten von uns, daß wir ihn wie einen König empfangen. Er ist so ein einsamer alter Witwer, der allein in New York lebt und gerne gehätschelt wird, wenn er unterwegs ist. Stephen wollte unbedingt, daß wir ihm an seinem ersten Abend ein fürstliches Mahl bei uns zu Hause servieren.«

»Ellen«, sagte ich, »sprichst du etwa von Levin? Samuel Levin? Du lieber Himmel, Ellen, wenn es sich um Samuel Levin handelt, dann richte ich das Essen hier aus! Wer soll denn alles kommen? Ich bringe die Kinder zu einem Babysitter und mache ein Stroganoff mit Salat. Du bringst mir noch die Torte als Nachtisch, und dann sind wir alle glücklich!« Ich war ganz begeistert von der Vorstellung, daß Samuel Levin mein Haus betreten würde, außerdem machte es mir Freude, Ellen beizustehen. Wie sich später herausstellte, glaubte Stephen, ich hätte es ihm zuliebe getan.

Mein Anteil an der Abendeinladung war ein Erfolg. Marita Nyberg und Dan Smith, die beiden anderen Kollegen der Englischabteilung, stellten sich als außerordentlich liebenswürdige und höfliche Menschen heraus. Sogar Charlie zeigte sich von seiner herzlichsten Seite. Aber Samuel Levin war inzwischen alt und kauzig und verbittert und frostig. Nachdem er sich den Winter über in seiner Wohnung verkrochen und Schmähschriften gegen Kritiker verfaßt hatte, die sein Werk kritisierten, vermochte er nicht einmal soweit aufzutauen, daß er auch nur höflich gewesen wäre. Während der ersten Hälfte des Abends war er solange eine Wand aus Eis, bis er genügend Alkohol intus hatte – unseren ganzen Scotch und drei Flaschen Wein –, und dann fing er an, wild und wütend herumzupolemisieren, während wir anderen betreten dasaßen und so taten, als hörten wir zu.

»Um Gottes willen«, flüsterte Marita mir zu, als sie aufbrach, »morgen abend soll er die Vorlesung im Institut halten, und er fährt erst am Morgen darauf. Wer soll sich denn bloß um ihn kümmern und sich morgen abend noch mehr von dieser Scheiße anhören? Ich jedenfalls nicht!«

Am Ende stellte sich heraus, daß nur Stephen und ich bereit waren, mit ihm am Dienstag abend nach seiner Vorlesung essen zu gehen. Niemand sonst wollte mit, nicht einmal, wenn das Essen umsonst war. Carrie war immer noch krank, weswegen Ellen nicht konnte, und Charlie hatte einfach keine Lust.

»Mit hat's gereicht«, sagte er, als wir nach dem Essen bei uns den Abwasch machten. »Ich passe morgen abend auf die Kinder auf, und du kannst zuhören, wie dieser alte Irre seinen Scheiß abläßt.«

Ich machte noch ein paar Einwände, sah dann aber Charlies Standpunkt ein. Es war wirklich ein langweiliger, verlorener Abend gewesen. Trotzdem stieg ein wenig Groll in mir auf. Wie viele Abende hatte ich damit verbracht, nett zu Charlies auch nicht immer angenehmen Kollegen zu sein? Hatte ich nicht ebensosehr Anspruch auf seine Unterstützung, solange ich noch keine richtige Professorin war?

Stephen und ich gingen mit Samuel Levin in ein kleines Restaurant ganz in der Nähe seines Hotels. Zu unserer Überraschung und Erleichterung war seine Vorlesung bemerkenswert klar und gehaltvoll gewesen. Er hatte sich für seinen öffentlichen Auftritt sichtlich zusammengerissen und erhielt ohrenbetäubenden Applaus. Ich war stolz, daß alle sahen, wie ich mit ihm fortging: ich, die Teilzeit-Erstsemesterdozentin, neben ihm, dem feinsinnigen alten Gelehrten.

Der Erfolg seiner Rede hatte Levin offenbar zugänglicher gemacht. Während des Essens wurde er wieder gesprächig, aber diesmal widmete er sich erfreulicheren Themen. Er erinnerte sich. Er erzählte Histörchen über Eliot und Stein und Pound, er trank und lachte und fühlte sich außerordentlich wohl. Stephen und ich hätten alles mögliche sein können, wir hätten glattweg Schaufensterpuppen sein können – Levin brauchte sein Publikum nur, weil es sich nicht gehörte, in der Öffentlichkeit laute Selbstgespräche zu führen. Stephen und ich aßen hervorragend auf Kosten des Gastdozenten-Fonds, und wir tranken gerade so viel Wein, daß Levin sich nicht allein gelassen fühlte, gerade so viel, daß wir uns jedesmal, wenn Levin in sein irres Lachen ausbrach, mit gekrauster Stirn ansahen.

Nach dem Essen brachten wir Levin in sein Hotelzimmer. Mittlerweile hatten wir den Eindruck, wir sollten uns lieber persönlich davon überzeugen, daß er heil dort landete.

»Morgen früh um zehn holt Dr. Smith Sie ab und bringt Sie zum Flughafen«, sagte Stephen. »Vielen Dank noch einmal für Ihre Vorlesung. Sie waren großartig.«

Levin stand schwankend in seiner Tür und sah Stephen an. »Sie haben wohl keine Lust mehr, noch auf einen kleinen Schlummertrunk hereinzukommen? In meinem Koffer habe ich noch einen ganz edlen Tropfen. Reise nie ohne. Nein, ich sehe, Sie beide haben kein Interesse mehr an mir und meiner Flasche und meinen alten, abgedroschenen Geschichten. Sie haben einander schon den ganzen Abend schöne Augen gemacht. Ich bin kein Trottel. Ihr zwei könnt es gar nicht abwarten, daß ihr den alten Knacker los seid und irgendwohin gehen und wie die Kaninchen rammeln könnt. Na denn, zieht los, ihr beiden und viel Glück. Genießt es. Ich würde es auch, wenn ich jemanden hätte, mit dem ich es tun könnte. Ich krieg ihn immer noch genauso hoch wie in alten Zeiten –«

Stephen schubste Levin sanft in sein Zimmer, sagte gute Nacht und schloß die Tür.

Ich lehnte mich an die Wand gegenüber und fing leise an zu lachen. »O Stephen«, sagte ich und schüttelte den Kopf.

Stephen machte zwei Schritte über den schmalen Flur, preßte sich an mich und begann mich zu küssen. Die Wirkung seiner Lippen auf meinen war so, als hielte man ein Streichholz an benzingetränkte Lumpen: Es machte *zisch*! Wir entflammten. Da standen wir beide in dem Hotelflur, keine zwei Meter vom armen Levin entfernt, der sich jetzt bestimmt noch ein Glas einschenkte, und küßten und rieben uns wie wild aneinander.

Falls ich überhaupt einen klaren Gedanken faßte – hauptsächlich schrie es in meinem Kopf: »Weg mit diesen lästigen Kleidern!... Wo ist das Bett?... Mehr, mehr, mehr!« –, dann lautete er: »Er war's, der uns aufgegeilt hat, dieser geile alte Kerl, er und seine Sauferei.« Eine andere Stimme aber schrie: »He, Zelda, hör auf! Was ist mit Charlie?« Doch ich schob die vernünftigen Gedanken beiseite. Stephen zu küssen war *toll.*

»Ich besorge uns ein Zimmer«, sagte Stephen plötzlich und machte sich los. Sein Mund war geschwollen, und ich wußte, meiner auch.

»Wofür?« fragte ich dämlich. Dann kapierte ich. »Nein!« Ganz außer mir packte ich Stephen wieder. »Nein, Stephen, das können wir nicht!«

Stephen starrte mich ungläubig an, und als er sah, daß ich auch meinte, was ich gesagt hatte, packte er mich plötzlich am Handgelenk und zog mich zu der offenen Tür von Zimmer Nummer 256. Er knallte die Tür hinter uns zu. Ich hatte meinen Verstand noch so weit beieinander, um mich schnell in dem Zimmer umzuschauen. Es war sauber und unpersönlich, unberührt. Keine Mäntel, die auf den Kleiderbügeln hingen oder über einen Stuhl geworfen waren, keine Bettdecken, die erwartungsvoll zurückgeschlagen waren.

»Zelda«, sagte Stephen und preßte mich gegen die Tür. »Ich warte seit Monaten auf eine Gelegenheit wie diese. Ich will dich. Ich möchte mit dir schlafen.«

Wieder überschüttete er mich mit Küssen. Er war so ungeduldig, so verzweifelt, so erregt – so anders als Charlie, für den das miteinander Schlafen mittlerweile natürlich zu einer ruhigen Gewohnheit geworden war – im Bett war er eher langsam und gelassen. Alle meine Instinkte waren erwacht und bildeten eine wilde, starke Mixtur: sexuelles und mütterliches Verlangen schossen ineinander. Stephen schien sowohl ein ausgewachsener Mann zu sein, der mich zu nehmen verstand, als auch ein junges Tier, das fordernd gegen die mütterliche Brust stupst und Nahrung und Zuneigung erwartet.

Am Anfang unserer Beziehung hatten Charlie und ich einander versprochen, daß wir nur mit jemandem anders schlafen würden, wenn wir es vorher dem anderen mitteilten. Damals schien uns das eine faire und logische Absprache zu sein; ich war ohnehin sicher, daß ich nie das Bedürfnis haben würde, mit einem anderen Mann zu schlafen, und in all den dreizehn Jahren, die wir inzwischen verheiratet waren, hatte ich nie den Drang verspürt, diese Absprache zu testen. Jetzt begriff ich, wie absurd sie war, und ein leises Glucksen kroch in meiner Kehle hoch. Ich malte mir aus, wie ich mit Stephen auf dem Bett tobte, gleichzeitig das Telefon nahm und wählte, die Strumpfhose runter- und den Rock hochzog und »Charlie? Hier ist Zelda« sagte. (Schnauf, schnauf, keuch, keuch, schweres Atmen, Kontrollverlust.) »Ich wollte dir nur sagen, daß ich jetzt gleich mit einem Mann schlafen werde. Tschüs!« Und dann würde ich einhängen und mich wieder Stephen zuwenden ...

Doch ich stieß ihn weg. Zu schwach, um ohne eine Wand im Rükken zu stehen, und am ganzen Körper zitternd, hatte ich doch die Kraft, ihn wegzustoßen. Ich begehrte ihn, aber nicht richtig. Ich sehnte mich nach dem romantischen Gefühl, nach dem Hauch von Gefahr, nach dem Vergnügen und nach der Bestätigung, daß ich begehrenswert war. Aber ich sehnte mich nicht nach der letzten ernsthaften Hingabe, der Vereinigung meines Körpers mit seinem.

»Stephen«, keuchte ich, während ich ihn mir mit den Händen vom Leibe hielt und wir beide schwer atmeten und zitterten und schwitzten und einander wie zwei Kämpfer in einer Schlacht anfunkelten. »Stephen, ich kann nicht, ich kann nicht.«

»Zelda«, sagte Stephen, und seine leise Stimme klang traurig, »du begreifst nicht. Ich liebe dich.«

Gut, ich war betrunken. Ich hatte zu viel Wein getrunken. Ich zog meinen einen Arm weg und schlug Stephen so heftig ich konnte auf die Wange. Überrascht taumelten wir beide zur Seite.

»Du blöder, aalglatter, verlogener Neuengland-Schlaumeier!« zischte ich. »Du eingebildeter, egoistischer Heuchler. Benutzt du solche Worte immer so schnell. Ich bin von Kansas. Mir bedeuten solche Worte etwas. Du liebst mich nicht, erzähl mir nicht, daß du mich liebst. Du willst einfach nur mit jemand bumsen, das ist alles. Mit deinem Satz hast du alles verdorben.«

Ich brach in Tränen aus. Ich sackte mit schlaff herabbaumelnden Armen gegen die Wand und schluchzte.

Nach einer Weile sagte Stephen: »Ich bringe dich jetzt nach Hause.«

Ich ging ins Badezimmer, wusch mir das Gesicht mit kaltem Wasser und trocknete mich mit den hübschen, frischen Hotelhandtüchern ab. Ich malte mir die Lippen und die Augen neu und lächelte mir im Spiegel zu. Dabei versuchte ich, normal auszusehen, und fragte mich, ob man wohl etwas sah – genauso wie ich es vor vielen

Jahren getan hatte, wenn ich mit einem Jungen weggewesen war und meine Eltern mich mit ihren prüfenden Adleraugen erwarteten. Jetzt würde mich allerdings Charlie sehen. Ich wußte, daß ich ihm nichts sagen würde. Bis jetzt fühlte ich mich noch tugendhaft, nur leicht betrunken und verlegen.

Dann ging Stephen ins Bad, während ich auf der Kante des Doppelbetts saß und normal zu atmen versuchte. Als wir den Raum verließen, konnte ich nicht umhin, zu lächeln: Was hatten sich dort für Leidenschaften abgespielt, und wir hatten nicht einmal für das Zimmer gezahlt! Wir gingen an Levins Tür vorüber, halb in der Erwartung, er werde sie öffnen und uns anzüglich angrinsen, doch alles blieb still. Niemand schaute uns genauer an, und wir fuhren mit dem Fahrstuhl hinunter, gingen durch die Halle und hinaus zum Wagen.

Die Fahrt nach Hause verlief vollkommen stumm. Wir sagten nichts. Im stillen spielte ich durch, was ich zu Charlie sagen würde: »Levins Institutsvorlesung war wunderbar, du hättest dabeisein sollen, aber beim Essen hat er sich wieder vollaufen lassen. Wenigstens war das Essen gut. Ich hatte Schnecken als Vorspeise, und –«

Stephen bog in die Einfahrt ein, und ohne den Motor abzustellen, beugte er sich hinüber und öffnete meine Tür von innen.

Ich legte die Hand auf den Türgriff und sagte: »Gute Nacht, Stephen.«

Und Stephen sagte: »Ich liebe dich, Zelda. Ich liebe dich schon sehr lange.«

Ich sah ihn eine ganze Weile lang verstört an, sprang dann aus dem Wagen und rief mit meiner schönsten alten Verbindungsstudentinnenstimme: »Vielen Dank noch mal, Stephen. Grüß Ellen von mir. Hoffentlich geht es Carrie besser.«

Dann ging ich langsam und normal zum Haus, obwohl mir eher nach Weglaufen und Verstecken war, so als ob irgend etwas mich schnappen würde, wenn ich mich nicht beeilte.

Das war im März. Am nächsten Tag wartete auf meinem Schreibtisch die getippte Abschrift eines zärtlich bezwingenden Liebesgedichts auf mich.

Ich legte den Kopf auf den Tisch und weinte. Zehn Minuten lang. Dann stand ich auf, brachte mein Gesicht in Ordnung, marschierte los und legte einen fetzigen Knaller von Unterrichtsstunde für meine süßen kleinen Erstsemester hin.

Und mit Stephen habe ich bis jetzt noch nicht geschlafen. Ich weiß nicht genau, wieso. Wahrscheinlich, weil sich die perfekte Gelegenheit noch nicht ergeben hat. Es haben sich keine weiteren Hotelzimmertüren vor uns geöffnet. Wir haben uns noch mehrere Male getroffen – sechsmal genau, und ich könnte jedes Wort zitieren, das wir zueinander gesagt haben. Wir saßen dann, über Kaffee und Referate gebeugt, jedesmal immer noch in der Eingangshalle, wenn die anderen Professoren und Dozenten schon längst diesen Text oder jenen Studenten verhandelt hatten und einer nach dem anderen gegangen waren. Wir tranken gemeinsam Tee in der Schul-Cafeteria. Jedesmal, wenn ich mit Stephen zusammengewesen war, fühlte ich mich schuldig, beschämt. Ich wußte, daß das, was ich tat, nicht so sehr böse oder unmoralisch war als vielmehr unaufrichtig und scheinheilig. Ich liebe Stephen nicht. Aber ich liebe es, geliebt zu werden. Nichts ist verführerischer, als sich seine schönsten Eigenschaften von jemandem aufzählen zu lassen, der noch nie die Schwangerschaftsstreifen seiner Angehimmelten gesehen und sie noch nie ihre Kinder hat anschreien hören. Nach jedem Zusammensein mit Stephen fühlte ich mich so benommen und aufgekratzt wie damals, als ich zum ersten Mal bei einer Lamaze-Gruppe für kontrolliertes Atmen mitmachte und halb berauscht vom zu heftigen Atmen war.

Einmal blieben wir nach dem Unterricht noch in seinem Büro und fingen an zu schmusen. Ich weiß nicht, ob ich wieder nein gesagt hätte oder nicht. Ich war nicht besonders scharf darauf, mit Stephen zu schlafen, aber ich genoß es so, daß er hier bei mir war und mit mir schlafen wollte. Zum Glück kam ein Trottel von Student einfach hereinspaziert. Er war auf der Suche nach dem psychologischen Institut, öffnete ohne anzuklopfen die Tür und schien nicht zu wissen, wer wir waren, obwohl auf der Tür, die er soeben geöffnet hatte, »Stephen Hunter, Dekan« stand.

Ein andermal, als Charlie auf einer Vortragsreise war, erschien Stephen bei mir zu Hause, und wir standen hinten im Flur und balgten uns zwischen Kühlschrank und Kellertreppe.

»Nicht hier«, schrie ich. »Nicht hier. Das ist Charlies Haus. Hier darfst du nicht reinkommen.«

Vielleicht gab Stephen trotzdem nicht auf, da ich »Nicht hier« statt »Ich will nicht« gesagt hatte.

An einem Tag zu Beginn des Sommers, als klar war, daß wir nach Helsinki gehen würden, räumte ich im englischen Institut meinen Schreibtisch für jemanden anders leer. Ich nahm meine Poster, Zeitungsausschnitte und Karikaturen von der Pinnwand über meinem Schreibtisch, warf fast alles in den Papierkorb und packte den Rest in eine schmale Aktentasche, die ich mir von Charlie ausgeliehen hatte. Ich war traurig, sehr, sehr traurig. Ich wollte nicht nach Helsinki und auf dem 60. Breitengrad leben. Ich wollte auf unserer New-Hampshire-Farm bleiben, ich wollte unterrichten. Ich wollte unterrichten. Ich war vierunddreißig. Ich war es leid, Charlie um die halbe Welt zu folgen. Stephen kam herein, und weil es Samstag morgen war, war niemand sonst da, und er spazierte einfach in mein Büro, stand da und sah mich an, bis ich aufhörte, lauter Zeug hin und her zu schieben, und ihn ebenfalls ansah.

»Ich will nicht, daß du nach Finnland gehst«, sagte er. Er sah aus, als habe er wochenlang nicht geschlafen. »Ich habe nachgedacht«, sagte er. »Ich will, daß du mich heiratest.«

Ich zuckte mit keiner Wimper. Mein Herz tat keinen Sprung. »Wenn ich dich heirate, wirst du mich dann unterrichten lassen?« fragte ich.

»Ich werde mal die hiesigen Regeln für Vetternwirtschaft überprüfen«, sagte er, drehte sich um und ging über den Flur in sein Büro.

Ich warf alles übrige aus meinem Schreibtisch – Gummibänder, Büroklammern, kleine rosa Radiergummistummel – in meine, Charlies, Aktentasche und rannte los. Ich hatte noch nie im Leben solche Angst gehabt. Ich dachte, Stephen würde mich nicht hören, aber er tat es. Er lief von seinem Büro durch das Sekretariat und verfolgte mich über den Flur. Vielleicht rannte ich nicht so schnell, wie ich gekonnt hätte – ich hätte meine leichten Sommersandalen ausziehen sollen –, jedenfalls holte er mich ein. Und schob mich in einen Unterrichtsraum und schloß die Tür.

Ich war ohnehin schon sehr aufgewühlt. Insgeheim war ich wütend auf Charlie, weil er das Fulbright-Stipendium erhalten hatte und mich genau in dem Augenblick fortschleppen würde, da ich wieder mit meiner eigenen Karriere begann. Ich tat mir schrecklich leid. Und hier war der Mann, der alle Antworten besaß und sie mir geben wollte. Außer daß ich wußte, daß er im Grunde nicht alle Antworten besaß.

Wir flogen einander in die Arme. Wir befanden uns im zweiten Stock des Gebäudes, und niemand konnte uns durch die Fenster sehen. Es war der Samstag vor Beginn der Sommerferien, der Campus war leer. Der Unterrichtsraum hätte praktisch ein Hotelzimmer sein können, mit dem feinen Unterschied, daß es kein schönes großes Bett gab. Ich war dabei, meinen Realitätssinn zu verlieren. Wahrscheinlich passiert das jedem alle dreizehn Jahre einmal. Ich ermutigte Stephen, als er mich küßte – wahrscheinlich weil ich wußte, daß er nie riskieren würde, dabei erwischt zu werden, wie er auf Universitätsgelände die Frau eines anderen Professors vögelte. Schließlich war er immer noch ehrgeizig. Ich ermutigte ihn, als er mit mir redete; ich hungerte nach seinen Worten. Er klang wie ein Märchenpatenonkel, der mir das Kleid, die Kutsche und das rauschende Fest anbot. Ich sagte nicht, daß ich ihn liebte. Ich sagte allerdings, ich würde bei der ersten sich bietenden Gelegenheit mit ihm schlafen. »Niemand heiratet heutzutage mehr, ohne mit dem Auserwählten geschlafen zu haben«, lachte ich. Ich bat ihn, er möge für eine Weile alles beim alten lassen, um meinetwillen. Vermutlich glaubte ich, wir spielten ein Spiel, eines, das ich brauchte, irgend etwas Leichtes, Erfrischendes, etwas ohne Punktezählen oder Tore. Vermutlich war ich nicht ganz bei Sinnen. Ich begriff nicht, wie ernst es Stephen war. Ich wollte nicht wissen, wie ernst es ihm war.

Damit der Anschein von Normalität gewahrt blieb, fuhr Stephen mit Ellen und den Kindern über den Sommer wieder nach Nantukket und kam erst eine Woche, bevor wir nach Helsinki aufbrachen, zurück. Während der Hektik unserer Packerei und seiner Vorbereitung für das neue Semester ergab sich keinerlei Gelegenheit für ein intimes Zusammensein. Bei einem Abschiedsessen, das Ellen uns gab, wagten wir einen betrunkenen Kuß in der Küche, und dabei fühlte ich mich beinah krank vor schlechtem Gewissen. Dennoch, welch ein Kuß! Wenn ich hier vor meiner orangeweiß gewürfelten Tischdecke in meiner trübseligen Helsinkier Küche sitze, brauche ich nur die Fingerspitzen leicht auf meine Lippen zu legen, und schon kann ich den Kuß in all seiner verheißungsvollen Ungeduld wieder spüren. Und dann treten mir die Tränen in die Augen, und ich springe hoch und marschiere unruhig auf und ab.

Jetzt sagt er, er kommt hierher.

Ich kann nicht glauben, daß er mich liebt. Trotz allem, was er gesagt hat. Ich habe mir alles auseinanderklamüsert: Er sieht gut aus, ist charmant und überlegen, und ich bin wahrscheinlich die einzige Frau in seinem Leben, die nicht auf Anfrage sofort in sein Bett gehopst ist. In Wirklichkeit will er mich nicht heiraten. Er will nur mit mir schlafen, um seine männliche Eitelkeit zu befriedigen. Wenn er herkommt, sollte ich mit ihm schlafen. Dann wird er nach Hause fahren, und ich habe keine Probleme mehr.

Ich möchte mit ihm schlafen, ganz eindeutig. Vielleicht nur deshalb, weil es zehn Tage lang ununterbrochen geregnet hat, so daß die Kinder nicht zur Parktante konnten und sich in dieser kleinen grauen Wohnung aufhalten mußten und mir an den Hacken klebten, weil sie sich langweilten. Vielleicht auch nur deshalb, weil alle Leute, denen wir begegnen, »O Dr. Campbell, welche Ehre, Sie zu treffen« sagen, während ich stumm neben Charlie sitze und angemessen stolz auszusehen versuche. Vielleicht bin ich auch einfach nur angeödet und eifersüchtig.

Ich überlege, wie man sich hier wohl nach Hotels erkundigt? Soll ich beim America Center gegenüber vom Rautatientori anrufen und fragen, ob sie mir ein nettes, sauberes, preisgünstiges Hotel nennen können, eines, das mit dem Bus von Kulosaari aus zu erreichen ist, ein diskretes Hotel für heimliche Treffen von Liebenden?

Ich muß aufhören mit der Tagträumerei. Ich habe den ganzen Morgen verbummelt. Weder habe ich einen Brief geschrieben noch meinen grauen Linoleumboden und die jämmerlichen, speckigen, winzigen Läufer mit dem putzigen kleinen Hoover gesaugt, der zu der Wohnung gehört. Der europäische Hoover ist ein kurzes, gedrungenes Geschöpf und ähnelt ein bißchen dem Roboter R2D2 aus dem *Krieg der Sterne*, obwohl er nicht halb so hilfreich ist. Ich habe auch die Wäsche nicht in der kleinen Hoover 1200 Waschmaschine gewaschen, die im Badezimmer so viel Platz wegnimmt, daß wir uns beim Zähneputzen zwischen sie und Waschbecken quetschen müssen und über sie weg steigen, wenn wir in die Badewanne wollen. Nicht einmal die Kekse habe ich zu Ende gebacken. Ich hatte schon Mehl und Butter und Sirup in eine Schüssel gegeben und zwischen den Gewürzen, die der Vorgänger hinterlassen hat, nach Vanille gesucht. Nur *vaniljan sokeri* hatte ich gefunden und das Wort in der Fulbright-Liste für Nahrungsmittel nachgeschlagen – hier kann man nur Vanillezucker bekommen. Keine echte Vanille in Finnland. Ich frage mich, wieso. Könnte es damit zu tun haben, daß die Finnen Schwierigkeiten mit Alkohol haben und in echter Vanille Alkohol ist? Es klingt lächerlich, aber ein Viertelliter Wodka kostet hier etwa zwanzig Dollar, was eine dürstende Seele durchaus dazu verführen könnte, siebzehn Flaschen mit echter Vanille zu kaufen und sie allesamt runterzuschütten. Ich stand gerade in meiner winzigen grauen Küche und dachte über Vanille nach und darüber, was ich, wenn ich das Zeug dahätte, auch gut damit anfangen könnte – vor lauter Dauerregen und Trübsinn. Da klingelte das Telefon, und es war Stephen, und ich setzte mich an den Küchentisch und dachte nach. Und jetzt ist es Zeit, Adam und Lucy zum Mittagessen abzuholen.

Vielleicht werden Eltern, die genügend Geld haben, um sich ein Kindermädchen zu leisten, von ihren Kindern ja respektvoll behandelt. Vielleicht benehmen sich die Kinder der Reichen schon mit vier Jahren so gut, daß sie höflich eintreten, wenn man sie auffordert, daß sie Knicks und Diener machen und auf französisch bis zehn zählen können und dann still und bewundernd dasitzen, weil sie wissen, sonst bekommen sie ihre Eltern überhaupt nicht zu Gesicht. Vielleicht muß die Mutter nur zum Kindermädchen sagen: »Das Kind hat gewimmert, nehmen Sie es weg«, und danach wird das Kind nie, nie mehr in Gegenwart der Mutter wimmern.

Aber wir sind nicht reich. Bei gutem Wetter habe ich morgens die Parktante, aber nur bis halb zwölf. Dann gehören die Kinder wieder mir. Mein Herz macht immer einen Sprung, wenn ich sie sehe, und ich würde mich vor einen Lastwagen oder einen fahrenden Zug werfen, um ihnen das Leben zu retten, aber ich wünschte mir ganz irrsinnig, daß sie mich ein bißchen mehr respektierten. Sie treiben mich wirklich in eine Identitätskrise.

Sie sagen nicht: »Guck mal, da kommt unsere allerbeste Mommy, die so klug ist. Sie könnte an der Universität unterrichten oder einen kritischen Artikel für eine Literaturzeitschrift schreiben, aber statt dessen ist sie hier und lächelt immerzu und kümmert sich um uns. Hallo, du gute alte Mom!«

Nein, sie sagen: »Du hast mir heute morgen nicht die Lippen eingecremt, und jetzt sind sie ganz aufgesprungen«, und: »Ich hab Aa in meine Windeln gemacht, mach es weg, mach es jetzt weg!« Oder sie heulen auf dem ganzen Nachhauseweg, weil ich ihnen an diesem frühen Oktobermorgen nur ein Unterhemd und ein Rollkragenhemd und ein Sweatshirt und eine Unterhose und eine Woll-Kastrumpfhose und eine regenfeste Hose und eine Regenjacke mit Kapuze und Gummistiefel und Handschuhe angezogen habe, und sie frieren. Die Parktante schilt mich, auf dem Umweg über eine unwillig übersetzende finnische Mutter. Sie sagt, ich müsse die Füße meiner Tochter in drei Paar Wollsocken packen. Meine Kinder sagen nicht: »Das macht nichts, Mommy, du hast an wichtigere Dinge zu denken.« Sie schniefen und jaulen auf dem ganzen Nachhauseweg. Sie beurteilen mich nur nach ihrem Wohlbefinden.

Selbstverständlich respektieren sie ihren Vater nicht mehr als mich, was mich manchmal ärgert und manchmal freut. Falls überhaupt, dann respektieren sie mich mehr – nein, nicht respektieren, sie entscheiden sich häufiger für mich. Die berufliche Vita meines Mannes ist mehr als fünfzig Seiten lang, meine paßt auf anderthalb Seiten. Vermutlich könnte ich sie verlängern, indem ich folgendes hinzufüge:

Windeln gewechselt.	14600	1973–1977
Wehwehchen weggeküßt.	1700	1974–1977
Schuhe zugebunden.	6923	1974–1977
Nasen geputzt.	1784	1973–1977 *

Das Komische dabei ist, daß Charlie tatsächlich beleidigt ist und sich zurückgestoßen fühlt, wenn Lucy oder Adam schreien: »Nein! Ich will, daß Mommy mir den Popo abwischt!« Manche Aufgaben,

* Anmerkung für die Leser: Die Kinder wurden von ihrem Vater gefragt, ob *er* diese Aufgaben erledigen könne, aber ausnahmslos verlangten sie meine und nur meine Dienste.

wie zum Beispiel Wehwehchen wegküssen, sind dankbarer als andere, und dann bin ich froh, wenn die Kinder mich dafür aussuchen. Aber ich weiß, daß ihre Wahl kein Ausdruck von Respekt ist. Es ist schlicht Gewohnheit. Ich beginne mich allmählich damit abzufinden, daß meine Kinder mich wahrscheinlich nie richtig kennen werden, zumindest eine sehr lange Zeit nicht. Das liegt in der Natur der Kreatur. Wir alle wünschen uns, daß jemand da ist, der stets für uns sorgt; und wenn wir klein sind, brauchen wir das, um zu überleben, und wir bekommen es auch. Es muß eine Zeit gegeben haben, da hat Jesus geschrien: »Mommy, küß mein Wehwehchen weg!«, und Maria hat geantwortet: »Sicher, Liebling, komm her, ich küsse es weg. Und spiel nicht mehr mit dem Hammer, hörst du? Ich bekomme Kopfschmerzen davon.« Und wenn Gott gebrüllt hätte: »Ich küsse dir dein Wehwehchen weg!«, dann hätte Jesus gewimmert: »Nein, das soll Mommy machen.«

Inzwischen weiß ich das alles. Ich erlebe es jeden Tag, ich sehe, wie Adam und Lucy Charlie auf eine Weise behandeln, die ein Mann seines Ranges sich nicht gefallen lassen müßte, und ich finde, sie behandeln mich so, daß ich am liebsten schreien möchte. (Wieso macht es sie zum Beispiel wahnsinnig, wenn ich ins Badezimmer gehe und die Tür abschließe? Wieso müssen sie immer genau dann gegen eine Kommode fallen und sich den Kopf stoßen? Wieso klettern sie an meinem Bein hoch, wenn ich zu telefonieren versuche? Wieso essen sie nicht manierlich, wenn Charlie sagt, sie sollen manierlich essen?) Wir lassen uns von kleinen Kindern Sachen gefallen, für die wir einem Fremden eins auf die Nase geben würden, und wir hassen sie nicht dafür, entziehen ihnen nicht einmal unsere Liebe. Wir wissen, daß sie Kinder sind, daß sie üben. Wir sehen, wie sich Teilchen an Teilchen fügt; jeden Tag werden sie ein bißchen besser als am Tag vorher. Wir lieben unsere Kinder sogar, wenn wir sie hassen, und manchmal, wenn sie uns mit einem besonders finsteren, häßlichen Schmollblick ansehen, schnappen wir sie uns, drücken sie an uns und überhäufen sie mit Küssen unters Kinn und auf ihr Bäuchlein, bis sie vor Lachen quietschen.

Aber 1965, als Caroline zehn und Cathy sieben war und ich keine Kinder hatte und auch keine wollte, hatte ich nicht den leisesten

Schimmer von all diesen Dingen. Und die Frauen, mit denen ich befreundet war, hatten keine Kinder, und die Frauen, von denen ich wußte, daß sie Kinder hatten, waren nicht meine Freundinnen und sprachen nie über dieses Thema. Ich war ehrlich überzeugt, daß Frauen, die Mütter waren, alle auf stillvergnügte, selbstgefällige Weise vollkommen glücklich waren. Ich dachte, daß andere Frauen die Fähigkeit besaßen, nur durch die Gemeinschaft mit Kindern auf der Stelle das reine, echte Glück zu finden. Ich hingegen fand Kinder immer noch nervig und langweilig. Ich befürchtete, daß irgend etwas mit mir nicht stimmte, daß mir etwas fehlte. Ich war froh, daß Charlie und ich beschlossen hatten, keine Kinder zu bekommen. Ich war mir ziemlich sicher, daß seine beiden Mädchen schon mehr als genug sein würden.

Es war in der sechsten Woche jenes ersten Sommers mit den Mädchen, als Charlie zu mir sagte: »Komm mal nach draußen. Ich möchte kurz mit dir reden.«

Es war vormittags. Das Frühstück war vorbei – Speck, Cornflakes, Toast, Honig, Kakao, Orangensaft und keine ekligen Eier –, Caroline und Cathy guckten im Fernsehen irgendeine blödsinnige Serie, und ich hatte gerade den Abwasch erledigt. Ich war hingerissen, daß Charlie mich zu einer privaten Unterhaltung gebeten hatte; so etwas hatte es, abgesehen von Geflüster im Schlafzimmer, seit Wochen nicht mehr gegeben.

Ich schenkte mir noch eine Tasse Kaffee ein und trat durch die Hintertür in die Sonne hinaus. Es war Alltag, und wir waren wieder in Kansas City, damit Charlie an seinen Projekten weiterarbeiten konnte. Der Hinterhof unseres kleines Hauses war nicht groß, aber wunderschön – ein ziegelsteingepflasterter Innenhof mit einem kleinen Wasserlilienteich, und an seinem Rand stand eine Bank unter einem Leiergummibaum. Gras und Blumen. Vogelgezwitscher. Es war August, ein heißer, feuchter Missouri-Tag, und ich trug Shorts und ein rückenfreies Oberteil. Ich sank in einen Klubsessel und schloß die Augen. Ich gönnte mir einen Moment Ruhe. Ich war glücklich. Ich streckte mich in der Sonne, ich fühlte mich sexy, und dann setzte Charlie sich neben mich und stieß gegen meine Beine. Ich richtete mich auf, zog ihn an mich und küßte ihn. Ich hatte ihn wochenlang nicht tagsüber geküßt.

Charlie machte sich frei. »Schlechte Nachrichten, Kumpel«, sagte er. Bevor ich raten konnte, fuhr er fort: »Ich gehe nicht zu der Party. Die Mädchen wollen keinen Babysitter.«

Ich starrte ihn mit offenem Mund an. Die Party war für mich der Lichtblick, das Weihnachtsgeschenk, der Knaller des Sommers. Eine berühmte Intellektuelle und Schriftstellerin sollte die Universität besuchen und einen Vortrag halten, und anschließend würde der Rektor der Universität ihr zu Ehren eine kleine Cocktailparty geben. Von der gesamten Fakultät waren nur vierzig Leute eingeladen, und »Dr. und Mrs. Charles Everett Campbell« waren zwei von ihnen. Selbst Anthony hatte keine Einladung erhalten. Ich hatte mich so darauf gefreut, mir die berühmte Frau von nahem anzuschauen, mich zu vergewissern, daß sie real war. Ich wollte sie mit ihrer eigenen Stimme reden hören, leibhaftig und nicht aus einer bedruckten Buchseite. Ich hatte etwas Braunes, Tristes anziehen wollen, damit sie sofort sah, daß ich eine ernsthafte Studentin war und nicht einfach nur ein kokettes Schnuckelmädchen. Ich hoffte, sie würde mich anschauen, mit mir reden, einfach ein paar Worte an mich richten, Verbindung aufnehmen, mich berühren, etwas weiterreichen.

»Was?« fragte ich Charlie, als mein Verstand wieder arbeitete.

»Ich gehe nicht zu der Party. Es tut mir leid. Ich hatte gerade eine kleine Unterhaltung mit den Mädchen. Sie wollen einfach nicht, daß eine Babysitterin kommt. Ich kann das verstehen. Sie sind noch nicht lange hier. Sie haben gerade halbwegs gelernt, uns zu vertrauen. Oder wie Caroline es ausdrückte: Wenn ich doch angeblich so unbedingt gewollt hätte, daß sie diesen Sommer kämen, wieso ich dann einfach weggehen und sie mit einer Babysitterin allein lassen würde? Und die arme kleine Cathy brach einfach zusammen und weinte.« Charlie hielt inne, nahm die Hand von meinem Arm und starrte ins Gras und sah unglücklich aus.

Es war vor allem das »arme kleine Cathy«, das mehr als alles andere zu mir durchdrang. Die arme kleine Cathy besaß kalte, harte Metallwasserhähne in ihrem Kopf, und sie konnte ihre Tränen nach Belieben an- und abstellen. Außer an einem Badezimmerwaschbekken habe ich so etwas noch nie erlebt. Nach zwei oder drei Wochen bei uns hatten die Mädchen offenbar plötzlich beschlossen, daß sie uns vertrauen konnten. Es war zumindest nicht zu übersehen, daß sie nicht geschlagen oder angeschrien oder vernachlässigt wurden, und sie bekamen Haufen von Spielzeug und Anziehsachen und Extrabelohnungen. Aber das bedeutete nicht, daß wir jetzt für immer und ewig die dicksten Freunde waren. Offenbar hatten sie jetzt vor, eine Rechnung zu begleichen, rachsüchtig ihre Wut an uns auszulassen. Caroline war schon aus dem Babyalter heraus und wegen ihrer scheußlichen Hasenzähne ohnehin nicht niedlich, deshalb wählte sie die Intellektuellenrolle, zeigte die kalte Schulter und gab schnoddrige Antworten. Sie hatte ein beeindruckend nihilistisches Dauerstarren perfektioniert, Sartre hätte seine Freude an ihr gehabt. »Na gut«, sagte sie etwa, »wenn wir heute abend nicht gehen, werden wir wahrscheinlich nie mehr eine Gelegenheit dazu kriegen, wenigstens nicht mit dir, Dad.« Sie ließ sich niemals an die Hand nehmen, und auf Charlies Schoß saß sie so steif, als hätte sie ein Rückgrat aus Metall.

Aber es war die sanfte kleine, süße kleine, hübsche kleine, arme kleine Cathy, vor der man sich in acht nehmen mußte. Sie war so ein niedliches Mädchen, nichts als große Augen und Unschuld, so knuddelig und erpicht darauf zu gefallen. Aber sie wußte, was sie wollte, und sie wußte, wie sie es bekam. Sie wußte so genau, wie Charlie zu behandeln war, als hätte sie es gelernt. Dabei hatte sie sich diese Fähigkeit nicht gezielt angeeignet, sie verfügte instinktiv darüber, sie war damit geboren. Schon mit sieben Jahren wußte sie, wie sie von Männern bekam, was sie wollte. Dieses Talent war ihr einfach zugeflogen, so wie andere die Begabung zum Schwimmen oder Singen oder zum Zähmen von Tieren besitzen. Vielleicht entwickeln alle Mädchen, die als kleine Kinder besonders liebreizend sind, diese spezielle Kunst. Caroline besaß sie nicht. Sie staunte Cathy stets ebenso ehrfürchtig und verblüfft an wie ich. Auch heute noch muß sie lachen, wenn sie sich mit ihrer Schwester vergleicht. Letztes Jahr bekam Cathy zu Weihnachten von einem ihrer Freunde eine komplette Skiausrüstung – Stiefel, Skier, Bindungen und Stöcke – geschenkt und von einem anderen ein tragbares Stereogerät für ihr Studentenzimmer. »Mit meinem Glück trenne ich mich offenbar immer genau vor Weihnachten von meinen Freunden«, lachte Caroline, und ich lachte mit ihr. Inzwischen blickt sie nicht mehr ehrfürchtig zu Cathy auf und ist auch nicht mehr neidisch. Sie ist ein kluges Mädchen; sie wird sich ihre eigenen Skier kaufen, ihr eigenes Stereogerät. Und vielleicht gelingt es ihr letzten Endes auch, bessere Beziehungen mit Männern einzugehen als Cathy. Wer weiß. Vielleicht kann man aber einen Mann benutzen und sich trotzdem gegenseitig lieben. Auf jeden Fall liebt Charlie Cathy.

Und liebte sie damals. Sie war hübsch, sie war das Baby, sie war zärtlich. Sie schien zu begreifen, daß ich sie nicht verraten würde. Was sollte ich also sagen? »Ich wünschte, du würdest sehen, wie Cathy mich anblickt, wenn du sie auf dem Arm hast und ihr Gesicht nicht sehen kannst?« Ich hätte durchaus Lust gehabt, kleinlich zu sein, aber nicht mit so wenig konkretem Material. Offen gestanden war ich mit meinen zweiundzwanzig Jahren nicht so raffiniert wie Cathy mit ihren sieben, und was noch wichtiger war, ich wußte nicht, welches Spiel wir spielten. Am dritten Tag auf der Farm, nach Cathys Wutanfall über die Shrimps und den Avokadosalat und dem anschließenden friedlichen Blödelgespräch übers Essen, am Tag nach jenem einen netten Abend im Schlafzimmer also, als ich glaubte, nun seien wir alle für immer gute Freunde, ging Cathy wieder auf mich los.

Wir waren alle mit Frühstücken fertig, und Charlie hatte zu Caroline gesagt: »Los, komm mit, ich zeige dir, wie man mit dem Traktor fährt. Ich muß mähen. Und nach Caroline darfst du auch mal fahren, Cathyherz.« Er war immer und immer wieder rund ums Haus gefahren und hatte das Gras mit seiner großen roten Mähmaschine mit Auffangkorb niedergemacht, während Caroline steif, aber glücklich auf seinem Schoß saß und hin und wieder auch lenken durfte.

Nachdem ich schnell den Abwasch erledigt hatte, sagte ich zu Cathy: »Los, komm, wir jäten Unkraut im Garten.«

»Ich will nicht«, sagte Cathy, rollte sich in einem Sessel zusammen und starrte auf ihre Füße.

Aha, dachte ich, sie ist eifersüchtig, weil Charlie Caroline zuerst auf den Traktor gelassen hat.

»Gut, ich weiß, daß Unkrautjäten nicht so lustig ist, aber es muß getan werden, bevor es zu heiß wird. Wie wär's, wenn du einfach mit rauskommst und mir zuschaust – und ich erzähle dir eine Geschichte.« Oh, wie wunderbar, Zelda, dachte ich, was für ein Engel bist du!

Keine Antwort.

»Was würdest du denn am liebsten machen? Gibt es etwas, was du jetzt ganz besonders gern machen würdest? Wir könnten reiten gehen. Oder im Bach waten. Soll ich dir was vorlesen?«

Keine Antwort.

»Ach, komm, Cathy«, sagte ich, immer noch gelassen und fröhlich, »der Morgen ist viel zu schön zum Rumsitzen in Sesseln. Wie wär's, wenn du dir ein leckeres kaltes Eis aus dem Kühlschrank holst« – ich überlegte kurz, ob es Adelaide wohl erbosen würde, daß ich morgens um neun schon Eis offerierte – »und dich dann nach draußen setzt, während ich jäte. Ich kenne eine Menge tolle Geschichten, die ich dir erzählen könnte.«

Keine Antwort.

»Also gut, falls du eine Geschichte hören oder spazierengehen oder im Bach waten oder sonst irgendwas möchtest, ich bin jedenfalls hinten im Garten. Einverstanden?« Munter. Gewinnend.

Keine Antwort.

Ich wußte nicht mehr weiter. Ich ging nach draußen und ließ Cathy in ihrem Sessel und mit ihrem Schmollen allein.

Es war schön in der Sonne, doch bald wurde sie zu stark, und ich lief hinters Haus und jätete dort weiter. Ich liebte meinen Garten, die winzigen jungen Erbsen, die kräftigen Karotten, die verrückten Rettiche, und bald war ich vollkommen in meine Arbeit versunken. Ich hatte erst zwei Reihen geschafft und noch nicht einmal zu schwitzen begonnen, da wurde ich durch das plötzliche Verstummen des Traktormotors aus meiner idiotischen Seligkeit gerissen. Ich blickte hoch.

Da saß Cathy im Gras, hatte die Arme um die Knie geschlungen, den Kopf auf die Arme gelegt und schluchzte. Charlie hob Caroline von der Maschine herunter und sprang selbst ab.

»Cathy, Liebes, was ist los?« Er rannte zu ihr, fiel fast hin.

Sie antwortete nicht. Schluchzte nur. Ich sah, wie beredt ihr schmaler kleiner Rücken war.

»Cathy? Sprich mit mir, mein Kleines«, sagte Charlie. Er bückte sich und nahm sie hoch in seine Arme.

»Ich will nicht allein sein. Ich will nicht allein gelassen werden.« Schluchz, schluchz, schluchz.

»Aber Zelda war doch bei dir. Wo ist Zelda?«

»Weiß ich nicht. Sie wollte, daß ich Unkraut jäte, aber das kann ich nicht. Bei Unkraut muß ich niesen. Sie ist einfach weggegangen und hat mich allein gelassen.« Schluchz, schluchz, schluchz.

»Na, dann kommst du jetzt mit uns und fährst mit Caroline und mir Traktor. Ich kann euch beide halten.«

Aber natürlich konnte er nicht beide Mädchen festhalten und gleichzeitig lenken, und nach kurzer Zeit stieg Caroline aus und kam zu mir in den Garten gelaufen. Ich erzählte ihr die allerschönsten Geschichten. Doch ich wußte, sie konnten Caroline nicht darüber hinwegtrösten, daß sie nur zehn Minuten mit ihrem Vater auf dem Traktor gefahren war, während ihre Schwester den ganzen übrigen Morgen Runde um Runde in seinen Armen drehte.

Und das war erst der Anfang. Die restlichen Sommertage waren gespickt mit kleinen Tragödien, in denen ich die Schurkin spielte. Cathys Glanznummern: Sie mußte sich übergeben, und sie verletzte sich. Wenn Charlie und ich morgens zu lange im Bett herumtrödelten – was hieß, noch zwei oder drei Minuten, nachdem Cathy aufgewacht war –, und besonders, wenn die Tür geschlossen war, fiel Cathy regelmäßig hin und holte sich blaue Flecken, oder sie schnitt sich oder kriegte Bauchschmerzen. Das einzige Mal, als Charlie und ich in jenem Sommer für vielleicht fünfzehn gloriose Minuten zu zweit ausritten, bekam Cathy Magenkrämpfe und lag den ganzen Tag lang weinend im Bett. Wenn wir ins Autokino fuhren, um irgendeine Walt-Disney-Sondervorführung zu sehen, saßen Charlie und Cathy und Caroline vorne, und ich saß alleine hinten. Wenn ich Cathy die Haare wusch, kriegte sie Seife in die Augen, und nur Charlie konnte sie wieder ausspülen.

Und trotzdem nahm ich ihr all das nicht richtig übel. Sie liebt ihren Vater, dachte ich, sie sieht ihn so selten, dann soll sie ihn doch, solange sie hier ist, ruhig möglichst die ganze Zeit für sich haben.

Aber ich wollte zu der Party, um die berühmte Intellektuelle kennenzulernen. 1965 gab es noch nicht sehr viele von ihnen, und noch weniger kamen in den Mittelwesten. Ich wußte, es würde wichtig für mich sein, die echte Frau im echten Leben zu sehen.

»O Charlie«, jammerte ich, »es geht doch nur um zwei Stunden. Oder eine Stunde. Wir werden uns beeilen.«

»Zelda«, sagte er, »es tut mir leid. Es geht nicht. Ich kann die Mädchen nicht hierlassen. Jetzt noch nicht.« Dann, etwas froher: »Du könntest doch aber gehen –«

»Ich? Alleine? Spinnst du? Für mich gibt es nur eine Möglichkeit, dort zu erscheinen, und zwar als die Ehefrau des berühmten Professors Soundso. Zu so einer Geschichte laden sie keine Studenten ein. O Charlie.« Mir war elend. Aber es stimmte. 1977 hätte ich alleine gehen können, sogar als kleine Studentin. Aber 1965 war alles noch kleinkarierter, die Regeln waren strenger. Die Frauen trugen damals noch meistens Röcke und Handschuhe, und ihre Handtaschen paßten zu ihren Schuhen, und ohne Einladung gingen sie nicht alleine auf Parties. Und ich war damals vor allem die Ehefrau eines Fakultätsmitglieds. Ziemlich weit unten auf dem Totempfahl. Sehr weit unten.

»Ich finde es schrecklich, so hin und her gerissen zu sein«, sagte Charlie. »Ich weiß nicht, was ich machen soll.«

»O Charlie, seit die Mädchen hier sind, warst du jede Minute mit ihnen zusammen, oder ich war es. Das ist doch nicht normal. Zwei Stunden ohne dich bringt sie nicht um. Und Leslie ist ein reizendes, kluges Mädchen; ich bin sicher, sie wird Caroline und Cathy gefallen. Es ist so wichtig für mich, Charlie, es ist nicht einfach nur eine Party, es ist symbolisch für mich, ein Zeichen –«

Plötzlich stand Charlie auf. »Hör auf, Zelda. Hör auf, bitte! Es tut mir leid, aber ich gehe nicht hin.«

Ich brach auf der Stelle in Tränen aus. Vielleicht hatten sie sich über den Sommer angesammelt. Damals weinte ich nicht so leicht; ich fand es Charlie gegenüber nicht fair. Aber ich war ganz krank vor Enttäuschung, und ich war außer mir.

»Herrgott«, sagte Charlie und ging zu dem Leiergummibaum und versetzte ihm einen heftigen Schlag. »Es geht doch nichts über ein Haus voller heulender Weiber.«

Ich schoß hoch und fauchte fast vor Wut. »Wag bloß nicht, mich mit ihnen in einen Topf zu werfen!« schrie ich. Heute glaube ich, daß er nie auf die Idee gekommen wäre, aber indem er mich auf eine Stufe mit seinen Töchtern stellte – diesen Heulsusen –, stellte er mich auf eine Stufe mit Adelaide, dieser verrückten, zickigen Heulsuse. Und ich wollte in absolut keiner Hinsicht wie Adelaide sein.

In dem Moment sah ich, daß Cathy und Caroline an der Hintertür standen und uns beobachteten, und das machte mich noch rasender. Ich hatte das Gefühl, daß ich Spione im Haus hatte, die sämtliche negativen Vorfälle einem Feind melden würden. (Wie sich herausstellte, hatte ich recht.) Charlie und ich waren in jenem Sommer noch kein Jahr verheiratet, und ich wollte, daß die Mädchen glaubten, wir würden nie ein häßliches Wort zueinander sagen und seien ein Herz und eine Seele. Und da standen sie nun und sahen zu, wie wir uns stritten und anfauchten, und der Ausdruck in ihren Gesichtern war nicht zu deuten. Überraschung? Freude?

Plötzlich fühlte ich mich in meinem eigenen Garten in der Falle. Ich wollte nur weg von ihnen allen, doch ich konnte nicht einmal ins Haus, weil dort die beiden Mädchen standen, unbeweglich, wie die Unterhälfte einer Hollandtür, und mir den Weg versperrten. Ich machte kehrt, ging schnell seitlich am Haus vorbei und hinaus auf die Straße. Ich wußte nicht, wo ich hin sollte in diesem hübschen Stadtteil an einem Werktagmorgen in meinen Shorts mit rückenfreiem Oberteil und noch nicht einmal Sandalen an den Füßen. Aber ich mußte einfach weg.

Plötzlich tauchte Charlie neben dem Haus auf.

»Zelda«, rief er. Ich schaute mich um, und da stand er, niedergedrückt, zornig, reuevoll, schockiert. Er trug nur seine Shorts, und er war so groß und blond und stark, daß ich am liebsten sofort zurückgerannt wäre und mich an ihn gepreßt hätte. Damals mußten wir einander nur berühren, und schon überschwemmte uns eine Art magischer Balsam und stillte allen Kummer.

Doch dann knallte eine Tür, und Caroline und Cathy kamen zu ihrem Vater gerannt, stellten sich neben ihn und starrten mich an, als sei ich irgendein Tier, das aus einem Zoo entflohen war. Was für ein Bild boten sie, diese drei gesunden, starkknochigen blonden Wesen! So offensichtlich miteinander verwandt. So unauflöslich miteinander verwandt. Das Blut, das in ihrer aller Adern floß, war dasselbe Blut. Ich war die Außenseiterin. Ich hatte andere Vorfahren als sie; mit der Zeit würden die Mädchen größer sein als ich, hätten kräftigere Knochen in ihren gesunden Körpern. Ich hatte lockiges Haar, war dunkel und klein und allein. Es schien mir nichts anderes übrigzubleiben, als auf der Straße weiterzugehen. Wir wohnten in einer vornehmen Nachbarschaft; Charlie würde bestimmt nicht hinter mir her laufen. Also gut, dachte ich, jetzt ist es wenigstens klar: Caroline und Cathy sind meine Feindinnen, und sie haben soeben eine Schlacht gewonnen. Hiermit trete ich den Rückzug an. Schaut euch ruhig an, wie ich gehe.

Ich ging die Straße hinunter und bog um die Ecke, vorbei an all den hübschen Häusern im holländischen Kolonialstil und den verschachtelten viktorianischen Gebäuden mit ihren Gärten voller Blumen, Büsche und Bäume. Ich kam mir lächerlich vor, aber ich ging immer weiter. In meiner Phantasie passierten mehrere wunderbare Dinge: Charlie, Caroline und Cathy stiegen ins Auto, holten mich ein und sagten, wie leid es ihnen tue und die Mädchen würden auch bei der Babysitterin bleiben, damit ich die berühmte kluge Frau sehen könne. Oder ich ging zur Universität und weinte mich an einer Schulter aus (wessen? Der Leiter der Englischabteilung war zu der Zeit ein alter, verheirateter Katholik, der Frauen nicht gern im Lehrkörper sah. Er fand, sie gehörten ins Haus und sollten kochen und Kinder kriegen), und jemand nahm mich mit zur Party. Oder – und das malte ich mir aus, als ich schließlich bei einer Grundschule stehenblieb, auf eine Ketten-Holzschaukel sank und trübselig schaukelte –, oder die berühmte Intellektuelle machte an diesem wunderschönen Sommertag zufällig gerade einen Spaziergang, da sie vier Tage zu früh in Kansas City angekommen war. Sie würde mich sehen und sofort meine angeborene Überlegenheit spüren, und sie würde zu mir kommen, sich neben mich auf die Schaukel setzen und mit mir plaudern. »Verlassen Sie dies alles hier«, würde sie sagen. »Wofür brauchen Sie Liebe? Bei dem Tempo kommen Sie nie mit Ihrer Karriere voran. Wie wär's, wenn Sie mit mir nach New York kämen? Ich werde Sie verschiedenen Leuten vorstellen; Sie können an der Columbia-Universität Ihren Magister machen.«

Selbstverständlich passierte nichts dergleichen. Ich saß so lange auf der Schaukel, bis drei Jungen in Cathys Alter zum Spielplatz getrottet kamen. Sie starrten mich die ganze Zeit an und brachen immer wieder in verlegenes Lachen aus, weil da eine erwachsene Frau auf einer Schaukel saß. Doch dickköpfig blieb ich sitzen und schaukelte leise, starrte zurück oder auf den Sand oder das Basketball-Tor oder das Klettergerüst. Am Himmel wanderte die Morgensonne ein wenig höher.

Die wärmende Sonne machte mich glücklich. Ich hatte immer noch viel von einem Tier. Ich liebte Sex, gutes Essen und Trinken, das Gefühl eines galoppierenden Pferdes unter mir, und ich ließ mich beim Schwimmen gerne vom Wasser streicheln. Andere Dinge waren verwirrender: Wieso war die Begegnung mit der berühmten Intellektuellen so wichtig für mich? Ich interessierte mich nicht einmal für ihr Fachgebiet. Wieso wollte ich ihr dann so unbedingt begegnen? Ich bekam es nicht heraus. Es war alles viel zu verschwommen. Und wieso glaubte ich, die Mädchen, insbesondere Cathy, wollten mich fertigmachen? Mit all der Logik und dem Schuldbewußtsein, die einer Methodistin aus Kansas zur Verfügung stehen – und das ist eine Menge, an Schuldgefühl, heißt das, wir sind ziemlich gut im sich schuldig Fühlen, in Logik allerdings nicht so sehr –, entschied ich, daß ich paranoid war. Caroline und Cathy waren doch nur Kinder. Unschuldige, niedliche kleine Kinder. Im Grunde hatten sie doch nichts gesagt oder getan, dachte ich. Im Grunde wollten sie mich gar nicht verletzen. Es fiel mir also leichter, zu glauben, daß ich überempfindlich war, als zu akzeptieren, daß Caroline und Cathy mich wirklich und wahrhaftig haßten. Sie hätten jede Frau gehaßt, die mit ihrem Daddy zusammenlebte. Sie waren verletzt. Das ist die Wahrheit, auch wenn niemand sie gerne ausspricht: Sie waren verletzt. Sie waren kleine Mädchen, und ihr Daddy hatte sie verlassen, und sie mußten mit einer Wunde in ihrem Herzen leben. Mit ihren zehn Jahren war Caroline alt genug, um mich und meine Rolle als Stiefmutter auseinanderzuhalten. Sie versuchte, nett zu mir zu sein, weil ich nett zu ihr war. Und weil sie das tat, mußte sie den Haß, den sie auf mich hatte – den sie auf jede Stiefmutter gehabt hätte –, unterdrücken. Und da lauerte er nun, dieser verdrängte Haß, und schadete ihr und tauchte zu einem Zeitpunkt wieder auf, an dem er mich am meisten verletzte. Ich wünschte, sie hätte ihn damals in jenen ersten Jahren richtig herausgelassen. Cathy haßte mich klarer und unverstellter, und wenn sie gekonnt hätte, hätte sie mich verschwinden lassen, einfach so, mit einem Zauberstab. Aber sie liebte ihren Vater mehr, als sie mich haßte. Sie sah, daß ich ihrem Vater etwas bedeutete. Sie wollte ihn nicht verärgern, indem sie etwas – jemanden – offen ablehnte, was ihr Vater sich ausgesucht hatte. Sie mußte geschickter vorgehen. Sie war glücklich, wenn sie mir Schwierigkeiten bereiten konnte, und sie triumphierte, wenn sie mich über die Schulter ihres Vaters hinweg finster anstarren konnte und sah, daß ich die Botschaft begriff, aber zu verdutzt oder hilflos war, um zu reagieren.

Jenes erste Jahr wäre vielleicht glücklicher verlaufen, wenn die Mädchen mit Peitschen, Stöcken und Steinen in ihrem Gepäck erschienen wären, wenn sie uns die ganze Zeit, die sie mit uns verbrachten, hätten schlagen, anschreien und beschimpfen können. »Du böser alter Daddy, wie konntest du uns verlassen?« hätten sie zum Beispiel schreien können, oder: »Du böse alte Frau, wie kommst du überhaupt auf die Idee, daß du gut genug für unseren Daddy bist? Wieso darfst du mit ihm zusammenleben und wir nicht? Wir hassen dich!«

Wenn es so gekommen wäre, hätten die Mädchen sich vielleicht besser gefühlt. Ihre Wut wäre vielleicht explodiert und dann verraucht, anstatt in ihrem Inneren weiter zu schwelen. Über die Jahre wäre sie zwar allmählich immer schwächer geworden, aber hin und wieder wäre sie doch noch wieder aufgeflackert und hätte sich gegen Charlie und mich gerichtet. Wir beiden hätten uns vielleicht auch besser gefühlt.

Aber wir benahmen uns alle sehr zivilisiert. Wahrheiten wurden nicht ausgesprochen. Wir mochten ja alles mögliche nicht sein, aber höflich waren wir. Wir taten alle unser Bestes, je nachdem, was jeder darunter verstand. Und wir waren alle durcheinander, wir waren konfus. In einer Hinsicht waren Caroline, Cathy und ich gleich: Wir alle liebten Charlie. Wir wollten ihn glücklich machen, wir wollten mit ihm zusammensein. Aber wir kannten einander nicht. Wir liebten einander nicht. Wir liebten allerdings Charlie. Alles andere war unklar. Wir steckten allesamt in einem quälenden, chaotischen Gefühlsschleim.

Und alles in allem finde ich, daß wir uns ziemlich wacker gehalten haben. Schließlich stand ich von der Spielplatzschaukel auf und ging nach Hause zurück. Ich lächelte und sagte zu allen, zum Mittag gebe es ein Picknick. Wir würden den Tag im Park verbringen. Zu Charlie sagte ich, es sei in Ordnung, daß wir nicht zur Party gingen, er solle sich deswegen keine Gedanken mehr machen. Es war ein so herrlicher sonniger Tag, daß ich schon fast wieder glücklich war, und Charlie war ganz benommen, so froh schien er, daß ihm der Druck genommen war. Und ich spürte, daß selbst Caroline und Cathy erleichtert waren. Die armen kleinen Mädchen. Sie wollten, daß ich mich elend fühlte, und gleichzeitig wollten sie, daß ich glücklich war. Es war für alle viel schöner, wenn ich glücklich war.

Es blieb uns nur noch eine gemeinsame Woche, und Charlie versuchte daraus eine Geburtstags-Kirmes-Karneval-Traumland-Woche zu machen, damit sie mit guten, wärmenden, bleibenden Erinnerungen an ihren Vater und an Kansas City nach Massachusetts und zu neun Monaten mit ihrer Mutter zurückkehren würden. Er kaufte ihnen neue Schulkleidung: Kleider, Schuhe, Jacken, den ganzen Krempel. Wir mußten extra einen Koffer kaufen, damit sie all ihre neuen Puppen und Spielsachen und Kleider mitnehmen konnten. Ich leistete auch mein Teil: Die ganze Woche lang küßte und berührte ich Charlie nicht (außer natürlich in der köstlichen Intimität unseres Bettes). Ich war so nett und freundlich, wie es nur eben ging.

»Du siehst wie Mary Tyler Moore aus«, sagte Caroline an dem Abend, an dem wir uns hübsch machten, um zum Abschied in einem schicken Restaurant essen zu gehen. Ich sah überhaupt nicht wie Mary Tyler Moore aus, aber ich küßte Caroline auf die Wange; ich begriff, daß sie mir ein Kompliment machen wollte, mich glücklich machen wollte.

Der Tag, an dem wir die Mädchen zum Flughafen brachten, endete für uns alle mit Tränen. Cathy fing damit an, und diesmal wußte ich, daß die Tränen nicht aus ihrem Metallwasserhahn kamen. Diesmal versuchte sie nicht, irgend jemanden damit zu manipulieren. Diesmal waren sie echt.

»Ich will nicht weg von dir, Daddy!« wimmmerte sie plötzlich, als wir in der Schlange am Flugsteig standen und darauf warteten, daß die Mädchen an Bord gingen. »Bitte, Daddy«, schluchzte sie, »komm zurück zu Mommy und Caroline und mir. Ich will wieder eine Familie haben.« Sie klammerte sich an seinen Hals und machte seinen Hemdkragen ganz naß.

»Ich komme dich bald besuchen, ich rufe dich heute abend an, und ich schreibe dir Briefe, mein Kleines«, sagte Charlie. Seine Stimme klang erstickt, und seine Augen waren rot, und er konnte die Tränen nicht zurückhalten, selbst an so einem öffentlichen Ort nicht.

Caroline trug ihre neue Puppe und ihre Flugtasche voller Süßigkeiten und Comicbücher, und sie hielt beide so fest, als könne jemand sie plötzlich wegnehmen, wenn sie nicht aufpaßte. Mit neidischem Hochmut schaute sie Cathy und Charlie zu. Am liebsten hätte sie wohl auch geweint und sich an ihren Vater geklammert, aber sie war zu groß. Sie war die Ältere, sie trug die Verantwortung. Zwei Tränen quollen ihr aus den Augen, und sie wischte sie heftig mit ihren weißen Handschuhen weg.

Und ich ließ die Tränen einfach laufen, fließen, stürzen. Sie taten mir alle leid. Einen Moment lang wollte ich rufen: »Geh doch bloß zurück zu Adelaide und den Mädchen; das hier halte ich nicht aus!«

Doch der Flug wurde aufgerufen, und die Stewardeß kam und holte die Mädchen ab und sagte zu ihnen, sie werde sie unter ihre Fittiche nehmen, sie bekämen Karten zum Spielen und Papier und Bleistift zum Zeichnen.

Ich sagte: »Auf Wiedersehen, ihr beiden« und küßte sie schnell noch einmal, und Charlie begleitete sie ins Flugzeug, damit sie auch sicher an ihren Platz kamen. Er legte ihnen die Gurte an. Ein Freund von Charlie würde in Chicago auf sie warten und ihnen beim Umsteigen helfen, genauso wie er es vor sechs Wochen auf ihrem Hinflug getan hatte. Charlie kam zurück, und der Flugbegleiter versperrte den Durchgang mit einem Seil, und wir standen beide da und beobachteten durch das Fenster, wie das Flugzeug langsam davonrollte.

Der Rest des Tages war wie ein Abgrund ohne Brücke. Da war ein Loch in unserem Leben, so groß, so tief, so weit, daß wir nicht hinüberkamen. Auf der Heimfahrt schwiegen wir, und das Abendessen hatte keinen Geschmack, und beim Fernsehen waren wir wie betäubt. In jener Nacht schliefen wir nicht miteinander. Es wäre irgendwie unpassend gewesen. Charlie rief in Hadley an, und Caroline nahm ab und sagte, daß sie gut zu Hause angekommen seien, daß ihre Mutter die Zimmer gestrichen und neue Vorhänge genäht habe und daß Cathy nicht ans Telefon kommen könne, sie weine gerade.

Wir gingen früh zu Bett. Charlie drehte das Gesicht in die eine, und ich drehte es in die andere Richtung. Ich lag noch lange wach und überlegte, ob dieser Einschnitt wohl das Ende für unser gemeinsames Leben bedeutete. Ich fühlte mich so elend wie noch nie in meinem Leben. Schließlich fiel ich dann aber doch in Schlaf, und irgendwie wachten Charlie und ich am nächsten Tag auf derselben Seite jenes riesigen, einsamen Abgrunds auf. Wir nahmen einander in die Arme. Später frühstückten wir, und der Alltag begann – Freunde riefen an, die Tage vergingen, und unser Leben nahm wieder seinen gewohnten Lauf.

Einige Tage nach der Heimkehr der Mädchen kam Charlie mit einem Geschenk für mich nach Hause, einem neuen, hübschen, gebundenen, teuren Sammelband mit Essays der berühmten Intellektuellen. Ich dankte Charlie und versuchte das Buch zu lesen, aber irgendwie wurde ich nicht warm damit. Ich konnte mich nicht mehr erinnern, wieso ich anfangs so scharf auf diese Begegnung gewesen war. Ich stellte das Buch ins Regal und ließ es dabei bewenden. Es interessierte mich nicht. Ich wollte nur mit Charlie zusammensein, wollte in seinen Armen glücklich sein.

Drei

An einem frischen Herbsttag des Jahres 1965 war ich in großartiger Stimmung. Es war Oktober, und die Mädchen waren schon über einen Monat wieder fort, aber ich genoß immer noch das Gefühl der Freiheit, das sich in jenen ersten Jahren stets dann einstellte, wenn Charlies Töchter abgereist waren und mein Haus, mein Leben, meine Zeit und mein Ehemann wieder ganz mir gehörten. In diesem Semester hatte ich begonnen, für meinen Magister zu arbeiten, und war als Assistentin für zwei Erstsemesterkurse in Aufsatzkunde und Literatur eingestellt worden. Ich entdeckte, daß das Unterrichten mir große Freude bereitete. Nicht nur, weil ich jetzt eigenes Geld besaß, um Charlie Geschenke zu kaufen, obwohl auch das natürlich wunderbar war. Die Freude ging viel tiefer. Es war, als habe ein großes, kräftiges Stück Leben seinen Platz bei mir gefunden, als habe ein Puzzleteilchen eine Lücke gefüllt: Ich wußte jetzt, wer ich war und was ich tun wollte. Ich wollte Erstsemester in Englisch unterrichten. Und Menschen bezahlten mich dafür, und andere Menschen, jüngere, saßen in Klassenzimmern und hörten mir bei meinem Tun und Reden so zu, als begriffen sie tatsächlich etwas. Es war großartig. Das Leben schien wie aus einem Guß.

An jenem Tag ging ich von der Universität nach Hause und hüpfte beinah in meiner schon gewohnten Beschwingtheit. Die Bäume schienen wie herrlich lodernde Flammen an mir vorbeizuflimmern. Kinder lachten auf Schaukeln. Ein Duft nach Apfelholz stieg aus den Kaminen und erfüllte die Luft. Am Abend wollten Charlie und ich mit Freunden in ein Jazzkonzert. Alles war richtig. Morgens hatte ich Caroline und Cathy zwei riesengroße, lustige Halloween-Karten geschickt. In meinem Glück war ich großzügig; ich wollte, daß Charlies Mädchen auch glücklich waren.

Nachdem ich zu Hause angekommen war, wartete Charlie, bis

ich mir den Pullover ausgezogen und einen Tee gemacht hatte. Wir setzten uns vor den Kamin. Dann reichte er mir einige Bögen Papier.

»Die Post von heute«, sagte er. Sein Stimme klang düster.

Das erste Blatt war die Fotokopie eines Briefes von Adelaide Campbell an ihren Rechtsanwalt Jonathan Pease.

Lieber Jonathan,

ich nehme mir also die Zeit, all dies aufzuschreiben, obwohl ich immer noch nicht begreife, wieso Sie verlangen, daß ich mir diese Mühe machen soll. Ich habe nicht den Eindruck, daß Sie mir ein guter Rechtsanwalt sind.

Wie ich schon neulich abend am Telefon sagte, möchte ich, daß Sie meinen Ex-Ehemann, Charles Campbell (den Mistkerl), auf eine Erhöhung des Unterhaltsgelds für die Kinder verklagen. Ich wünsche, daß es verdoppelt wird.

Wie Sie wissen, erhalte ich keinerlei Unterhaltszahlung, trotz der Tatsache, daß ich fast zehn Jahre lang für Charles Everett Campbell gekocht, geputzt, gewaschen und gebügelt habe. Doch darüber beklage ich mich nicht. Ich habe jetzt eine Stelle als Sekretärin, und obwohl das bedeutet, daß ich nicht zu Hause sein kann, wenn meine kleinen Töchter mich nach der Schule brauchen, und auch keine Kekse backen kann, verdiene ich doch genügend Geld, um selbst für mich zu sorgen. Für mich selbst brauche ich kein Geld.

Aber ich brauche mehr Geld für meine Kinder. Ich finde es nicht gerecht, daß sie Mangel leiden, wenn ihr Vater und seine neue Frau zwei Häuser besitzen, eines in der Stadt und eines auf dem Land. Sie besitzen außerdem zwei Pferde. Zwei Autos. Und meine Töchter berichteten, daß die neue Frau meines Ehemannes mindestens dreißig teure Kleider, Diamantschmuck und einen kompletten Satz Lederkoffer besitzt. Wieso darf sie so viel haben, und meine Töchter haben so wenig?

Es stimmt, daß Mr. Campbell die Mädchen diesen Sommer mit neuer Kleidung nach Hause schickte. Ich schlage vor, daß er, wenn er Geld genug besitzt, um ihnen neue Kleidung zu kaufen, dieses Geld lieber mir gibt. Ich bin ihre Mutter, die Mädchen leben bei mir, und ich muß die Sachen waschen und dafür sorgen, daß sie auch warm genug und von guter Qualität sind. Es ist nicht fair, wenn Mr. Campbell die Mädchen mit neuer Kleidung und mit Spielzeug zu beeindrucken sucht. Vielleicht glaubt er, er kann sich auf diese Weise ihre Liebe erkaufen, aber ich versichere Ihnen, das wird er nicht.

Als ich Sie neulich abend anrief, meinten Sie, es wäre vielleicht besser, wenn wir uns außergerichtlich einigten. Das möchte ich nicht. Ich möchte ihn vor Gericht laden, ich möchte, daß der Unterhalt für die Kinder verdoppelt wird, und ich möchte, daß er die Gerichtskosten bezahlt. Und da ich dann nach Kansas fliegen muß, möchte ich, daß er meine Flugkosten und sonstigen Ausgaben bezahlt. Ich möchte vor Gericht gehen. Ich möchte, daß das Kindergeld verdoppelt wird. Ich habe eine vertrauenswürdige Freundin, Mrs. Anthony Leyden, und sie wird schriftlich bezeugen, daß Mr. Campbells neue Frau sehr teure Kleider besitzt. Wieso sollte sie teure Kleider besitzen, wenn wir in einem gemieteten Haus wohnen? Ich sage Ihnen, ich bin so wütend, daß ich Nägel spucken könnte, und falls Sie nicht für mich vor Gericht gehen werden, suche ich mir einen Anwalt, der dazu bereit ist.

Bitte setzten Sie sich betreffs dieser Angelegenheit telefonisch oder schriftlich sofort mit mir in Verbindung.

Hochachtungsvoll
Adelaide Campbell

Das nächste Blatt Papier war ein Brief von Charlies Anwalt Albert Dennison. Es war ein offizielles juristisches Schreiben, in dem Charlie mitgeteilt wurde, wann er vor Gericht zu erscheinen hatte. Unten unter den Brief hatte Albert mit Kugelschreiber geschrieben: »Tut mir leid, Jonathan und ich haben beide versucht, sie zu einer außergerichtlichen Einigung zu bewegen, aber sie weigert sich. Sie ist verrückt. Rufen Sie an, wenn Sie mögen.«

»Charlie!« jammerte ich, als ich den Brief zu Ende gelesen hatte. »Das ist ja furchtbar! Und so ungerecht! Es sind meine Kleider, meine Eltern haben sie mir letztes Jahr gekauft. Es sind alte Kleider! Und es ist mein Auto, das meine Eltern mir zum Abschluß der High-School geschenkt haben! Seit wir verheiratet sind, habe ich mir nichts Neues gekauft, außer Unterwäsche und Schuhe. Und eins von den Pferden gehört mir. Und die Koffer gehören auch mir. Und der Diamantschmuck ist hauptsächlich blöder Rheinkiesel.«

»Das werde ich dem Gericht vortragen«, sagte Charlie. Dann, weniger finster: »Ich denke nicht, daß du dich deswegen beunruhigen mußt, Zelda. Als Adelaide und ich uns scheiden ließen, bekam sie das ganze Haus zugesprochen und hat es zu einem guten Preis verkauft. Außerdem erhielt sie unseren besten Wagen, den neuen Kombi, sämtliche Haushaltsgeräte und, bis auf wenige Ausnahmen, alle Möbel, die aus meiner Familie stammten. Sie bekam verdammt noch mal all unsere Ersparnisse, bis auf mickrige fünftausend Dollar. Sie bekam die wenigen Aktien, die ich besaß. Ich zahle auf ein Treuhänderkonto für Carolines und Cathys Collegeausbildung ein, ich zahle all ihre Arzt- und Zahnarztrechnungen, und ein großer Teil meines Gehalts landet jeden Monat als Unterhalt für die Kinder bei ihnen. Ich wüßte wirklich nicht, wo sie noch mehr aus mir rausquetschen könnten. Adelaides Verhalten überrascht mich; bisher schien sie ziemlich zufrieden mit der finanziellen Regelung. Und niemand kann mich schließlich für das bestrafen, was du in unsere Ehe mitgebracht hast. Himmel noch mal, ich habe eine Farm geerbt und muß dafür Steuern zahlen. Wir kommen im Augenblick ja kaum längs. Wenn ihr mehr Geld zugesprochen wird, muß ich die Farm verkaufen.«

Bei diesem düsteren Gedanken unterbrachen wir die Unterhaltung und starrten auf unsere Hände. Ich kämpfte mit den Tränen, denn ich wußte, daß Charlie in diesem Augenblick nicht noch mehr Seelendramen gebrauchen konnte. Aber – die Farm verkaufen. Da hätte er genausogut sagen können: »Wir schneiden bloß einen Teil unseres Lebens weg und unsere Beine und ein Auge und ein Stück Herz gleich dazu.« Es handelte sich nur um vierzig Hektar rauher Ozark-Erde mit einem baufälligen Haus darauf. Wenn wir das Land verkauften, würde es nicht viel Geld bringen. Aber uns bedeutete es alles, es war unsere geheime Privatwelt inmitten der großen Welt. Bei dem Gedanken, daß wir es verkaufen müßten, dieses kleine Stück Land, das Charlies Eltern gehört hatte und jetzt unseres war, hätte ich mich am liebsten auf den Boden geworfen, wie ein Kind geweint und mit den Füßen gestrampelt und mit den Fäusten getrommelt. Es machte mich traurig, und es machte mich wahnsinnig.

Es machte mich wahnsinnig, daß diese Frau, die ich nie gesehen hatte, sich das Recht nahm, in mein Leben einzubrechen und anzudrohen, sie werde mir die Dinge nehmen, die ich liebte.

Der Gerichtstermin war am siebzehnten Januar, einem kalten Kansas-Montag. Charlie fuhr nach Wichita, während ich den Tag in Kansas City mit stummen Schreien verbrachte. Ich gab zwar Unterricht, konnte aber nicht klar denken, was mir jedoch egal war. Ich hatte das Gefühl, daß ich meinen Studenten nichts zu sagen hatte. Ich ließ sie einen unangekündigten Aufsatz schreiben, damit sie fünfzig Minuten lang beschäftigt waren und ich nicht mit den Worten kämpfen mußte. Ich versuchte in der Bibliothek zu arbeiten, da es nur noch eine Woche bis zum Abschlußexamen war. Aber nichts schien wichtig, nichts von Bedeutung zu sein. So ähnlich mußte sich ein Farmer fühlen, der in der Stille vor dem Sturm draußen vor seinem Haus steht und am kochenden, grünen Horizont den dunklen, wirbelnden Umriß eines heranrasenden Tornados erblickt und überlegt, wie groß das Ausmaß der Zerstörung wohl sein wird, das der Tornado in seinem Leben hinterlassen wird; wieviel von seinem Leben und seinem Heim er zerschmettern, umlegen, fortwehen wird. Die Stunden vergingen so langsam, daß es mir die Luft nahm. Ich glaubte, ersticken zu müssen. Schließlich machte ich mich daran, die Aufsätze zu korrigieren, und das mit einer gnadenlosen Härte, die ich gar nicht an mir kannte. Ich verbot mir, die Bibliothek zu verlassen, bevor ich die Aufsätze fertig hatte. Das hielt mich gut drei Stunden beschäftigt. Ich erwartete Charlie gegen sieben Uhr zurück. Als ich die Bibliothek verließ, war es sechs. Ich dachte, jetzt müßte ich nur noch eine Stunde warten. Ich konnte nicht tief durchatmen, meine Lungen waren ganz verkrampft.

Ich trat aus dem Gebäude und wanderte den Bürgersteig entlang, ohne irgendwohin zu sehen; den Stapel mit Aufsätzen, Büchern und Notizheften trug ich im Arm. Ein Auto hielt neben mir.

»Heimfahrt gefällig?« Es war Anthony Leyden, der mir die Beifahrertür seines Wagens öffnete, sich zu mir hinausbeugte und mir sein charmantes Lächeln schenkte.

Wir hatten die Leydens seit dem Sommer nicht mehr gesehen.

Charlie begegnete Anthony natürlich bei der Arbeit, hin und wieder war er auch mit ihm und anderen Professoren ein Bier trinken gegangen, aber wir vier hatten uns nicht mehr getroffen. Ein oder zwei Mal hatte June angerufen und uns eingeladen, oder Anthony hatte Charlie ausrichten lassen, wir sollten doch zu einer Flasche Wein, einem Kürbiskuchen, einem Weihnachtsessen oder was auch immer herüberkommen. Aber ich hatte jedesmal freundlich und höflich abgelehnt. Ich sah keinen Grund, meine Zeit mit einer Frau zu verbringen, die mich so offensichtlich nicht mochte und die, wie der Anwaltsbrief gezeigt hatte, entscheidenden Anteil an Adelaides Verärgerung hatte. Ich war nicht verbittert; ich hatte nur keine Lust auf eine Begegnung. Nach dem Anwaltsbrief mit der Kopie von Adelaides Brief im Oktober war mir sehr nach Um-mich-Schlagen und Haare-Ausreißen zumute gewesen. »Ich habe eine vertrauenswürdige Freundin, Mrs. Anthony Leyden, und sie wird schriftlich bezeugen, daß Mr. Campbells neue Frau sehr teure Kleider besitzt.« Mit was für lächerlichen Häppchen hatte sie wohl sonst noch Adelaides Zorn genährt? In den Tagen vor der Anhörung hatte Charlie mit seinen Anwälten und mit Adelaide gesprochen, und es hatte den Anschein, daß June Adelaides Zorn mit einer Menge Futter versorgt hatte.

Anfangs hatte ich June anrufen oder sie direkt stellen wollen: »Siehst du mein Kleid? Natürlich ist es teuer, meine Eltern haben es mir ja auch letztes Jahr geschenkt. Gefallen dir meine Schuhe? Ich habe sie mir selber gekauft. Ich unterrichte jetzt nämlich und habe mein eigenes Geld. Ich bin nicht so eine träge, langweilige Drohne wie du, die in einem speckigen, bedruckten Hauskittel, der seit fünf Jahren aus der Mode ist, zu Hause festsitzt. Haßt du mich deswegen so? Willst du mir deswegen meine Sachen wegnehmen?«

Aber natürlich rief ich sie nicht an. Dafür schrie ich Charlie ziemlich oft an, und wenn er nicht da war, die Wände, aber ich beschloß immerhin, daß es die Sache nicht wert war. Wenn ich sie anriefe, wäre das nur weiterer Stoff für Adelaide. Ich war nicht gewillt, diesen Frauen irgend etwas von mir zu geben, nicht einmal meinen Zorn.

Und nun war da Anthony mit all seinem Charme, auf den er sich so viel einbildete, und wollte mich nach Hause fahren. Ich verlor die Beherrschung.

»Ob ich nach Hause gefahren werden möchte? Mit dir? Heute? Du bist pervers.« Ich drehte mich um und ging schnell davon.

Anthony stellte den Motor ab, sprang aus dem Auto und lief hinter mir her. Er holte mich ein und packte mich am Arm.

»Wieso soll ich dich denn heute nicht mitnehmen, Zelda Campbell?« Er zog mich an sich und lächelte mir ins Gesicht.

Ich begriff gar nichts. Offenbar flirtete er mit mir. Ich versuchte, mich ihm zu entziehen, und schon schoß sein anderer Arm vor und umfaßte mich. Ich war in einer absurden Umarmung gefangen.

»Ich weiß, wovor du Angst hast, süße, kleine Zelda«, sagte er. »Du hast Angst, wenn der gute alte Charlie-Bär auf dieser Konferenz ist, könnte es für so eine schutzlose süße kleine Biene wie dich schnell ein bißchen zu heiß werden. Du hast Angst, daß ich versuchen könnte, dich zu vernaschen, wenn ich dich jetzt nach Hause bringe. Und da hast du recht, Zuckerpuppe, da hast du völlig recht. Mmm, schmatz, schmatz.«

Mir drehte sich der Kopf. Da stand ich auf dem Bürgersteig vor der Universität mit einem Professor, der auch der beste Freund meines Mannes war, und der knabberte an meinem Ohr. Mitten in meiner Verwirrung fiel mir ein Wort auf: »Konferenz.«

»Konferenz?« fragte ich und riß mich heftig los. »Einen Gerichtstermin nennst du Konferenz?«

»Gerichtstermin? Wovon redest du, Zelda?« Im Nu war es mit dem Affenzirkus vorbei.

»Ich rede von dem Gerichtsverfahren in Wichita, zu dem Charlie heute erscheinen mußte. Adelaide verklagt ihn auf mehr Geld. Zum Teil dank der freundlichen Lügenbriefe deiner Frau an Adelaide.«

Anthony sah so vollkommen verblüfft aus, daß ich einfach weitermachen mußte. Ein schadenfroher, rechtschaffener Zorn spornte mich an. »Die liebe June, deine reizende, unschuldige Frau. Weißt du denn nicht, daß sie Adelaide geschrieben hat, Charlie und ich wohnten im besten Teil der Stadt in einem schönen Haus mit einem Teich und einer Statue. Wo es das winzigste Haus der ganzen Gegend ist, mit einem Hof von neun mal neun Metern. Und die Statue ist auch nur ein armseliger kleiner Messingfrosch! June hat ihr allen möglichen Mist geschrieben, über meine schönen Kleider und das Silber in unserem Wohnzimmer – mein Gott, das stammt alles von meinen Großeltern. Wir werden vor Gericht geladen, weil meine Großeltern mir ein Teeservice geschenkt haben! Deine Frau ist eine gottverdammte Denunziantin, Anthony Leyden. Sie erzählt Adelaide Lügen. Sie übertreibt, was sie sieht, um Adelaides Neid und ihre Wut ordentlich anzufachen. Ich kann ihren Anblick nicht ertragen, und ich kann deinen Anblick nicht ertragen, also verschwinde und laß mich in Ruhe.«

»Zelda«, sagte Anthony, »das wußte ich nicht. Das wußte ich wirklich nicht.«

»Vielleicht verlieren wir noch die Farm«, sagte ich, und meine Stimme begann zu zittern. »Vielleicht verlieren wir die Farm, und ich muß mein Pferd verkaufen. ›Vollblüter‹, hat June Adelaide geschrieben. Das stimmt, ja, es sind Vollblüter, und schöne Tiere dazu, aber ein Pferd gehörte mir schon vor meiner Ehe, und Charlies war nicht teuer. Und Mr. Demes bewirtschaftet die untere Weide und gibt uns Heu für die Pferde, dafür darf er das übrige Heu für sich behalten. O Gott, ich möchte nicht mein Pferd verlieren –«

Ich fing an zu weinen. Allmählich kroch mir die Januarkälte in die Knochen, und plötzlich war es ganz dunkel geworden. Ich drehte mich um und lief die Straße entlang, fort von Anthony. Er folgte mir nicht. Ich hörte, wie er ins Auto stieg und losfuhr, doch ich drehte mich nicht um, schaute ihm nicht hinterher. Ich hatte ein schlechtes Gewissen – wieder das Schuldgefühl der Kansas-Methodistin –, weil ich Anthony mit der ganzen Geschichte überfallen hatte. Immerhin war er nicht für die Taten seiner Frau verantwortlich, und Charlie war es sicher auch nicht recht, wenn seine Freundschaft mit Anthony durch Verpetzen seiner Frau noch zusätzlich belastet wurde. Wenn Charlie ihm nichts gesagt hatte, dann hätte ich es auch nicht tun dürfen.

Völlig niedergeschmettert ging ich nach Hause. Ich machte Feuer, wärmte einen Eintopf auf, zog ein Hauskleid an und wartete auf Charlie. Der Fernsehwettermann berichtete von Schneeverwehungen auf der Kansas-Schnellstraße. Gefährliche Fahrbedingungen. Um Charlie machte ich mir keine Sorgen, ich wußte, daß er ein guter Fahrer war. Aber ich dachte, ich würde verrückt, als Stunde um Stunde verging und ich immer noch nicht wußte, wie der Prozeß ausgegangen war.

Um zehn Uhr stand Charlie in der Tür. Sein Gesicht sah so erschöpft und grau aus, daß ich fast in Tränen ausgebrochen wäre.

»Charlie –« Ich ging zu ihm und küßte ihn auf die Wange. Dies war nicht der Augenblick für sexuelle Gefühle.

»Alles in Ordnung«, sagte Charlie. Er brachte ein Lächeln zustande. »Es ist alles gut. Nichts hat sich geändert. Das Gericht hat gegen sie entschieden. Sie glauben, daß Adelaide genug bekommt. Ich muß ihr nicht noch mehr zahlen. Himmel, jetzt muß ich aber unbedingt was trinken. Es war ein langer Tag, und die Straßen waren schlimm. Total vereist.«

»Ach, Charlie!« rief ich und klatschte in die Hände. »Das ist ja wunderbar. Wir müssen nicht die Farm verkaufen!«

Ich hängte seinen Mantel auf, und er schenkte sich etwas zu trinken ein. Dann setzte er sich in seinen Sessel vor dem Kamin und stützte den Kopf in die Hände.

»Sie sah so schrecklich aus, Zelda«, murmelte er. »Mein Gott, sie war wie die Rachegöttin aus einem antiken griechischen Stück. Sie sieht hart und bitter und faltig und wahnsinnig aus – das hübsche junge Mädchen, das ich einmal liebte.«

Jedesmal wenn Charlie über Adelaide redete, war es, als ob er mich immer und immer wieder in den Magen träte. Es tat weh. Es nahm mir den Atem weg. Manchmal mußte ich heimlich in die Toilette schleichen und mich übergeben. Aber das erzählte ich ihm nie; er schien es auch nicht zu erraten. Jetzt sagte ich nichts.

»Sie war schon immer sehr erregbar«, fuhr Charlie fort, »und von Jahr zu Jahr wurde sie reizbarer und gemeiner, aber so habe ich sie noch nie erlebt. Ich glaube, wenn sie gekonnt hätte, hätte sie mich umgebracht. Sie war völlig außer sich, als das Gericht gegen sie entschied. Sie schrie den Richter und ihren Anwalt und mich an. Dann sagte sie, sie verlange, daß mir das Besuchsrecht genommen werde, sie wolle nicht, daß ihre Mädchen mich jemals wiedersehen. Sie tobte. Mir war, als stünde da jemand vor mir, den ich noch nie in meinem Leben gesehen hatte.«

Einen Augenblick lang schwieg Charlie, und ich schwieg ebenfalls. Was hätte ich auch sagen sollen?

»Irgendwie scheint sie sich festgefahren zu haben«, fuhr Charlie schließlich fort, »in ihrem Leben festgefahren. Sie kann sich nicht mehr bewegen. Sie nährt sich von ihrem Haß und ihrer Wut, und das ist eine schreckliche Nahrung. Vor vier Jahren – ich weiß noch genau, wann es war –, da übernachtete Caroline bei einer Freundin, und Cathy schlief schon. Ich sagte: ›Adelaide, wir müssen miteinander reden. Ich kann so nicht mehr weiterleben. Ich liebe dich nicht mehr, und du liebst mich auch nicht. Wir vergeuden unser Leben.‹

›Nein, das tun wir nicht‹, sagte sie, ›wir haben diese zwei prachtvollen Kinder, die unsere Liebe brauchen. Das sollte genug sein.‹

›Für mich ist es nicht genug ‹, sagte ich zu ihr.

Sie wurde wütend. ›Ich koche für dich, ich halte das Haus tiptop in Ordnung, ich bügele deine Laken, ich backe das Brot selber. Und mache Kohlrouladen – hast du eine Ahnung, wie lange das dauert? Ich bügele deine Hemden. Ich schaffe dir ein schönes Heim, ich koche dir lauter leckere Sachen. Ich habe dir zwei wunderbare kleine Töchter geschenkt. O Charlie, laß uns noch ein Kind kriegen. Ich möchte so gerne noch ein Kind.‹

Das war alles, was sie wollte, ihr Haus und ihre Babys. Mich wollte sie im Grunde nicht, sie hatte mich nie gewollt. Was sie wollte, war ein Versorger, ein Mustergatte und Vater. An jenem Abend teilte sie mir auch noch mit, ich könne gerne alle möglichen Affären haben. Nur verlassen dürfe ich sie nicht. Sie liebte ihr Leben. Ihr hübsches Haus, ihre netten Kinder, ihre hübsche Sicherheit. Es hätte ihr nichts ausgemacht, wenn ich nie mehr mit ihr geschlafen hätte, außer um ihr noch ein Kind zu machen. Und danach schliefen wir auch nicht mehr sehr oft miteinander. Ich wollte sie nicht schwanger machen, ich wollte nicht noch stärker angebunden werden.«

Seine Stimme verlor sich. Er sprach nicht mehr weiter. Er nahm einen großen Schluck von seinem Scotch. Eine Weile saßen wir schweigend da. Ich fühlte mich elend.

»Und jetzt glaube ich«, sagte er dann, »daß sie nicht mit ihrem Leben fertig wird. Das Verheiratetsein bedeutete ihr so viel, jedenfalls der oberflächliche, öffentliche Teil davon. Es war ihr egal, wie es privat zwischen uns aussah, solange sie nur verheiratet war. Mein Gott, wir hatten den glänzendsten Küchenfußboden der ganzen Stadt. Jetzt, wo sie geschieden ist, findet sie sich nicht mehr zurecht. Es kommt mir so vor, als versuche sie sich ein Haus zu bauen, in dem sie sich verstecken kann, ein Haus aus Wut und Haß und Verzweiflung – all dem, was von unserer Beziehung übriggeblieben ist. Sie wagt einfach nicht den Schritt in die neue Welt. Ich wünschte, ich könnte ihr helfen. Aber das kann ich nicht. Es ist schrecklich für sie, und es muß schrecklich für die Mädchen sein. Lieber Himmel, ich wünschte, sie würde einem netten Mann begegnen und wieder heiraten und noch mehr Kinder kriegen. Dann könnte sie wieder glücklich sein.«

»Und wann werden wir wieder glücklich sein?« hätte ich am liebsten gefragt. Seit jenem Oktobertag, als Adelaides erster Brief kam, lebten wir miteinander wie zwei Menschen im Todestrakt. Es waren so viele melodramatische Briefe zwischen den Anwälten und Charlie und zwischen Charlie und Adelaide hin und her gegangen, es hatte so viele affektgeladene Anrufe gegeben. Jeden Abend, wenn wir uns zum Essen hinsetzten oder ins Bett gingen, um miteinander zu schlafen, wartete einer von uns bestimmt darauf, daß das Telefon klingelte, daß ein Anwalt sagte: »Entschuldigen Sie die Störung, Charlie, aber da ist noch etwas –« oder daß Adelaide heulte und schrie. Die Weihnachtszeit war halbwegs ruiniert. Wir schickten Caroline und Cathy nur einige wenige hübsche Geschenke, da wir nicht durch große Pakete noch mehr Zorn auf uns laden wollten. Zwei Wochen der Weihnachtsferien verbrachten wir auf der Farm und versteckten uns so vor dem Telefon, aber es war keine fröhliche Zeit. Beide dachten wir, daß dies vielleicht unser letztes Weihnachtsfest auf der Farm war. Ich ritt jeden Tag auf meinem Pferd aus, aber nicht mehr mit dem sorglosen Vergnügen von einst. Und ich überschüttete Charlie auch nicht so mit Geschenken, wie ich gewollt hätte. Ich sparte das Geld, das ich verdiente. Ich dachte, wir würden es eines Tages noch brauchen. Und nun, da der Prozeß vorbei und die Farm nicht mehr gefährdet war, schien es, als könnten wir immer noch nicht feiern und glücklich sein. Es kam mir so vor, als schwebe Adelaides Zorn über uns wie ein unheilvoller Geist und hindere uns an einem unbeschwerten Leben. Alles schien besudelt. Ich konnte Caroline und Cathy vergeben, daß sie Adelaide von uns berichtet und all unsere Besitztümer aufgelistet hatten, aber vergessen würde ich es nie. Das Muster war jetzt vorgegeben: In den nächsten Jahren wären alle Dinge, die wir ihnen schickten, nicht einfach nur Geschenke. Wenn wir ihnen viel schenkten, versuchten wir sie zu kaufen, waren reich und gaben das Geld leichtsinnig aus, Geld, das ihnen (Adelaide) eigentlich zustand. Wenn wir ihnen wenig schenkten, waren wir knickerig und schäbig und liebten die Mädchen nicht. Wenn wir wollten, daß sie uns besuchten, versuchten wir Adelaide um ihre Lebensfreude zu bringen. Wenn wir nicht wollten, daß die Mädchen kamen, liebten wir sie natürlich nicht. Für Jahre würde nichts mehr klar und gut und unbefangen sein. Und mindestens einmal im Jahr würde es Anrufe geben, Briefe von Anwälten, Drohungen. Für lange Zeit, womöglich für Jahre, würde ich kein Brot mehr selber backen, mich nicht mehr mit Frauen unterhalten, die Kinder hatten, oder meinen Küchenfußboden auf Hochglanz bringen. Ich wollte nichts tun, was Adelaide getan hatte. Ich wollte auf keinen Fall in irgendeiner Hinsicht wie sie sein. Ich fand, sie war eine traurige, verrückte, hoffnungslose Gestalt.

»Wenn du dich scheiden läßt«, hatte sie zu Charlie gesagt, »werde ich dich dafür bezahlen lassen. Ich werde alles tun, um dein Leben unerträglich zu machen.«

Sie redete in Klischees, aber sie tat ihr Bestes, um ihre Drohungen wahr zu machen.

Es schien keine sehr gesunde Weise für eine Frau, ihr Leben zu leben. Doch offensichtlich verschaffte ihr dieses Verhalten eine Art bitteres Vergnügen. Offensichtlich war es eine Zeitlang eines der größten Vergnügen, die sie überhaupt hatte.

Charlie und ich lernten damit zu leben. Wir waren glücklich mit unserer Arbeit, glücklich in unserer Liebe zueinander. Wir entwikkelten sogar einen gewissen sarkastischen Humor. Wir lernten, mit Adelaides Verbitterung und mit den plötzlichen Verdüsterungen in unserem Alltag, die diese Bitterkeit mit sich brachte, zu leben. Nach einer Weile war sie beinahe wie ein unwillkommener, vertrauter Gast in unserem Haus. Wir lernten, trotz allem weiter zu leben, zu lieben und zu lachen. Es war, als hätte man ein Gespenst hinter einer Tür. Wenn man ein wunderschönes verhextes Haus kauft und es genügend liebt, behält man es und läßt das Gespenst einfach weiter wüten.

Im März 1966, zwei Monate nach der Gerichtsverhandlung, fand ein internationales Symposion über menschliche Beziehungen statt. Etwa sechzig Personen, die wissenschaftlich und berufspraktisch in diesem Bereich tätig waren, sollten fünf Tage miteinander in einem First-Class-Luxushotel verbringen, Vorträge hören und an Gesprächsrunden und Podiumsdiskussionen teilnehmen. Die Vorträge würden unter dem Titel: »Menschliche Beziehungen – Symposion der Sozialwissenschaftlichen Bundesvereinigung« als Buch erscheinen. Die Honorare und die zur Verfügung gestellten Tagegelder waren mehr als ausreichend; das Ganze war insgesamt eine First-Class-Geschichte. Nur die Besten der jeweiligen Fachbereiche – Anthropologie, Soziologie, Allgemeine Semantik, Linguistik, Literatur, Psychologie, Ernährung, Auslandsbeziehungen, Erziehungswissenschaft, Journalismus und so weiter – waren eingeladen worden. Und als Historiker hatte man Charlie eingeladen. Vielleicht sollte es eine Wiedergutmachung für den Sommer sein, als ich die berühmte Intellektuelle verpaßt hatte, vielleicht waren wir aber auch einfach nur sehr verliebt und mochten nicht zu lange getrennt sein, jedenfalls nahm Charlie mich mit zu dem Symposion.

Es sollte in der zweiten Märzwoche stattfinden, was wunderbar in unsere Frühlingsferien an der Universität paßte. Wir flogen nach Chicago und weiter nach Boston, wo eine Limousine des Hotels uns zusammen mit drei anderen Teilnehmern abholte. Fast drei Stunden lang fuhren wir hoch in die Berge von New Hampshire, und Charlie spielte die ganze Zeit intellektuelles Pingpong mit den anderen Männern, während ich wie benommen in stummer Ehrfurcht daneben saß. Ich war dreiundzwanzig und hatte gerade mit der Arbeit für meinen Magister begonnen. Nach diesen drei Stunden in der Limousine war ich so weit, daß ich aus Verzweiflung hätte heulen können. Ich sah keine Möglichkeit, wie ich jemals in meinem Leben so viel wissen und mein Wissen mit ebensolch lässiger Arroganz würde präsentieren können wie jeder dieser vier Männer.

Kurz bevor wir das Hotel erreichten, langte der alte, bärtige Kybernetiker zu mir herüber und tätschelte auf eine galant-lüsterne Weise mein Knie, was er sich aufgrund seines Alters und seines Ruhms offenbar leisten konnte.

»Dem Herrn sei Dank, daß Ihr Gatte Sie mitgebracht hat, meine Liebe«, sagte er. »Sie sind genau das, was wir brauchen, damit unser Blut in Wallung gerät und wir dieses ganze eitle Gefasel durchstehen können.«

Ich lächelte den Mann an, ehrlich erfreut. Ich fand, er hatte mir gerade meine Rolle zugewiesen, den Grund für meine Anwesenheit, und ich beschloß, bei dem Symposion so hübsch wie möglich auszusehen und in der aufmunterndsten Weise zuzuhören.

Das Hotel war imponierend. Es war früher ein Kurhotel gewesen und in der denkbar dekadentesten Weise luxuriös mit Säulen, Pfeilern, Goldverzierungen, Teppichen und Möbeln ausgestattet. Im Winter diente es vor allem als Skihotel, und es war so riesig, daß die Wissenschaftler, die Ehefrauen und die Organisatoren – insgesamt fünfundsiebzig Personen – einfach einen separaten Flügel mit Konferenzräumen und einen separaten Speisesaal erhielten. Das Zimmer, das Charlie und ich teilten, war mit einem tiefroten Teppich ausgelegt, die Vorhänge waren schwer, und die Laken und Handtücher trugen das Monogramm des Hotels. Es brachte Spaß, die schwere, wattierte Satindecke zurückzuschlagen und mit Charlie auf den teuren Laken herumzutollen. Danach holte Charlie eine Flasche Scotch aus seiner Aktentasche, und wir tranken einen kleinen Freundschaftsgrog, während ich auf dem Bett saß und Charlies Samen auf ein weiches Handtuch mit Monogramm aus mir heraustropfen ließ. Schließlich duschten wir, zogen uns an und versuchten, einigermaßen seriös auszusehen, während wir die Treppe zum Abendessen im Speisesaal hinuntergingen.

Ich erlebte das Symposion wie in einer Art Trance: Morgens und nachmittags hörte ich Vorträge und Diskussionen; beim Mittag- und beim Abendessen versuchte ich, charmant zu unseren Tischgästen zu sein und ihnen zu schmeicheln; an den Abenden – die Abende waren das Beste – sah ich einfach nur zu, wie die Berühmtheiten allmählich betrunken und großmäulig wurden oder zu streiten begannen oder ausführliche, sehr intime Geschichten erzählten. Ich bemühte mich so sehr, all das Wissen in mich aufzunehmen, daß ich ständig Kopfschmerzen hatte, und ich machte mir auch treu und brav Notizen in einen kleinen roten Schnellhefter, aber ich konnte das Wissen, das ich von der Konferenz von 1966 davontrug, noch nicht wirklich umsetzen, ich konnte es noch nicht voll erfassen, noch nicht nutzen.

Ich lernte, daß viele berühmte Intellektuelle alberne kleine Kinder sind, daß sie aus sehr viel Abwehr und Stolz bestehen und sich nichts lieber wünschen als eine Frau, die sich um die Tipperei, die Reiseplanung, die Wäsche und die sexuellen Bedürfnisse kümmert, wobei diese Reihenfolge nicht unbedingt ihren Prioritäten entspricht.

Ich lernte, daß eine naive junge Frau durchaus Anspruch auf die Gesellschaft eines Nobelpreisträgers erheben kann, wenn sie nur hübsch und jung und gewillt ist, ihm mit dem Ausdruck ehrfürchtiger Scheu zuzuhören.

Ich lernte, daß es bei Symposien zwar diverse Sorten Männer, aber, abgesehen vom Hotelpersonal, nur zwei Sorten Frauen gibt: die Klugen, das waren die Teilnehmerinnen, und die Hübschen, das waren die Ehefrauen.

Als ich zum ersten Mal den Speisesaal betrat, war ich erleichtert, als ich entdeckte, daß hier und da zwischen den Männern auch Frauen saßen. Bei uns in Kansas City waren unter zweiundzwanzig Teilnehmern an einem Magister-Seminar nur drei Frauen. Hier war das Verhältnis in etwa dasselbe, und es überraschte mich nicht. Was mich allerdings überraschte, was im Laufe der Tage nur ganz allmählich in meinen dicken Schädel einsickerte, war die Tatsache, daß unter den vortragenden Teilnehmerinnen nicht eine Frau war, die ich hätte sein mögen. Da war die liebenswerte, erschöpfte, heiter leidende Nonne, Schwester Grace Anthony Morrow, eine Linguistin. Da war die große, kräftige Frau aus der U.S.-Armee, eine Expertin für Außenpolitik; sie war einundvierzig, unverheiratet, trug eine Brille mit dicken Gläsern und schwere, dunkle Kostüme und hatte einen Kurzhaarschnitt wie ein Mann. Dann war da eine Deutsche, die ihr Haar zu einem straffen Knoten geschlungen hatte und nie lächelte. Sie lehrte Pädagogik, ebenso wie ihr Ehemann, der ebenfalls an dem Symposion teilnahm. Sie hatten mehrere Bücher gemeinsam geschrieben, aber nie lächelten sie einander an oder berührten sich oder saßen auch nur zusammen. Sie hatten offensichtlich ein Konkurrenzverhältnis; manchmal stritten sie in einer anderen Sprache miteinander und gingen schnell und heftig wie rivalisierende Hunde aufeinander los. Weiter war da eine kleine Japanerin, deren Vortrag ich nicht hörte. Sie war älter, und sie war außerordentlich still. Ich glaube, sie verstand nicht sehr gut Englisch. Und da war schließlich eine beinah hübsche Soziologin, eine Frau, die sich hinter locker fallenden dunklen Kleidern und einer dunklen Brille verbarg, die ihr ständig von der Nase rutschte. Sie zitterte so heftig, während sie ihr Manuskript vortrug, daß niemand verstand, was sie sagte. Sie aß mittags auf ihrem Zimmer und ging jeden Abend sofort nach dem Essen in ihr Zimmer und verließ das Symposion einen Tag früher. Es hatte noch eine berühmte Anthropologin kommen sollen, sie war aber krank geworden, und statt dessen erschien ihr Ex-Ehemann, ein riesiger, amüsanter, genialer Anthropologe und Casanova.

Ich lernte, daß es mir gefiel, für hübsch gehalten zu werden, und es gefiel mir, von Männern angelächelt zu werden. Es gefiel mir, munter, hilfsbereit und warmherzig zu sein. Es gefiel mir, daß Charlie mich auf eine besondere Weise anschaute, mich auf eine besondere Weise berührte; es gefiel mir, wenn Charlie mich liebte. Wenn eine Frau all das verlor, um in ihrem Beruf ganz nach oben aufzusteigen, dann war ich mir gar nicht so sicher, ob ich mit der Kletterei überhaupt beginnen wollte.

Die attraktivste unter den anwesenden Frauen war eine Ehefrau. Es gab natürlich auch noch andere Ehefrauen, die, meist im Schlepptau ihrer Männer, ständig sagten: »Selbstverständlich gehe ich zurück ins Zimmer, Liebling, und hole es dir« oder: »Brauchst du eine Tablette, Liebling? Ich habe eine hier in meiner Handtasche.« Doch die attraktive Frau verhielt sich nicht so. Sie lächelte ihren Ehemann an, lehnte sich auch zärtlich an ihn, wenn sie zusammen waren, aber tragen oder holen tat sie nichts. Sie war eine große, schlanke Frau Ende Dreißig mit langem blonden Haar und Augen so blau und wärmend wie ein Sommerhimmel. Männer umschwirrten sie; sie war witzig, freundlich und intelligent. Und sie schien wunderbar ausgeglichen, wunderbar in sich ruhend. Sie hörte sich nur einige der Vorträge an und verbrachte die Tage fast ausschließlich mit Lesen auf der grünumrankten Sonnenterrasse des Hotels. Drei Tage lang bewunderte ich sie und hätte eine Bekanntschaft am liebsten vermieden, um den Zauber nicht zu brechen. So wie sie wäre ich gerne gewesen – unübersehbar schön, herzlich, selbstsicher, heiter und dazu unübersehbar liebenswürdig und intelligent. Als ich mir endlich ein Herz faßte und sie bei ihrer Lektüre auf der Sonnenterrasse unterbrach, war ich überrascht über das, was sie mir offenbarte.

»Wie nett von Ihnen, zu einem kleinen Schwatz vorbeizukommen«, sagte sie. Sie legte ihr Buch beiseite und zog ein paar bunte Wollknäuel aus ihrer Batiktasche. »Ich habe meine Strickerei ganz vernachlässigt. Ich lese so gern, aber dieser Pullover muß unbedingt fertig werden.«

Sie hieß Alice. Und sie hatte sechs Kinder. Sie genoß es, sie für eine Woche los zu sein, und es war herrlich, daß mal jemand anders kochte und sie nachts nicht aufstehen mußte, aber ehrlich gestanden, sagte sie, fehlten sie ihr alle schrecklich.

»Aber – aber –«, stammelte ich, und dann brach es aus mir hervor: »Sie haben ständig die erstaunlichsten Zitate von Platon oder Montaigne parat! Wie können Sie da –«

Alice lachte vergnügt. »Ich bin Leiterin eines Jugend-Diskutierclubs über große Literatur«, sagte sie. »Ich nehme schon das vierte Mal die Klassiker durch. Und nach vier Jahren bleiben die Sachen hängen. Sie lassen sich wirklich allesamt davon blenden, nicht wahr?«

Alice fand, daß Kinder unendlich faszinierend waren, und sie bedauerte die intellektuellen Männer wegen ihres vertrockneten, muffig-verstaubten, spießigen Lebens. Es brachte ihr Spaß, zu kochen, zu backen, Gelees zu machen, zu nähen; sie faßte gerne Stoffe an und setzte Farben und Materialien zu etwas Einzigartigem und Neuem zusammen. Sie fand es herrlich, schwanger zu sein, zu gebären und zu stillen und mit den Kindern zu spielen.

»Oh, ich lese und denke furchtbar gerne«, sagte sie, »aber das Leben liebe ich noch unendlich viel mehr.«

Ein klein bißchen verliebte ich mich in sie. Wir tauschten Adressen und Geheimnisse und versprachen, uns zu schreiben. Es mußten allerdings viele Jahre vergehen, bis ihr zufällig einmal das Geheimnis ihres Mutterglücks entschlüpfte. Eigentlich hatte sie es nicht einmal als Geheimnis betrachtet, es war ihr gar nicht in den Sinn gekommen, daß es Bestandteil des Ganzen war. Das Geheimnis ihres

Lebens war – Geld. Sie war mit einem Professor verheiratet, und Professoren verdienen selten sehr viel Geld. Aber ihr Vater hatte im Vorstand einer Versicherung aus Neuengland gesessen, und sie besaß Haufen und Haufen und Haufen von eigenem Geld. Welches sie für Babysitter und Hilfen im Haushalt ausgab. Wann immer sie wollte. So daß in der Tat ein Riesenunterschied zwischen ihr und all den anderen Müttern herrschte, die es sich nicht leisten konnten, einfach an einem beliebigen Tag anzurufen und zu sagen: »Connie, könnten Sie heute herüberkommen und die Kinder hüten? Ich glaube, ich brüte eine Erkältung aus; ich mache mir jetzt einen Hagebuttentee und gehe ins Bett und lese. Vielleicht werde ich die Erkältung ja los, bevor sie noch schlimmer wird.«

Aber das wußte ich damals noch nicht. Vermutlich suchte ich verzweifelt nach Vorbildern. Vermutlich habe ich mich deshalb in sie verliebt. Natürlich war ich nicht die einzige Frau, der das widerfuhr – von den Männern gar nicht zu reden. Einige der Berühmtheiten stolperten buchstäblich über ihre eigenen Füße, um Alice einen Stuhl anzubieten, wenn sie den Raum betrat. Zwei der Superberühmten – Männer, die innerhalb der intellektuellen Welt als solche Koryphäen galten, daß sie schon keine Stars mehr waren, sondern Planeten – versorgten sie mit Getränken und strahlten sie mit offener Bewunderung an. Jahre später entdeckte ich, wieso – ein weiteres Geheimnis: Alice hatte während des Symposions mit ihnen geschlafen. Sie war in ihre Zimmer gegangen – in zwei verschiedenen Nächten selbstverständlich – und hatte mit dem einen eine Flasche Gin und mit dem anderen zwei Flaschen Champagner getrunken und beide bewußtlos gevögelt. Alice schlief gern mit fremden Männern, besonders mit wichtigen. Sie amüsierte sich stets bei Konferenzen und besaß einen beachtlichen Schatz an Erinnerungen, die sie sich zu Gemüte führte wie polnischen Wodka an einem kalten Regentag.

Aber bei dem Symposion von 1966 kannte ich all die Geheimnisse von Alice noch nicht; sie sollten mir noch jahrelang verborgen bleiben. Ich sah nur das Offensichtliche: Es gab kluge Frauen, und es gab hübsche Frauen, und die einzige, die beides miteinander verband, war eine Frau mit sechs Kindern.

»Frauen beschäftigen sich vor allem mit dem Inneren der Dinge,

Männer mit dem Äußeren«, sagte ein berühmter Psychologe zu mir, so sanft und gütig wie Gott, der mit einem Kind spricht. »Das ist nur recht, nur natürlich, meine Liebe. Denken Sie an Ihren Körper.«

Ich war durch seine bloße Anwesenheit viel zu verwirrt, um Fragen zu stellen oder zu widersprechen. Und ich lernte noch etwas auf dem Symposion: Berühmte Intellektuelle mochten alberne kleine Babys sein, sie mochten schwierig und egoistisch, arrogant und empfindlich sein, aber sie konnten auch wahnsinnig gut aussehen und ungeheure Macht ausstrahlen. Das Alter machte sie nur noch vornehmer; dicke Bäuche ließ sie nur noch gewichtiger, entschieden noch sicherer erscheinen. Vor allem die Europäer trugen sehr schöne, teure, elegante Kleidung und besaßen bezaubernde Umgangsformen. Wenn mein Kopf mir sagte: Was ist das für ein Arschloch, sagte mein Körper: Na klar doch, keuch, keuch, komm, wir rücken ihm ein bißchen näher, um von der Strahlung was abzukriegen.

Ich lernte, daß mein Körper meinem Kopf häufig widersprach. Ich war gerade dreiundzwanzig. Ich glaubte, wenn ich älter würde, könnte ich meinen Körper besser kontrollieren. Was war ich für eine Närrin!

Ich lernte also bei dem Symposion nichts, was mir in meiner damaligen Lebenssituation wirklich bei meinen Problemen geholfen hätte. Natürlich versuchte Charlie stets, mir auf seine etwas unklare, zerstreute Weise zu helfen, aber ich wußte, er verstand mein Problem nicht. Ich selber war ja kaum dazu in der Lage; es hatte etwas mit meinem Wunsch vom vergangenen Sommer zu tun, jene berühmte Frau zu sehen. Es hatte etwas damit zu tun, daß ich eine gescheite kleine Methodistin aus Kansas war.

Ich war in jenem Winter dreiundzwanzig geworden und hatte mit meiner Arbeit für den Magister begonnen. Und nachdem die erste Aufregung sich gelegt hatte und ich merkte, daß ich mit der Arbeit gut zurechtkam, schaute ich mich am Institut um und stellte fest, daß alle Professoren ohne Ausnahme männlich waren. Und es gab nur noch zwei andere Frauen, die auch ihren Magister machen wollten. Eine hieß Sylvia. Sylvia war mager, unscheinbar und leidenschaftlich. Sie hatte eine Warze, eine richtiggehende Warze, auf ihrer Nasenspitze. Das arme Mädchen. Sie sah aus wie die Hexe in einem

Comic. Sie trug nur Grau, Braun und Schwarz. Sie war außerordentlich unfreundlich und konkurrenzbewußt. Der Gerechtigkeit halber muß ich sagen, daß sie vermutlich sehr arm war, und das Studium war ihre einzige Möglichkeit, auszubrechen und weiterzukommen. Und der Gerechtigkeit halber muß ich auch sagen, daß sie eine Menge mehr wußte als ich und viel ernsthafter studierte. Ich dachte immer, Liebe sei das Allerwichtigste, und das glaube ich auch heute noch. Zuerst kommt die Liebe. Und auch das Lachen. Aber Sylvia setzte Literaturkritik an die erste Stelle, mit zusammengebissenen Zähnen. Sie lachte nie, nicht einmal bei Chaucer. Sie sprach nicht mit mir, selbst dann nicht, wenn ich es war, die die Unterhaltung begann. Sie setzte sich in den Seminaren nie neben mich, als hätte ich irgend etwas scheußlich Ansteckendes an mir. Ich fand sie, auf ihre warzennasige Weise, so amüsant wie nur irgend etwas.

In der Tat lachte ich mit Linda, der anderen M.A.-Kandidatin, häufig hinter Sylvias Rücken über Sylvia. Linda war ein echtes Wunderkind, sie war viel schneller als Sylvia und ich. Ihr Gehirn lief ständig auf Hochtouren; sie konnte zwischen beliebigen Lyrikern oder Dramatikern oder Romanschriftstellern, die man ihr nannte, ruckzuck Analogien herstellen oder Ähnlichkeiten entdecken. Sie ging instinktiv vor, meistens. Und sie war umwerfend, auf eine polterige, grelle Art. Sie war wohlhabend. Sie war wie eine tolle rothaarige Sexbombe mit einem 450er Mercedes-SL-Motor. Sie gehörte nicht in ein Seminar für Magisterkandidaten. Ihr Studium war ihr scheißegal. Ihr war nichts wirklich ernst: Sie besaß Geld zuhauf und dazu einen diamantenen Verlobungsring von einem Jurastudenten, und sie vertrieb sich ihre Zeit nur solange, bis ihr Verlobter sein Studium abgeschlossen hatte und sie ihre große, teure Hochzeit feiern konnten. Sie schrieb ihre Referate über Themen wie »Metaphern in Ben Jonsons Stücken: Skatologie, Insekten, Unrat und Blut«. Sie flirtete ganz offen mit den Professoren und den anderen Graduierten. Sie tauchte bei allen möglichen Kundgebungen und Sit-ins auf, nicht aus Engagement, sondern aus Langeweile. Sie war eine energische Dame, aber eben doch eine Dame: Es gab noch Spuren des Alten Südens in ihrer reichen Familie. Man hatte sie dazu erzogen, Ehefrau und Mutter zu sein und dabei immer das neckische, kokette, gutaussehende, amüsante, reizend plaudernde kleine Ding zu bleiben, das sich nie die weißen Handschuhe schmutzig macht. Es wurde ihr fast schon zum Verhängnis, daß sie so glänzend war, da es sie nur launisch und unzufrieden mit allem machte. Sie wäre durchgedreht, wenn sie Erstsemester hätte unterrichten müssen, was ich so gerne tat; nichts Routinemäßiges konnte sie auf die Dauer begeistern. In gewisser Weise war sie mir sympathischer als Sylvia: Sylvia würde irgendwann eine Stelle finden und jedes Jahr einen sehr fundierten und gähnend langweiligen Aufsatz veröffentlichen. Sie würde auf sture Weise zufrieden sein. Aber Linda war wie ein Flamingo an einem Dorfteich. Sie würde nie zufrieden sein. Mit überhaupt nichts. Ich war sicher, daß es nur noch eine Frage von Monaten war, und sie würde schwanger werden, bloß damit endlich irgend etwas passierte. So würde sie neue Erfahrungen machen, ein kleines Drama produzieren und allen eine große, prunkvolle Hochzeit abzwingen können, noch bevor ihr Verlobter sein Juraexamen und sie ihren Magister gemacht hätte. Und dann säße sie zu Hause mit einem Baby als Unterhaltung. Ich wäre nicht gern dieses Baby gewesen.

Ich wäre nicht gerne Linda oder Sylvia gewesen, und das war das Entscheidende. Einige der neunzehn männlichen Magisterkandidaten waren verheiratet, andere waren es nicht und flirteten gern. Einige waren klug, andere waren dumm, aber alle hatten sie eine Bahn eingeschlagen, auf der andere Männer schon vor ihnen gelaufen waren. Als Methodistin aus Kansas war ich schon dadurch ausgeschert, daß ich einen fünfzehn Jahre älteren geschiedenen Mann geheiratet und den sicheren Schutz meiner Studentinnenverbindung aufgegeben hatte. Ich wußte, was ich wollte, aber ich hatte große Angst, daß der Himmel einstürzte. Meine beste Freundin vom College hatte ihr Psychologiestudium aufgegeben und statt dessen Babys bekommen. Sie erledigte jetzt zu Hause Schreibarbeiten, um die Unkosten zu bestreiten, während ihr Mann sein Medizinstudium beendete. Meine eigene Mutter arbeitete inzwischen als erfolgreiche Verwaltungsbeamtin im Forschungsbereich eines Krankenhauses. Sie hatte allerdings erst damit angefangen, nachdem all ihre Kinder glücklich auf der High-School oder dem College gelandet waren und aus dem gemütlichen Nest, das sie uns bereitet hatte, schon so gut wie ausgeflogen waren. Meine beiden Großmütter hatten das

College besucht, was für die Zeit damals sehr ungewöhnlich war, und die Mutter meiner Mutter hatte sogar in historischen Zeitschriften von Kansas einige Aufsätze zur Geschichte Oklahomas veröffentlicht. Aber beide Großmütter hatten geheiratet und Kinder bekommen. Sie hatten ihr Leben lang den Haushalt geführt und sich außerhäuslich nur in der Kirche und in Buchclubgruppen betätigt. Als ich Charlie heiratete, sagte meine Mutter zu mir: »Liebes, deine Eltern sind beide sehr beunruhigt über deine Heirat mit diesem Mann. Sieh also zu, daß du schnell ein Kind bekommst, dann wird alles gut werden. Nichts hilft so wie ein niedliches Baby: Alle werden sich entschädigt fühlen und dir beistehen.« Und der Pfarrer unserer Kirche, der nette Methodistenpfarrer, sagte eine Woche vor meiner Heirat mit Charlie zu mir: »Nun, meine Liebe, da Sie sich diese Geschichte so fest in den Kopf gesetzt haben, sehen Sie zu, daß Sie es gut machen. Die Ehe ist ein heiliges Gut. Und es wird Ihre Pflicht als Frau sein, für Sie selbst, Ihren Ehemann und Ihre Kinder ein Heim und eine liebevolle Atmosphäre zu schaffen.«

»Ich werde keine Kinder haben«, hatte ich ihn unterbrochen. »Ich werde meinen Doktor in Philosophie machen und die Universitätslaufbahn einschlagen.«

Pfarrer Walsh hatte mich angelächelt – mit einem Lächeln, das auf seine gütige, wissende Weise ganz dem Lächeln ähnelte, mit dem mich später jener berühmte Psychologe bedenken sollte. »Meine liebe Zelda«, sagte Pfarrer Walsh, »Kinder sind der Grund, weswegen wir hier auf der Erde sind. Sie sind der Sinn unseres Lebens. Aber ich werde mich jetzt nicht mit Ihnen anlegen. Ich bin sicher, Sie werden es selbst erfahren, warten Sie es nur ab. Und vergessen Sie nicht, Bildung ist etwas Schönes, aber in Gottes Augen bedeutet Bildung nichts. Was wirklich vor Gott zählt – und ebenso für uns alle, wenn wir schließlich auf dem Sterbebett liegen und die Dinge klarer sehen –, ist die Tatsache, daß wir uns um ein gutes, fröhliches Leben bemüht und Gott und die Menschen geliebt haben.«

Ich hatte Pfarrer Walsh sehr gemocht. Er war, solange ich denken konnte, mein Geistlicher gewesen. Er war hochgewachsen und liebenswürdig und schlicht, ein bißchen wie Ichabod Crane, aber seine Hände, seine Stimme und seine Augen besaßen Zauberkraft, und er war von einer geheimnisvollen, sanften Würde. Ich sehe ihn noch vor mir – im weißen Talar zu Ostern und im schwarzen bei Beerdigungen –, mit seinen wissenden Augen und seinen segnenden Händen. Es war kein Falsch an Pfarrer Walsh, und nach all den Predigten, die ich im Laufe der Jahre gehört hatte, wußte ich, daß auch nichts Dummes an ihm war. Ich wollte an ihn glauben, um an Gott zu glauben. Und es war schwierig und schmerzlich für mich, anders zu denken als er. Es war so, als würde ich den Segnungen meiner Jugend den Rücken kehren.

An jenem Punkt meines Lebens schien sich alles gegen meine Ambitionen verbündet zu haben. Mutter, Großmutter, Freunde, Pfarrer – sie alle wollten mich in die altvertraute weibliche Rolle drängen, und obwohl ich sie nach meiner Heirat nur noch selten sah, verfolgten mich ihre Augen, ihre Worte, ihre Werte. Das englische Institut in einer schönen großen Stadt mit intellektuellem Anspruch war da auch keine Hilfe. Auch diejenigen unter den Professoren, die weibliche Magisterkandidaten nicht von vornherein offen ablehnten, machten ihnen keinen Mut. Und mit Linda an meiner einen Seite und Sylvia an meiner anderen kam ich mir allmählich etwas seltsam vor. Ich werde zu diesem internationalen Symposion fahren, befahl ich mir in jenem März, und zwar allein. Auf einer internationalen Konferenz, fernab vom Mittelwesten, lerne ich hoffentlich, die Dinge anders zu sehen!

Und bei dem internationalen Symposion war es genau dieselbe Geschichte, nur in größeren Dimensionen und mit mehr Glitzer.

Ich beneide meine Stieftöchter, da sie im Augenblick auf dem Arbeitsmarkt allein deshalb mehr Chancen haben, weil sie weiblich sind. Letzten Januar ließ ich die Kinder bei Charlie und fuhr mit dem Bus nach New Haven und besuchte Caroline in ihrer Wohnung. Es war ihr letztes Semester, und sie und ihre Mitbewohnerinnen diskutierten ebenso heftig über Berufe und Ideen wie über Männer. Sie machten gleichzeitig Witze über Vibratoren und über Rettet-die-Umwelt-Plakate an ihren Wänden. Auf den Tischen und Regalen lagen Zeitschriften wie *National History* und *National Geographic* und keine Illustrierten über Make-up und Frisuren und wie man sich Männer angelt. Caroline hatte schon einen Heiratsantrag abgelehnt; sie war einfach noch nicht interessiert.

Wenn es stimmt, hatte ich da bei mir gedacht, daß unsere Fortschritte sich in kleinen, komischen Halbschritten vollziehen: von der traditionellen Adelaide Campbell über die verwirrte Zelda Campbell zu Caroline und Cathy Campbell, die geradeaus, unabhängig und frei waren – wie würde dann Lucy sein? Werden Moden und Ideen eine plötzliche Kehrtwendung machen? Adelaide ist zwölf oder dreizehn Jahre älter als ich; ich bin zehn oder zwölf Jahre älter als Caroline; Caroline ist zwanzig Jahre älter als Lucy. Wenn Lucy auf dem College ist, was wird Caroline ihr dann raten: zu heiraten oder zu arbeiten?

Natürlich ist das eine alberne Frage. Wenn alles so weitergeht, wird Caroline sich nicht einmal darum scheren, was Lucy macht. Wir Campbell-Frauen bewegen uns vielleicht in Halbschritten vorwärts, aber keine gibt der nächsten irgend etwas weiter. Das ist das Problem mit den Schritten: Wir trippeln voran und fallen wegen irgendeines uralten Grolls immer wieder zurück.

Anschließend an jenes Symposion in New Hampshire fuhren Charlie und ich 1966 nach Massachusetts, um Caroline und Cathy zu besuchen. Wir hielten es für eine günstige Gelegenheit, da wir nicht so häufig in den Genuß bezahlter Reisen in den Osten kamen. Außerdem vermutete ich heimlich, daß Charlie sich ein Bild von Adelaide machen wollte, daß er sehen wollte, wie sie aussah und sich verhielt. Nach der Gerichtsverhandlung im Januar hatte ganz plötzlich Funkstille geherrscht. Es gab keine wütenden Anrufe oder Briefe mehr. Nur die eingelösten Unterhaltsschecks für die Kinder. Im Februar hatte Charlie Adelaide geschrieben, daß er an einer Konferenz im Osten teilnehmen werde, bei der ihm, wie er ausdrücklich betonte, alle Ausgaben bezahlt würden, und daß er sehr gern die Mädchen sehen würde. Er schlug vor, er werde die beiden Freitag abend abholen, und sie würden bei uns essen und übernachten. Wenn es ihr recht sei, würden wir Samstag mit ihnen einkaufen gehen und Schuhe oder Anziehsachen für Ostern besorgen oder was sie sonst vielleicht brauchten. Samstag abend wären sie dann rechtzeitig zum Abendessen wieder zurück.

Nachdem Charlie den Brief abgeschickt hatte, schlichen wir zwei Wochen lang aufgeschreckt im Haus herum und glaubten bei jedem Anruf, es sei Adelaide-die-Garstige mit ihrer Kreischserenade.

Doch das einzige, was kam, war ein an Charlie adressierter Umschlag. Er öffnete ihn und hielt seinen eigenen Brief in der Hand. Unter den Brief hatte Adelaide nur »In Ordnung. A.« geschrieben. Charlie wußte nicht, ob diese schlichte Zustimmung nach all den wüsten Szenen nun ein gutes oder ein schlechtes Zeichen war.

Freitag nachmittag fuhren wir in der Hotellimousine von dem wunderschönen alten Kurhotel zum Bostoner Flughafen. Verschiedene andere Teilnehmer fuhren mit uns zu ihren diversen Maschinen, die sie zu ihren diversen Heimatorten bringen sollten. Diesmal ging die Fahrt jedoch ziemlich stumm vonstatten. Die Konferenz war vorüber, die Show war beendet, die Duelle waren ausgetragen, die Egos zur Genüge präsentiert worden. Es herrschte eine allgemeine Erschöpfung, und sie hatten auch wirklich alle harte Arbeit geleistet. Jetzt wollten sie nur noch nach Hause, Krawatten und Gürtel lockern, die Schuhe abstreifen und die angesammelte Post durchsehen. Zwei der Männer schliefen während der ganzen Fahrt und versuchten sich von Kater und völliger Übermüdung zu erholen. Ich beobachtete, wie der Schlaf sie veränderte, diese brillanten, bedeutenden Männer. Sie waren zusammengesackt und sabberten ein wenig und sahen verletzlich und absolut unbedeutend aus. Charlie saß neben mir und machte sich über irgend etwas Notizen. Ich war die einzige Frau im Auto. Ich schaute aus dem Fenster und genoß die vorbeiziehende Landschaft – Berge, gewundene Straßen, mächtige Felsen, die aus dem Schnee ragten, wintergraue, kahle Bäume. Ich war traurig und wußte nicht, warum. Vielleicht, weil mir sowohl das überschwenglich mütterliche Leben von Alice als auch das Leben dieser bedeutenden Intellektuellen gleichermaßen unerreichbar erschienen.

In Boston mieteten wir einen kleinen Dodge Dart und fuhren damit nach Hadley. Die Fahrt dauerte drei Stunden, und diesmal schlief ich. Als ich erwachte, hatten wir gerade den kleinen Ort Hadley erreicht, eine Kleinstadt, die unmittelbar an Amherst grenzt. Charlie hatte schon früher in dieser Gegend gelebt und fand ohne Schwierigkeiten den richtigen Weg.

Adelaide wohnte mit ihren Töchtern in einem prachtvollen großen alten Haus im Kolonialstil, das geteilt und zu einem Zweifamilienhaus umgebaut worden war. Es war bezaubernd. Ringsum standen hübsche Häuser und lauter Bäume; ich merkte, daß Charlie glücklich war.

»Ich gehe hinein und hole die Mädchen«, sagte Charlie, als wir in ihre Einfahrt einbogen.

»Gut«, erwiderte ich. Ich sah in den Rückspiegel, kämmte mir das Haar und legte Lippenstift auf. Ich hatte kein Bedürfnis, Charlie zu begleiten, obwohl ich neugierig auf Adelaide war. Damals kannte ich sie noch nicht. Ich hatte nur ein altes Schwarzweißfoto mit den vier Campbells gesehen, das aus der Zeit stammte, als Cathy gerade geboren war. Darauf war Adelaides Haar ganz kurz geschnitten, der Lippenstift wirkte dunkel und dick aufgetragen, und sie hatte ihre Augenbrauen gezupft und einen dünnen unsäglichen Bogen über die Augen gemalt. Sie trug Cathy auf dem Arm und lächelte leicht. Charlies Haar war damals sehr viel kürzer; zusammen sahen sie wie eine Familie in einer alten Zeitschrift aus, die für RCA-Victor-Radios und Ava-Gardner-Filme warben. Das Foto hatte mir nichts bedeutet; wenn ich den Personen auf der Straße begegnet wäre, hätte ich sie nicht wiedererkannt. Als die Aufnahme gemacht wurde, ging ich noch zur High-School. Ich hätte Babysitterin bei ihnen spielen können.

Ich wußte, daß Adelaide hübsch war; das entnahm ich dem alten Foto und dem, was mir erzählt wurde, und auch dem Aussehen ihrer Töchter. Aber natürlich grübelte ich ständig darüber, ob sie etwa hübscher war als ich. Das ist eines der Probleme von Stiefmüttern, da sind immer die Kinder, die einen daran erinnern, daß der Ehemann schon eine andere geliebt hat. Daß er sie in seine Arme genommen, sie an sich gedrückt, ihr die Tränen weggeküßt und sie beschenkt hat. Daß er ihr ein Heim eingerichtet, ihr Kleider gekauft und, vor allem, ihr Bett geteilt hat. Zu Anfang meiner Ehe mit Charlie lag ich häufig nachts wach und quälte mich mit der Vorstellung, wie er mit Adelaide geschlafen hatte. Hatte er ihre Brustwarzen auch so ehrfürchtig geküßt, seinen Kopf ebenfalls in ihrem Bauch vergraben, das weiche Fleisch zwischen ihren Beinen auch gekostet und geleckt? Und wenn auch sonst nichts, so war er doch in sie eingedrungen, mit seinen starken, muskulösen Armen und seiner Brust wie ein Schild über ihr. Er war sehr, sehr gut im Bett. Und das hatte er nicht aus Geschichtsbüchern gelernt. Ich konnte den Gedanken an Charlie und Adelaide nicht ertragen, aber manchmal konnte ich nicht umhin, daran zu denken. Ich war total verliebt in ihn, ich wollte ihn besitzen, alles an ihm, seine Vergangenheit, seine Gegenwart, seine Zukunft. Ich wollte alle seine Frauen sein, alle seine Kinder, ich wollte seine Mutter sein. Ich konnte es nicht ertragen, daß er mit Adelaide zusammengewesen war. Wenn ich die Haut von meinen Brüsten hätte reißen müssen, um jenen Teil seines Lebens wegzureißen, auszumerzen, dann hätte ich mir mit meinen eigenen Händen das Fleisch weggerissen. Statt dessen lag ich wach und weinte leise und biß mir die Hände blutig und quälte mich mit Eifersucht. Mit der Zeit verlor ich dann etwas von der Eifersucht auf seine Vergangenheit, ich vergaß sein Leben mit ihr, so wie ich alten, unstillbaren Kummer vergaß. Aber als die Mädchen dann zu Besuch kamen, hätten sie genausogut ein zehn Meter langes rotgoldenes Banner mitbringen und an die Hauswand hängen können: Charlie liebte zuerst eine andere und schlief mit ihr.

Ich saß also in unserem kleinen Mietwagen und wartete ungeduldig. Charlie war ins Haus gegangen. Drinnen waren seine erste Frau und ihre beiden gemeinsamen Kinder. Was machten sie da? Lächelten sie einander an? Küßten sie sich? Ich würde ihn nie im Leben mehr küssen, wenn er sie küßte. Er blieb so lange da drinnen, so lange, die Sonne schien unterzugehen und wieder aufzugehen, unterzugehen und aufzugehen. Ich fühlte mich überflüssig, als das fünfte Rad am Wagen, als Eindringling. Ich war nicht Teil jener Gruppe. Sie waren in dem warmen Haus, und ich saß alleine in dem Wagen, und der Märzabend brach herein, und im Wagen wurde es kalt.

Und er kam immer noch nicht. Niemand kam. Wegen der Teilung des Hauses war der Eingang an der Seite, und ich konnte nur ein einziges kleines Fenster sehen, das dunkel war. Nirgendwo rührte sich etwas.

Ich bekam Angst. Was war geschehen? Hatte sie eine Pistole genommen und auf ihn geschossen, als er in die Tür trat? Hatte ihr Anblick – mit frisch erblondetem Haar – ihn so bezirzt, daß er ihr quer durchs Zimmer entgegengegangen war, sie in seine Arme genommen und die Treppe hoch ins Bett getragen hatte? Saßen sie alle vier miteinander auf einem Sofa und amüsierten sich über alten Familienfotoalben? Oder schrie sie einfach nur, schrie ihn an, weil er jetzt persönlich vor ihr stand? Krallten die Mädchen sich an die Möbel und flehten, daß sie hierbleiben wollten, baten sie ihn, er möge sie in Ruhe lassen? Was ging da vor?

Ich konnte nur das dunkle Fenster und die saubere rote Backsteinwand des Hauses sehen. Wie dick die Wand war, wie stumm, wie blind.

Weitere Minuten verstrichen.

Ich saß immer noch stumm und wie auf glühenden Kohlen in dem kleinen gemieteten Dart, als der Krankenwagen mit heulender Sirene angebraust kam. Er bremste so scharf, so dicht hinter dem Dart, daß die Stoßstange aufprallte; der Dart wippte ein wenig. Die Sirene verstummte, zwei Männer sprangen heraus und rannten am Dart vorbei in das Backsteinhaus.

»Mein Gott!« schrie ich laut. Einen Moment lang konnte ich mich nicht rühren. Ich war in Panik. Ich wollte nicht wissen, was passiert war.

Dann sprang ich aus dem Wagen und lief zum Haus.

Die Männer hatten die Türen offengelassen. Ich raste hinein, gefaßt auf den Anblick – von was? – einem blutüberströmten Charlie, lauter Leichen? und sah nur ein stilles, sauberes, kühl-luxuriöses Wohnzimmer. Niemand da.

Ich hörte Geräusche und ging ihnen nach. Die schöne Holztreppe hoch. Über den mit Teppichen ausgelegten Flur, in das Schlafzimmer ganz am Ende.

Und als ich das erste Mal die Ex-Ehefrau meines Mannes sah, lag sie in seinen Armen. Charlie hielt Adelaide, als wäre sie ein Riesenbaby. Sie schien friedlich zu schlafen oder betrunken zu sein; sie hing ganz schlaff in seinen Armen. Ein Mann in weißem Kittel schaute ihre Augenlider an. Ein anderer Mann sprach mit Charlie.

»Wir bringen sie ins Krankenhaus und pumpen ihr den Magen aus«, sagte er. »Wenn es erst ein oder zwei Stunden her ist, müßte sie ohne Probleme durchkommen.«

Caroline und Cathy standen in stummem Schock in der Schlafzimmerecke, weiß, angespannt, tränenlos.

»Charlie«, flüsterte ich.

»Eine Überdosis Schlaftabletten«, sagte Charlie. »Wir wissen nicht, wie viele. Caroline sagt, sie besaß drei Röhrchen, und sie sind alle leer.«

Ich muß gestehen, daß meine ersten Gedanken nicht sehr freundlich waren. Ich dachte: »Verdammt, was für eine Heuchlerin! Sie wollte sich doch nicht wirklich umbringen; sie wollte Charlie nur sein Wochenende mit den Mädchen verderben. Mein nächster Gedanke war: Großer Gott, wenn Adelaide stirbt, müßten die Mädchen bei uns leben.

Aber ich wußte, sie würde nicht sterben. Sie wollte nicht sterben. Sie hatte nur auf die einzige Weise, die sie kannte, um Hilfe gerufen.

Ich sah sie mir noch einmal genau an: Sie war blond und unglaublich blaß und so mager. Die Ehe mit ihren sinnlichen Vergnügungen hatte mich ein wenig mollig gemacht. Aber sie war so dünn, so sauber und ordentlich und klein. Schmale Taille, schmale Hüften, kleine, fast nicht vorhandene Brüste. Kleine, tief schlafende Frau, blasse Adelaide.

Die Männer nahmen sie Charlie ab und legten sie auf eine Bahre. Sie schnallten sie fest, hüllten sie in eine Decke und trugen sie hinaus.

Charlie hob die beiden Mädchen hoch und trug sie in seinen Armen aus dem Schlafzimmer. Er kniete sich hin und setzte sie so sanft ab, als könnten sie umfallen, und, die Hände auf ihren Schultern, sagte er: »Eure Mutter wird wieder gesund, Caroline und Cathy, das verspreche ich euch. Sie wird wieder gesund. Ich fahre jetzt mit dem Krankenwagen ins Krankenhaus und bleibe bei ihr. Aber die wissen dort ganz genau, was sie mit ihr machen müssen. Ich verspreche euch, sie ist bald wieder in Ordnung. Wahrscheinlich kommt sie schon morgen wieder nach Hause. Und jetzt möchte ich, daß ihr mit Zelda fahrt. Holt eure Schlafsachen, und dann fahrt ihr zusammen ins Motel, da eßt ihr was, und dann komme ich auch so schnell ich kann. Ihr müßt euch keine Sorgen machen. Eure Mommy wird nicht sterben. Es wird alles wieder gut.«

Die Mädchen starrten ihn an, ohne etwas zu sagen.

»Seid ihr einverstanden?« fragte Charlie. »Ist das in Ordnung?«

Sie nickten gehorsam, zwei brave Mädchen, kalkweiß; zwei kleine blonde Porzellanpüppchen.

Charlie richtete sich auf und reichte mir die Wagenschlüssel. »Ich habe im *August Inn* in Northampton Zimmer bestellt«, sagte er. »Laß die Mädchen dort etwas essen. Ich komme so schnell ich kann. Hast du genug Geld?«

»Ja«, sagte ich und nahm die Schlüssel, ohne Charlies Finger zu berühren. Die Haut unter seinen Augen war grau. Er sah alt aus. »Die Mädchen werden es gut haben«, sagte ich.

Dann, zu den Mädchen: »Kommt, ihr beiden, wir holen eure Taschen.«

Wir gingen wieder nach unten, ohne uns zu berühren, drei Zombies. Die Taschen waren schon gepackt und standen an der offenen Eingangstür. Wir gingen in die dunkle Nacht hinaus; dort draußen war es seltsam, wie in einem neuen, kalten Universum. Als hätte sich in jenen wenigen Minuten sogar die Luft in der Welt verändert. Ich ließ die Mädchen beide vorne in den Dart steigen und stellte ihre Taschen auf den Rücksitz. Bevor ich einsteigen konnte, kam Charlie aus dem Haus und zog die Tür hinter sich zu. Er ging, ohne uns anzuschauen, an uns vorüber und stieg hinten in den Krankenwagen zu Adelaide. Die Türen schlugen zu, der Krankenwagen schoß aufheulend davon. Ich fühlte mich verraten.

Verdammte Adelaide, dachte ich.

Ich stieg in den kleinen Dart und ließ den Motor an.

»Keine Angst«, sagte ich zu den Mädchen, als ich losfuhr. »Eurer Mutter geht es ganz bald wieder gut. Euer Daddy kommt nachher zum Motel. Und alles wird gut.« Auf dem Weg zum Motel wiederholte ich diese Worte in mehreren Variationen. Natürlich wußte ich nicht, ob das, was ich sagte, auch stimmte, aber es schien das zu sein, was jetzt angebracht war.

Im Motel angelangt, bestellte ich für die Mädchen etwas zu essen und für mich zwei große Scotch mit Wasser aufs Zimmer. Die Mädchen rührten ihr Essen nicht an, aber ich trank beide Gläser aus. Es waren völlig irreale, verrückte Stunden, die wir wartend miteinander in dem Motelzimmer verbrachten. Nichts schien angemessen – weder essen noch fernsehen noch zur Toilette gehen –, alles war irgendwie unpassend und respektlos. Das Telefon klingelte nicht, und die Stille dröhnte. Die Mädchen saßen in der ersten halben Stunde auf ihren Stühlen und sahen einander oder die Wände oder mich an, und ich trank meinen Scotch, fühlte mich aber immer noch kalt und verloren und sonderbar. Ich wußte nicht, wie ich die Mädchen trösten sollte. Es war nicht der Zeitpunkt, um die *Partridge Family* einzuschalten. Ich wußte nicht, was ich machen sollte, damit diese schrecklichen Minuten endlich vergingen.

Schließlich sagte ich: »Los, ihr Mädchen, es ist kalt. Wir ziehen jetzt alle unsere Schlafanzüge an und gehen ins Bett. Nicht zum Schlafen. Wir warten weiter auf euren Vater, aber wenigstens wird uns dann wärmer.«

Ganz die braven Zombie-Porzellanpüppchen, gehorchten sie. Ich zog ebenfalls mein Nachthemd an, ein hübsches, wenig aufreizendes Flannellhemd, das ich extra für den Abend mit ihnen mitgebracht hatte. Dann trank ich den letzten Schluck aus meinem zweiten Glas und kroch in die Mitte des Doppelbetts, zwischen die beiden Mädchen. Ich setzte mich auf, lehnte mich gegen das Kopfende des Betts und zog die Mädchen rechts und links an mich. Caroline wich natürlich leicht zurück, legte den Kopf auf ein Kissen und umschlang es mit ihren Armen. Aber sie ließ es zu, daß ihre Unterhälfte meinen Körper berührte. Cathy kuschelte sich an mich und lag halb in meinem Schoß. Einige Minuten lang war es entsetzlich unbequem, und unser Atem klang lächerlich laut. Dann, ich weiß nicht wieso, fing ich an zu singen. Als ich jünger war und noch eine hübsche, sichere Altstimme besaß, hatte ich im Kirchenchor und in anderen Gruppen gesungen. Ich fing mit einem alten Wiegenlied an: »Skitters are a-hummin' on the honeysuckle vine, sleep, Kentucky babe …« Das Lied stammte aus dem Süden, und seine tiefe, dunkle Molltonart hatte einen ruhigen, tröstlichen, besänftigenden Schmelz. Meine Mutter hatte es mir häufig vorgesungen, wenn sie mich auf ihrem Schoß wiegte; vielleicht war es mir deshalb so schnell eingefallen, als ich die beiden Kinder an mich drückte. Die Melodie schien zu passen, sie war weder fröhlich noch traurig. Ich sang das Lied drei- oder viermal. Als ich aufhörte, wirkte das Zimmer öde und leer. Deshalb sang ich weiter. Zuerst Kirchenlieder, alle, die mir einfielen, sogar Weihnachtslieder – und zwar die ruhigen, heiligen. Dann sang ich die ernsten Verbindungslieder. Und ernste Volkslieder. »Lord, it's one, Lord, it's two, Lord, it's three, Lord, it's four, Lord, it's five hundred miles to my home …«

Es war natürlich meine Art zu beten.

Cathy weinte still, mit dem Kopf in meinem Schoß, und mein Flanellnachthemd wurde ganz feucht. Caroline war versteinert, fröstelnd und mit trockenen Augen lag sie da und starrte vor sich hin.

Ich sang, bis ich heiser war. Wenigstens verging so die Zeit. Wenigstens wärmten wir uns aneinander, dort unter der Bettdecke.

Charlie kam um neun, zwei Stunden, nachdem wir im Motel eingetroffen waren. Er sagte, Adelaide sei wieder in Ordnung, werde wieder in Ordnung kommen. Man hatte ihr den Magen ausgepumpt, sie hatte die Tabletten wieder ausgebrochen, und um acht war sie aufgewacht und ruhte sich jetzt aus. Er hatte mit ihr gesprochen. Er hatte gesagt, daß er sich bis Montag um die Mädchen kümmern werde. Er werde Adelaides Mutter bitten, von Kansas herzufliegen und eine Weile bei ihr zu wohnen; das Flugticket werde er bezahlen. Er werde auch für ein paar Monate eine psychotherapeutische Hilfe bezahlen. Er hatte ihr gesagt, es werde alles wieder gut.

Wir bestellten noch etwas zu essen und zu trinken aufs Zimmer, und froh darüber, daß Charlie da war und daß es Adelaide besser ging, aßen die Mädchen diesmal auch. Sie unterhielten sich über Adelaides Genesung und die Schlaftabletten. Offenbar hatte sie den Mädchen fröhlich beim Taschenpacken geholfen, ihnen die Haare gekämmt, hübsche Kleider angezogen und dann gesagt, sie sollten fernsehen, während sie sich oben noch etwas hinlegen wolle. Die Mädchen hatten nur einmal in ihr Zimmer geschaut, und da hatte Adelaide auf ihrem Bett gelegen und tief geschlafen, und sie hatten sie nicht stören wollen. Sie meinten, als Charlie erschien, könne kaum mehr als eine halbe Stunde vergangen sein, nachdem sie sich hingelegt hatte. Sie hatten in der Werbepause nach ihr gesehen.

»Wir wußten nicht, daß sie Schlaftabletten genommen hat, Daddy«, hatte Caroline flehentlich gesagt. »Erst als du gekommen bist und wir hochgerannt sind, um ihr Bescheid zu sagen, und sie nicht aufgewacht ist, haben wir die Röhrchen auf dem Boden gesehen –«

»Es ist alles in Ordnung«, sagte Charlie. »Das hättet ihr nicht wissen können. Und wißt ihr Mädchen, was eure Mommy im Krankenhaus gesagt hat? Sie hat gelächelt und gesagt: ›Charlie, das war das Dümmste, was ich je in meinem Leben getan habe. Sag Caroline und Cathy, daß es mir leid tut, wenn ich sie erschreckt habe. Sag ihnen, daß ich es nie, nie wieder tun werde.‹«

Nach einer Weile gingen die Mädchen ins Bett. Sie schliefen nicht, wahrscheinlich hätten sie es gar nicht gekonnt, bei all den Telefonaten, die Charlie führte. Er rief Adelaides Mutter an und berichtete ihr von der Tablettengeschichte. Er ließ sie schreien und weinen und toben – Mrs. Fowler war darin die Mutter ihrer Tochter – und schaffte es, sie zu beruhigen. Er schlug vor, daß sie für einige Monate zu Adelaide und den Mädchen ziehe. Mrs. Fowler war Witwe und lebte allein. Dann telefonierte er mit den Fluggesellschaften und buchte einen Flug und rief dann wieder Mrs. Fowler an und teilte ihr mit, wann ihr Flug ging, am kommenden Montag, und daß am Flugschalter ein schon bezahltes Ticket auf sie warte. Ferner sagte er, ja, er werde ihr auch den Rückflug bezahlen, sobald sie wieder nach Hause wolle. Er ließ sie auch kurz mit Caroline und Cathy sprechen. Dann rief er wieder im Flughafen an und verlegte unseren Rückflug von Sonntag auf Montag. Er rief Anthony Leyden in Kansas City an und berichtete ihm von dem Notfall. Anthony sagte, er werde für Charlies Unterricht am Montag eine Vertretung beschaffen und auch dafür sorgen, daß meine Professoren und Studenten erfuhren, daß ich durch einen Notfall verhindert war. Dann rief Charlie die Ascrofts an, die enge Freunde von Charlie-und-Adelaide gewesen waren, als sie noch Charlie-und-Adelaide waren und in Amherst wohnten. Die Ascrofts wohnten immer noch in Amherst, und George Ascroft war es auch gewesen, der Adelaide die Stelle an der Universität besorgt hatte und zum Teil auch dafür verantwortlich war, daß Adelaide wieder nach Massachusetts gezogen war. Nach der Scheidung von Charlie und Adelaide hatten George und Susan Ascroft Charlie einen Brief geschrieben, in dem sie ihm mitteilten, daß er ein Schurke, ein Bösewicht und ein gemeiner Schuft sei und daß sie es ekelerregend, bösartig und über die Maßen unerfreulich fänden, daß er Frau und Töchter verlassen habe. Ab jetzt seien sie keine Freunde mehr und wünschten auch keinen Kontakt. Doch als Charlie an jenem Abend anrief, waren sie bereit, etwas mit ihm zu trinken und über Adelaide und ihre Probleme zu diskutieren und zu überlegen, wie man ihr gemeinsam helfen konnte.

Dann rief Charlie das Krankenhaus an und erkundigte sich nach Adelaide. Sie schlief friedlich, und ihr Zustand war gut.

Schließlich war niemand mehr anzurufen. Die Mädchen schliefen ein, und Charlie und ich saßen da, nippten an unseren Getränken und unterhielten uns schuldbewußt in dem dunkel gewordenen Motelzimmer.

»Ich liebe sie nicht, ich kenne sie nicht, ich kann mich kaum an sie erinnern«, sagte Charlie. »Es kommt mir so vor, als täte ich all dies für eine Fremde. Aber ich muß ihr helfen, sie braucht Hilfe.«

»Ja«, sagte ich. Ich wußte, daß er recht hatte, er mußte ihr helfen. Sogar ich würde ihr, auf indirekte Weise, helfen, so gut ich konnte, indem ich lieb zu ihren Kindern war. Aber ich haßte sie. Sie hatte den Abgrund zwischen Charlie und mir wieder aufbrechen lassen. Sie hatte es geschafft, daß wir alle – Charlie, ich, ihre Töchter, ihre Freunde – uns schuldig fühlten, auf irgendwie unklare Weise entsetzlich schuldig. Es war ihr Versagen, aber wir mußten dafür leiden. Das kam mir ungerecht vor. Aber natürlich tat sie mir auch leid. Sie tat mir unendlich leid. Und ich lernte von ihr. Ich beschloß, daß ich mich niemals so abhängig, so verletzlich machen würde. Ich würde finanziell und emotional unabhängig werden, damit ich, falls Charlie und ich uns trennen sollten, in der Lage wäre, zu lachen, zu tanzen, zu fliegen statt zu trauern oder gar zusammenzubrechen. Bis tief in die Nacht lag ich wach auf meiner Seite des weiten, einsamen Abgrunds, während Charlie auf seiner Seite schlief, sich herumwarf und stöhnte. Bis tief in die Nacht lag ich wach und starrte auf die dunkle Wand des Motelzimmers, während Adelaide friedlich und in guter Verfassung in ihrem einsamen Krankenhausbett schlief.

Auch am nächsten Tag drehte sich alles um Adelaide. Mein Leben mit Charlie war für eine Weile gänzlich zurückgestellt. Ich hing herum und wartete, wenn nötig, oder kümmerte mich um die Mädchen oder spielte Chauffeur. Morgens fuhr Charlie mit den Mädchen ins Krankenhaus zu Adelaide. Ich wartete im Motelzimmer und dachte an diese vier Blauäugigen, Blonden in unterschiedlichen Größen, wie sie sich freundlich miteinander unterhielten. Ich ging mit den Mädchen essen und Kleider kaufen, während Charlie mit zwei verschiedenen klinischen Psychologen über Adelaide sprach. Dann saß ich wieder allein im Motelzimmer, während Charlie mit seinen Töchtern die Ascrofts besuchte. Die Ascrofts hatten Kinder in Carolines und Cathys Alter, und die Mädchen waren mit eingeladen worden und konnten spielen, während Charlie mit George und Susan über Adelaide sprach. Ich war nicht eingeladen. Charlie meinte, die Ascroft könnten sich gekränkt fühlen, wenn ich mitkäme. Vier Stunden lang saß ich da und tat so, als läse ich ein Buch, und überlegte, ob mein Leben je wieder einfach sein würde. Um sechs bestellte ich mir einen Scotch mit Wasser und um sieben noch einen, und als Charlie mit Caroline und Cathy um halb acht zurückkam, war ich ein bißchen betrunken. Nicht heiter-angesäuselt. Sondern erschöpft-betrunken. Charlie sagte, sie hätten alle drei bei den Ascrofts gegessen und wollten jetzt in einen neuen Walt-Disney-Film gehen. Eigentlich war ich zu betrunken, zu hungrig und müde und melancholisch, um mitzugehen. Aber ich wußte, daß es sich um Adelaides Krise handelte, nicht um meine, und ich wollte mich nicht wie ein verwöhntes Kind aufführen, das plötzlich nicht mehr im Mittelpunkt steht. Also ging ich mit. Ich aß zwei große Tüten Popcorn und lachte angestrengt.

Der Sonntag verlief mehr oder weniger genauso: Morgens besuchten Charlie und seine Töchter Adelaide. Nachmittags gingen sie zu dritt zu den Ascrofts, die noch ein anderes Ehepaar eingeladen hatten, das früher mit Charlie-und-Adelaide befreundet war. Ich ging in eine Matinee und sah ausländische Filme mit Untertiteln, die ich gar nicht erst zu verstehen suchte. Sonntag abend gingen wir alle vier im *Wiggins Inn* groß essen, und ich konnte es nicht genießen. Das Essen war gut, aber meine Stimmung war schlecht. Ich spürte, wie der Abgrund zwischen Charlie und mir sich stündlich vergrößerte. Ich war es müde, still und unterwürfig zu sein, müde, nicht berührt oder angesprochen zu werden. Am liebsten hätte ich mein Weinglas theatralisch durch den Raum geschleudert und gerufen: »Ich ersticke in dieser albernen Seifenoper, die du inszeniert hast! Ich will raus! Ich will mein eigenes Leben beginnen!« Doch das einzige, was ich tat, war, zufällig mein Wasserglas umstoßen, was uns allen peinlich war.

Montag morgen fuhren Charlie und ich Caroline und Cathy zur Schule. Wieder weinte Cathy, als Charlie sich verabschiedete. Caroline flüchtete schnell ohne ein Wort in den Schutz der Schule. Charlie und ich fuhren schweigend zum Flugplatz in Hartford. Er mußte Adelaides Mutter, Mrs. Fowler, vom Flugplatz abholen und sie nach Hadley fahren. Danach würde er Adelaide zusammen mit Mrs. Fowler vom Krankenhaus nach Hause bringen. Ich wartete – wieder wartete ich lange, leere, dahintröpfelnde Stunden –, während Charlie zurück nach Bradley Fields fuhr, damit wir beide unseren Sechs-Uhr-Flug nach Kansas City erreichten. Ich wollte Mrs. Fowler nicht begegnen, und sie wäre über eine Begegnung auch weiß Gott nicht entzückt gewesen. Aber ich hätte meine Seele verkauft, um dabeizusein, als Charlie Adelaide aus dem Krankenhaus abholte. War er wohl zärtlich zu ihr gewesen, besorgt? Liebevoll? War sie ihm weinend in die Arme gesunken? Und als er dann mit ihr die wunderhübsche Backstein-Kolonialvilla betrat, hatte er da Lust gehabt, die Tür hinter sich zu schließen und zu bleiben?

Und während ich dort am Flughafen von Hartford den ganzen langen Märztag hindurch wartete und zusah, wie Menschen einander küßten und umarmten und wiedersahen, kam mir der Gedanke. Mir kam der Gedanke, daß der einzige Weg, Charlie jemals wieder vollständig für mich zu haben, darin bestand, daß Caroline und Cathy starben. Dann wäre das Band durchgeschnitten. Wenn Adelaide starb, müßten wir Cathy und Caroline großziehen, und ich würde nie frei sein. Aber wenn die Mädchen starben, gäbe es keinen Grund für Adelaide mehr, je wieder mit Charlie zu reden oder ihn zu sehen. Er würde ganz mein sein. Natürlich war mir klar, daß ich die Mädchen nicht selbst umbringen würde, und in jenem Moment wünschte ich sie mir auch nicht tatsächlich tot, diese zwei kleinen Mädchen, aber dennoch, dennoch spukten mir Gedanken an Flugzeugabstürze wie hüpfende Flammen im Kopf herum, und ich dachte, wie sauber ein Absturz wäre, wie sicher und wie endgültig. Ich würde nicht wollen, daß es geschah, aber wenn es geschähe, dann hätte ich, glaube ich, nichts dagegen gehabt. Wie durcheinander, wie eifersüchtig war ich damals.

Auf unserem Flug nach Kansas City stand Charlie, der bis dahin geschwiegen hatte, irgendwo über Illinois plötzlich auf und ging nach hinten zur Toilette. Er blieb lange weg. Als er zurückkam, war er aschfahl und zitterig. Er hatte sich ganz offensichtlich übergeben müssen. Als er sich wieder setzte, lehnte er sich zurück und schloß die Augen. Und streckte seine Hand aus und suchte meine. Und hielt sie ganz fest. Der Abgrund zwischen uns schloß sich sofort mit einem herrlichen knirschenden Geräusch, wie wenn zwei Kontinente sich nach einer Eiszeit wieder vereinigen.

»Zelda«, sagte er, »es tut mir so leid. Es war die Hölle für mich; für dich muß es genauso schrecklich gewesen sein.«

Die mitfühlenden Worte ließen mir die Tränen in die Augen schießen. »Charlie«, sagte ich, »sag mir ganz ehrlich, möchtest du wieder zu ihr zurück? Das würde sämtliche Probleme lösen.«

Ein echtes Lächeln breitete sich auf Charlies Gesicht aus. Er schüttelte den Kopf. »O Zelda, Liebes«, sagte er, als wäre das die Antwort. Dann: »Himmel, nein. Nein. Ich hätte gern die Mädchen bei mir, aber ich möchte nicht zu Adelaide zurück. Ich weiß überhaupt nicht mehr, wieso ich sie damals geheiratet habe. Heute langweilt sie mich nur noch. Nervt mich. Nach diesem Wochenende tut sie mir nicht einmal mehr leid, und das ist die Wahrheit. Ich bin verärgert. Sie scheint zu glauben, nur wenn sie schwach und jämmerlich ist, kann sie die Aufmerksamkeit noch auf sich ziehen. Und ihre traurige kleine List kostet mich eine Menge an Geld, die Anrufe, das Ticket für ihre Mutter, der verdammte Psychologe. Ich hoffe, daß er ihr verflucht noch mal hilft. Sie muß unbedingt wieder ins Lot kommen. Was gibt sie denn den Mädchen für ein Vorbild! Es ist so verrückt. Wenn mich ein Lastwagen überfahren hätte, dann hätte sie tapfer weitergemacht und ein neues Leben begonnen. Aber weil ich es vorzog, sie zu verlassen, kann sie nur zusammenklappen. Mein Gott, was für ein Murks. Es macht mich krank. Sie macht mich krank.«

Na, darauf ein Hurra, dachte ich.

Wir unterhielten uns noch ein wenig über Adelaide und die Mädchen. Charlie hatte beschlossen, daß er per Gerichtsbeschluß das Sorgerecht für die Mädchen erwirken würde, falls Adelaide noch einmal irgend etwas ähnlich unerfreulich Theatralisches tun würde. Aber er war der Meinung, mit Hilfe der Ascrofts und der Mutter von Adelaide werde sich die Lage bessern. Adelaide wohnte nun schon mehr als ein Jahr in Hadley, und die Ascrofts hatten erzählt, sie sei so scheu gewesen und so verbittert, gegen Männer sowieso und gegen Frauen, weil sie Männer heirateten, daß sie keine Freundschaften und erst recht keine Männerbekanntschaften geschlossen habe. Sie hatte darauf bestanden, daß die Ascroft-Familie sämtliche Feiertage mit ihr verbrachte: Weihnachten, Neujahr, Ostern, den vierten Juli und so weiter und so fort. Sie hatte jedesmal ein köstliches Essen zubereitet. Es schien, als hätten nur diese Feste mit ihren rituellen Mahlzeiten ihr ein wenig Stabilität und Gemeinschaftsgefühl geschenkt. Die Ascrofts hätten sich schuldig gefühlt, sagte Charlie, weil sie sich in den vergangenen Monaten ein wenig von Adelaide zurückgezogen hatten. Sie hatte zu viele Samstage und Sonntage bei ihnen verbracht, hatte sie zu häufig zu sich nach Hause eingeladen. Das Gefühl für ihre Familie war ihnen ein wenig verlorengegangen, und sie hatten mehr für sich sein wollen. Adelaide war lästig, langweilig geworden, hatte stets zu schnell den Männern alle Schuld zugeschoben. Sie war bitter, so ätzend bitter, daß sie sich von ihr abgewandt hatten, um nicht angesteckt zu werden. Jetzt war ihnen klargeworden, daß sie Hilfe brauchte, wirklich Hilfe brauchte, und sie würden alles tun, was in ihrer Macht lag. Mrs. Fowler würde alles tun, was in ihrer Macht lag. Der Psychologe würde alles tun, was in seiner Macht lag – achtzehn Wochen lang eine Stunde die Woche. Für so viele Sitzungen hatte Charlie eine Zahlungserklärung unterschrieben. Ganz gewiß würde Adelaide wieder auf die Füße kommen, zumal ihre Töchter ihr so am Herzen lagen.

Mir wurde auch ganz schlecht, als ich hörte, wieviel Charlie für den Psychologen bezahlen mußte. Es würde bedeuten, daß wir unser Leben – Charlies und meins – in den nächsten vier Monaten furchtbar einschränken müßten.

»Du mußt ihr die Behandlung nicht bezahlen«, sagte ich und versuchte, die Bemerkung heiter und vernünftig klingen zu lassen und nicht wie eine einzige Jammerarie. »Warum tust du das?«

»Für die Mädchen«, sagte Charlie. »Es sind Mädchen. Und sie lieben ihre Mutter und brauchen sie dort. Sie muß gesund und stabil sein, damit sie ihnen Liebe schenken und ein gutes weibliches Vorbild sein kann. Es würde ihnen nichts helfen, wenn ich ihr die Kinder wegnähme. Sie brauchen zuallererst ihre Mutter. Ich kann Caroline und Cathy nur helfen, indem ich Adelaide helfe und versuche, sie ihnen wiederzugeben, nachdem ich mich davongemacht habe.«

»Jetzt begreife ich«, sagte ich, und das stimmte. Ich bewunderte Charlie dafür. Ich fand, er war ein guter Mensch. Ich wußte, daß ich nicht gut war; ein egoistisches Biest schrie immer noch in mir: Schaff mir Adelaide aus meinem Leben! Ich halte das nicht mehr aus!

Es war herrlich, als der Flug zu Ende war. Sobald wir den Fuß auf den Boden von Kansas City, unserem Territorium, setzten, spürte ich, wie ich mich ausdehnte. Vier Monate lang würden wir arm sein, aber wir würden allein sein, Charlie und ich, und er würde unterrichten und schreiben, und ich würde unterrichten und studieren, und es würde Bücher und uns beide und auch noch ein paar Fahrten zur Farm geben. Wir würden wieder in unserer eigenen Welt sein, und ich wußte, die Anrufe, die Adelaide und ihre Gesundheit betrafen, würde ich überleben. Als ich meine wunderschöne Stadt wiedersah und unser hübsches Haus und meine Bücher und Studienunterlagen und das Bett, das ich mit Charlie teilte, wußte ich, mit ihnen würde ich alles überleben können.

Heute war hier in Helsinki ein herrlicher, strahlender, sonniger Herbsttag. Ein ungewöhnlicher Tag. In den vergangenen zwei Wochen hat es nur Regen, Düsterkeit und schwere graue Himmel gegeben und dazu, merkwürdig genug, klare Sternennächte. Gewöhnlich stehe ich auf unserem winzigen Balkon, wenn Adam und Lucy eingeschlafen sind, und schaue in den kalten, klaren Himmel und flüstere: »Statt zu weinen, mach's so, gib acht: Sei klar am Tage und wolkig bei Nacht!« Eigentlich glaube ich, daß die Finnen einen grauen Himmel vorziehen; er paßt besser zu ihren Farben. Mäntel, Kleider, Stiefel, Kopftücher, Taschen sind hier von hervorragender Qualität, aber trist und eintönig. Die Finnen tragen Schwarz, Grau, Dunkelbraun oder Dunkelblau. Ich komme mir wie ein Freak vor, wenn ich in meiner hellblauen Parka mit der roten Stickerei und der weißen pelzbesetzten Kapuze zum Lebensmittelgeschäft eile.

Was hat das Land an sich, daß die Finnen so schrecklich dumpf sind? Das höfliche Wort dafür heißt scheu, aber es ist mehr. Es scheint sich um eine Art philosophischer Wahl zu handeln. Wir haben mittlerweile drei Familien kennengelernt, und alle Erwachsenen waren freundlich und interessant, aber alle Kinder scheinen fast neurotisch zurückhaltend zu sein. Sie weinen, wenn wir uns zu viert hinten in den Volvo quetschen und Adam oder Lucy zufällig ihre Knie berühren. Sie stehen glatt zwei Stunden lang regungslos in der sicheren Nähe ihrer Mutter, während meine Kinder, frustriert über die fehlende Reaktion, mit dem Spielzeug der finnischen Kinder spielen. Vielleicht sind finnische Kinder ja so scheu, weil die Finnen keine Kinder mögen. Finnen mögen alles, was nett und ruhig und sauber und ordentlich ist, und Kinder sind weiß Gott alles andere als das. Außerdem sind Kinder, kleine Kinder, ein Hinweis darauf, daß Menschen sich sexuell betätigt haben. Menschen haben miteinander geschlafen. Menschen haben gevögelt ... gebumst. Ich glaube, hier in der lutherisch geprägten Gesellschaft wird das Vögeln noch mißbilligt. Oh, ihr Sünder. Schlimm, schlimm. Vor kurzem fragte Charlie auf einer Party, wo nur Erwachsene versammelt waren: »Wo ist in Helsinki eigentlich der Rotlichtbezirk? Lohnt sich ein Besuch?« Und alle Menschen im Raum, sechs andere intelligente, erfahrene, erwachsene Finnen, unterbrachen ihre Gespräche und starrten Charlie mit einer Mischung aus verlegener Belustigung und ernsthafter, vorwurfsvoller Empörung an.

»Der in Amsterdam war nämlich so amüsant«, warf ich ein und versuchte, an ihre Weltläufigkeit zu appellieren; ich wollte Charlie irgendwie beispringen. Und sie starrten dann auch nicht mehr Charlie an, aber nur, um nun mich mit höflich stummer Mißbilligung anzuschauen. »Der Rotlichtbezirk in Amsterdam ist sogar in den Touristenstadtplänen eingezeichnet«, fuhr ich lächelnd fort. Keine Reaktion; niemand sagte: »O ja, ich bin auch mal dort gewesen.« Ich fühlte mich verpflichtet, deutlich zu machen, daß Charlie und ich keine verrückten amerikanischen Sex-Unholde waren. Und mir kam eine glänzende Idee. Ich würde Charlies Töchter erwähnen, die jung und unschuldig waren. Dann würden sie begreifen, wie wenig obszön Charlies Frage gewesen war. Ich wollte, daß die stumm starrenden Finnen begriffen, daß wir – Charlie und ich und alle Amerikaner – gute Menschen waren. »An einem Nachmittag habe ich Charlies Töchter mal in den Amsterdamer Rotlichtbezirk mitgenommen. Es war ein Sonntag, Charlie war zu einer Konferenz nach Barcelona gefahren, und in jenem Semester lebten seine Töchter bei uns, und ich hab sie gefragt: ›Wozu hättet ihr Lust?

Was würdet ihr gern in Amsterdam sehen?‹ Sie nannten den Rotlichtbezirk, weil sie in den Touristenführern darüber gelesen hatten. Mir war nicht ganz wohl bei dem Gedanken, denn Caroline war erst siebzehn und Cathy vierzehn. Charlie war fort, und ich wußte nicht, ob er damit einverstanden wäre. Und ihre Mutter würde glauben, ich verdürbe ihre unschuldigen Seelen. Also versuchte ich, die Sache abzuwimmeln, und sagte: ›Wenn ihr heute abend das Essen und den ganzen Abwasch macht, gehe ich mit euch hin.‹ Essenkochen und Geschirrspülen fanden sie nämlich so gräßlich, daß ich dachte, darauf würden sie sich nie einlassen. Kurzum, sie taten es doch. Und es gab leckere Hamburger, und sie brachten die Küche in Ordnung, und ich nahm sie mit in den Rotlichtbezirk. Es war ein wunderschöner sonniger Sonntagnachmittag. Wir spazierten durch die Straßen und schauten in die Fenster. Ich muß sagen, daß die Leute auf der Straße uns auch anstarrten. Ich war damals im siebten Monat schwanger mit Adam, und ich bin klein und dunkel, und Caroline und Cathy sind groß und blond. Wir wurden in Amsterdam ständig angestarrt. Aber es hat uns rundum gefallen: Da waren die algerischen Matrosen, kleine dunkelhäutige Männer in ihren dunklen Marinejacketts mit hochgeklapptem Kragen, die durch die Türen der Damen huschten, und die Damen zogen dann ihre schweren Rouleaus herunter: für ein paar Minuten besetzt. Aber es gab auch Geschäfte, in denen Babysachen oder Obst verkauft wurde, und zwischen den Wohnungen der Prostituierten standen auch hübsche Villen, und die verschiedensten Menschen waren dort in den Straßen unterwegs – freundliche alte Männer mit Hunden, Mütter und Kinder. Es war wirklich nett, richtig lustig.«

Ganz außer Atem und irgendwie hoffnungsvoll verstummte ich. Ich war erschöpft und ein wenig verlegen; ich konnte nur hoffen, daß sie mich verstanden hatten. Einen Moment lang starrten alle mich an. Schließlich gab ein Finne eine Antwort: »Ich glaube nicht, daß Helsinki einen regelrechten Bezirk hat. Es ist eine Hafenstadt, und deshalb gibt es sicher irgendwelche Orte, wo Matrosen hingehen können.« Er sagte das ernst und mit unbewegtem Gesicht und wandte sich dann ab. Die anderen schenkten mir noch einen letzten düsteren Blick und ließen mich dann auch stehen. Ich nahm einen großen Schluck aus meinem Glas. Als ich zu Charlie hinüberschaute, sah ich Gott sei Dank ein Lächeln in seinen Augen.

Vielleicht ist es auch nur das Gespräch übers Vögeln, was den Finnen nicht gefällt. Ich bin sicher, sie tun es und sie mögen es. Immerhin sind sie Menschen. Wahrscheinlich ist das Ganze sehr kompliziert. Die Finnen besitzen nicht das, was man einen Sinn für ausgelassenen Humor nennen würde, und Sex impliziert auch Komisches: Schweiß, Grunzer, völlig absurde Körperhaltungen. Und er führt in der Tat zu Kindern. Und da wären wir wieder bei den Kindern. Gestern sagte eine finnische Mutter, die vier Jahre in den Staaten gelebt hatte, zu mir: »Das nächste Mal, wenn ein Finne im Bus unhöflich zu mir ist, weil ich zwei kleine Kinder dabeihabe, sage ich zu ihm: ›Warten Sie nur, mein Herr, bis Sie achtzig Prozent Steuern zahlen müssen, weil es kaum noch Menschen in Finnland gibt, weil niemand mehr Kinder hat, weil die Finnen sie so hassen.‹« Es stimmt, daß die Familien in Finnland offenbar auf zwei Kinder beschränkt sind; es gibt nur wenige große Familien. Gesellschaftliche Ächtung scheint ein sehr wirkungsvolles Verhütungsmittel zu sein.

Ich frage mich, wieso sie so sind, so reserviert, ruhig, freudlos, grau und scheu. Liegt es am Wetter, das so kalt ist, an der lutherischen Religion, die so rigide ist, an ihrem Erbe und der Nähe zu Rußland? Hin und wieder spiele ich an guten Tagen, wenn es nicht regnet, mit Lucy und Adam draußen Hänsel und Gretel. Zuerst bin ich die Mutter und schicke meine Kinder zum Nüsse- und Beerensammeln in den Wald; dann verstecke ich mich hinter einem Baum und werde die Hexe. Hänsel-Adam und Gretel-Lucy kommen vorbeispaziert und kichern schon aus lauter Vorfreude, und ich springe hinter dem Baum hervor und kreische: »Hi, hi, was für hübsche, mollige kleine Kinder, ich werde euch auffressen!« Ich lache wie eine Hexe und krümme die Finger, als hätte ich lange, scharfe Nägel, und ich jage sie um die Bäume und über den Bürgersteig und fange sie und knabbere an ihrem Hals, während sie vor Lachen vergehen. Die Kinder lieben dieses Spiel; sie wollen es immer und immer wieder spielen. Aber die Finnen, die vorbeikommen, runzeln stets die Stirn statt zu lächeln. Es scheint sie zu ärgern, daß uns diese Alberei so viel Spaß bringt.

Und gerade letzte Woche noch habe ich die finnische Oper *Die letzte Versuchung* gesehen. Sie handelt von einem finnischen Geistlichen des neunzehnten Jahrhunderts, und der Untertitel der Oper lautete »Verzweiflung, Ratlosigkeit, Stolz und Enttäuschungen«. Die Musik war grandios und überwältigend schön, sehr modern. Aber das Bühnenbild war kahl; die Kostüme waren, wie die finnische Alltagskleidung, schwarz, grau, stumpfbraun, dunkelblau; die Frauen trugen das Haar straff nach hinten und zu strengen Knoten geschlungen; und die Handlung war düster. Paavo, der Geistliche, ist verzweifelt. Sein junger Sohn stirbt. Das Dorf lehnt Paavo und seine zweite Frau Riitta ab. Paavo stirbt. Ich trug ein leuchtendrotes Kleid, und es überkam mich eine wilde Lust, auf die Bühne zu springen und zu singen und Cancan zu tanzen.

Natürlich tat ich es nicht. Aber was ich hier wirklich vermisse, ist ein Sinn für Ausgelassenheit. Alle sind hier so reserviert und verantwortungsbewußt. Selbst Charlie. Er hat schrecklich viel mit seinen Vorlesungen zu tun, und manchmal kommt er erst sehr spät nach Hause. Häufig sitze ich dann in der Wohnung, während der graue Himmel um fünf schon schwarz wird, und versuche, meine beiden Kinder bei Laune zu halten, die hier kein Fernsehen, keine Freunde und nur wenig Spielzeug haben. Vielleicht träume ich deshalb von der Vergangenheit. Vielleicht träume ich deshalb von Stephen und lächle heimlich bei dem Gedanken, daß der neunundzwanzigste November immer näher rückt.

Vier

Halloween ist nicht mehr weit. Gestern habe ich geschlagene drei Stunden damit verbracht, Popcornbällchen herzustellen und sie in durchsichtige Folie einzuwickeln, die ich dann mit orangefarbenen Papierschleifen zugebunden habe. Am Samstag sind wir alle zu einer Halloween-Party eingeladen, und ich habe versprochen, beim Dekorieren zu helfen und die Popcornbällchen beizusteuern. Popcornbällchen, was für ein Unternehmen! Vielleicht ist es hier in dieser unpraktischen Wohnung besonders schwierig, wo ich so wenige Töpfe und Pfannen und Gerätschaften habe, außerdem keine Meßbecher und kein Kandierthermometer. Der Sirup schien Stunden zu brauchen, bis er die richtige Konsistenz hatte, und ich dachte: Was in aller Welt mache ich hier und rühre spätabends an einem heißen Herd wie eine wunderliche Hexe? Adam und Lucy sind erst vier und zwei; sie wissen überhaupt nicht, daß Popcornbällchen eine traditionelle Halloween-Spezialität sind. Aber immerhin weiß ich es, und ich liebe Traditionen und Rituale. Es lindert ein wenig den Heimwehschmerz, wenn man so feiert, als wäre man zu Hause. Hier in Finnland kennen sie Halloween nicht, aber einer Finnin, die einige Jahre in den Staaten lebte, hat diese Sitte so gut gefallen, daß sie beschloß, jedes Jahr bei sich zu Hause für Freunde und deren Kinder Halloween zu feiern. Deshalb habe ich mich gestern abend drei Stunden lang den Popcornbällchen gewidmet, und eigentlich hat es mir Spaß gemacht. Während ich mit butterigen Händen die Bällchen rollte und den kandierten Mais auftupfte, den ich in drei Metallpfannen verteilt hatte, mußte ich sogar lächeln und fing ein bißchen an zu träumen. Es dauert nur noch wenige Jahre, dachte ich, und Adam und Lucy helfen mir dabei. Gestern abend lagen sie allerdings sicher in ihren Bettchen, kein spritzender heißer Sirup hätte sie gefährden können. Doch in ein paar Jahren ... Plötzlich hatte ich ein Bild vor Augen. Ein Oktoberabend zu Hause in Kansas City. Frische Luft und goldene Blätter. Adam, Lucy und ich in der Küche. Wir lachen und arbeiten zusammen und essen dabei den gesüßten Mais. Adam interessiert sich für das Kandierthermometer, ihm gefallen solche Dinge schon jetzt, und zu Hause besitze ich so ein Thermometer. Lucy plappert – sie plappert auch jetzt ununterbrochen – von der Schule, von Fledermäusen, von Kürbissen und von den Hexen, die ihre Klasse aus orangefarbener und schwarzer Pappe basteln will. Wir haben alle butterbeschmierte Hände, wir rollen alle die knusprigen Bällchen. Vielleicht machen wir sie für unsere eigene Party. Irgendwo – im Nebenzimmer, wahrscheinlich vor einem Feuer aus Apfelholz – liegt ein Hund und schläft. Nachdem die Popcornbällchen fertig sind, machen wir die Küche sauber – die Kinder helfen vergnügt, immerhin handelt es sich um eine Phantasie –, und dann versammeln wir uns alle um dem Kamin. Die Kinder legen sich neben den Hund und streicheln sein schwarzes, seidiges Fell (es wäre ein Neufundländer), und ich erzähle ihnen eine Halloween-Geschichte, vielleicht die Legende von Schlafmützen-Hollow, und wir trinken alle Apfelmost.

Merkwürdig, daß nirgendwo in meiner Phantasie ein Mann vorkam, etwa in einem Sessel beim Kamin, wie er die Zeitung liest, oder sogar in der Küche, wie er mit uns herumalbert und uns hilft.

Vielleicht wollte ich mir meinen wunderschönen Traum nicht mit der schwierigen Entscheidung verderben, welcher Mann denn in dem Sessel sitzt. Charlie? Ich weiß es nicht. Stephen? Ich weiß es nicht. Ich weiß nur, daß in meiner Idylle mit Sicherheit nicht Stephens Kinder Carrie und Joe vorkamen.

Die Frau, die die Halloween-Party gibt, lernte ich bei einem finnisch-amerikanischen Frauenclubtreffen kennen. Ich war in dem verzweifelten Wunsch dorthin gegangen, eine Frau ausfindig zu machen, die Englisch spricht und kleine Kinder hat. Rija ist aus mehreren Gründen für mich interessant, zuallererst, weil sie so ausgesprochen nett ist, außerdem aber auch, weil sie ebenfalls eine Stiefmutter ist. Und sehr viel mehr eine Stiefmutter, als ich es je gewesen bin.

Sie hatte erst vor einem Jahr einen Amerikaner geheiratet, einen gutaussehenden Mann, der geschäftlich in Helsinki zu tun hatte. Sie hatten sich ineinander verliebt und schon vier Wochen nach ihrer ersten Begegnung in Finnland geheiratet. Sie ist Finnin und liebt Finnland, aber sie war einverstanden, mit ihm in den Staaten zu leben. Er nahm sie mit nach Chicago, und eine Weile waren sie dort auch glücklich. Eines Sonntagnachmittags klingelte es an der Wohnungstür, und als Rija öffnete, standen da zwei kleine Jungen im Flur und weinten. Sie rief ihren Mann herbei, und der sagte völlig überrascht, diese zwei Jungen seien seine Söhne aus einer früheren Ehe. Er habe keine Ahnung, was sie hier machten. Als er dann aber die kleinen Koffer mit Kleidung sah, ahnte er etwas. Die Kinder waren von ihrer Mutter verlassen worden, und obwohl Rijas Ehemann sehr gute Verbindungen zu den Behörden und zur Polizei hatte, ließ sich nicht herausfinden, wohin die Mutter verschwunden war. Sie hatten die Jungen natürlich zu sich genommen, und nach dem ersten Schock hatte Rija auch mit Freuden die Mutter für sie gespielt. Es waren reizende kleine Jungen, erst fünf und drei Jahre alt. Sie beschloß, selber ein Kind zu bekommen, nun da die Familie sich so plötzlich vergrößert hatte. Doch bevor sie noch schwanger werden konnte, geschah etwas anderes.

Ihr Mann arbeitete bei der staatlichen Drogenbehörde, das hatte sie gewußt, als sie ihn heiratete. Eines Abends kamen sie alle von einem Film im Autokino zurück. Die Kinder schliefen auf dem Rücksitz des Wagens. Rija hatte sich mit dem Kopf im Schoß ihres Mannes auf dem Beifahrersitz eingerollt. Sie waren erst sieben Monate verheiratet. Es war dunkel. Ihr Mann hielt vor der Garageneinfahrt des Mietshauses und stieg aus, um das Tor zu öffnen. Plötzlich tauchte eine riesige Gestalt aus der Dunkelheit auf. Rija richtete sich gerade noch rechtzeitig auf, um zu sehen, wie die Gestalt ein Rohr über dem Kopf ihres Mannes schwang. Sie schrie: »Michael!« Ihr Mann wandte sich um, und das niedersausende Rohr zerschmetterte seine Schulter und nicht seinen Schädel. Völlig außer sich vor Angst und Wut griff Rija nach der geladenen Pistole, die ihr Mann, wie sie wußte, im Handschuhfach liegen hatte, sprang aus dem Wagen und lief zu den beiden. Sie richtete die Pistole auf den Mann mit dem Rohr und sagte, sie werde ihn töten, wenn er wegzulaufen versuche. Offenbar klang ihre Drohung in nicht akzentfreiem Englisch genügend ernst – der Mann lief nicht weg. Ihr Ehemann lag stöhnend zu ihren Füßen, die Kinder ihres Mannes saßen weinend im Wagen, und der Mann mit dem Rohr starrte sie an, während Rija auf einem Bürgersteig in Chicago stand und schrie: »Hilfe! Polizei! Hilfe! Mord!« Endlich ging in anderen Wohnungen das Licht an, und endlich kam auch ein Polizeiwagen. Sie erzählte den Polizisten die Geschichte. Die Polizisten überprüften die Papiere ihres Mannes. Sie führten den Mann mit dem Rohr ab. Später mußte sie zum Polizeirevier und Formulare ausfüllen. Sie erklärte sich bereit, vor Gericht als Zeugin aufzutreten.

Drei Tage später wurde ihr von der Polizei mitgeteilt, daß es ein Problem gebe, ein Mißgeschick, der Mann mit dem Rohr sei aus dem Gefängnis ausgebrochen. Sie hatte gedacht: Aus dem Gefängnis ausgebrochen? Wie das? Sie fragte ihren Mann, der mit einer gebrochenen Schulter im Krankenhaus lag, und er sagte, es tue ihm leid, daß sie da mit hineingezogen werde, aber in der internationalen Drogenwelt sei alles möglich. Am nächsten Tag nahm sie die Kinder ihres Mannes zum Einkaufen mit. Sie kam gerade noch rechtzeitig zurück, um festzustellen, daß ihre halbe Wohnung in Flammen stand. Die Feuerwehrleute erschienen schnell und löschten die Flammen, aber der Schaden war groß. Am Tag darauf ging sie hinunter in die verschlossene Garage, um den Wagen zu holen, und der Wagen war zerstört, Kotflügel, Haube und Karosserie waren zertrümmert, Fenster und Windschutzscheibe zersplittert, und nur noch scharfe Glasscherben waren davon übrig. Sie hatte ein Taxi gerufen und war mit den Kindern zum Krankenhaus gefahren, um ihren Mann zu fragen, was sie machen sollte, und er war weg. Ihr Ehemann Michael war verschwunden. Die Polizei konnte ihn nicht finden. Niemand konnte ihn finden.

Zehn Tage, nachdem ihr Mann verschwunden war, waren Rija und die zwei Söhne ihres Mannes in Helsinki. Zum Glück hatte ihr Mann etwas Geld auf der Bank, und sie besaß eine Vollmacht. Die Polizei hatte ihr bei der Ausstellung von Pässen für die zwei Jungen geholfen. Jetzt lebt sie mit den Jungen in einer Mietwohnung, und sie glaubt, daß sie noch Geld für ein Jahr hat. Was danach sein wird, weiß sie nicht. Vermutlich sucht man in den gesamten Vereinigten Staaten nach ihrem Ehemann und seiner ersten Frau. An ihren schlimmsten Tagen, wenn die Jungen krank und weinerlich sind, kommt ihr der Verdacht, daß Michael und seine erste Frau irgendwo auf einer Karibikinsel sitzen und sich darüber freuen, daß es ihnen gelungen ist, jemanden zu finden, der sich um ihre Kinder kümmert. Manchmal glaubt sie, die beiden könnten in ein paar Jahren auftauchen und die Jungen zurückfordern. Aber die Jungen sind nett und hübsch. Rija ist sicher, daß ihr Mann seine Kinder geliebt hat; sie ist sicher, daß ihr Mann auch sie, Rija, geliebt hat. Sie glaubt, wenn er noch lebt, wird er eines Tages kommen und sie alle holen. Sie wartet. Die Jungen mögen sie. Sie sind glücklich. Auch sie mag die beiden, aber sie liebt sie nicht, und mit Sicherheit ist ihr Leben nicht so, wie sie es sich vorgestellt hat. In Finnland gehen die Kinder erst mit sieben in die Schule, und die Vorschule kann Rija sich nicht leisten. Da sitzt sie nun in einer kleinen Wohnung mit den Kindern von jemand anderem, und das hat sie nicht gewollt. Sie findet das Ganze verrückt. Als sie mir ihre Geschichte erzählte, war mir ganz schlecht, weil ich mich als Amerikanerin schuldig fühlte, und ich dachte, sie würde Menschen aus den Staaten hassen. Aber das tut sie nicht. Sie sagt, es sei wunderbar gewesen, wie ihr Mann sie behandelt habe, er habe sie geachtet und ihr ihre Freiheit gelassen. Wenn sie könnte, würde sie jederzeit wieder einen Amerikaner heiraten. Sie hegt keinen Groll gegen die Vereinigten Staaten; vielmehr spielt sie dauernd Sonny-und-Cher-Platten und überweist ihren früheren Nachbarn in Chicago Geld, damit sie den Kindern Sesamstraßenbücher schicken.

Sie veranstaltet diese kleine Halloween-Party, um die Jungen glücklich zu machen und ihr Leben mit etwas amerikanischer Fröhlichkeit aufzuheitern. Und nicht zuletzt muß sie auch irgend etwas mit ihrer Intelligenz und ihrem Tatendrang anstellen. Sie spricht fließend sieben Sprachen: Finnisch, Schwedisch, Russisch, Englisch, Französisch, Deutsch und Dänisch. Vor ihrer verkorksten Ehe arbeitete sie als Wirtschaftsdolmetscherin. Sie ist auch Künstlerin, obwohl sie wahrscheinlich noch nicht begriffen hat, wie gut sie ist. Eine Galerie in Helsinki nimmt ihr jedes Bild ab, das sie vollendet hat, und jedesmal verkauft es sich sofort. Doch in letzter Zeit findet sie wenig Gelegenheit zum Malen. Sie schreibt Briefe an Bundesbehörden in den Staaten und bittet um Auskunft über ihren Ehemann und seine erste Frau, und sie wohnt weiter in einer kleinen Wohnung in Helsinki und kümmert sich um die Söhne ihres

Mannes. Sie nennen sie »Mutter«. »Aiti«. »Mommy«. Sie hat die Jungen nicht darum gebeten, aber sie weiß nicht, wie sie sie davon abhalten kann.

Caroline und Catherine haben mich natürlich nie »Mommy« oder »Mutter« genannt, und ich hätte es weiß Gott auch nicht gewünscht. Es gab da allerdings ein gewisses Ereignis im zweiten Sommer, den sie bei uns in Kansas City verbrachten. In jenem Sommer war es mir gelungen, sie mit ein paar Mädchen aus der Nachbarschaft bekannt zu machen, einige wurden sogar richtige Freundinnen, und danach ging es uns allen sehr viel besser. An einem regnerischen Nachmittag machte ich mit fünf kleinen Mädchen zwischen sieben und elf einen Einkaufsbummel in einer großen, überdachten Passage in Kansas City. Wir spazierten an all den Schaufenstern mit Spielzeug, Kleidung, Schuhen und Tierfutter vorbei, als ich weiter hinten in der Passage einen Studenten entdeckte, den ich im letzten Jahr unterrichtet hatte. Er war einer meiner Lieblingsstudenten gewesen, wozu wahrscheinlich alle werden, die man bekehrt hat. Zu Anfang hatte er nur mit Verachtung in meinem Literaturkurs für Erstsemester gesessen, ein großer, unangenehmer Sportfreak, total desinteressiert an allem Intellektuellen, und dann hatte er den Kurs mit der Note eins beendet. Er fing sogar an, selber Gedichte zu schreiben, und gar nicht mal schlecht; er ließ sie mir heimlich zukommen, mit der Bitte um Kommentare. Als eines seiner Gedichte in der College-Zeitung veröffentlicht wurde und er dafür mehr Lob als Spott erntete, sagte er, er werde wohl das Sportstudium sausen lassen und dafür als Hauptfach Englisch wählen. Danach hatte ich ihn ein ganzes Jahr lang nicht mehr gesehen.

»Hört mal, ihr Mädchen«, sagte ich, nachdem ich den jungen Mann am anderen Ende der Passage entdeckt hatte, »da hinten ist jemand, den ich kenne, und ich möchte ihn kurz begrüßen. Ich bin gleich wieder zurück.«

Ich ließ sie bei einem Schaufenster mit lauter ausgestopften Tieren stehen. Als ich auf den Football-Poeten zuging, drehte er sich um, sah mich und lächelte und stand einfach nur da und schaute mich an. Er sah trotz oder vielleicht auch wegen seiner gebrochenen Nase gut aus. Zum ersten Mal spürte ich, daß er mich physisch anzog. Und ich ihn ebenfalls. Immerhin war er nur fünf Jahre jünger als ich und über dreißig Zentimeter größer. Und viel kräftiger.

Als ich vor ihm stand, fiel mir nichts ein, was ich hätte sagen können. Was ich eigentlich gewollt hätte, wäre, mich auf die Zehenspitzen zu stellen und ihn dort mitten in der Einkaufspassage zu küssen.

»Hallo«, sagte ich schließlich. »Wie geht's?«

»Gut. Und Ihnen?«

»Gut.«

Wir standen da und sahen uns an und grinsten eine Weile.

»Ich studiere jetzt übrigens Englisch im Hauptfach«, sagte er. »Ich habe sogar in Corbins Kurs eine Eins bekommen.«

Corbin war der strengste Professor der Englisch-Abteilung. Sein Kurs war eine Art Filter, mit dem die Studenten, die sich nicht für Englisch als Hauptfach eigneten, ausgesiebt wurden.

»Wie toll«, sagte ich. »Aber es überrascht mich nicht.«

Wieder grinsten wir uns eine Weile an.

»Hätten Sie vielleicht einen Augenblick Zeit?« fragte er. »Wie wär's mit einem Kaffee oder irgendwas sonst ...?«

»Gerne«, sagte ich. Was dachte ich mir dabei? Ich dachte überhaupt nicht. Ich ging mit ihm, ganz außer Atem.

Wir waren gerade an der Eingangstür zur Passage angelangt und wollten nach draußen zum Parkplatz und zu seinem Auto, als plötzlich fünf kleine Mädchen unterschiedlicher Größe und unterschiedlichen Aussehens auf mich zugestürmt kamen.

»Mommy! Mommy!« schrien alle miteinander.

»Mommy, ich hab den tollsten Rock gefunden!«

»Mommy, ich möchte das Püppchen da hinten in dem Schaufenster haben!«

»Au ja, ich will auch so eins, Mommy!«

»Du, Mommy, ich hab den tollsten Rock gefunden, der würde Daddy echt gefallen!«

Das letzte kam von Cathy, die sich an meine Arme gehängt hatte und mich von dem Football-Poeten buchstäblich wegzerrte. Alle anderen Mädchen, inklusive Caroline, kicherten und prusteten und waren ganz außer Rand und Band über ihren Streich. Cathy war es jedoch bitter ernst. Sie sah mir direkt in die Augen und zog so lange an mir, bis ich fast das Gleichgewicht verlor. Sie hatte etwas gesehen oder gespürt, was die anderen nicht bemerkt hatten.

»Komm, Mommy«, sagte sie, »los, komm, wir kaufen ein Geschenk für Daddy.«

Sie war erst sieben Jahre alt, aber ihre Antennen funktionierten sogar damals schon sehr gut.

Ich konnte nicht anders, ich mußte einfach lachen. Ich hatte Charlies Töchter und ihre drei Freundinnen total vergessen. Auch Charlie hatte ich total vergessen. Ich kam mir ziemlich blöde vor. Ich kam mir ziemlich traurig vor, ziemlich umzingelt und ziemlich alt.

Auf Wiedersehen, Football-Poet.

»Tut mir leid.« Ich lächelte ihn an. »Ich habe die Mädchen völlig vergessen. Ich sollte ihnen jetzt wohl schleunigst ein Eis kaufen.« Ich dachte nicht einmal daran, ihm zu sagen, daß ich nicht die Mommy all dieser Mädchen war, daß ich überhaupt keine Mommy war.

»Wir sehen uns«, sagte der Knabe und ging durch die große Glastür in den regnerischen Sommertag hinaus.

»Sehr witzig war das«, sagte ich zu den Mädchen, und wieder platzten alle heraus, giggelten hysterisch und hielten sich die Seiten. Ich kaufte ihnen allen ein Eis.

Ich glaube, das war das erste und letzte und einzige Mal, daß sie mich »Mommy« nannten. Schließlich hatten sie schon eine Mommy, sie brauchten nicht noch eine. Und physiologisch war es auch schlecht möglich, daß ich ihre Mutter war. Ich war nur zwölf Jahre älter als Caroline und fünfzehn Jahre älter als Cathy. Außerdem sahen sie mir nicht ähnlich, nicht im geringsten. Sie waren so groß und so blond, hatten so starke Knochen, und ich war so klein und so dunkel. Ich hätte niemals ihre Mommy sein können. Und ich glaube auch nicht, daß ich mich jemals wie eine Mommy verhalten habe. Erstens einmal sorgte ich mich nicht ständig um ihre Gesundheit. Zahnarzt- und Arzttermine fielen in Adelaides Verantwortung, obwohl Charlie die Rechnungen bezahlte. In all den Jahren, in denen sie bei uns waren, mußte ich vielleicht nur drei- oder viermal nachts aufstehen und ihnen beistehen, wenn sie krank waren. Tagsüber – das war eine andere Geschichte. Ihre Mutter hatte ihnen eingebleut, daß sie furchtbar zart und empfindlich waren, und eines der Lieblingsrituale bei ihnen zu Hause war wohl das Krankspielen. Caroline und Cathy beschrieben beide das Kranksein mit derselben Begeisterung, die sie Weihnachten entgegenbrachten. Kranksein hieß im Bett liegen und von vorne bis hinten bedient und verhätschelt werden. Es gab Geschenke und Medizin und besorgte Nachfragen, und der Fernseher stand den ganzen Tag im Schlafzimmer. Ich für mein Teil konnte dem Spiel nichts abgewinnen; ich war es schnell leid, endlos Gläser mit Limonade ins Schlafzimmer zu tragen. Meistens reagierte ich mit heimlichem Widerwillen, da ich wußte, daß die Mädchen gewöhnlich simulierten. Auf dem Thermometer war keine erhöhte Temperatur festzustellen, sie husteten nicht, erbrachen sich nicht, hatten keine dunklen Ränder unter den Augen, die auf eine Krankheit hätten schließen lassen. Gewöhnlich ging einer Krankheit ein langweiliger Tag voraus oder die Ankündigung, daß Charlie und ich am Abend eine Verabredung hatten. Plötzlich fühlte sich eine der beiden stets »fiebrig«, oder irgend etwas »tat weh«, und sie verzog sich ins Bett. In ihrem Drei-Frauen-Haushalt in Massachusetts folgte solchen Hinweisen dann automatisch eine erhöhte Aufmerksamkeit: Alles andere wurde für den Tag fallengelassen. Kranksein in Massachusetts hieß: Du bist etwas ganz Besonderes. Du mußt jetzt beachtet werden. Du bist wichtig. Kranksein in Kansas City war nicht so lustig. Ich fürchte, ich war eine böse Stiefmutter; ich machte aus der Krankheit kein Staatsereignis und kein Fest. Nach einiger Zeit hörten die Mädchen auf, bei uns krank zu werden.

Des weiteren habe ich mir nie darüber Gedanken gemacht, ob Caroline und Cathy auch in der Schule vorankamen. Ich habe ihnen allerdings vorgelesen, Bücher in die Hand gegeben, Ballettmusik vorgespielt, sie mit in Konzerte genommen und dergleichen Dinge mehr. Ich habe mir auch nie darüber Gedanken gemacht, ob sie Freunde hatten und ob es die richtigen Freunde waren, von den zig anderen Sorgen, die Mütter sich über den Umgang ihrer Kinder machen, ganz zu schweigen. Im Grunde habe ich mir während der etwa zehn Monate, die die Mädchen nicht bei uns verbrachten, überhaupt keine Gedanken über sie gemacht. Im Augenblick kommt es mir allerdings so vor, als sorgte ich mich ständig um Adam und Lucy. Ist es schädlich für Adam, wenn er in diesen neun Monaten gar keine Freunde hat? Wieso versucht er morgens nie, sich alleine anzuziehen, während die zwei Jahre jüngere Lucy das prächtig bewältigt und sogar ihren Schneeanzug und die Stiefel alleine anzieht. Wird Lucy hübsch sein? Ich kann es nicht sagen bei diesem lustigen kleinen Mädchen mit seinem widerspenstigen Haar, das in alle Richtungen absteht. Ich halte mich für emanzipiert, und trotzdem möchte ich, daß Lucy hübsch ist. Hübsche Menschen sind so angenehm anzuschauen. Ob die beiden Kinder all meine Schreierei hier, all mein Weinen und Wüten heil überstehen werden? Es ist richtig schlimm geworden mit mir. Jeden Tag schreie und tobe ich, und die Tränen schießen mir aus den Augen wie Kugeln aus einem Gewehr, so heftig ist meine Wut …

Heute kam ein Brief von Stephens Frau Ellen. Wahrlich druckreife Nachrichten: Klatsch, Joes Zähne, Carries Erkältungen; sie hatten die Kinder bei den Großeltern gelassen und in den Wäldern von New Hampshire ein paar herrliche Tage mit Schwimmen, Reiten und Wandern verbracht; und Stephen hatte zwei volle Stellen neu besetzt. Mit zwei Frauen. Die Ältere hatte einen Doktor in Philosophie und würde Shakespeare und Renaissanceliteratur unterrichten; die Jüngere schrieb noch an ihrer Doktorarbeit und würde dem Lehrkörper für Erstsemester und für Literatur angehören. Der Herbst war wunderschön in New Hampshire etc. Sie schnitzten haufenweise Kürbisse; wie uns Finnland gefiele; wurde Halloween in Finnland gefeiert?

Nachdem ich Ellens Brief gelesen hatte, fühlte ich mich so niedergeschlagen, daß ich am liebsten geweint hätte. Es war, als hätte der bleierne Himmel Finnlands seine Last schließlich auf meinen Schultern abgeladen. Ich konnte sie nicht tragen.

»Ich will heute nicht zur Parktante«, jammerte Adam. »Ich finde es da gar nicht schön. Da gehen nur Babys hin. Ich kann da nichts machen, und da ist keiner, mit dem ich reden kann.«

Ich hatte Ellens Brief gerade zu Ende gelesen. Aber wenn Adam heute nicht zur Parktante geht, dachte ich, habe ich keine Minute für mich zum Nachdenken.

»Ach, mein Süßer« – zuerst versuchte ich es auf die sanfte Tour –, »wenn du erst mal da bist, ist es doch immer lustig. Sie haben da doch Kipplader und Schaufeln und Sand –« Es funktionierte nicht. »Adam, du mußt hingehen!«

»Aber ich hasse es!« heulte Adam. »Ich bin nie alleine mit dir. Lucy ist jeden Nachmittag allein mit dir, wenn ich in der Schule bin.«

»Aber Lucy macht doch meistens Mittagsschlaf, Adam, oder sie spielt still für sich in ihrem Zimmer.« So daß ich am Küchentisch sitzen, die Stille genießen und grübeln und meine Gedanken sortieren kann. »Ich brauche die Zeit morgens, um einzukaufen. Mit dir zusammen ist das Einkaufen mühsam, Herzchen, und für dich ist es langweilig. Ich möchte, daß du zur Parktante gehst.«

»Huuhuuu! Ich will aber nicht!« Adam fegte seine Legosteine auf den Boden, und sie flogen durcheinander wie ein Plastikfeuerwerk – rote, gelbe, schwarze, weiße und blaue Klötzchen schlidderten über den Boden.

Patsch! Ich gab ihm einen Klaps auf den Hintern und schrie: »Ab in dein Zimmer, du verwöhntes kleines Monster!« Dann brach ich in Tränen aus. Lucy, die alles beobachtet hatte, lief zu Adam, nahm ihn in die Arme und versuchte ihn zu küssen und zu trösten, aber er stieß sie so heftig weg, daß sie hinfiel. Und natürlich weinte sie dann ebenfalls.

Ich stürzte in mein Zimmer und warf mich aufs Bett, auf die häßliche, schmutzige Steppdecke, die zu dem Bett in dieser Mietwohnung gehörte, und ich weinte. Ich hasse mich, wenn ich Adam schlage; ich finde es völlig unnötig. Trotzdem tue ich es immer häufiger, und in dem Augenblick vorhin spürte ich statt Reue immer noch Zorn. In mir tobten so viele widersprüchliche Gefühle, daß ich nicht in der Lage war, sie auseinanderzusortieren. War ich deshalb so außer mir, weil Stephen ein paar romantische Tage und Nächte mit Ellen verbracht hatte? Vermißte ich die Kürbisse, die knisternden Feuer, die Football-Spiele und die Kürbiskuchen so stark? Oder ging es in Wirklichkeit darum, daß ich den Eindruck hatte, mir würde meine Arbeit an der Universität weggenommen, Stephen habe sie einer anderen Frau gegeben? Was es auch sein mochte, ich brauchte unbedingt Zeit und Raum, um über all das nachzudenken. Ich fühlte mich so unter Druck, als müßte ich gleich auseinanderfliegen. Und dennoch begriff ich, daß Adam mit seinen Klagen recht hatte. Der arme kleine Junge: Seit zwei Monaten hatte er mit keinem anderen Kind gespielt, das seine Sprache sprach, das ihn freundlich anlächelte und auf ihn zuging. Er sieht in der Schule andere Kinder, aber sie sprechen nur Finnisch und wohnen weit weg. In unserem Mietshaus hier mit achtundvierzig Wohnungen gibt es kein Kind in seinem Alter. Ich weiß, daß er einsam ist. Und er ist ein so aufgewecktes Kind; ich sollte ihm vorlesen, ihm beim Schreiben helfen, mit ihm malen, zeichnen, basteln. Seine Vorschule ist mehr Vor als Schule, und da sie in einer anderen Sprache stattfindet, werden ihm seine eigenen Wörter und Buchstaben nicht beigebracht. Ich sollte wirklich mehr Zeit mit ihm verbringen, ihn auf den Schoß nehmen und liebevoll zu ihm sagen: »Sieh mal, so schreibt man deinen Nachnamen« und so weiter. Ich weiß, das würde ihn glücklich machen. Aber was macht mich glücklich? Wie werde ich meine Wut los? Ich laufe fast über, und ich weiß nicht einmal genau, wieso. Hasse ich denn Finnland so sehr? Liebe ich Stephen? Hasse ich die Mutterschaft? Bin ich es leid, Charlie überallhin zu folgen?

Gestern nacht hatte ich einen wunderschönen erotischen Traum. Ich ging in ein Haus, und da war Graf Dracula, sehr aristokratisch und geheimnisvoll und sehr gutaussehend. Ich verliebte mich in ihn und umarmte ihn: Es war nur eine Umarmung, wir küßten uns nicht. Ich verzehrte mich danach, mit ihm zusammenzusein, er war so verführerisch, und doch wußte ich, daß alles an ihm gefährlich und falsch war, aber das machte ihn nur um so begehrenswerter. Schließlich verließ ich sein Haus und spazierte durch einen Garten und dachte nach und versuchte herauszubekommen, ob ich mich dazu entscheiden könnte, mit ihm zu leben, wirklich mit ihm zu leben, oder nicht. Es ging dabei um schwerwiegende moralische und religiöse Fragen, das wußte ich. Ich mußte ernsthaft nachdenken, aber untendrunter war ich sexuell so erregt und so aufgeregt wie noch nie zuvor. Und ich war so glücklich, so ungeheuer glücklich.

Ich frage mich, wer Dracula wohl für mich ist. Hilf mir, Freud.

Ich frage mich, ob ich diesen grauen Tag wohl, ohne zu schreien und ohne meine Kinder zu schlagen, hinter mich bringen werde.

Caroline und Cathy habe ich nie angeschrien oder geschlagen. Höchstwahrscheinlich wäre es besser gewesen, ich hätte es getan;

der Lärm und der Tumult hätten die Barriere zwischen uns vielleicht ein wenig durchlässiger gemacht. In den späteren Jahren, in den Zeiten, als meine Bitterkeit und Wut am heftigsten waren, hätte es bestimmt mehr Klarheit geschaffen, wenn ich sie hätte anschreien können, aber da war alles schon zu festgefahren. Und in den ersten Jahren war ich zwar hin und wieder wütend oder ärgerlich auf sie, doch es packte mich nie jener blanke flammende Zorn, den meine eigenen Kinder fast täglich heraufbeschwören können. Das ist schon eigenartig. Es ist schon eigenartig, daß ich auf meine eigenen Kinder so ungeheuer zornig werden kann, daß ich mich manchmal richtig zusammennehmen muß, um sie nicht durchs Zimmer zu schleudern. Charlie habe ich eigentlich nur selten angeschrien, obwohl ich einmal mein Betty-Crocker-Kochbuch nach ihm geworfen habe, wodurch es dann auseinanderfiel. Aber schon vier Tage nach Adams Geburt jammerte ich: »O Adam, könntest du bitte den Mund halten!« (Entsetzt und voller Reue nahm ich ihn danach sofort hoch und stillte ihn weiter.) Im ersten Lebensjahr meiner beiden Kinder waren Zornesausbrüche jedoch selten. Sie entwickelten sich erst im zweiten, dritten und vierten Jahr. Ich war mir so sicher gewesen, ich würde meinen Kindern gegenüber nichts als Liebe empfinden, daß ich, wenn dennoch Zorn in mir aufwallte, eine Zeitlang dachte, ich müßte wahnsinnig werden. Ich wußte damals nämlich noch nicht, daß Mütter von kleinen Kindern eigentlich eine Gehirnoperation bräuchten. Denn sie müssen in der Lage sein, Sätze wie die folgenden mindestens sechstausendmal am Tag zu sagen: »Liebes, würdest du bitte den Ellbogen aus dem Teller nehmen?« und »Nein, mein Herz, du darfst nicht mit Mommys neuem Lippenstift spielen, das ist kein Spielzeug!« und »O nein, du hast die ganze Wand mit Mommys neuem Lippenstift beschmiert!« und »Kletter bitte nicht an meinem Bein hoch, und hör auf zu kreischen, das ist ein Ferngespräch«, und so weiter. Mütter müssen fähig sein, tagsüber nicht mit ihrem Mann zu schlafen und nachts jederzeit die Liebe zu unterbrechen, wenn ein krankes Kind weint oder hustet. Sie müssen immerzu bereit sein, sofort aufzuspringen. Sie müssen sich bücken, sich hinknien, müssen heben und schaukeln und Ringkämpfe austragen können. Sie müssen – trotz kleiner Füße, die gegen ihre Beine drücken – ruhig dasitzen können. Kleine Füßchen, die gegen Mommys Beine trommeln – wie liebenswert das klingt. Und sie wollen einem ja auch gar nicht weh tun, sie können nur nicht stillhalten, und sie sind so gerne ganz nah bei Mommy. Trotzdem bilden sich blaue Flecken, besonders seitlich an den Oberschenkeln, wo kleine Füßchen bohren und trommeln, während kleine Händchen bei einem Vorgang, der sich Essen nennt, kleine Gabeln in kleine Näschen stecken. Das alles läßt sich aushalten. Man wird gar nicht richtig wütend, wenn man wieder einmal sagen muß: »Adam, das ist jetzt das vierte Mal, daß ich dich darum bitte – wisch dir die Hände an der Serviette ab und nicht an der Hose.« Wirklich ärgerlich wird man an Regentagen, wenn der Ehemann für drei Tage zu einem Vortrag nach Kopenhagen gefahren ist und die Zivilisation mit ihren Schönheiten der Mutter, die zu Hause mit den kleinen Kindern festsitzt, unvorstellbar fern gerückt scheint. Dann wird man zornig, wenn beide Kinder zum Kuchenbackenspielen das Sternkuchenförmchen haben wollen und wenn sie es nicht miteinander teilen wollen und das Telefon klingelt und man wiederkommt und sie sich den Teig gegenseitig ins Haar geschmiert haben. Endgültig kriegt man aber die Wut, so richtige Wut, wenn die Kinder einen derart mit Beschlag belegen, daß man sich in der Falle fühlt. Wenn man am Tag überhaupt keine Zeit mehr zum Nachdenken oder Lesen findet, nicht einmal zum Pinkeln, ohne daß ein Kind weint oder irgend etwas braucht. Und wenn sie dann größer werden, werden sie richtig eklig, sie streiten sich und regen sich auf, sie stellen Ansprüche und beklagen sich und sagen: »Du bist nicht meine Freundin.« Und es ist ihnen egal, wer man ist und was man in seinem Leben getan hat; es ist ihnen tatsächlich völlig egal. Sie wollen immer nur mehr, mehr von allem, mehr Pudding, mehr Spielsachen, mehr von einem selbst. Und das sind noch die braven Kinder, Kinder, die man liebt, Kinder, denen es etwas ausmacht, wenn man weint, und die bei einem Flugzeug sagen: »Oh, guck mal, die schöne große Wolke da, das ist bestimmt die Wolke von Gott!« Und wenn sie in einem Theaterstück einen riesigen silbernen Mond sehen, sagen sie: »Mommy, der Mond ist so nah. Ich könnte hinrennen und ihn umarmen und ihn dir schenken.« Adam ist jedenfalls der einzige in meinem Leben, der mir angeboten hat, mir buchstäblich den Mond zu holen.

Natürlich geschehen jeden Tag mehr hinreißende als garstige Dinge. Und das ist die Kehrseite der Medaille. Kinder sind hinreißend und real und ganz, ganz wunderbar. Wenn Adam und Lucy gebadet haben und nackt herumlaufen, sehe ich mit Begeisterung zu, wie sie ihre pummeligen Beinchen und Hinterteile bewegen, und ich liebe ihre vollkommenen Körper. Manchmal glaube ich, ich könnte es nicht aushalten, wenn ich diese wollüstige, glatte, weiche, seidene, vollkommene Haut nicht mehr waschen und bekleiden und halten und küssen und riechen und sehen dürfte. Wenn meine Kinder aus dem Haus sind, werde ich wohl Pferde, Hunde, Katzen oder Blumen züchten müssen. Ich werde mich dann wohl in herrliche Stoffe hüllen müssen, werde darin schlafen und darauf sitzen. Ich fürchte, ich werde mich mit kalten, edlen Kunstwerken umgeben müssen, um den sinnlichen Verlust meiner warmen, lebendigen Babys zu ertragen.

Weil ich Freundinnen mit kleinen Kindern habe, überlebe ich. Meine Freundinnen lassen mich an ihren Gefühlen, ihrer Wut, ihren Enttäuschungen teilhaben, und viel von unserem Zorn löst sich in hilflosem gemeinsamen Gelächter auf. Weil ich ältere Freundinnen habe, weiß ich, daß ich auch die Zeit überstehen werde, wenn Adam und Lucy erwachsen und aus dem Haus sind. Und wenn es mir tatsächlich gelingt, wie meine älteren Freundinnen zu sein, dann wird es mir richtig gutgehen. Ich wollte meine Kinder, ich will sie auch jetzt, selbst an den schwärzesten Tagen, aber ich möchte auch unterrichten, und so beobachte ich meine älteren Freundinnen, so wie ein junges Mädchen einen Filmstar beobachtet, und in meinem Hinterkopf sammle ich Hinweise für die Zukunft.

Meine Wut hat zum Teil auch damit zu tun, merke ich plötzlich, daß ich hier bin, hier in Finnland. Es scheint unhöflich und unfair zu sein, sein Gastland zu kritisieren, aber ich muß gestehen, daß ich Finnland nicht als ein Gastland empfinde. Es will meinen Mann hier haben, aber es will mich nicht. Es tut nichts, um mir meinen Aufenthalt hier angenehm zu machen. Zum einen Teil hängt das natürlich mit dem zusammen, was finnische Reisehandbücher »die angeborene finnische Schüchternheit« nennen, die vielleicht für sie selber Schüchternheit sein mag, sich mir gegenüber jedoch als grobe

Unhöflichkeit äußert. Wenn ich mit den Kindern zur Parktante gehe, komme ich mir immer mehr wie eine Leprakranke vor; niemand lächelt mich an oder sagt: »*Paiva*«. Und was noch härter ist – niemand spricht mit meinen Kindern, außer um ihnen zu sagen, sie sollen weggehen. Zum anderen Teil haben meine Schwierigkeiten in diesem Land damit zu tun, daß ich eine Frau und eine Mutter bin. Heute zum Beispiel machen die Professoren mit meinem Mann einen Ausflug nach Turku, einer interessanten finnischen Stadt mit einer alten Burg und einer Kathedrale. Ich muß allein mit meinen Kindern in der Wohnung zurückbleiben. Meine Kinder und ich sind hier wertlos. Wir haben keinen Wert, und niemand will uns helfen. Als wir in Helsinki ankamen, haben die Fulbright-Leute eine einzige Einführungsveranstaltung gemacht, an der ich nicht teilnehmen konnte, weil ich mit meinen zwei kleinen Kindern nicht den ganzen Tag lang Vorträge anhören konnte. Und da wir erst gerade angekommen waren, hatte ich auch noch keinen Babysitter ausfindig gemacht. Niemand hat mich auf die Existenz der Parktante aufmerksam gemacht oder mir bei der Suche nach einer Schule für Adam geholfen. Es war so, als ob ich in einer kalten, fremden Welt abgesetzt worden wäre und mich selber durchschlagen, alles selber entdecken müßte. Niemand half mir, niemand kümmerte sich um mich, niemand begrüßte mich auch nur. Sie begrüßten selbstverständlich meinen Mann bei den offiziellen Fulbright-Anlässen. Mein Mann muß nicht zu Hause bei den Kindern bleiben. Er ist Professor. Sein Glück ist wichtig. Er ist wichtig. Die Kinder und ich sind es nicht. Das Vorurteil richtet sich hier nicht gegen Amerikaner oder Frauen als solche, sondern gegen Frauen mit kleinen Kindern. Und es ist ein so subtiles Vorurteil: Wir werden schlicht ignoriert, man läßt uns mit unserem Kampf gegen die banalen Tücken des Alltags erschreckend allein.

Nur weil ich das Glück hatte, daß die Waschmaschine im Badezimmer gleich beim ersten Mal, als ich sie benutzte, kaputtging, konnte ich überhaupt hierbleiben. Die Maschine gab am dritten Tag nach unserer Ankunft den Geist auf. Ich rief die *talonmies* – die Hausverwaltung – an, und es erschien eine freundliche Frau um die Dreißig in der Wohnung. Sie lächelte, sie war herzlich, sie sprach perfekt englisch. Ich hätte fast geweint, weil sie mit mir redete. Sie sagte, es liege an einem kaputten Kabel, und ihr Mann werde es noch heute abend in Ordnung bringen. In den wenigen Minuten, die sie in meiner Wohnung verbrachte, erzählte sie mir von der Parktante, und sie rief sie auch später an und bat sie, meine Kinder aufzunehmen, obwohl es offiziell keine Plätze mehr gab. Sie erwähnte Babysitter und schlug die Vorschule vor. Sie beschrieb mir, wo der Lebensmittelladen war, und erzählte, daß es in der Nähe Parks und eine Bücherei gab. Und danach habe ich sie meist einmal die Woche angerufen, um sie zu fragen, wo man Vitamin-C-Tabletten bekommt, ob sie mir ein polizeiliches Formular erklären könne oder wie ich zum Zoo komme. Gott sei gepriesen für diese Frau, die Gunnel heißt. Sie hat mir wahrhaftig das Leben gerettet. Ohne diese absolut unerwartete Zufallsbekanntschaft weiß ich nicht, wie ich hier überlebt hätte.

Und doch ist es mehr als all das und ganz anders: Es liegt an mir. Wenn ich nicht so wahnsinnig ehrgeizig wäre, wenn ich nicht diesen Tick mit dem Unterrichten hätte, wenn ich nicht so schrecklich gern mit Worten und Menschen arbeiten würde, dann könnte ich hier glücklich sein. Ich könnte gelassen sein, könnte es mir nett machen, könnte mich an meinem Mann erfreuen, an meinen Kindern erfreuen, die Erfahrungen in einem fremden Land genießen. Es geht nicht nur darum, daß ich eine verwöhnte Amerikanerin bin, die sich ohne all ihre technischen Annehmlichkeiten ernsthaft benachteiligt fühlt, obwohl auch das eine Rolle spielt. Der Himmel weiß, wie sehr ich die Sesamstraße vermisse. Es geht darum, daß ich mir auf einem bestimmten Gebiet Kompetenz angeeignet habe. Es geht darum, daß ich arbeiten möchte. Die Arbeit ist Teil meiner Person, der Person, die ich geworden bin. Ich kann mir Charlie nicht ohne seine Arbeit vorstellen, der Gedanke ist vollkommen absurd, ein Widerspruch in sich. Charlie ist seine Arbeit, und ohne sie – ohne seine Bücher und Referate, die Filzstifte, die Vortragseinladungen, die Anrufe und die Studenten –, ohne seine Arbeit wäre er schlicht nicht Charlie. Er würde sich im Spiegel nicht erkennen, ich würde seinen Körper in meinem Bett nicht erkennen. Charlie ist Historiker, das ist ebensosehr Teil seiner Person wie seine Muskeln oder sein Atem. Ich bin nicht so vollständig – und wegen der Kinder kann ich es vielleicht für eine Weile auch nicht sein –, trotzdem bin ich überzeugt, daß meine Arbeit ein Teil von mir ist, ein wesentlicher Teil, und ohne sie bin ich geschwächt, behindert, stumpf. Ich habe meinen Sinn für Humor verloren, meine Fähigkeit zur Freude. Selbst wenn Finnland der Himmel wäre, würde ich noch nörgeln, da ich nicht arbeiten kann. Es ist unfair von mir, daß ich hier bin und grolle und es nicht zu schätzen weiß; damit ist niemandem gedient. Ich sehe jedoch keinen Grund für mein Hiersein. Ich will hier nicht sein – und ich werde es nicht.

Ich werde es nicht.

Ich werde dem Mathematiker schreiben, der unsere Farm gemietet hat, er müsse zum ersten Januar ausziehen. Ich werde ihm mitteilen, daß ich aus Gesundheitsgründen (meiner geistigen Gesundheit) unvorhergesehenerweise nach Hause zurückkehren muß. Ich werde Charlie sagen, er könne bleiben oder mit uns mitkommen, aber ich werde mich nicht von meinem Entschluß abbringen lassen. Heute werde ich damit beginnen, Briefe an Universitäten und Colleges zu schreiben, die mit dem Auto von der Farm zu erreichen sind, und fragen, ob sie eine Stelle für mich haben. Ich weiß allerdings, daß die Chancen gering sind. Wenn ich keine Stelle finde, wenn dieses spezielle Wunder nicht geschieht, werde ich trotzdem nach Hause fahren und Adam und Lucy in einer Vorschule unterbringen und jeden Nachmittag in einer Bibliothek weiter an meinem Forschungsprojekt arbeiten, worauf ich mich schon so lange freue. Und vielleicht wird meine Studie dann veröffentlicht und ebnet mir den Weg zu einer Universitätsanstellung. Ich habe es nicht nötig, wehleidig hier herumzusitzen, mich selber und meine Kinder zu bedauern und Charlie um seinen Erfolg zu beneiden. Ich muß unbedingt nach Hause. Ich muß unbedingt arbeiten. Und das werde ich.

Das werde ich.

Hurra! Hurra! Alle waren glücklich. Es war der Juli 1966, und Caroline und Cathy würden ihren zweiten Sommer bei uns in Kansas City verbringen. Sie freuten sich so schrecklich darauf, weil ihre Mutter diesmal mit ihrem Kommen einverstanden war. Natürlich war sie das, wie auch nicht? Wir boten ihr kostenlose Babysitterdienste, während sie sich wieder verheiratete. Nicht, daß wir es dao betrachteten – gut, ich vielleicht schon, da ich immerhin das chen, die Wäsche und die übrige schmutzige Arbeit erledigte –, Charlie sah es jedoch nicht so. Er war einfach überglücklich, daß er seine Töchter wieder bei sich haben würde. Er war froh, daß die psychologische Beratung erfolgreich gewesen war. Adelaide ging es gut, Adelaide hatte wieder jemanden gefunden, der sie liebte, Adelaide würde heiraten. Er war sicher, daß es in diesem Sommer keine tränenreichen Anrufe geben würde.

Als Charlie ihr in jenem Sommer wegen der Flugtermine für die Mädchen schrieb, erhielt er einen erfreulichen Brief, in dem die genauen Daten für den Hin- und den Rückflug standen. »Übrigens«, hatte Adelaide geschrieben, »wie die Mädchen Dir sicher erzählen werden, werde ich am dritten Juli einen wunderbaren, wunderbaren Mann heiraten. Er hat nicht viel Geld, und er ist ebenfalls geschieden. Und da er so anständig und moralisch ist, seiner Frau und seinen Kindern Unterhalt zu zahlen, werden wir nicht viel Geld haben. Glaub deshalb nicht, daß Du jetzt keine Schecks für die Kinder mehr zu schicken brauchst. Jedenfalls werden wir ein hübsches Haus kaufen, und ich hoffe, wir werden auch noch ein oder zwei Babys bekommen können. Bitte paß im Sommer gut auf meine kleinen Mädchen auf.«

»Alle werden in diesem Sommer glücklich sein!« sagte Charlie.

Und in jenem Sommer war es auch so. Ich hatte die glänzende Idee, für die Mädchen eine Party zu geben und die Kinder aus der gesamten Nachbarschaft dazu einzuladen, und so fanden Caroline und Cathy schließlich doch noch Freundinnen. Sie waren glücklicher, weil sie die Zeit mit Mädchen ihres Alters verbringen konnten, und ich war glücklicher, weil ich mehr Zeit für mich hatte. Natürlich war nicht alles vollkommen: Wieder konnte ich Charlie weder anfassen noch küssen, wenn sie in der Nähe waren, und Cathy schickte mit den Augen immer noch gelegentliche Haßpfeile in meine Richtung, aber im ganzen verlief dieser Sommer viel besser als der letzte. Charlie schrieb an einem Buch, das rechtzeitig zum vertraglich festgelegten Abgabetermin fertig sein mußte. Deshalb nahm ich für den Sommer Urlaub von meinem Studium und widmete mich ganz den Mädchen. Mit Freundinnen in ihrem Alter waren sie mutiger, und so fuhren wir zur Farm hinaus und ritten auf den Pferden, schwammen im Teich und erkundeten die Natur auf dem Farmgelände, und die Mädchen schliefen in Schlafsäcken auf der mückengeschützten Veranda. Spätabends machten wir Feuer am Teich und grillten Hotdogs und Marshmallows. Wenn ich tagsüber Zeit hatte, las ich T. S. Eliot und E. E. Cummings und literaturwissenschaftliche Aufsätze. In Kansas City gingen wir wieder ins Kino, in Schwimmbäder, in Parks und in den Zoo, und wenn ich mich ein wenig langweilte, so war das in Ordnung. Alle waren glücklich. Adelaide rief in jenem Sommer einige Male an und weinte ein bißchen, weil die Töchter ihr fehlten, aber sie war nicht verzweifelt. Wir verbrachten sogar ein paar nette Nachmittage mit June und Anthony Leyden. Ich glaubte, für alle habe eine Ära des Friedens und des Wohlbehagens begonnen. Als Caroline und Cathy Ende August nach Hause fuhren, weinten sie, und ich bedauerte es sogar aufrichtig, wenn auch nur ein kleines bißchen, daß sie wegfuhren. Beide kamen zu mir und hielten mir ihre niedlichen Gesichter zum Abschiedskuß hin.

Es war ein guter Sommer gewesen. Er ging schnell vorüber. Im September begann wieder das, was ich »unsere« Saison – Charlies-und-meine – nannte. Es begann die Zeit der seligen Freiheit: Wir waren allein und konnten tagsüber in jedem beliebigen Zimmer des Hauses miteinander schlafen, konnten gemeinsam lesen, ohne unterbrochen zu werden, konnten uns über unseren jeweiligen Tagesverlauf unterhalten, denn ich war ja endlich von der Last der aufwendigen Kocherei, des Wäschewaschens und Putzens, des Herumkutschierens und Organisierens, des Kümmerns und Nettseins entbunden – die Mädchen waren gekommen und gegangen. Es gab jetzt wieder Feuer im Kamin, späte Pizza-Abendessen und lange Stunden in der Bibliothek oder mit Bücherbergen und Karteikarten zu Hause. An den Wochenenden gab es die Farm und die Pferde und Küsse in der frischen Herbstluft. Und dann kam Thanksgiving, und es wurde Zeit, Weihnachtsgeschenke für Caroline und Cathy zu kaufen.

Weihnachten 1966 rief Charlie seine Töchter an, um ihnen fröhliche Weihnachten zu wünschen und zu hören, ob ihnen die Geschenke gefallen hatten.

Caroline nahm ab.

»Daddy?« rief sie. »O Daddy, ich hab so schrecklich drauf gewartet, daß du anrufst. Daddy, bitte, ich möchte bei dir leben!«

Charlies Bitte hin war ich oben am Nebenanschluß und hielt Mund schon offen, um rechtzeitig »Fröhliche Weihnachten!« zu brüllen, als ich statt dessen hörte, was Caroline sagte. Ich war sprachlos.

»Wieso, Caroline«, sagte Charlie, »was ist passiert?«

»Daddy, bitte, bitte, laß mich zu dir kommen. Cathy möchte es auch. Bitte –«, schrie sie, und dann hörte ich ein Rascheln, und Adelaide war am Apparat.

»Charlie?« Ihre Stimme klang scharf. »Bist du das? Was willst du?«

»Ich wollte euch allen fröhliche Weihnachten wünschen«, sagte Charlie. »Was ist los? Stimmt etwas nicht?«

»Nichts ist los!« kreischte Adelaide so laut, daß es mir in den Ohren weh tat. »Hör auf, deine Nase in meine Privatangelegenheiten zu stecken!«

»Caroline sagt, daß sie bei mir leben will«, sagte Charlie.

»Unsinn. Sie hat einfach einen schlechten Tag gehabt.«

»Weihnachten hat sie einen schlechten Tag gehabt?«

»Oh, du warst schon immer ein gottverfluchter sarkastischer Scheißkerl!« sagte Adelaide. »Laß mich doch einfach in Ruhe!«

»Adelaide, ich möchte den Mädchen doch nur fröhliche Weihnachten wünschen. Das ist alles. Einverstanden?«

»Nein, nein, nicht einverstanden! Hör jetzt auf und laß mich in Ruhe!«

Dann ein heftiger Knall, und sie hatte aufgelegt.

»Fröhliche Weihnachten«, sagte ich zu Charlie in das Rauschen der unterbrochenen Verbindung hinein.

»Jungejunge!« sagte Charlie.

Und so verging der Weihnachtstag damit, daß Charlie in seinem Studierzimmer mit den Ascrofts telefonierte. Offenbar gab es Probleme in Adelaides neuer Ehe. Die Ascrofts blieben vage, sie wollten Adelaide unter allen Umständen schützen. Sie sagten, ihrer Meinung nach sei Adelaides psychischer Zustand gut, sie durchlebe nur gerade eine etwas heikle Phase in ihrer Ehe. Die Ascrofts sahen den Grund für Carolines und Cathys Verstimmung darin, daß sie mit ihrem neuen Stiefbruder nicht zurechtkamen, der sie gelegentlich besuchte. Sie vermuteten, daß es um Rivalitäten und Eifersucht ging, aber all das sei kein Grund, sich aufzuregen. Sie versprachen, die Dinge im Auge zu behalten und Charlie zu benachrichtigen, falls es irgend etwas gab, was er tun konnte oder sollte.

Im Augenblick konnte Charlie gar nichts tun außer sich Sorgen machen. Und er machte sich Sorgen. Daß Caroline, die stille, zurückhaltende Caroline, geweint und gefragt hatte, ob sie bei ihm leben dürfe, überraschte ihn. Er fürchtete, daß Adelaide wütend auf Caroline sein würde, wenn er das Kind anriefe; täte er es aber nicht, würde Caroline sich im Stich gelassen fühlen und glauben, sie sei ihm gleichgültig.

Ich versuchte, Charlie zu beruhigen, denn das war es, was er jetzt brauchte. Heimlich hatte ich aber auch Mitleid mit den Mädchen, und vielleicht verstand ich ihr Problem sogar besser als er. Ich hatte mein Stiefmutterdasein als schwierig und schmerzhaft erlebt, um das mindeste zu sagen, dabei war ich erwachsen: Ich hatte die Macht, Dinge zu ändern, hatte zumindest die Freiheit, entweder endgültig auf und davon zu gehen oder in einer unangenehmen Situation wenigstens das Haus zu verlassen und spazierenzugehen. Aber Caroline und Cathy waren minderjährige Kinder, sie saßen in der Falle, so wie alle Kinder in der Falle sitzen. Dazu kam, daß wir, wenn die Mädchen im Sommer zu uns kamen, alle wußten, es würde nur vorübergehend sein, und darin lag ein Trost: So ließ sich die Zeit sehr viel besser aushalten. Wir konnten unsere Wut und unseren heimlichen Unwillen zügeln, da wir wußten, es würde nicht ewig dauern und bald wären wir wieder jeder für sich. Adelaide hingegen hatte sich wiederverheiratet. Das bedeutete, daß Caroline und Cathy tagein, tagaus mit einem Stiefvater zurechtkommen mußten, und das offenbar mit der Aussicht auf Dauer. Sie konnten nicht auf ein Ende hoffen, sich nicht einmal für einen Tag verärgert davonmachen. Sie müssen Panik bekommen haben, so wie jede hilflose Kreatur, die in einem unfreundlichen Zuhause gefangensitzt.

Ich sah jedoch keine Möglichkeit, wie ich ihnen helfen konnte. Es gab für mich keinen Anhaltspunkt dafür, daß sie mit ihrem Vater und mir glücklicher sein würden als mit ihrer Mutter und einem Stiefvater. Der Gedanke an ein dauerhaftes Zusammenleben von uns vieren überschritt mein Vorstellungsvermögen. Mir schien, eine derartige Lösung würde vermutlich nur dazu führen, daß sie mich

. Ich wußte nicht, was ich sagen oder tun sollte, welchen Rat Charlie geben sollte. Und selbstsüchtig, wie ich war, fürchte- ich um mich, um meine Arbeit. Mir blieb nur noch ein Semester für mein Magisterexamen, für die Verteidigung meiner schriftlichen Arbeit und für die mündliche Prüfung. Der kommende Frühling würde mit Unterrichten und Studieren besonders anstrengend für mich werden. Und ich wünschte mir überhaupt nicht, daß die Mädchen dann mit ihren Problemen hier ankämen und dazu noch die Anrufe ihrer Mutter. Ich brauchte Ruhe und Frieden um mich herum und wußte, daß ich nicht die Aufmerksamkeit und Einsatzfreude aufbringen könnte, die solch eine neue Situation erforderte. Doch ich sagte nichts von all dem zu Charlie. Es waren seine Töchter; wenn sie kommen wollten, dann würde hier ihr Zuhause sein.

Wir verbrachten einen unruhigen Frühling. Mehrmals im Monat schrieb Charlie den Mädchen und rief sie an, doch seine Briefe wurden nie beantwortet, und die Anrufe blieben unergiebig. Anscheinend fühlten die Mädchen sich besser, anscheinend war eine Art Frieden geschlossen worden, zumindest entnahmen wir das dem wenigen, was wir erfahren konnten. Dennoch sorgten wir uns weiter. Und wir fühlten uns hilflos, weil jeder Versuch, zu helfen oder zu verstehen, nur als Einmischung und Aufwiegelung ausgelegt worden wäre.

An einem Abend im Mai, zwei Tage vor meiner mündlichen Prüfung zur Verteidigung meiner Arbeit, rief Adelaide an. Es war vielleicht zehn Minuten vor Mitternacht. Charlie und ich lagen schon im Bett und schliefen. Ich ging ans Telefon.

»Ich möchte mit Charlie sprechen«, sagte Adelaide. Ihre Stimme war klar, entschieden, ruhig und streng.

Ich reichte Charlie den Hörer und saß in stummem Entsetzen neben ihm, während er redete.

Caroline war im Krankenhaus. Sie hatte seit einigen Tagen heftige Magenschmerzen gehabt, und die Ärzte hatten weder eine Diagnose stellen noch ein Heilmittel anbieten können. Adelaide wollte, daß Charlie gleich am nächsten Tag ein Flugzeug nahm und Caroline besuchte. Sie war in großer Sorge, und sie erwartete, durchaus zu Recht, daß auch Charlie sich sorgen sollte. Adelaide sagte, Caroline habe wahrscheinlich irgendwelche psychischen Probleme wegen des Konflikts mit den zwei Vätern. Charlie sagte, er werde kommen, sobald er könne. Das Gespräch war kurz und sachlich.

Nachdem er aufgelegt hatte, saßen wir beide zwischen unseren zerwühlten Laken im Bett und unterhielten uns. Wir knipsten die Nachttischlampe an, als könnten wir einander besser hören, wenn wir einander sähen. Und der Kreis aus warmem Licht schien eine kleine Zauberwelt zu erschaffen, in der es nur uns beide und unser kuscheliges Bett gab; doch das war eine Täuschung. Andere Menschen waren bei uns, zu viele andere.

»Ich muß sehen, daß Anthony meinen Unterricht übernimmt, dann fliege ich morgen«, sagte Charlie.

»Könntest du nicht noch zwei Tage warten? Bis mein Mündliches vorbei ist? Ich bräuchte deine Unterstützung –«

»Ach, Zelda! Himmel, es tut mir so leid. Mein Gott, was für ein ungünstiges Zusammentreffen! Was soll ich denn machen? Was würdest du denn an meiner Stelle tun? Meine Tochter liegt mit schlimmen Magenschmerzen im Krankenhaus. Wenn Adelaide tatsächlich glaubt, ich könnte helfen –«

»Ich weiß. Ich weiß. Du mußt zu ihr. Eine andere Möglichkeit gibt es nicht. Ich hoffe, sie wird schnell wieder gesund, Charlie. Ich bin ganz sicher, sie schafft es.«

»Es tut mir wirklich leid, Zelda, daß ich ausgerechnet jetzt weg muß.«

»Ich weiß. Das ist schon in Ordnung. Komm, wir schlafen jetzt, morgen gibt es viel zu tun.«

Wir machten das Licht aus, und der warme Lichtkegel, der uns einhüllte, wurde von der Dunkelheit verschluckt. Wir wandten uns voneinander ab, Charlie, um sich um Caroline zu ängstigen, ich, um mir Sorgen um mein Mündliches zu machen, und plötzlich war der große, tiefe Abgrund zwischen uns wieder aufgebrochen.

Charlie flog am nächsten Tag nach Massachusetts, und einen Tag später hatte ich meine mündliche Prüfung. Sie begann um drei Uhr nachmittags und dauerte bis halb sechs. Danach hatte ich so wackelige Knie und war so erledigt, daß ich kaum gehen konnte. Der Fakultätsvorsitzende, jener berüchtigte Frauen-als-Mütter-Freund und Frauen-als-Intellektuelle-Hasser, war unerwartet gemein und kleinlich und pingelig gewesen. Er hatte mich auf falsche Fährten

, mich unterbrochen, mich ausgelacht und insgesamt so sehr oben herab behandelt, daß ich am liebsten aufgestanden wäre d ihn geschlagen hätte. Aber ich hatte die Nerven behalten – immerhin war er der Leiter der Fakultät – und, beflügelt von jener Energie und Schärfe, die aus Angst und Wut entspringen, mein Bestes gegeben. Während ich redete, war in meinem Hinterkopf sogar noch Platz für die Überlegung, ob männliche Prüfungskandidaten sich wohl auch darüber Gedanken machten, wie sie die Beine übereinander schlagen sollten, während sie Eliots *Vier Quartette* analysierten. Und ich überlegte, wieviel anders die Situation wohl wäre, wenn im Prüfungsausschuß auch eine Frau gesessen hätte und nicht nur fünf Männer. Hätte ich mich vielleicht weniger bedroht gefühlt, wenn ich als einzelne Frau einer gemischten Gruppe gegenübergestanden hätte anstatt fünf gestrengen Herren?

Als alles vorüber war, baten sie mich, draußen im Büro zu warten. Die Sekretärin war schon nach Hause gegangen, alles war still. Ich stand an einem Fenster und sah hinunter auf einen grasüberwachsenen Platz und betete in einem fort: »Bitte, lieber Gott, bitte, lieber Gott.«

Endlich ging die Tür auf, und mein Lieblingsprofessor kam heraus und sagte: »Herzlichen Glückwunsch, Mrs. Campbell.« Zuerst dachte ich, ich müßte aus purer Erschöpfung und Erleichterung sofort in Tränen ausbrechen, und dann dachte ich, daß ich das auf gar keinen Fall durfte. Die anderen Herren, auch der Fakultätsvorsitzende, kamen ebenfalls heraus, schüttelten mir die Hand und beglückwünschten mich ziemlich trocken. Wir plauderten noch ein wenig, einfach um zu demonstrieren, daß wir nun alle Freunde und keine Feinde mehr waren, und dann gingen wir jeder nach Hause.

Sie gingen nach Hause, und ich ging nach Hause, ganz allein. Es war Frühling, ein warmer Maiabend, ein weicher, verführerischer Abend, und ich ging allein nach Hause. Die Menschen schienen alle draußen zu sein, sie spielten und lachten, und niemand war einsam, und als ich mein kleines hübsches Haus sah, fing ich endlich an zu weinen, weil es so leer war, weil niemand dort wartete, um mit mir zu feiern. In den Fenstern spiegelten sich die Sonne und die grünen Bäume und die vorbeifahrenden Autos – es war, als passiere alles Wichtige draußen, als gebe es drinnen nichts, was mich erwartete.

Ich mochte das Haus nicht betreten. Aber ich konnte nicht einfach draußen stehenbleiben und weinen. Ich ging hinein. Als allererstes nahm ich den Hörer von der Gabel. Ich wollte nicht, daß Charlie mich anrief und fragte, wie es gelaufen war. Ich wollte nicht, daß es – mein Triumph, mein Erfolg, meine Leistung – dadurch gemindert wurde, daß ich würde fragen müssen: »Und wie geht es Caroline?« Und er würde sagen, es gehe ihr gut – er hatte mich am Abend vorher angerufen, und es ging ihr gut –, und dann würden wir über Caroline und Cathy und Adelaide reden müssen, und mein einzigartiger, strahlender, goldener Augenblick wäre getrübt.

Schließlich ging dann doch noch alles gut aus und am Ende vielleicht sogar besser, als wenn Charlie dagewesen wäre. Ohne ihn war ich nämlich gezwungen, die ersten echten kleinen Schritte aus meiner Abhängigkeit von ihm zu tun und mich ganz auf mich zu verlassen – und es ist viel schwieriger, sich ohne den Menschen, den man liebt, zu freuen, als in Depressionen zu verfallen; wenn man alleine ist, kann man sich sehr schön seinen Depressionen hingeben. Ich machte mir einen Wodka-Tonic, setzte mich an den Küchentisch und war entschlossen, mich in einen Zustand rührseligen Selbstmitleids zu trinken, nur begleitet vom Dauersummen des Telefonhörers, der neben der Gabel an seiner Schnur baumelte. Doch es schmeckte mir nicht, ich wollte keinen Wodka-Tonic, ich wollte Champagner. Ich hatte etwas vollbracht – ich wollte feiern. Ich wollte selbst dann feiern, wenn ich es ohne Charlie tun mußte. Ich hängte den Hörer ein, nahm ihn wieder hoch und wählte die Nummer meiner Eltern, danach rief ich Alice an und anschließend alle anderen Freunde, die ich hatte, um ihnen zu sagen, daß ich es nun tatsächlich geschafft hatte: Ich hatte die mündliche Prüfung bestanden, ich hatte meinen Magister in der Tasche. Schließlich rief ich auch Linda an, obwohl ich keine Ahnung hatte, wie sie es aufnehmen würde. Sie war im letzten Semester aus dem Examenskurs ausgeschieden und hatte ihr Kind bekommen. Ich hatte ihr Blumen geschickt und ein kleines rosa Strickjäckchen für ihre neue Tochter gekauft, aber sie war so von dem Baby absorbiert, und ich war so von meinen Büchern absorbiert, daß unsere Gespräche irgendwann in wechselseitigem Desinteresse versandeten. An dem Abend, als ich sie anrief, reagierte sie allerdings mit der herrlichen, überschwenglichen Begeisterung, die ich von früher kannte, und lud mich zu sich nach Hause ein. Ihr Mann war verreist, ihre Tochter schlief. Ich hielt bei dem Getränkeladen und kaufte eine Magnumflasche Champagner. Wir beide tranken sie ganz leer. Was für ein wunderschöner Abend: Wir öffneten die Türen und Fenster, um die Geräusche des Frühlingsabends hereinzulassen, und wir saßen in Lindas unordentlichem, luxuriösem Wohnzimmer und aßen kaltes Roastbeef, Käse, Cracker, Oliven, Nüsse und alles, was wir sonst noch in ihrer Speisekammer finden konnten, und tranken Champagner und erzählten einander Geheimnisse und lachten über die Geheimnisse, bis wir schließlich auf dem Boden landeten und uns vor Lachen kugelten. Erst um drei Uhr morgens wurden wir müde, und weil es so spät war und ihr Mann nicht zu Hause war, blieb ich die Nacht über bei ihr. Bevor wir in unsere Betten wankten, schlichen wir uns ins Kinderzimmer, wo Lindas Tochter Klein-Diana unter weißen und rosa Decken in einer kleinen weißen Wiege schlief. Wie warm, wie feucht, wie süß und duftend das schlafende Kind war. Ich habe es bis heute nicht vergessen. Der Anblick und der Duft des kleinen Mädchens setzten etwas in mir in Bewegung. Es war, als beginne ein kleines, reines, kristallenes Glöckchen in einem leichten Wind zu schwingen. Ich beugte mich über das Baby, sah seine winzige weiße Hand rundlich und entspannt zwischen weichen Decken ruhen und spürte eine zarte, köstliche, verwirrende Sehnsucht.

Am nächsten Morgen hatte ich einen Kater, allerdings nur einen kleinen. Ich trank schwarzen Kaffee und sah zu, wie Linda Diana zuerst die Flasche und danach ein paar Klackse warmen, weichen Brei gab. Schließlich machte ich mich auf den Weg nach Hause. Ich putzte meine pelzigen Zähne, nahm ein ausgedehntes Schaumbad, zog frische Sachen an und schlief dann auf dem Sofa ein. Als ich erwachte, war es später Nachmittag, und Charlie war wieder da.

Wir begrüßten uns mit einem Kuß, Charlie setzte sich neben mich aufs Sofa, und wir redeten über Caroline. Sie war aus dem Krankenhaus entlassen, und es ging ihr gut. Die Ärzte glaubten, sie habe unter chronischer Verstopfung gelitten, sie hatten aber den Eindruck, daß es sich auch um eine psychische Geschichte handele. Caroline hatte nur gesagt, sie sei vollkommen glücklich, und es gehe ihr gut, bis auf die Magenschmerzen. Adelaide hatte gestanden, daß sie den Mädchen nie Charlies Briefe gegeben hatte – ihrer Meinung nach hätten sie Caroline und Cathy zu sehr aufgeregt. Angesichts von Carolines sonderbarer Krankheit hatte sie sich jedoch einverstanden erklärt, daß die Mädchen von jetzt an alle seine Briefe lesen dürften, solange sie fröhlich und unbeschwert waren und solange er nicht schrieb, daß sie ihm fehlten, oder sie bat, bei ihm zu leben. Adelaide hatte gesagt, mit ihrer Ehe sei alles in Ordnung, völlig in Ordnung. Cathy schien zufrieden zu sein. Und Charlie war so froh, wie er es unter den gegebenen Umständen überhaupt sein konnte.

Dann sprachen wir über mich, über meinen kleinen Erfolg. Charlie sagte, er habe sich kein bißchen gesorgt, er habe gewußt, ich werde die Prüfung gut machen. Trotzdem habe er ein schlechtes Gewissen, weil er nicht bei mir gewesen sei, um mich zu unterstützen und mit mir zu feiern. Ich sagte, was ich zu sagen hatte: Unsinn, Unsinn, er müsse kein schlechtes Gewissen haben, weil er nicht hier war. Es habe mir nichts ausgemacht, es habe überhaupt keine Rolle gespielt. Und natürlich war mir klar, daß er nur seine Pflicht getan hatte, als der gute Mensch, der er war. Und außerdem wollte ich nicht, daß er erfuhr, wie kleinlich und selbstsüchtig ich war. Daß ich mich über ihn geärgert hatte und ihn und seine Töchter einen Moment lang sogar gehaßt hatte, weil ich mir kindischerweise gewünscht hatte, einmal für einen Tag, für einen Abend zu glänzen und der Star zu sein, und enttäuscht worden war. Niemand hatte Schuld daran, niemandem war ein Vorwurf zu machen. Es war einfach nicht zu ändern, man konnte nur mit gutem Willen weitermachen. Und Charlie führte mich dann an jenem Abend auch in ein herrliches Restaurant aus und bestellte einen wunderbaren französischen Champagner, und später liebte er mich so hingebungsvoll, daß ich ihm begeistert alles mögliche verziehen hätte.

Nach meinem Magisterexamen fiel ich in ein sehr, sehr tiefes Loch. Ein Grund dafür war Charlies Entschluß, im kommenden Herbstsemester eine Gastprofessur an einer Universität in Westmichigan anzunehmen. Ein Historiker, der an der dortigen Universität lehrte, hatte es in die Wege geleitet, er arbeitete mit Charlie an einem gemeinsamen Buch. In gewisser Hinsicht war ich aber auch froh, da Alice, die Frau, in die ich mich auf jenem Symposion verliebt hatte, dort lebte. Und nach dem heftigen Arbeitsendspurt vor dem Examen hatte ich Lust auf eine Studierpause. Andererseits wollte ich auch unbedingt mit meiner Doktorarbeit beginnen, da mir klargeworden war, daß eine Promotion der einzige Weg zu dem war, was ich am liebsten tat (außer reiten und mit Charlie schlafen): am College englischen Aufsatz und englische Literatur unterrichten.

Und das war der andere Grund für meine Depression. Ich konnte nicht mehr unterrichten. Ganz unbekümmert war ich stets davon ausgegangen, daß man mir eine Halbtagsstelle an der Universität anbieten werde. Ich war doch so gut und so billig. In den ungebundenen letzten Tagen nach der Prüfung zog es mich immer wieder zum Campus, selbst an Tagen, an denen ich keinen Unterricht hatte. Ich wollte, daß mich jemand nach meinen Plänen fragte. Ich wollte, daß mir jemand bei einer Begegnung in den Fluren lässig zuwarf: »Übrigens, Zelda, wir haben Sie für die beiden Aufsatzeinführungskurse im nächsten Jahr eingeplant.« Doch niemand sagte etwas. Strenggenommen sprach überhaupt niemand mit mir. Erst bei einem Kaffee mit einigen der männlichen Examenssemester erfuhr ich, wer alles als Teilzeitlehrkraft für das kommende Jahr ausgewählt worden war und wer nicht. Ich wurde verdammt wütend, während ich da saß und mir von den Studenten diese Neuigkeiten anhören mußte. Und als ich begriff, daß ich nicht gefragt worden war, wurde ich noch wütender, weil mir deshalb die Tränen in die Augen stiegen und ich am liebsten geflennt und geschluchzt hätte. Statt dessen grub ich die Fingernägel in die Faust und lächelte und war ganz locker, und nach einer Weile standen wir alle auf und gingen jeder seiner Wege. Ich ging zum Büro meines Lieblingsprofessors, der mir bei meiner Examensarbeit Tips gegeben hatte. Er war da und über mein Erscheinen nicht überrascht. Unsere Sitzung war kurz und wenig erfreulich: »Zelda, so wie die Dinge hier gehandhabt werden, konnten wir Ihnen während Ihrer Magisterarbeit eine Assistentenstelle geben. Aber als Teilzeitlehrkräfte nehmen wir nur Doktoranden, da steigt dann das Gehalt, und da verfahren wir auch anders. Sie haben einen Ehemann an der Fakultät. Sie sind eine Frau. Wir müssen diese lukrativeren Stellen aber an Männer vergeben, die Familie haben.«

»Aber Crawford? Sie *wissen* doch, daß ich besser unterrichte als Crawford!«

»Ja, aber er ist ein brillanter Wissenschaftler, und seine Frau is schwanger. Wir müssen ihn unterstützen. Du lieber Himmel, wir wissen alle, daß Sie eine großartige Lehrerin sind, das ist kein negatives Urteil über Ihre Fähigkeiten als Lehrerin, nehmen Sie es nicht persönlich.«

»Ich werde ohne Bezahlung arbeiten. Lassen Sie mich einfach nur unterrichten.«

»O Zelda. Das geht nicht. Das können wir nicht zulassen, da würden alle Sicherungen in den Gehaltscomputern in die Luft fliegen. Kommen Sie. Seien Sie vernünftig.«

Ich konnte absolut nichts dagegen machen. Wenn ich damals, 1967, schon begriffen hätte, daß Frauen überall im ganzen Land unter demselben Schock über dieselben Worte standen, wäre ich vielleicht in der Lage gewesen, etwas zu unternehmen – etwas anderes. So wie die Dinge standen, ging ich nur nach Hause und weinte. Ich fühlte mich besiegt, ich fühlte mich zurückgestoßen. Ich hatte den Eindruck, versagt zu haben. Wenn ich *besser* gewesen wäre, hätten sie mich bestimmt eingestellt, obwohl ich mit einem Fakultätsmitglied verheiratet war und trotz des Leiters der Englischabteilung, der Frauen nicht mochte.

Zu Beginn des Sommers 1967 fühlte ich mich besiegt und ausgestoßen. Zum ersten Mal in meinem Leben war es formal vorbei mit meinem Studieren, wirklich vorbei. Ich würde im September mit Charlie nach Michigan gehen, anstatt mich in eine neue Arbeit zu stürzen, anstatt mir ein neues Ziel zu setzen. Ich war frei, ich hing, jeglicher Verantwortung entbunden, in der Luft, und es war die absolut niederdrückendste Zeit, die ich je erlebt habe. Natürlich mußte ich immer noch Ehefrau und Hausfrau spielen, mußte jeden Tag kochen und abwaschen und putzen, aber all das war im Grunde unwichtig, es zählte eigentlich nicht. Ich nahm es nicht ernst, es war für mich nicht von Bedeutung und verschlang noch nicht einmal sehr viel von meiner Zeit. Es gab nur uns beide, wir gingen abends häufig auswärts essen oder aßen in der Universität reichlich zu Mittag und nahmen abends dann nur noch eine Kleinigkeit zu uns. Und das Haus wurde nicht besonders schmutzig, da wir beide so viel weg waren. Außerdem half Charlie mir immer bei der Wäsche, beim Abwasch und beim Putzen. Es gab nichts, was mich und meinen Kopf en Zeit hätte beschäftigt halten können. Ich fand nicht, war, was ich wollte – die Betreuerin von Charlies Haus lzeiten sein. Was ich wollte, war Charlie lieben, aber er war iste Zeit mit Unterrichten und mit der Arbeit an seinen Aufen und Büchern beschäftigt. Außerdem wollte ich Bücher lesen d Studenten unterrichten. Und von all dem war ich jetzt ausgeschlossen und wußte nicht, wie ich da wieder hineinkommen sollte. Ich fühlte mich einsam, unnütz, verloren.

Ich wurde zu den Doktoranden-Kursen zugelassen, aber ich wußte, daß ich erst im zweiten Semester daran teilnehmen konnte. Charlie schlug vor, daß ich den Sommer und den Herbst mit Lesen und Erholen verbringen sollte. Er fand, daß ich einen Urlaub verdient hatte. Ich wollte keinen Urlaub. Ich war vierundzwanzig. Ich hatte einen Magister und Lehrerfahrung. Ich wollte eine Stelle. Doch als ich es Charlie zu erklären versuchte, endete es nur damit, daß er unglücklich wurde. »Ich weiß, daß du mit deiner Doktorarbeit beginnen möchtest«, sagte er, »aber dieses Semester in Michigan ist entscheidend für das neue Buch. Ich muß einfach da hin. Du könntest selbstverständlich hierbleiben –«

Selbstverständlich konnte ich nicht hierbleiben. Ich mußte bei Charlie sein. Er würde im Herbst vierzig werden, und ich wollte den Geburtstag ganz groß feiern. Selbst abgesehen von dem Geburtstag habe ich kein einziges Mal ernsthaft in Erwägung gezogen, nicht mit ihm zu gehen. Es wäre für mich so gewesen, als hätte ich mich einverstanden erklärt, ein paar Monate lang nicht zu atmen.

Und um ehrlich zu sein: Ich wollte auch nicht, daß er hierblieb. Die Tantiemen aus seinem ersten Buch waren zwar nicht besonders üppig, aber – nach Abzug der Unterhaltszahlungen und der Arztrechnungen – machten sie den ganzen Unterschied zwischen einem angenehmen und einem jämmerlich kargen Leben. Ich hatte gern etwas Geld in der Hinterhand. Ich wollte, daß er wieder ein Buch schrieb. Ich wollte, daß er nach Michigan ging, um das Buch zu schreiben, das er mit dem anderen Historiker plante. Und ich wollte immer mit ihm zusammensein. Deshalb mußte ich mein eigenes Leben halt eine Weile auf Eis legen. Ich wußte, daß ich selber meine Entscheidungen traf. Ich konnte niemandem für die Richtung, die mein Leben nahm, die Schuld zuschieben.

Im Juli kamen Caroline und Cathy zum dritten Mal im Sommer zu uns. Sie waren jetzt neun und zwölf, große Mädchen. Beide konnten ihren Toast inzwischen selber machen. Die ersten paar Tage verliefen unnatürlich schweigsam, fiebrig, angespannt und nervös, aber ich war zu sehr in meinem eigenen Trübsinn versunken, um darauf zu achten. Ich kümmerte mich mit automatischer, pflichtbewußter Freundlichkeit um sie und las in meiner Freizeit Schauerromane. Zum Glück hatten die Mädchen in der Nachbarschaft Freundinnen, mit denen sie spielen und bei denen sie übernachten konnten. So waren sie gut beschäftigt. Ich las Haufen von Liebes- und Kriminalromanen, ging mit den Mädchen Eis essen, nahm zu, und es war mir egal. Es war ein irgendwie verlotterter, oberflächlicher, sorgloser Sommer. Und er verging sehr schnell. Wir waren noch keine Freundinnen, aber wir waren keine Feindinnen mehr. Carolines Magenprobleme waren verschwunden, zumindest eine Zeitlang.

An einem Augustabend sahen wir alle vier uns in einem Autokino einen Horrorfilm an und mußten wegen eines heftigen Sommergewitters früher aufbrechen. Wir fühlten uns ein wenig betrogen, als wir den Parkplatz verließen, und wegen des Regens, der auf die Autos und die Straßen niederprasselte, auch ein wenig gedrückt. Der Film war nicht gut gewesen, trotzdem waren wir mißgelaunt, weil wir das Ende verpaßt hatten. Charlie beschloß, auf dem Heimweg bei einer Pizzeria haltzumachen, und sofort wurden wir wieder munter. Mit ihren gepolsterten Sitzecken, dem hellen Licht und den würzigen Düften war die Pizzeria so warm und anheimelnd wie ein Kaminfeuer im Herbst.

»Caroline«, sagte Charlie, »mir scheint, du bist wirklich gesund. Das ist jetzt schon dein viertes Pizzastück, und das nach dem Popcorn.«

Caroline grinste mit vollem Mund.

»Das war doch überhaupt nicht ihr Bauch«, mischte Cathy sich ein. »Das war ihr Kopf, der ihren Bauch krank gemacht hat; das haben uns nämlich die Ärzte erzählt. Sie wollte Mommys neuen Mann nicht Daddy nennen, und das hat sie krank gemacht.«

»Und wieso mußte sie ihn Daddy nennen?« fragte Charlie.

»Weil Mommy das befohlen hat«, sagte Cathy. »Sie hat gesagt, daß er von jetzt an unser richtiger Vater ist und nicht du. Sie hat gesagt, daß wir jetzt wieder eine große, glückliche Familie sind und daß er unser richtiger Vater ist. Wir mußten ihn Daddy nennen. Sie hat uns verhauen und das Taschengeld weggenommen, wenn wir es nicht gemacht haben.«

»Donnerwetter«, sagte Charlie.

»So war es gar nicht«, sagte Caroline, und ihre Stimme klang plötzlich verzweifelt. »Mommy wollte nicht gemein sein, sie wollte nur, daß wir alle zusammengehören und uns ganz doll liebhaben und glücklich sind. Sie wollte, daß wir alle ganz glücklich sind –«

»Ich hab dir letztes Jahr zu Weihnachten einen Kalender aus Schokoladenkuchen gemacht«, sagte Cathy. »Da drauf stand ›Für meinen Vater‹, und ich hab ihn verziert, und Mommy hat gesagt, ich soll ihn ihrem neuen Mann schenken. Er heißt John, aber Caroline und ich nennen ihn heimlich Klo.« *

Die Mädchen sahen sich an und brachen in beschämtes Gelächter aus.

»Mommy hat mich nicht krank gemacht«, sage Caroline, als sie nicht mehr lachen mußte. »Ganz, ganz bestimmt nicht. Sie wollte es uns allen nett machen. Sie wollte, daß wir eine Familie sind.«

»Stimmt, aber der olle Klo war ein richtiger Stinker«, sagte Cathy, und wieder prusteten die Mädchen los. »Er hatte Haare in den Ohren! Und er hat beim Essen gerülpst!« Beide Mädchen fingen an zu kichern und zu zappeln, als wären sie betrunken.

»Und einmal hat er Cathy auch verhauen, als sie ihre Leber nicht essen wollte!« Caroline lachte.

»Und dann hatte er solche ollen Zigarren, die hat er die ganze Zeit geraucht und in den Aschenbechern liegengelassen, und da sahen die wie Hundekacke aus!« Cathy kreischte los, sie war kaum noch zu halten.

»Genau«, sagte Caroline, »wir haben immer gesagt: ›Wieso läßt der olle Klo immer seine Kacke rumliegen? Er ist doch ein Klo; wieso ißt er die Kacke nicht einfach auf?‹«

Die Mädchen mußten so schrecklich lachen, daß selbst Charlie und ich hilflos mitlachten und uns ganz albern dabei vorkamen.

* Im Amerikanischen heißt »john« in der Umgangssprache auch Toilette, Klo (Anm. d. Ü.).

Und plötzlich schoß mir ein Gedanke durch den Kopf: Was für einen Spitznamen hatten sie wohl für mich? Was für Witze erzählten sie über mich?

»Und Klo hatte einen kleinen Jungen, und wißt ihr, wie der hieß? PETER! Ha, ha, ha, und wißt ihr, wie wir den heimlich genannt haben? Pipi! Hi, hi, hi ...«

»Der war schrecklich. Er ist nur an den Wochenenden gekommen, aber trotzdem mußte er ein extra Zimmer bei uns im Haus haben, und deswegen mußten Cathy und ich uns ein Zimmer teilen. Und er hat immer mehr Geschenke gekriegt als wir. Mommy hat gesagt, das ist dafür, daß er nicht mit uns zusammenleben kann.«

»Ich mochte Pipi nicht; er hat genauso gestunken wie Klo!« sagte Cathy.

»Stimmt, ich bin froh, daß sie weg sind, wenn wir wieder nach Hause kommen«, sagte Caroline.

»Weg?« fragte Charlie.

»Genau, weg«, sagte Caroline. »Richtig weg. Mom und Klo lassen sich in diesem Sommer scheiden. Au weia, das sollten wir euch gar nicht erzählen.«

In jenem Jahr hatte Charlie Anfang September einen Termin mit seinem Verleger in New York. Da wir ohnehin nach Michigan fahren würden, beschlossen wir, mit dem Wagen an die Ostküste zu fahren. Was wir an Flugkosten gespart hatten, benutzten wir für einen einwöchigen Urlaub mit Caroline und Cathy in Kennebunkport. Es war eine schöne Zeit, die beste, die wir je zu viert miteinander verbracht hatten. Den ganzen Tag lagen wir am Strand oder schwammen, abends verdrückten wir Berge von Essen und machten danach lange Spaziergänge durch die kleine Stadt. Eines Abends wanderten wir im Mondlicht am Strand entlang, und ich summte ein Lied, und die Mädchen summten etwas leiser mit. Und dann setzte Charlie mit einer Art rhythmisch klapperndem Kontrapunkt ein. Es war niemand sonst am Strand, und irgendwie fielen wir dort im Sand in einen albernen Tanzmarsch zu der Musik, während das kalte Wasser bis zu unseren Zehen hochrollte.

»*La plume de ma tante*, bumm bumm!« sang ich, und Cathy brüllte:

»Bumm bumm bumm bumm bumm bumm«, und Caroline sang: »*La plume de ma tante est sur le bureau de mon oncle*!«, und Charlie machte: »Klapp-klapp-klapp-klapp-klapp-klapp-klapp-klapp!«, und alle marschierten wir mit albern hochgereckten Knien und komischen Gebärden laut singend den Strand entlang. Der Mond schien, unsere Haut brannte noch von der Sonne, der Sand kühlte unsere nackten Füße, und die fröhlichen weißen Schaumkronen jagten unsere Zehen – es war das verzauberte Ende eines Sommerabends: Wir waren alle vier miteinander glücklich. Wir waren alle auf übermütige Weise ineinander verliebt und umfaßten uns mit den Armen, um uns zu wärmen, und wanderten zurück ins Hotel.

Am Samstag fuhren wir die Mädchen nach Massachusetts. Morgens hatten wir noch geschwommen, danach gepackt und aufgeräumt und das Hotel um zwölf verlassen und waren drei oder vier Stunden landeinwärts gefahren. Ganz benommen von der Fahrt und der plötzlichen Erkenntnis, daß der Sommer nun zu Ende war, kamen wir in Hadley an.

Charlie fand Adelaides neues Haus, das Haus, das sie zusammen mit ihrem zweiten Ehemann gekauft hatte. Es war ein wunderhübsches altes Gebäude im Kolonialstil mit weißem Balkenwerk. Vorne im Gras steckte ein Maklerschild mit der Aufschrift »Zu verkaufen«.

Ich verabschiedete mich von den Mädchen und gab ihnen einen schnellen Kuß auf die Wangen, dann stieg ich aus dem Wagen, um ihnen beim Einsammeln ihres Gepäcks zu helfen. Charlie nahm die zwei größten Koffer und ging mit den Mädchen zur Haustür. Die drei verschwanden nach drinnen.

Ich setzte mich wieder ins Auto und wartete. Und ich wollte meinen Augen nicht trauen, als ihre Sachen plötzlich vorne aus der Eingangstür geflogen kamen.

»Naß!« hörte ich Adelaide schreien, und dann erschien sie vorne auf der Veranda ihres Hauses. Sie hielt einen Koffer in der Hand und wollte mir offenbar etwas darüber mitteilen.

Verdutzt und ein wenig neugierig stieg ich aus dem Wagen.

»Naß!« kreischte Adelaide und schleuderte noch mehr Kleider aus dem Koffer ins Gras. »Sie blöde kleine Gans, wissen Sie denn nicht, daß nasse Schwimmsachen nicht in einen Koffer gehören? Jetzt sind alle Sachen naß und zerknautscht, und ich habe die Arbeit mit dem Bügeln!«

Das waren die ersten Worte, die Adelaide je an mich gerichtet hatte. Ich war sprachlos. Ich konnte es einfach nicht fassen, daß sie an diesem herrlichen sonnigen Tag, während auf der Straße Menschen zu Fuß oder mit dem Rad unterwegs waren, auf der Veranda ihres Hauses stand – daß sie da stand in ihren Shorts mit rückenfreiem Oberteil und Sachen durch die Gegend schleuderte. Es kam mir irreal vor.

Hinter ihr sah ich Charlie aus der Tür treten, und ich sah Cathys und Carolines ängstliche kleine Gesichter.

»Es tut mir leid«, sagte ich, weil sie offensichtlich erwartete, daß ich etwas sagte. »Ich habe die Badeanzüge in Handtücher eingewickelt –«

»Ja, und was machen Handtücher, Sie Schafskopf? Sie saugen sich voll!« Noch mehr Kleidungsstücke flogen ins Gras.

Da hast du wohl recht, dachte ich, ich habe halt noch nie darüber nachgedacht. Ich habe noch nie über Handtücher, nasse Badeanzüge und Vollsaugen nachgedacht; es hat mich noch nie interessiert – »Es tut mir leid«, sagte ich. »Es tut mir furchtbar leid.«

»Und da schicken Sie zwei Koffer voll mit dreckigen, nassen Sachen nach Hause –«

»Ich habe ihre Sachen immer gewaschen und gebügelt, bevor sie wieder nach Hause fuhren«, sagte ich. »Ich habe noch nie dreckige Sachen eingepackt –« Ich faßte es nicht, daß wir tatsächlich so miteinander redeten. Ich hatte Angst, daß die Leute schon guckten. Es war mir peinlich. Gleichzeitig hätte ich am liebsten laut losgelacht, wußte allerdings, daß das genau das Falsche war.

»Mag sein, aber diesmal haben Sie die letzte Woche am Strand verbracht. Am Strand kann man nicht waschen und bügeln!«

»Sie haben doch nur Shorts und Hemdchen angehabt. Alles andere ist –«

»Naß! Alles andere ist naß! Wegen dieser verdammten Badeanzüge!«

»Es tut mir leid«, wiederholte ich. Ich wußte nicht, was ich sonst sagen sollte. Das Ganze war mir unendlich unangenehm. Ich hatte das Gefühl, mit den nassen Sachen hätte ich unseren gesamten Sommer verdorben. Trotzdem zuckte es in meinen Mundwinkeln, weil die Geschichte auch so komisch war.

In dem Augenblick kam Charlie aus dem Haus, packte Adelaide bei den Schultern und zog sie ins Haus. Später erzählte er mir, er habe ihr fünfundzwanzig Dollar gegeben, damit sie die Kleidungsstücke waschen und bügeln lassen konnte. Cathy und Caroline kamen und sammelten ihre Sachen im Gras auf. Sie sahen weder mich noch einander an, und sie sagten kein Wort. Dann erschien Charlie wieder, küßte beide Mädchen und drückte sie lange an sich. Er kam zum Auto, wir beide winkten, stiegen ein und fuhren los. Unser Ziel war Michigan.

An jenem Abend rief Charlie vom Motelzimmer aus noch die Ascrofts an. Er wollte sich vergewissern, daß mit Adelaide und den Mädchen alles in Ordnung war. Die Ascrofts beruhigten ihn. Sie sagten, nun, da die Mädchen zurück seien, werde Adelaide auch wieder zur Vernunft kommen. Sie sei an diesem Tag wohl in sehr schlechter Verfassung gewesen – der Sommer sei so schrecklich für sie gewesen, sagten die Ascrofts. Als wäre das Scheitern ihrer zweiten Ehe noch nicht genug, habe Adelaide in dem Monat, als ihr zweiter Ehemann auszog, festgestellt, daß sie schwanger war. Und im August habe sie eine Abtreibung gehabt.

Fünf

Im Herbst 1967 war Charlie Gastprofessor an einer Universität in einer kleinen Stadt in Michigan. Er war ein sogenannter »Ausgezeichneter Gastprofessor«, ich war die Anhängsel-Ehefrau. Ich konnte weder Vorlesungen hören noch selber unterrichten; es gelang mir nicht, mein Leben in meinem Sinne arbeiten zu lassen. Und dann passierte mir, kurz bevor ich fünfundzwanzig wurde, etwas Seltsames in jenem Herbst. Es passierte mir etwas Schockierendes, absolut Ungewolltes und Unerwartetes: Ich fing an, mir ein Kind zu wünschen, ein eigenes Kind.

Es kam mir so vor, als wäre ich im Wald spazieren gegangen und hätte arglos den friedlichen Tag genossen, als mich plötzlich ein über die Maßen herrlicher Tiger anfiel und seine Krallen in mich schlug. Plötzlich sah ich mich in einen Kampf auf Leben und Tod verstrickt, mußte kratzen und beißen, um ihn abzuwehren.

Natürlich langweilte ich mich in jenem Semester, war niedergeschlagen und ratlos, was meine Zukunft betraf. Das war ein Teil meiner Munition gegen mich selbst. Eigentlich willst du gar kein Kind, sagte ich zu mir. Du bist einfach nur gelangweilt, niedergeschlagen und verunsichert. Mensch, was bist du für eine Katastrophe! Kaum hast du dich für ein Semester aus dem sicheren Universitätsleben entfernt, drehst du schon durch.

Einen weiteren Grund lieferte Alice, so stellte ich fest, Alice mit ihren Freundinnen. Sie waren alle so prächtige Frauen. Einige waren ziemlich begabt, einige übten einen Beruf aus, und einige spielten hauptsächlich Tennis und Golf, aber alle hatten sie Kinder. Und obwohl sie alle Kinder hatten, war keine von ihnen langweilig. Das war erstaunlich.

Während Charlie die ganze Zeit mit Unterrichten und der Arbeit an dem Buch beschäftigt war, bereitete ich meine Dissertation vor, kämpfte mich tapfer und pflichtbewußt durch meine Leseliste, machte Notizen und las wichtige Sekundärliteratur. Aber ich konnte nicht immer nur lesen und studieren, und Alice wohnte nur ein paar Gehminuten von dem Haus entfernt, das wir gemietet hatten, und ich wollte die wenigen Monate in ihrer Nähe ausnutzen. Deshalb besuchte ich sie beinahe täglich. Alles dort kam mir wie ein Märchen vor. All diese Kinder, und jedes wunderschön, all diese Tiere – Hunde, Katzen, Vögel, Schildkröten, Rennmäuse, sogar eine Schlange – und all die Freunde der Kinder und die Babysitter, die manchmal einfach nur zum Plaudern vorbeikamen: Das gesamte Leben dort war wunderbar. Alice und ihr Mann besaßen ein riesiges, verschachteltes viktorianisches Haus mit tausend Ecken und Winkeln, mit tiefen Erkerfenstern und mit Türen in der Holzverkleidung der Haupttreppe, mit Alkoven und lauter gewaltigen Sälen. Überall lagen Sachen rum – Hockeyschläger, Ballettschuhe, Pullover und Handschuhe, Hundeleinen, Schlittschuhe, Puppen –, nur im Wohnzimmer nicht. Das war sehr eindrucksvoll den Erwachsenen vorbehalten. Jeden Nachmittag zwischen vier und halb sechs erschien ein Babysitter, der mit allen sechs Kindern in ihrem großen, hellen, chaotischen Zimmer im Keller spielte, während Alice und ihr Mann in dem schönen, ordentlichen Wohnzimmer Zeitung lasen, Martinis tranken und sich unterhielten. Charlie und ich gesellten uns häufig dazu, und manchmal blieben wir auch zum Essen, das in dem großen, eichengetäfelten Speisesaal mit der gesamten Familie eingenommen wurde. Ich fand, daß Alice wie eine Königin aussah, wenn sie am Kopfende des riesigen Eichentisches thronte und ihren Kindern zulächelte. Die vier Ältesten – sie waren zwölf, elf, neun und sieben – mußten beim Tischdecken und Abräumen helfen. Die zwei Jüngsten hatten geradezusitzen und so kultiviert zu essen, wie sie eben konnten, sonst wurden sie zu einem einsamen Mahl in die Küche verbannt. Nach dem Essen brachen wir stets auf, denn dann wurde aus der Königin Alice die Generalin. Sie wachte über Tischabdecken, Geschirrspülen und Fußbodenfegen, über Hausaufgaben, Baden und Zubettgehen und schloß mit einer Gutenachtgeschichte. All das erledigte sie so anmutig und elegant, daß mir nie in den Sinn kam, es könnte sich um harte Arbeit handeln.

Alice war wunderbar, ihr Haus war wunderbar, und ganz besonders ihre Kinder waren wunderbar. Der älteste Junge spielte Gitarre und sang, das älteste Mädchen tat sich im Ballett hervor, der zweite Sohn nahm Klavierunterricht, spielte so gut wie ein Erwachsener und wollte später ans Konservatorium, die zweite Tochter konnte zeichnen und malen. Die beiden jüngsten Kinder waren einfach nur sehr intelligent und sehr niedlich.

Das jüngste Kind, ein Mädchen namens Vanessa, das Nessie genannt wurde, war mein Liebling. Sie mochte mich, weil ich ihr immer etwas mitbrachte. Sie war gerade drei Jahre alt, hatte große blaue Augen und lockiges schwarzes Haar. Sie trug die abgelegten Sachen ihrer älteren Geschwister und sah wie eine bezaubernde Lumpenpuppe aus. An einem stürmischen Wintertag hockte ich gemütlich in einem Erkerfenster hinter der Küche und las Nessie eine Geschichte vor. Sie hatte sich an mich gekuschelt, hielt ihre alte weiche Decke umklammert und war kurz vorm Einschlafen. Es klingelte, Alice ging zur Tür und kam mit einer jungen Frau in die Küche zurück, die gerade in ein Haus gegenüber eingezogen war. Alice hatte sie zum Tee eingeladen.

»Das ist Zelda Campbell, eine Freundin von mir«, stellte Alice uns vor, »und das ist Nessie.«

»Sie ist wunderhübsch«, sagte die neue Nachbarin, wobei sie mich ansah und zu mir sprach. »Und sie sieht genauso aus wie Sie.«

»Ja, das stimmt, wahrhaftig!« lachte Alice. »Zelda, sie könnte wirklich von dir sein. Du hast dasselbe lockige schwarze Haar! Aber«, sagte sie und wandte sich an die fremde Frau, »Nessie ist mein Kind. Meine Jüngste!«

Die Frau lachte, wir unterhielten uns weiter, und Nessie schlief ein. Alice nahm mir Nessie aus den Armen und brachte sie ins Bett. Als das süße warme kleine Mädchen, das so aussah wie ich, mir plötzlich entrissen wurde, hätte ich am liebsten laut aufgeschrien. Ich dachte: Da ist jemand, der meint, ich könnte ein Kind haben. Ich könnte ein Kind haben. Ich selber könnte ein kleines Mädchen haben. Ich möchte selber ein kleines Mädchen haben! Ich war so durcheinander, so aufgeregt und fassungslos, daß ich den restlichen Nachmittag kaum noch bei Sinnen war. Als ich in unser gemietetes Haus zurückkam, erschien es mir leer und einsam und düster.

Der Rest des Semesters kam mir wie ein Krieg vor, bei dem ich sowohl beide Fronten als auch das Schlachtfeld war. Ich erzählte Charlie nichts von meinen Gefühlen, ich erzählte niemandem davon. Ich schämte mich, daß ich mir ein Kind wünschte. Es kam mir wie eine ungeheure Schwäche vor, so als würde ich damit eingestehen, daß ich mir selber nicht genügte. Ich glaubte, daß alle anderen Frauen der Welt einfach durch Zufall schwanger wurden und daß ich die einzige Frau der Welt war, die sich mit dem Gedanken einer Entscheidung herumschlug. Ich hatte den Eindruck, daß ich den Verstand verlor, daß mein Wunsch nach einem Kind sozusagen das Eingeständnis meines Scheiterns in beruflicher Hinsicht war. Ich begann mich dafür zu hassen, daß ich mir ein Kind wünschte.

Die Weihnachtszeit war am schlimmsten. Alice hatte uns eingeladen, den Weihnachtsabend in ihrer Familie zu verleben. Das prächtige viktorianische Haus war wie gemacht für die Weihnachtszeit, und die sechs Kinder hatten es bis in den letzten Winkel geschmückt. Der Weihnachtsbaum war fast dreieinhalb Meter hoch und verschwand beinah unter den funkelnden Lichtern und dem selbstgemachten Schmuck. Wir saßen alle irgendwo herum und aßen Kuchen und Kekse und tranken Eierflip mit Schuß, und die älteren Kinder spielten Weihnachtslieder auf der Gitarre oder dem Klavier, und dann sangen sie alle gemeinsam Lieder vor dem Kamin – am Weihnachtsabend durften sie ins Wohnzimmer. Sie packten die Geschenke von Charlie und mir aus und bedankten sich, bis sie schließlich ins Bett gescheucht wurden.

»Um sechs sind sie schon wieder auf, um zu gucken, was der Weihnachtsmann ihnen gebracht hat«, grinste Alice.

Charlie half Alices Mann beim Zusammenbau eines kleinen Fahrrads, während Alice und ich aufpaßten, daß kein Kind die Treppe heruntergeschlichen kam.

Als Charlie und ich in jener Nacht durch den Schnee nach Hause wanderten, fing ich an zu weinen und konnte nicht aufhören und konnte ihm nicht erklären, warum ich weinte.

Als wir Michigan am Ende des Semesters verließen, war ich so traurig und so erleichtert wie jemand, der strenge Diät hält und eine Konditorei verläßt. Jeden Tag dort hatte ich mich von etwas versucht gefühlt, was ich für grundlegend falsch und schlecht für mich hielt. Ich war froh, daß ich in Kansas City wieder an meiner Dissertation weiterarbeiten konnte, und ich war dankbar, daß die Arbeit schwierig und zeitraubend war. Ich redete mir ein, daß ich eine interessante Karrierefrau werden würde und keine langweilige Mutter. Ich wollte auf keinen Fall wie Adelaide werden: Eine Frau, die abhängig von Kindern war, sich nur ihretwegen wichtig für die Welt vorkam, die sich leer und hilflos fühlte, wenn die Kinder fort waren. So wollte ich nicht sein. Ich sagte mir immer wieder, der Gedanke daran sei verrückt – der Gedanke an ein Kind. Aber an manchen Frühlingsabenden, wenn ich noch spät in der Bibliothek arbeitete und diese Haufen von obskuren, nutzlosen Fakten ausgrub, fragte ich mich, was ich bloß mit all diesem verstaubten, toten Zeug vorhatte, wo ich mir doch eigentlich Leben wünschte.

Es wurde dann alles noch verworrener in jenem Sommer, dem vierten, in dem die Mädchen kamen. Caroline war dreizehn und trug eine Zahnspange, und Cathy war zehn und trampelig und versuchte, ihre ältere Schwester nachzuahmen, die auf wundersame Weise ein junges Mädchen geworden war. Beide begeisterten sich für Horrorfilme, Kleider, Rockmusik und Wettkampfsport, und für eine Weile ließ ich meine Dissertation gar nicht ungern liegen und ging mit ihnen in Horrorfilme, nahm sie zum Einkaufen, zum Schwimmen und zum Reiten mit. Charlie beendete zu der Zeit gerade sein Buch; in jenem Sommer waren die Mädchen mehr mit mir als mit ihm zusammen. Sie schienen sich mir gegenüber unbefangener zu verhalten, allmählich erwärmten wir uns füreinander.

Wir fingen an, einander Witze zu erzählen.

CAROLINE: Weißt du, wieso die Dairy Queen* schwanger geworden ist?

ZELDA: Nein. Wieso denn?

CAROLINE: Weil der Burger King nicht mit seinem Whopper zurechtkam.

ZELDA: Caroline! Du bist doch erst dreizehn!

Total hysterische Lachanfälle.

Wir fingen an, gemeinsame Vorlieben und Abneigungen zu entdecken.

* Eine amerikanische Imbißkette (A. d. Ü.).

CATHY: Was ist dein Lieblingsfilm?

ZELDA: »*The Claw of the Cat.*«

CATHY: Meiner auch. Der war am gruseligsten. Die Stelle, wo sie die Hand finden, die war toll.

Und wir fingen an, gemeinsame Erinnerungen auszugraben. Und das war sehr hübsch, dieses gemeinsame sich Erinnern.

CAROLINE: Wird Liza allmählich alt?

ZELDA: Nein, eigentlich nicht, sie ist erst zehn.

CAROLINE: Ich finde sie aber alt. Es kommt mir vor, als würde ich sie schon ewig reiten. Als würde ich schön bequem auf einem ganz breiten Großmutterschoß sitzen. Ich kann ihr total vertrauen. Dabei weiß ich noch genau, was für Angst ich im ersten Sommer hatte, wie ich mich da vorm Reiten gefürchtet habe.

ZELDA: Ja, ich hatte immer ein ungutes Gefühl, wenn ich dich zum Reiten überreden wollte, weil ich wußte, daß du Angst hattest. Aber ich wollte, daß du es lernst. Ich wußte, wenn du es erst mal beherrschtest, würdest du begeistert sein.

CAROLINE: Stimmt, das war komisch. Ich hab dich gehaßt, wenn ich aufs Pferd steigen sollte, aber sobald ich oben saß, war ich froh, daß du mich gezwungen hast. Weißt du, daß ich dich manchmal gleichzeitig dafür gemocht und gehaßt habe?

ZELDA: Doch, das weiß ich.

Und wir begannen, gemeinsame Hoffnungen für die Zukunft zu entwickeln.

CATHY: Zelda, diesen Sommer fahren wir wohl nicht wieder alle zusammen nach Maine, oder?

ZELDA: Nein, leider nicht. Ich wünschte, es ginge, aber Charlie muß diesen Sommer unterrichten, außerdem muß er das verdammte Buch fertigkriegen.

CATHY: Na, vielleicht können wir ja nächstes Jahr fahren. Ich würde schrecklich gern wieder an den Strand. Und dann könnten wir in dieses schicke Hummerrestaurant essen gehen.

Es war geschehen. Im vierten Sommer hatten sie mich akzeptiert, oder ich hatte mich angepaßt oder was weiß ich. Ich war ein Teil ihres Lebens. Wir konnten Gemeinsamkeiten entdecken. Wir konnten reden.

Aus Kindern wurden allmählich hübsche Mädchen. Sie waren intelligent, lebhaft und phantasievoll. Caroline führte mich ins Makrameeknüpfen ein, und Cathy, die eine gute Sportlerin war, begann mich bei Wettschwimmen zu schlagen. Sie fingen an, mein Leben zu bereichern. Und als sie am Ende jenes vierten Sommers wieder fortfuhren, fehlten sie mir. Sie fehlten mir sehr. Sie hatten mir von ihren Freunden, ihren Plänen, ihren Ängsten und ihren Wünschen erzählt. Und ich merkte, daß ich gerne gewußt hätte, wie sich die Dinge bei ihnen entwickelten: Bekam Caroline in der siebten Klasse den guten oder den schlechten Lehrer? Wurde Cathy zur Geburtstagsparty der reichen Jennifer eingeladen? Plötzlich war die Welt voller Dinge, die ich gerne mit den Mädchen geteilt hätte – Filme, Musik, Kleidung, Puzzles, Witze, Spiele. Nachdem sie fort waren, dachte ich jeden Tag an sie. Mir fiel wieder ein, wieviel Vergnügen es mir bereitet hatte, ihnen Geschenke zu machen. Es war, als hätte ich mich selber beschenkt, weil ich ihre Freude so genoß. Mit der Zeit kamen mir die Arbeit an meiner Dissertation und die Professoren immer vertrockneter und fader und unwichtiger vor. Ich mußte mich richtig zwingen, Abschied vom Sommer zu nehmen und mich auf den Herbst einzustellen.

Charlie versank dagegen immer tiefer und tiefer in seiner Arbeit. All seine kleineren Projekte hatte er abgeschlossen, und das Buch, das er mit dem anderen Historiker verfaßt hatte, lag jetzt beim Verleger. Er fing mit einem neuen Buch an – seinem Buch –, für das er schon seit Jahren Notizen und Recherchen machte. Alles, was nicht das Buch betraf, galt ihm als Ablenkung. Pflichtschuldig absolvierte er seinen Unterricht und nahm an Ausschußsitzungen teil, um dann nach Hause in sein Studierzimmer zu eilen. Überall im Haus lagen Bücher und Karteikarten herum, wir lasen nur noch, verbrachten immer weniger Zeit auf der Farm, gingen kaum noch essen, besuchten nur noch selten Freunde. Wir arbeiteten. Charlie war jenseits von Gut und Böse, für ihn gab es nur noch seine Arbeit. Aber ich war einsam und wurde mit jedem Tag einsamer. Das Unterrichten fehlte mir sehr. Häufig schlenderte ich an den Hörsälen vorbei und lauschte, wie andere Lehrer Metaphern und Syllogismen erklärten, und ich wäre so schrecklich gern dort gewesen, in einem Unterrichtsraum voller kritzelnder, gähnender, kaugummikauender, mitschreibender junger Menschen. Statt dessen gab es für mich die Bibliothek mit ihren stummen, dicken Büchern oder mein Haus, gefüllt mit Bergen von weißen Karteikarten.

Mehrmals in jenem Sommer hatte Adelaide angerufen, aber nicht so panisch wie sonst, und als Charlie sich bereit erklärte, die kieferorthopädischen Rechnungen für Caroline und Cathy zu bezahlen, hörten ihre Anrufe gänzlich auf. Endlich mal ein Herbst ohne Briefe, in denen sie gerichtliche Schritte androhte! Die Mädchen hatten sie in jenem vierten Sommer kaum erwähnt, nur erzählt, daß Adelaide in Maine Urlaub mit einer Freundin machte, daß sie diverse kunsthandwerkliche Kurse besuchte und keine Männerbekanntschaften hatte. Die drei hatten ein kleines Haus im Kolonialstil bezogen und es nach und nach mit neuen Vorhängen, Teppichen, Tapeten, Spiegeln und dergleichen zu ihrem Heim gemacht. Und darüber waren alle sehr glücklich.

Im September, eine Woche, nachdem sie fort waren, schrieb ich ihnen einen Brief. Es geschah fast gegen meinen Willen, sie fehlten mir. Aber das sagte ich nicht, ich wollte nicht, daß irgend jemand traurig oder wütend wurde. Zwei Wochen später erhielt ich zu meiner Überraschung einen Brief von Caroline. Es war ein langer, redseliger, alberner, süßer Brief. Schriftlich war Caroline viel herzlicher als im direkten Umgang. Ich stellte fest, daß Adelaide den Absender geschrieben hatte, und mußte lächeln: Also hatte auch sie mich akzeptiert. An »Mrs. Zelda Campbell« von »Mrs. Adelaide Campbell«. Wie komisch. Danach schrieb ich Caroline und Cathy ungefähr wöchentlich und schickte ihnen ausgeschnittene Karikaturen und Witze und gelegentlich ein winziges Geschenk, einen Dollar oder einen kleinen Ring. Auf Carolines Briefe freute ich mich immer schon. Sie war sehr empfindsam, fand ich, ein Mädchen, das sich selber und mir lauter Fragen stellte.

Immer wenn ich Musik höre, bin ich glücklich. Es ist so, als würde ich nach einem Regentag in der heißen Badewanne liegen, so warm und zufrieden fühle ich mich. Ich liebe die Beatles, und ich glaube, ich könnte für sie sterben. Ich würde alles, was mir gehört, weggeben, wenn ich eine Stunde lang mit John Lennon sprechen könnte. Wieso habe ich solche Wünsche? Manchmal glaube ich, daß ich die Beatles mehr als Cathy oder Mutter oder sonst jemand liebe. Ist das nicht seltsam? Und dabei soll ich doch Gott lieben, aber ich finde den Gottesdienst so langweilig. Ich fühle mich Gott näher, wenn ich die Beatles höre als in der Kirche. Warum ist das so? Weißt du das? Irgendwie ist es richtig peinlich, wie warm und glücklich mich die Beatles machen. Ich glaube, so fühlen Erwachsene sich, wenn sie Wein trinken.

Ich antwortete Caroline jedesmal, so gut ich konnte, und immer, wenn ich ihr schrieb, schickte ich auch Cathy einen kleinen Brief. Ich wollte den Anschein vermeiden, daß ich Caroline lieber mochte, obwohl ich es heimlich natürlich tat. Ich rief mir immer wieder in Erinnerung, daß Cathy jünger war, daß das Briefeschreiben ihr noch keinen Spaß machte und daß sie anders als Caroline war.

Das Herbstsemester ging langsam zu Ende. Das Frühjahrssemester begann. Nichts änderte sich. Das Jahr machte klick – und es war 1969. Ich schrieb Briefe an Charlies Mädchen und wartete auf ihre Antworten und schrieb Alice und wartete auf ihre Antworten und las Bücher und schrieb Referate und wartete auf die Kommentare meiner Professoren. Charlie hatte sich in seinem Studierzimmer vergraben und erschien nur, um mich zu bitten, ob ich das jeweils fertige Kapitel seines Buchs lesen und begutachten könne. Die wenigen Menschen, mit denen ich an der Universität Freundschaft schloß, waren ebenfalls Doktoranden, die sich mit denselben Dingen herumschlugen wie ich: Wenn wir uns unterhielten, sprachen wir über Literatur. Meine Welt schien aus Wörtern gemacht. Gedruckten Wörtern. Das ganze Leben glich Kapiteln aus Büchern, Gespräche, die ich hörte, waren wie gedruckte Dialoge. Alle Menschen, denen ich begegnete, mußte ich entsprechenden Figuren in irgendeinem literarischen Werk zuordnen; für Landschaften, die ich betrachtete, versuchte ich die genauen Worte zu ihrer Beschreibung zu finden. Nachts träumte ich von meinen Referaten, von Fußnoten, Bibliographien, eingerückten Zitaten und jeder Menge Wörtern. Ständig formulierte ich im Geiste Sätze um. Beim Kochen hielt ich in der einen Hand ein Buch, während ich mit der anderen umrührte; doch das war egal, denn wir aßen zerstreut, ohne Interesse am Essen. Unsere Weihnachtsferien verbrachten wir auf der Farm, und die einzige Flucht vor den Wörtern, die wir uns gönnten, war das Reiten. Aber sobald wir wieder das Haus betraten, sahen wir die Bücher und Manuskripte, die wir mitgebracht hatten, und wir machten uns ein großes Feuer und etwas Harmloses zu trinken und setzten uns wieder an die Arbeit.

Ich machte meine Sache gut. Ich erhielt die besten Noten und die besten Kommentare von meinen Professoren. Ich tat das, wovon ich mein ganzes Leben geträumt hatte, und ich machte es gut, doch mein Elend ließ sich nicht in jene Worte fassen, die mir so reichlich zur Verfügung standen. Ein Jahr war vergangen, seit ich Alice und ihre Kinder gesehen hatte, aber ich dachte jeden Tag an sie. Wir schrieben uns häufig, und hin und wieder legte Alice Fotos oder ein etwas verschmiertes fröhliches Bild, das eines der Kinder für mich gemalt hatte, in die Briefe. Ich klebte es dann an einen Spiegel oder die Kühlschranktür, und es rief mir sehr lebhaft das Lachen, den Lärm, das Gekuschel und Geschmuse und all die heitere Geschäftigkeit in Erinnerung, die zu Alices Welt gehörten, aber nicht zu meiner. Ich begann mich selber in Bildern von Unfruchtbarkeit und Sterilität zu sehen. Ich las Eliots Worte »wie lächerlich die vergeudete, traurige Zeit« und sah mich selbst als einen blassen, traurigen Halbmond, der sich leer um nichts drehte, der verdorrt war, nicht rund und voll. Wenn ich auf der Straße schwangere Frauen sah, starrte ich sie neidisch und erstaunt an: Wie war es ihnen widerfahren? Hatten sie sich dazu entschieden? Wie fühlten sie sich, so gefüllt mit einem anderen Leben, das sie in sich trugen? Ich schaute beschämt weg. Wenn ich im Lebensmittelladen Babys in den Tragetüchern ihrer Mütter sah, starrte ich verblüfft auf die kleinen Körper und überlegte, wie es sich wohl anfühlte, wenn ich etwas so Winziges in meinen Armen hielte. Wenn ich Linda besuchte und Klein-Diana sah, die inzwischen laufen und sprechen konnte, die juchzte und brabbelte, wenn sie mich sah, und die nichts als zarte rosa Haut und schiere Unmittelbarkeit war, dann wurde mir fast schlecht vor Sehnsucht. Und manchmal, wenn ich sehr traurig oder müde war, gestattete ich mir die höchste verbotene Wonne: Ich stellte mir ein Kind vor, ein Kind von Charlie und mir, ein Kind, das sich an mich kuschelte, ein Kind, das meine Hand hielt.

Ich begriff nicht, was mit mir los war. War plötzlich der instinktive Wunsch nach Fortpflanzung in mir aufgegangen wie Hefeteig? Wenn das so war, wie primitiv, wie animalisch! Ich mußte dagegen ankämpfen. Ich sagte mir, daß es vorübergehende Gefühle waren. Ich sagte mir, daß ich ihnen auf keinen Fall nachgeben würde. Ich nahm meine Antibabypille mit fanatischer Regelmäßigkeit. Ich erzählte niemandem, nicht einmal Charlie, von meinen Gefühlen. Ich wußte, daß das, was ich mir wünschte, lächerlich, unnötig, sinnlos war. Mir fiel kein einziger guter, vernünftiger Grund für ein Kind ein. Und doch wünschte ich es mir von ganzem Herzen, jeden Tag.

Ich besaß meinen Stolz und die Pille als Waffen gegen mich; ich beschloß, daß sie nicht ausreichten. Ich besorgte mir eine Katze. Einen wunderhübschen schokoladenbraunen Siamkater. Ich nannte ihn Jami nach einem persischen Dichter, und Charlie mochte ihn ebenfalls. Jami war ein intelligentes, verspieltes Tier, und er unterhielt uns und bot uns Abwechslung bei all unserer Arbeit. Und ich hatte ein Wesen, das ich lieben und dem ich Leckereien kaufen konnte. Ich besorgte ihm ein Körbchen und umflocht es mit blauen Bändern und setzte obendrauf eine blaue Schleife. Die Schleife hatte er bald zerfetzt. Er schlief in meinem Schoß, wenn ich las, er begrüßte mich an der Tür, wenn ich nach Hause kam. Er rieb sich an meinen Fesseln oder Armen, wenn ich weinte, und wenn ich ihm ins Gesicht schaute, mußte ich nur um so mehr weinen, weil er so eine süße, knuddelige Kreatur war, aber eben doch nur ein Tier, mit Schnurrhaaren und Schielaugen.

Irgendwann war das Frühjahrssemester zu Ende, und der Sommer begann. Ich war selber überrascht, wie sehr ich mich über das Semesterende freute und mit welcher Erleichterung ich sagte: »Nein, in diesem Sommer werde ich keine Kurse besuchen. Charlies Mädchen kommen für zwei Monate. Ich muß Stiefmutter spielen. Charlie ist fast fertig mit dem Buch – er muß im Sommer unbedingt daran arbeiten.«

Ich verbrachte Stunden damit, mir schöne Unternehmungen für den Sommer auszudenken, sah mir stundenlang Kinderkleider an, die ich schließlich doch nicht kaufte, weil ich nicht wußte, welche Größe Caroline und Cathy inzwischen trugen, sah mir stundenlang Kartenspiele und anderes Spielzeug an. Am Abend vor der Ankunft von Charlies Töchtern ging mir plötzlich ein Licht auf: Pling. Ich war gerade dabei, als Überraschung für die Mädchen auf ihre beiden Betten je einen riesigen Stoffteddybär zu drapieren. Wie würden sie sich freuen, dachte ich, wenn sie die lustigen, kuscheligen Bären sahen. Ich grinste in Vorfreude. Ich schaute die großen Stofftiere an. Und wußte – pling –, was ich da tat. Ich benahm mich so, als wären sie meine Töchter statt Charlies. Auf dem Umweg über sie machte ich mich selber glücklich.

Jami kam hereinspaziert und rieb sich an meinem Bein. Ich setzte mich auf eines der Betten, hob ihn hoch und streichelte ihn.

»Ist das etwa ein Verbrechen?« fragte ich ihn. »Was meinst du, Jami? Wem tue ich denn weh damit? Mache ich etwas Falsches?«

Während ich da saß, fiel mir ein, daß ich jedesmal, wenn Leute mich fragten: »Haben Sie Kinder?«, lachend geantwortet hatte: »Himmel, nein, und ich will auch keine! Es gibt viel zu viel anderes, was ich tun möchte!« Doch wenn mich jetzt jemand fragte, sagte ich immer: »Noch nicht, aber ich habe zwei Stieftöchter.«

»Es ist schrecklich, Jami, wirklich schrecklich«, sagte ich. »Ich glaube, ich werde noch verrückt. Ich werde diese verdammten Bären wieder ins Geschäft zurückbringen und das Geld lieber für den Band mit kritischen Essays benutzen, den ich schon längst haben wollte.« Aber das tat ich nicht.

Den ganzen Sommer 69 spielte ich mit den Mädchen. Sie hatten plötzlich das perfekte Alter, vierzehn und elf, und waren alt genug, um allein zurechtzukommen, um sich allein anzuziehen, um dieselben Museen, Konzerte, Filme und Witze zu mögen, aber noch jung genug, um nicht darunter zu leiden, wenn sie in der Öffentlichkeit zusammen mit Erwachsenen gesehen wurden. In jenem Sommer beendete Charlie sein Buch und fuhr für zwei Wochen mit uns nach Colorado. Wir ritten und schwammen und machten Bergwanderungen und lachten in der erfrischenden Bergluft. Irgendwie waren wir still und leise und ohne Vorankündigung zu zwei Paaren geworden: Charlie und Cathy, Caroline und ich. Mit elf war Cathy immer noch linkisch – wie ein preisgekröntes Pferd, das sich tolpatschig wie ein Füllen aufführt. Was ihren Körper und ihre Instinkte betraf, brachte sie gute Voraussetzungen mit. Sie himmelte Charlie an und hielt ihn fast ständig an der Hand. Wenn er in die Garage ging, um nach den Reifen zu sehen, ging sie mit. Wenn er zur Post ging, um ein Paket abzuholen, ging sie mit. Sie blieb abends lange auf, saß neben ihm auf dem Sofa, saß auf meinem Platz, an ihn gekuschelt, und las. Zweimal pro halbe Stunde sagte sie dann: »Soll ich dir was holen, Dad? Tee? Ein Glas Wasser? Etwas Kuchen? Einen Kognak?« Wenn die Post kam, lief Cathy los, holte sie aus dem Kasten und lieferte alles eifrig bei Charlie ab. Wenn sie ein Hund gewesen wäre, hätte sie mit dem Schwanz gewedelt und gesabbert. Wenn wir zusammen Mensch-ärgere-Dich-nicht spielten, brachte sie Charlie nie in Bedrängnis und kaperte ihn auch nicht, sie versuchte vielmehr zu helfen, daß er gewann. Sie hob ihn andauernd in den Himmel, lobte seine Kleidung oder sein Haar und lachte über seine dürftigsten Witze. Ihr zuzusehen, machte mich traurig, und gleichzeitig erheiterte es mich: Sie verhielt sich genauso wie ich, als ich Charlie kennenlernte und heiratete. Und ich verhielt mich nicht mehr so, es ging nicht – ich hatte mich verändert. Ich war so zerrissen, so kurz vorm Wahnsinn, weil ich mir ein Kind wünschte und diesen Wunsch gleichzeitig ablehnte, daß ich mich in einem Zustand täglicher Raserei befand. Doch Charlie merkte nichts, schlimmer noch, er tat nie, was ich mir so schrecklich von ihm wünschte, er sagte nie: »Zelda, ich halte es nicht mehr aus. Ich möchte ein Kind von dir. Ich möchte, daß du mein Kind bekommst.« Die Tatsache, daß Charlie sich nicht nach dem sehnte, wonach ich mich sehnte, die Tatsache, daß er mein verborgenes rasendes Verlangen nicht einmal erriet, entfernte mich plötzlich von ihm. Wir waren eben doch nicht eine Person; wir waren zwei. Ein großer Abgrund trennte uns voneinander. Jeder für sich waren wir einsam. Es war beängstigend. Damals wußte ich noch nicht, daß zwei Menschen im Verlauf einer Ehe und über die Jahre hinweg auseinanderdriften und wieder aufeinanderzutreiben können, in die Isolation driften und wieder zueinanderfinden, sich aber nie wirklich trennen. Ich wußte, daß ich Charlie liebte, ich wußte, daß er mich liebte. Im Alltag waren wir immer noch glücklich miteinander. Und dennoch war ich einsam. Es gab etwas, von dem ich mir wünschte, daß er es erfuhr, etwas, was er nicht erriet, aber ich brachte es nicht über mich, es auszusprechen.

Also spielte ich mit Caroline komplizierte Kartenspiele, wir lasen gemeinsam Biographien berühmter Personen und diskutierten darüber. Während wir schweigend lasen, plauderte Cathy mit Charlie.

Auf der Farm fuhr Charlie den Traktor, und Cathy stand aufrecht neben ihm, Caroline nahm Charlies Pferd und ritt mit mir aus.

In jenem Sommer wurde mir klar, daß ich Caroline liebte. Mit ihrer Zahnspange, ihrer mageren, eckigen, lang aufgeschossenen Gestalt – sie war jetzt ebenso groß wie ich – und ihrer eigentümlichen Nachdenklichkeit erschien sie mir unendlich liebenswert und kostbar. Es war schon zu erkennen, daß die Jungen, wenn sie flirteten, mit Cathy flirteten, nicht mit Caroline. Caroline besaß nicht jene instinktive gewinnende Fähigkeit, Jungen in Bann zu schlagen, die Cathy auszeichnete. Im Zusammensein mit Jungen ihres Alters stolperte sie leicht, oder sie stieß sich den Kopf am Schwimmbekkengrund, wenn sie im flachen Wasser tauchte, oder sie verschüttete ihre Cola. Und auch wenn ihr nichts dergleichen passierte, bekam sie es doch nicht hin, die Jungen so anzuschauen, wie Cathy es tat, die wie ein naiver Vamp ihre dicht bewimperten Augen ganz langsam aufschlug und ihnen dieses leichte, aufreizende Lächeln schenkte. Selbst als Cathy erst elf war, machten ihr die Jungen schon Geschenke, sie taten es ständig. Sie konnten gar nicht anders. Caroline dagegen beachteten sie damals kaum. Und Caroline ihrerseits schien in ihren Kleidern zu verschwinden, sobald ein Junge in ihrer Nähe war. Es drängte mich, sie zu beschützen. Sie war so klug, so empfindsam, und in wenigen Jahren – das wußte ich, und sie konnte es nicht glauben – würde sie wunderschön sein.

Am Abend vor der Abfahrt der Mädchen unterhielten Caroline und ich uns noch bis spät in die Nacht. Genauer gesagt, Caroline unterhielt mich. Sie erzählte mir von ihren Freundinnen in Massachusetts, von ihren Kleidern und ihren Platten und all den Gegenständen in ihrem Zimmer, sie erzählte mir den Inhalt sämtlicher Bücher, die sie gelesen, und sämtlicher Filme, die sie gesehen hatte. Sie wollte nicht ins Bett, denn wenn sie danach wieder aufwachte, würde sie abfahren müssen. Doch das konnte sie nicht sagen, und ich vermute, daß sie es nicht einmal sich selbst eingestehen konnte.

Die Atmosphäre zwischen uns war irgendwie gespannt, Sehnsucht und Bedürftigkeit und Dinge, die ungesagt blieben, lagen in der Luft. Caroline war nicht der Typ Mädchen, der geradeaus schlichte, deutliche Sätze sagen konnte; sie erzählte alles mögliche andere, was ihr in den Sinn kam.

»Caroline«, unterbrach ich sie schließlich, »du wirst mir sehr fehlen. Kannst du dir vorstellen, daß du irgendwann mal gerne bei Charlie und mir leben würdest?«

»Bei Charlie und mir« anstatt »bei deinem Vater und mir«. Es war eine spontane Frage.

»Ach du meine Güte, ähm, huch«, sagte Caroline. »Ja, natürlich, aber du weißt doch – meine Mutter –«

»Wie geht es deiner Mutter? Sie hat ja in diesem Sommer kaum angerufen.«

»Es geht ihr eigentlich gut, richtig gut. Sie macht diesen Sommer einen Segelkurs am Kap mit Irene, das ist ihre beste Freundin. Und die neue Arbeit gefällt ihr sehr. Sie ist jetzt Assistentin in der College-Verwaltung. Prima Job, prima Geld, richtig toll. Also meistens ist sie ziemlich glücklich. Sie ist ruhiger. Aber sie verlassen – ich weiß nicht. Meinst du das etwa ernst, daß du dir wünscht, ich würde hier leben? Will Dad mich denn auch? Ist das eine richtige Einladung?«

»Ach, Caroline, du weißt doch, daß ihr uns hier immer willkommen seid, Cathy und du, ihr könnt hier bei uns leben, immer und jederzeit.« Während ich das sagte, mußte ich an die ersten Jahre denken, in denen mich die Vorstellung, die Mädchen würden bei uns leben, entsetzt hätte. Nein, sie waren nicht immer willkommen gewesen, nicht bei mir. Vielleicht hatten sie das gewußt, hatten es gespürt, so wie Kinder unausgesprochene Dinge spüren. Doch jetzt war es anders, schon seit einiger Zeit war es anders, und ich wollte diese Veränderung gerne zum Ausdruck bringen, die Dinge klarstellen. Ich wollte die Worte laut aussprechen. »Wir lieben dich, Caroline. Du brauchst keine Einladung, um hier zu leben. Wir würden dich gerne bei uns haben. Aber wir wollen auf keinen Fall irgendwas durcheinanderbringen, wir wollen uns nicht einmischen oder Unruhe stiften. Ich fühle mich auch jetzt unbehaglich, weil ich dich gefragt habe, denn ich weiß, daß deine Mutter nicht allzu glücklich wäre, und ich möchte ihr keine Schwierigkeiten bereiten. Aber ich mag dich so sehr, und du machst mir so viel Freude, und du fehlst mir so sehr, wenn du fort bist, und ich weiß, daß es Charlie ebenso geht – wein nicht, Caroline. Ich wollte dich nicht zum Weinen bringen. Hätte ich doch bloß nichts gesagt –«

»Ich wünschte, ich könnte hier leben. Das wäre bestimmt sehr schön. Aber es würde Mom umbringen. Und außerdem würde ich Cathy vermissen. Sie würde natürlich auch gern bei Dad leben. Aber wir können Mom nicht allein lassen. Wir möchten doch auch mit ihr zusammensein. Sie ist unsere Mutter.«

»Wein nicht, Caroline. Wirklich. Es tut mir so leid, das habe ich nicht gewollt. Weißt du was, wir machen uns jetzt ein bißchen Popcorn, sehen uns den Spätfilm an und gehen dann ins Bett.«

Wir machten uns Popcorn und futterten es weg, während wir irgendwelche alten Schwarzweißfilme sahen. Und gegen halb drei Uhr früh gingen wir schlafen. Um vier kam Cathy in unser Schlafzimmer.

»Daddy? Kannst du bitte aufwachen? Caroline hat Bauchschmerzen.«

Caroline wälzte sich stöhnend in ihrem Bett und preßte die Hände direkt unterhalb ihrer Brust auf ihren Magen. Zwei kleine Brüste wölbten sich unter ihrem Sommerpyjama. Die Tränen liefen ihr übers Gesicht. Ihr Kissen war naß.

»Das sind wieder die verflixten Bauchschmerzen«, sagte sie.

»Wir werden einen Arzt holen«, sagte Charlie.

»Ein Arzt nützt nichts. Nichts hilft gegen diese Mistviecher. Ihr könnt ruhig wieder gehen. Ich wollte euch nicht aufwecken. Sie hören gleich auf, nach einer Weile gehen sie immer weg. Geht jetzt schlafen.«

»Wir haben gegen Mitternacht Popcorn gegessen –«, sagte ich zu Charlie. Ich hatte nicht den Mut, ihm zu erzählen, daß ich Caroline aufgefordert hatte, bei uns zu leben.

»Es ist nicht das Popcorn«, sagte Charlie. »Cathy, du gehst jetzt mit Zelda schlafen. Und ich bleibe hier bei Caroline und nehme sie auf den Schoß. Komm, mein Herz. Ich habe dich schon so lange nicht mehr in die Arme genommen. Ich werde dir den Rücken reiben, vielleicht hilft das.«

So endete der Sommer recht merkwürdig. Charlie wachte bis zum Morgen, mit der armen, großen Caroline im Arm, die irgendwann einschlief, während Cathy sich friedlich neben mir in dem Doppelbett ausgestreckt hatte. Und auf meiner Seite des Doppelbetts lag ich wach und fühlte mich schuldig und schlecht und todunglücklich.

Ich schwor mir, ich würde Caroline nie mehr auffordern, bei uns zu leben, ich würde sie nie mehr in solch eine emotionale Zwickmühle bringen.

Am nächsten Tag war Caroline wieder in Ordnung, und die Mädchen brachen planmäßig auf. Ich weinte nicht bei ihrem Aufbruch, zumindest nicht auf dem Flughafen. Aber später, in der Abgeschiedenheit des Badezimmers, als das Badewasser einlief und meine Geräusche übertönte, saß ich in der Wanne und heulte. Caroline war nicht mein Kind, sie würde es nie sein. Sie war Charlies Kind und Adelaides Kind, und sie gehörte ihnen. Ich war nicht so eng mit ihnen verbunden, war weniger wichtig; ich würde stets nur jemand bleiben, der ihnen vielleicht etwas näher stand als eine Lieblingstante. Caroline hatte eine Mutter und ein Heim, und mein Vorschlag, beide zu verlassen, war grausam und egoistisch gewesen. Meine Vorstellung, sie könne bei uns leben, war wirr und falsch. Und in gewisser Weise war ich unmoralisch und opportunistisch gewesen. Ich hatte Caroline benutzen wollen, um eine Leere in mir zu füllen. Es stimmte, daß ich sie liebte, es stimmte auch, daß wir es wunderbar gefunden hätten, wenn sie bei uns hätte leben können. Doch ich hatte diese reine, klare Liebe mit meiner eigenen physiologischen Bedürftigkeit vermischt. Ich werde nie wissen, ob meine rasende Sehnsucht nach einem eigenen Kind aufgehört hätte, wenn ein Stiefkind bei uns gelebt hätte. Ich vermute aber, daß ich nicht wirklich zufrieden gewesen wäre. Ich glaube, Carolines täglicher Anblick hätte mein Verlangen nach einer eigenen Tochter nur noch verstärkt.

Ich wollte nicht nur eine Stiefmutter sein.

Ich wollte eine Mutter sein. Ich wollte ein Kind.

Statt dessen hatte ich die Arbeit für meine Promotion. Es war wieder Herbst. Ich mußte wieder Seminare besuchen, und es bedeutete mir alles nichts. Ich haßte es. Ich haßte meine Bücher, meine Referate, meinen Stundenplan. Charlie hatte endlich sein Buch beendet, und er fühlte sich leicht und froh. Er wollte ausgehen, wollte tanzen und trinken und in der Herbstlandschaft herumfahren und die Blätter der Bäume betrachten. Er konnte nicht begreifen, wieso ich so trübsinnig, so bleiern, so durcheinander war.

Eines Tages sagte er beim Frühstück zu mir: »Zelda, du hast dich verändert.«

Ich sagte: »Ich weiß. Ich fühle mich so – schwer. Langweilig. Gelangweilt. Ich möchte –« Ich wagte es nicht deutlich auszusprechen. »Ich möchte etwas Leben in meinem Leben.« Ich dachte, auf wundersame Weise würde Charlie mich verstehen und sagen: »O Zelda, ja, ich weiß, was du meinst. Wir sollten ein Kind bekommen.«

Statt dessen sagte er: »Ich weiß, du bist erschöpft von deiner Arbeit. Alle Doktoranden machen das durch. Ich kann mich noch erinnern –«

»Charlie« – ich unterbrach ihn, ich konnte mich nicht mehr zurückhalten, ich schrie fast –, »ich möchte ein Baby.«

Charlie blickte mich nur überrascht an, Messer und Gabel erstarrten in seinen Händen. Dann sagte er: »Um Himmels willen. Wie kommst du denn auf die Idee?«

»Das ist keine bloße Idee!« sagte ich. »Es ist ein Gefühl in mir, das ich nicht vertreiben kann. Es ist – es ist wie eine Leidenschaft, wie Verliebtsein.«

»O Zelda, Liebes; o Zelda. Du weißt nicht, was du sagst. Ein Baby – ich bin einundvierzig. Ich kann nicht den Rest meines Lebens mit Kindergroßziehen verbringen. Du hast keine Ahnung, mein Herz. Babys sind nicht nur süße, knuddelige Dinger. Sie ruinieren deinen Körper, vermurksen dein Sexualleben und verändern dein Leben für immer. Nichts ist wie früher. Du bist intelligent, Zelda, du hast eine Zukunft. Die willst du doch nicht aufs Spiel setzen. Wenn du nach all dieser Schufterei jetzt abspringst –«

»Ich muß doch nicht aufhören. Ich werde alles miteinander schaffen. Ein Baby macht doch nicht viel Arbeit. Babys schlafen die halbe Zeit. Ich könnte Babysitter nehmen. Ich –«

»Zelda, du hast einfach keine Ahnung. Du würdest ein Kind bekommen, und dann würdest du beschließen, daß ein Einzelkind sich einsam fühlen würde, und du würdest noch eins bekommen. Und kleine Babys schlafen nicht die ganze Zeit. Am Abend vor einem Examen würden sie krank werden. Am Tag vor einer Referatabgabe würden sie sich verletzen. Babys fordern dich total, absolut total. Es bliebe dir keine Zeit mehr für deine Arbeit, keine Zeit mehr für uns beide.«

»Ich würde Raum schaffen für dich und für meine Arbeit. Ich würde einen Babysitter nehmen.«

»Babysitter kosten Geld.«

»Gut, dann würde ich eben arbeiten.«

»Du würdest arbeiten und Seminare für deine Promotion besuchen und deine Dissertation schreiben und dich um ein Baby kümmern und den Haushalt führen und Zeit für mich haben?«

»Du hattest nicht gerade viel Zeit für mich im letzten Jahr. Du warst nur mit deinem Buch beschäftigt.«

»Aber das ist jetzt vorbei. Jetzt habe ich Zeit für dich. Es hat doch nur ein Jahr gedauert. Ein Baby würde uns für den Rest unseres Lebens beanspruchen. Jahre ohne jede Fluchtmöglichkeit. Zelda, ich will keine Kinder. Ich will nur dich.«

»Das kannst du nur sagen, weil du schon Kinder hast. Ich aber nicht.«

»Caroline und Cathy verbringen genauso viel Zeit mit dir wie mit mir.«

»Ja, aber das ist nicht dasselbe. Du bist ihr *Vater.* Du bist mit ihnen verbunden. Ich nicht. Du bist wichtig. Ich nicht. Sie sehen dir ähnlich. Sie sind ein Teil von dir. Ich möchte ein Kind, das mir ähnlich sieht, das ein Teil von mir ist. Ich möchte ein Baby stillen und einem Kind den Weg zeigen, ich möchte ihm etwas über Blumen und Pferde und Gedichte beibringen. Ich möchte Mutter-Tochter-Kleider nähen, verdammt noch mal. Ich möchte in dieser Welt jemanden haben, der speziell zu mir gehört. Ich wünsche mir das ganz Normale, Traditionelle und Konventionelle: Ich möchte eine Mutter sein.«

»Ich hätte nie gedacht, daß du einmal so reden würdest, Zelda.«

»Ich hätte nie gedacht, daß ich einmal so fühlen würde. Es ist schlimmer, als wenn man sich mit zwölf unbedingt ganz wahnsinnig verlieben will. Ich sehne mich wirklich schrecklich nach einem eigenen Kind.«

»Wie wäre es denn, wenn du folgendes machst: Du bringst deine Promotion zu Ende und versuchst, ein Jahr lang zu unterrichten. Du bist so kurz davor. Du hast es dir so sehr gewünscht. Am Anfang unserer Ehe wolltest du nur das – den Doktor machen, unterrichten und mich. Du brauchst doch gar nicht mehr lange, bis du fertig bist. Bring es zu Ende. Und dann laß dir die Idee mit dem Baby noch mal durch den Kopf gehen. Du bist schließlich noch jung. Du hast schon so viel erreicht. Und du weißt, wie du am Unterrichten hängst, wie sehr es dir fehlt. Nun stell dir vor, wie sehr du es erst vermissen würdest, wenn du es ganz aufgeben müßtest.«

Die Vernunft sagte mir, daß Charlie recht hatte, aber trotz allem schluchzte ich heimlich und raufte mir die Haare. Ich willigte ein, zuerst die Promotion abzuschließen. Ich nahm weiterhin wutschnaubend und ergeben die Pille, aber jede Nacht betete ich, daß sie versagte.

Neun weitere Monate arbeitete ich für meine Promotion, ich wünschte, ich hätte diese neun Monate für das Austragen eines Babys nutzen können. Den ganzen Herbst, Winter und Frühling hindurch wanderte ich in der Universität herum und fühlte mich einsam und gelangweilt und rechnete, wie viele Semester, Tage, Stunden es noch dauern würde, bis ich den Doktor hatte und endlich schwanger werden konnte. Plötzlich schien die Promotion irrsinnigerweise nur noch ein Hindernis auf meinem Weg zu dem zu sein, was ich eigentlich wollte. Ich wußte die lächerliche Ironie darin wohl zu würdigen, trotzdem empfand ich es so. Mein Körper hatte mit seinem gewaltigen, tiefen Sehnen die Oberhand über mich gewonnen, und es kam mir so vor, als kämpfte ich mich tagtäglich mühsam durch die Welt. Ich wurde nervös und schreckhaft und zerstreut und empfindlich. Ich sehnte mich nach Zauberei.

Im Frühling ging mein fünftes Doktorandensemester zu Ende, und auch das sechste Jahr meiner Ehe war fast herum. Ich war siebenundzwanzig. Ich fühlte mich alt. Ich fühlte mich ausgebrannt. Ich fühlte mich angeödet. Ich fühlte mich wie eine Prinzessin, die ein Frosch werden will. Ende Mai hatte ich es geschafft, meine Entscheidungsfähigkeit komplett zu blockieren – es gab nur noch ein unentwirrbares Knäuel aus Verlangen und Verzweiflung. Ich hätte wissen müssen, daß es sich um eine klassische Intellektuellenkrankheit handelte: Zu viel Reflexion, nicht genügend klare, schlichte Taten. Ich wollte ein Baby, aber ich war unfähig, den Entschluß dazu zu fassen. Eines Abends Ende Frühling wandte ich mich noch einmal an Charlie. Ich war zaghaft, gereizt. Ich wollte, daß er mich ohne Worte verstand und mir die Entscheidung abnahm.

»Charlie«, sagte ich und rollte einen Kieselstein aus unserem Innenhof zwischen den Händen, »ich muß mit dir reden. Ich glaube, ich werde verrückt. Ich kann nicht mehr weiterarbeiten. Die Promotion bedeutet mir nichts mehr. Du hast sicherlich gemerkt, daß ich mich verändert habe, dieses letzte Semester war grauenhaft für mich. Mein Kopf ist müde –«

»Zelda«, sagte Charlie, »ich weiß. Aber ich habe Neuigkeiten für dich. Ich wollte dir nichts sagen, ehe nicht alles verbindlich geregelt ist. Ich wollte nicht Hoffnungen wecken, die dann enttäuscht würden. Aber heute kam der offizielle Brief. Hast du den Champagner gesehen, den ich gekauft habe? Heute abend feiern wir. Zelda, du kannst dir ein Jahr frei nehmen und deinen süßen, müden Kopf ausruhen. Wir gehen nach Frankreich, Liebes. Man hat mir für das nächste Jahr eine Gastdozentenstelle an der Sorbonne angeboten.«

Die Sorbonne. Paris. Frankreich. Europa. Magische Wörter. Ich hatte schon immer gern in Paris leben wollen, und jetzt bot Charlie mir die Gelegenheit. Ich quetschte meine Sehnsüchte so fest zusammen, wie ich nur konnte, und nahm dieses kleine Päckchen mit nach Frankreich – es war wie ein unsichtbares, sperriges Extragepäckstück, wie ein Kätzchenpaar, das von innen gegen einen weichen Korb stieß und miaute, weil es raus wollte, aber immer da war und strampelte und mich in die Seite puffte. Doch ich ging. Der Sommer war verschwommen und verhuscht – wir hatten die Mädchen bei uns, wir führten Gespräche mit Leuten, die unser Haus mieten wollten, wir telefonierten mit Reisebüros und sprachen mit Freunden, die in Europa gelebt hatten und uns nützliche Ratschläge geben wollten, wir kauften Kleider und Medikamente, und wir übten Französisch.

Ausnahmsweise waren die Mädchen einmal nicht die Stars unseres Sommers, und das machte ihnen zu schaffen. Als wir ihnen mitteilten, sie müßten früher nach Massachusetts zurück, damit wir packen und das Haus reinigen könnten, schienen sie erleichtert. Wir hatten gefragt, ob sie uns in Frankreich gerne besuchen würden, und zwar so lange sie wollten, und sie hatten große Lust gezeigt. Doch Adelaide wußte das sofort zu verhindern: Sie sagte, wenn Charlie genug Geld besaß, um ihre Flugtickets nach Europa zu bezahlen, dann hätte er sicherlich auch genug Geld, um sofort ihre kieferorthopädischen Rechnungen zu bezahlen oder ihr etwas Extrageld für Verschönerungen des Hauses zukommen zu lassen, was den Mädchen letztendlich doch mehr zugute käme als eine kurze Reise

… Wir ließen die Idee fallen. Wir packten unsere Taschen und die Kisten mit Büchern und Karteikarten und brachen mit all unserem Gepäck, dem realen und dem psychischen, nach Frankreich auf.

Es mag viele Dinge geben, die den Wunsch nach einem Kind vergessen machen, ein Jahr in Frankreich gehört jedoch nicht dazu. Charlie und ich fanden eine kleine, billige Wohnung in der Rue de la Rochefoucauld und kauften einen kleinen, weißen Fiat 850, und wenn Charlie nicht gerade Vorlesungen hielt, saßen wir im Fiat und fuhren in die Schweiz oder nach Deutschland oder in verschiedene Gegenden Frankreichs. Wenn er Vorlesungen hielt, besuchte ich Museen und Kathedralen, ich lernte, wie man Kaninchen zubereitet, und saß in Cafés, trank Wein und unterhielt mich mit Freunden. Ich trank reichliche Mengen Wein, las Balzac und Stendhal auf französisch, weil ich mich auf diese Weise geistig zu bilden glaubte, merkte mir überflüssige Fakten zu de Gaulle und Fouquet, saß im Jardin de Luxembourg und fütterte die Tauben, schrieb haufenweise Briefe und schickte Caroline und Cathy haufenweise Geschenke. Ich kaufte mir Unterwäsche von Christian Dior, diverse teure Parfüms und einige tausend Ansichtskarten. Und jeden Tag, wenn Charlie Vorlesungen hielt, lag ich auf meinem Bett und schluchzte und grub mir die Fingernägel in die Arme. Ich haßte mich dafür, doch Frankreich mit all seiner Schönheit war nicht das, was ich wollte; es reichte nicht. Wenn ich durch die riesigen Gärten von Versailles spazierte, dachte ich häufig: Ja, ja, wie schön. Aber all diese Statuen sind tot, und ich bin lebendig. Auch ich kann etwas Schönes erschaffen, und es wäre sogar lebendig. Ich begann, Charlie zu verübeln, daß er mir das, was ich mir am meisten wünschte, verweigerte – sein Kind.

Paris wurde zu einer verschwommenen Kulisse. Ich war entweder betrunken, oder ich weinte. Die geballte Schönheit und Besonderheit der Stadt wühlten mich auf, aber so wäre es mir damals womöglich mit allem ergangen. Im März schickte mir ein Doktorand eine Liste mit Sekundärliteratur, von der er meinte, ich müsse sie lesen, um auf dem laufenden zu bleiben. Ich ging zu der William-Smith-Buchhandlung in der Nähe der Place de la Concorde und fand einige der Bücher und ging zur Wohnung zurück, um mich an die Arbeit zu machen. Aus irgendeinem Grund läuteten an dem Tag die

Glocken, und das Geläute fuhr durch mich hindurch, als wäre ich aus Luft. Charlie war an der Universität, und ich war allein in unserer *Troisième-étage*-Wohnung. Auf dem Herd köchelte irgendwas in Wein, und ich trank auch ein Glas an dem kleinen Tisch, den ich als Schreibtisch benutzte. Ich fühlte mich einsam, unzulänglich, nutzlos und auf angetrunkene Weise mißmutig. Die Aufsätze, die ich zu lesen versuchte, waren pedantisch und kleinkariert, und mit der Weisheit, die Wein am Nachmittag mit sich bringt, erkannte ich plötzlich, daß ich keinen weiteren Aufsatz mehr vertragen würde. Ich hatte das Gefühl, daß ich irgend etwas Drastisches, Dramatisches tun müßte, um meinen Entschluß zu bekräftigen. Und so trat ich auf unseren winzigen Balkon hinaus und fing an, die Seiten aus dem Buch mit Aufsätzen herauszureißen. Eine nach der anderen ließ ich sie fliegen und auf die Straße hinuntersegeln. Nach einer Weile begannen Leute zu mir hochzuschauen, und nach einer weiteren Weile sah die Straße fürchterlich aus mit all dem Papier, doch das scherte mich nicht. Ich hörte erst auf, als all die hübschen neuen Seiten des Buchs herausgerissen und befreit waren. Dann ging ich in die Wohnung zurück, fiel auf das Bett und schlief ein. Als ich wieder erwachte, fiel mir ein, daß ich betrunken gewesen war und Geld verschwendet und mich blödsinnig benommen hatte, aber ich erinnerte mich auch an meinen Entschluß, und ich wußte, daß ich meine Meinung nicht ändern würde. Als Charlie an jenem Abend nach Hause kam, teilte ich ihm mit, daß ich auf jeden Fall ein Kind wollte, und sollte er nicht einverstanden sein, würde ich ihn verlassen und mir einen neuen Ehemann / Vater suchen. Also gut, sagte Charlie, wenn das die Alternative sei, würden wir ein Baby haben, obwohl er fürchte, daß es alles zwischen uns zerstören werde.

Und schließlich und endlich hat es das womöglich auch. Schließlich und endlich. Jetzt, Anfang November, hier in Helsinki, ist Charlie schon fast eine Woche fort, um an verschiedenen Universitäten in Deutschland Vorträge zu halten. Bevor es Adam und Lucy gab, wäre ich mit ihm gefahren. Wir würden gemeinsam eine neue Stadt erkunden, neues Essen probieren, uns in neuen Zimmern und Betten lieben. Doch zu viert ist es jetzt zu teuer, und ich könnte es ohnehin nicht genießen, wenn ich meine zwei Kleinen im kalten

Novemberregen stets vom Bahnhof zum kleinen Hotel und wieder zurück schleppen müßte. Ich könnte abends nicht mit Charlie und seinen Freunden essen und trinken gehen; die Kinder sind zu jung, um jeden Abend fremden Babysittern überlassen zu werden, und sie schlafen nicht vor neun ein, so daß ich nicht einfach hinunter zur Bar oder ins Restaurant verschwinden könnte wie früher, als Adam noch ein Baby war. Sie sind zu jung, um etwas von Deutschland zu haben, und in den Hotelzimmern gibt es nichts, womit sie sich beschäftigen könnten. Und dann sind da noch die ganzen Siebensachen, die mitreisen müßten – Windeln und Windeleinlagen, Fläschchen und Gummisauger und Verschlüsse, Kleider und Schmusedecken und Spielzeug. Nein, diesmal konnte ich nicht mit.

Soeben hat meine Babysitterin angerufen, daß sie morgen nun doch nicht kommen könne; so wird es mir nicht möglich sein, Charlie am Flugplatz abzuholen. Bevor die Kinder da waren, habe ich Charlie jedesmal vom Flugplatz abgeholt. Und wenn ich ihn dann wieder leibhaftig vor mir sah, lachte und weinte ich vor Freude. Wir fuhren nach Hause, warfen unsere Kleider in die Ecke und liebten uns, dann aßen und tranken wir, unterhielten uns über seine Reise und meine Woche, und danach liebten wir uns wieder. Jetzt kann ich ihn nicht abholen – und zu Hause angekommen, werden wir uns nicht lieben können. Wir werden nicht essen und trinken und ganz geruhsam miteinander plaudern können. Adam und Lucy werden außer sich vor Freude sein, daß er wieder da ist, sie werden sich auf ihn stürzen, unbedingt auf seinem Schoß sitzen wollen und an seinem Bein hochklettern und Hoppe-hoppe-Reiter spielen und ihm all die sieben Millionen Bilder zeigen, die sie in dieser düsteren, feuchten Woche für ihn gemalt und gezeichnet haben. Wenn Charlie und ich uns lange unterhalten, werden sie eifersüchtig sein, sich vernachlässigt fühlen und verrückt spielen. Ich hasse sie deswegen nicht, ich verstehe sie. Sie befinden sich in einem fremden Land, fern von ihren Freunden, ihrem Spielzeug, der Sesamstraße und ihren kuscheligen Zimmern. Sie können sich nicht an die Vergangenheit erinnern oder von der Zukunft träumen, um die Gegenwart durchzustehen. Jetzt bedeutet für sie ein kalter, grauer Linoleumboden und ein großes Fenster mit einem kalten, grauen Himmel dahinter und dicken Elektrokabeln und Baukränen, die wie tot in die Luft ragen. Jetzt bedeutet eine Jahreszeit mit rauhem Wetter, gefrorenem Sand und abmontierten Schaukeln auf dem Spielplatz, damit die Hände nicht an den eisigen Metallsprossen klebenbleiben. Jetzt bedeutet, daß man keine kleinen Freunde hat, mit denen man kichern, keine sicheren Geheimplätze, wo man sich verstecken kann, und keine Granola-Frühstückskekse. Sie brauchen den Trost meines Lächelns, meiner Berührung, meines Schoßes. Ich ertrage es nicht, daß sie lange unglücklich sind. Ein paar Minuten schon, aber nicht stundenlang, tagelang.

Mit der Geburt von Adam und Lucy habe ich mich verändert. Es war so, als ob sie, als sie sich in meinem Körper befanden, die Hände ausgestreckt und buchstäblich jeder ein Stück von meinem Herzen und meinem Bauch herausgerissen und verschluckt hätten, so daß sie jetzt einen Teil von mir überall mit sich herumtragen. Ich bin durch etwas mit ihnen verbunden, was physisch realer und wissenschaftlich weniger gut beobachtbar ist als Laserstrahlen oder Fernlenkung. Sie sind kleine Geschöpfe, aber ich liebe sie gewaltig, mehr, als ich die Erde oder mich selbst liebe. Mehr, als ich Charlie liebe. So sieht es jetzt also aus. Meine Kinder sind meine Liebhaber geworden. Am Ende bin ich meinem Ehemann untreu geworden. Ihre weichen, jungen, runden, pummeligen Glieder sind knackiger und köstlicher als Charlies. Ich schmuse mehr mit ihnen. Ihre Augen leuchten stärker, ihr Atem ist süßer. Sie offenbarten mir bei ihrer Geburt einen Begriff von Lebendigkeit, den Charlie mir nie hat geben können; sie haben mich an etwas Tiefes, Wildes, Weites und Gutes in dieser Welt angeschlossen. Ihre Geburt schenkte mir die umwerfende, großartige Gewißheit, daß ich Gras essen, in Bäumen tanzen, von Dächern fallen und mich in funkelnde Moleküle glitzernden Schnees auflösen kann. Mit ihrer Geburt erlebte ich, wie ich nach dem Tod griff, ihn in zwei Teile riß und mit meinem warmen, stolzen Blut fortspülte. Als ich ihre nackten, vollkommenen Körper in die Arme nahm, war ich verzückt und zufrieden. Heute, zwei beziehungsweise vier Jahre später, ist das heiße, erschöpfte Glück vorbei, aber das starke Gefühl ist geblieben. Ich drücke die kleinen Körper an mich, küsse sie und streichele sie häufiger als Charlie. Sie sind für mich überraschender als Charlie, sie sind überschwenglicher, lustvoller, wilder in ihrer Liebe. Wenn wir uns erst mal dreizehn Jahre lang kennen, wird die Beziehung zwischen meinen Kindern und mir sicherlich weniger feurig und lebhaft sein. Sicherlich werde ich dann vernünftiger sein. Aber bis dahin, zumindest noch ein paar Jahre lang, werde ich mit meinen kleinen Kindern durchs Leben waten, als watete ich durch einen Bottich mit heißer, klebriger, süßer Schokolade: Die Schokolade hindert mich, sie verlangsamt meinen Gang und irritiert mich häufig, aber trotzdem stecke ich noch mittendrin, bin glücklich in der heißen, dicken, klebrigen Bescherung und lecke mir die Süße von Fingern, Armen und Bauch.

Charlie braucht nur, was er schon immer brauchte: mich als Kameradin und Geliebte und Freundin. Ich brauche mehr. Ich brauche meine Kinder, und ich brauche einen Geliebten und einen Freund, und jetzt weiß ich, daß ich das Unterrichten brauche. Charlie will nur eine Sache oder vielleicht zwei, wenn er seine Arbeit mitzählt, er braucht immer auch seine Arbeit. Aber ich will drei Dinge: ihn, meine Kinder und meine Arbeit. Ich will drei Dinge. Und wenn ich nur zwei haben könnte? Während ich hier in Helsinki meine Zeit verplempere, begreife ich immer mehr, daß ich als Frau, als amerikanische Frau, verwöhnt bin. So viel Luxus steht mir zur Verfügung, so viele praktische Annehmlichkeiten und so viele psychische Freiheiten. Ja, doch, wenn ich darüber nachdenke, fühle ich mich schuldig. Ja, doch, ich würde es ändern, wenn ich könnte. Ich wünschte, daß in der ganzen Welt die Dinge gerechter verteilt wären. Ich weiß, daß ich alles will – Ehemann, Kinder, Arbeit, harmonische Komplikationen. Ich komme mir selber ein wenig gierig vor. Oder denke ich da altmodisch? Versuche ich mich vor verantwortlichen Entscheidungen zu drücken? Immerhin muß ich irgendwann wieder nach Hause, und ich sehe nicht, daß irgend jemandem damit gedient wäre, wenn ich nicht unterrichte. Wie wirr es in meinem Kopf zugeht! Allerdings dringt hier und da schon ein gewisses Licht durch.

Am Ende faßte ich den Entschluß in Paris dann doch nicht. Jener Tag im Frühling 1971 ging vorüber – der Tag, an dem ich mich betrank, die Aufsätze aus dem Fenster warf und zu Charlie sagte, ich würde ihn verlassen, wenn ich kein Kind bekäme. Am nächsten Tag lag ein Brief für mich in der Post. Ich rannte zu Charlie und rief: »Streich den Tag gestern! Vergiß alles, was ich gesagt habe!«

Einer meiner ehemaligen Professoren war unlängst zum Leiter des Fachbereichs Englisch an einem kleineren College ernannt worden. In seinem Brief fragte er mich, ob ich Interesse daran hätte, im kommenden Jahr Englisch und Literatur für Erstsemester zu unterrichten, und bot mir eine Vollzeitstelle an. Ihn habe meine Art des Unterrichtens schon immer beeindruckt, schrieb er, und er hoffe, ich werde demnächst seinem Fachbereich angehören. Es sei ihm gleichgültig, ob ich promoviert hätte oder nicht.

Ich war verrückt vor Freude. Charlie freute sich. Ich nahm an.

Der Sommer nach unserer Rückkehr aus Frankreich war ein absolut glücklicher Sommer für mich. Charlie und ich hatten kaum Zeit, unsere Sachen auszupacken, bevor die Mädchen ankamen. Caroline war jetzt sechzehn und eine hingebungsvolle Leserin, Cathy war dreizehn und ein richtiger Teenager. Auch Cathy trug jetzt eine Zahnspange, und beide Mädchen blinkten und blitzten, wenn sie lächelten, sofern sie nicht, wie schüchterne Japanerinnen, ihren Mund mit den Händen verbargen. Charlie arbeitete an einem Aufsatz, was ihm aber genügend Zeit für anderes ließ. Ich bereitete mich auf meinen Unterricht im Herbst vor. Die Aussicht, daß ich nach drei Jahren Abstinenz wieder unterrichten durfte, war so aufregend, daß ich mehr Stundenpläne vorbereitete, mehr Tabellen, Übungen, Witze, Quizfragen und Lesestoff zusammenstellte, als ich wahrscheinlich je brauchen würde. Immer wieder las ich in der Grammatik und der Anthologie mit literarischen Texten. Während ich zum Lebensmittelladen oder zum Zahnarzt fuhr, stellte ich mir meinen ersten Unterrichtstag vor, meinen zweiten, meinen dritten. Was würde ich sagen? Wie könnte ich sie anspornen? Wie könnte ich sie dazu bringen, die Sprache zu lieben?

Tausendmal fragte ich Caroline nach ihrer Meinung. Sie war sehr klug und hilfreich, las einige der Kurzgeschichten und sprach mit mir darüber. Und so verbrachten wir viele Stunden im Hof – mit Shorts und luftigem Oberteil, die nackten Füße in den kleinen Lilienteich getaucht, Bücher in der Hand. Hinter meinem Ohr klemmte ein Bleistift, und ein Notizblock lag in Reichweite. Wie wunderhübsch sah Caroline damals aus, auch mit ihrer Zahnspange und dem Kurzhaarschnitt, mit dem sie in jenem Sommer aufgekreuzt war. Sie war schlank bis hin zur Magerkeit, nichts als Rippen und Ellbogen, aber sie hatte das dichte, silbrig aufleuchtende goldene Haar von Charlie, und wenn sie den Kopf bewegte, funkelte es. Und tatsächlich sah sie so aus wie Charlie, wenn er ein Mädchen gewesen wäre. Sie war immer noch schüchtern, immer noch zurückhaltend, und immer noch faßte sie Menschen nur ungern an. Stets hielt sie zu anderen einen gewissen Abstand, so als könnte eine Berührung weh tun. Abgesehen von dieser Eigenschaft war sie jedoch ein ganz normales, glückliches Mädchen und für mich eine Freundin.

Cathy himmelte immer noch ihren Vater an, folgte ihm immer noch überall hin. Wenn er arbeitete und Caroline und ich lasen, machte sie komplizierte Puzzles oder Makrameearbeiten, oder sie nähte. Wenn wir nicht auf der Farm waren oder schwimmen gingen, war sie gewöhnlich mit ihrer Freundin Nicole unterwegs. Caroline hatte ihre Freundschaften mit Nachbarkindern einschlafen lassen, sie schien jetzt lieber mit mir zusammenzusein, aber Cathy verschwand jeden Morgen nach dem Frühstück zu Nicole. Sie war lieber bei ihr zu Hause als bei uns, weil Nicole ältere Brüder hatte, und das ganze Haus wimmelte von fünfzehn-, sechzehnjährigen Jungen und hallte wider von voll aufgedrehter neuester Rockmusik. Charlie hielt Nicole für ziemlich unbedarft, zu flatterhaft und jungensgeil für eine Dreizehnjährige, aber er mischte sich nicht ein. Statt dessen verbrachte er mehr Zeit mit ihr, um sie für andere Dinge zu interessieren: Kunst, klassische Musik, Geschichte oder Aquarellmalerei. Dennoch schien Cathy in jenem Sommer ständig nur zu giggeln und mit knallenden Türen aus dem Haus zu sausen.

Einmal regnete es eine Woche lang, Nicole war mit ihrer Familie verreist, Charlie hatte diverse Sitzungen, und die Woche schien im Schlamm steckenzubleiben. Eine schmutzige, träge Woche, die nicht von der Stelle zu kommen schien. Nach drei öden Tagen kamen wir auf die hinreißend verrückte Idee, ein Stück zu schreiben und aufzuführen. Die Mädchen waren – ebenso wie ich – immer noch fasziniert von Monstern, Werwölfen und Dämonen, und jene Woche bot den perfekten Hintergrund für eine Horrorgeschichte, zumal sich die Fenster mit Wolken und Dauerregen verdunkelten und Gewitter den Himmel dramatisch erzittern ließen. Ich machte Popcorn, und wir saßen alle drei im Schneidersitz auf dem Fußboden und schrieben ein Stück für drei Rollen: die Heldin, den Vampir und den Helden. Ich hatte fest erwartet, daß die Mädchen mir den Bösewicht zuschoben, doch das taten sie nicht. Denn eigentlich war es die beste Rolle. Und sie warfen eine Münze, um zu entscheiden, wer sie bekam – es war Cathy –, und Caroline wurde die Heldin. Ich mußte der Held sein. Es war schrecklich, den Helden zu spielen, ich durfte nur in den letzten zwei Minuten des Stücks auf die Bühne rennen und dem Vampir ein Messer ins Herz bohren. Der Vampir hatte einen quälenden, melodramatischen Tod zu sterben. Caroline sank in Ohnmacht und seufzte: »Mein Held!« Und darauf hatte ich meinen Part zu sagen: »So! Nie wieder wird er dich oder irgend jemanden sonst belästigen! Wieder einmal hat das Gute triumphiert!«

Da meine Rolle so kurz war, wurde ich außerdem zum Gesamtbühnenarbeiter, zum Direktor und zur Kostümbildnerin ernannt. Caroline mußte etwas angemessen Heroisches, Wallendes tragen, also nahm ich sie mit in mein Zimmer und ließ sie meine langen Kleider anprobieren. Mit sechzehn war sie jetzt fast drei Zentimeter größer als ich, und als sie eines meiner Kleider anzog, schossen mir die Tränen in die Augen. Plötzlich schien sie erwachsen. Reif. Nach jenem Sommer sah ich in ihr eine Erwachsene, und das war ein Fehler. Sie war immer noch ein Kind mit kindlichen Bedürfnissen. Cathy trug ihre beste Hose, ein weißes Hemd von mir und eine Frackschleife von ihrem Vater, aber für das Cape mußten wir schwarzen Stoff kaufen. Es handelte sich um billiges, glänzendes Material, und es wurde zu einem prachtvollen Cape: In dem regenverhangenen, trüben Licht schimmerte es seidig, elegant und sinnlich. Ich trug ebenfalls eine Hose und dazu ein schlichtes Hemd und Charlies Wildlederjacke und Cowboyhut, wobei die beiden letzteren viel zu groß für mich waren. Ohne Hut sah ich für einen Helden jedoch nicht männlich genug aus.

Wir fanden unser Stück so gut, daß wir sämtliche Nachbarskinder einluden. Fünfzehn erschienen dann auch und quetschten sich in unser Eßzimmer; das Wohnzimmer war die Bühne, und wir betraten sie vom Flurschrank aus. Wir hatten die Möbel mit dunklen Tüchern drapiert, die Lampen ausgeknipst und überall Fledermäuse und Spinnen aus Plakatpapier aufgehängt. Niemand vergaß seinen Text. Wir hatten einen riesigen Erfolg. Während ich im Mantelschrank hockte und auf das Ende des Stücks und meine drei Zeilen wartete, beobachtete ich durch einen Spalt im Schrank lächelnd Caroline und Cathy und dachte: Jetzt sind wir richtige Freundinnen – Kameradinnen. Ich glaubte, wir würden für immer enge und gute Freundinnen sein.

Als sie in jenem Sommer fortfuhren, war ich traurig, aber nicht allzu sehr: Ich wartete sehnsüchtig auf den Herbst und meinen Unterricht.

In jenem Herbst besuchte Anthony Leyden uns und erzählte, June wolle sich von ihm scheiden lassen. Sie hatte eine Affäre mit dem Klavierlehrer ihre Kinder und wollte ihn heiraten. Ich brach in Lachen aus und konnte mehrere Minuten lang nicht aufhören, als Anthony uns diese Neuigkeit berichtete. June, die adrette, zimperliche June, hatte sich in den Klavierlehrer ihrer Kinder verliebt! Und wollte den Vater ihrer Kinder verlassen! Das gefiel mir, das war wunderbar. Ich hoffte, daß irgendwer sie irgendwo genauso brüskieren würde, wie sie mich brüskiert hatte, aber ich wünschte ihr auch alles Gute. Ich fand, es war wunderbar und kühn, daß sie ihr ehrbares Heim mit seiner oberflächlichen Reinlichkeit für die chaotischen Abgründe sexueller Liebe aufgab.

Laut Anthony bestand das Problem zum Teil darin, daß sie die Kinder nicht wollte. Sie war von der Idee besessen, mit ihrem Pianisten in die Karibik zu gehen, für ein Jahr voller Sonne und Liebe. Das Geld dazu würde er als Pianist in einem Touristenhotel verdienen. Falls nötig, würde sie abends kellnern. Daraufhin mußte ich wieder lachen – über die Vorstellung von June Leyden in einer kleinen Kellnerinnen-Cocktailuniform, mit schwarzen Spitzenstrümpfen und mit Volants über ihrem prüden kleinen Hintern. Anthony sagte, auch er finde diese Vorstellung komisch, aber es mache ihm nichts aus, daß June ihn auf diese Weise verlasse. Was ihm zu schaffen mache, sei ihre Forderung, daß er die Kinder nehme. Dickie und Dierdre waren inzwischen sechzehn und dreizehn, sie waren keine Babys mehr, sondern groß genug, um allein zurechtzukommen.

Und Anthony, der gutaussehende Anthony, wollte sie nicht bei sich haben. Er hatte selber eine Geliebte, ein junges Mädchen, das früher seine Studentin gewesen war. Er hatte nicht vor, das Mädchen zu heiraten, aber er wollte eine Weile mit ihr zusammenleben. Er wollte auch seinen Teil Romantik und Freiheit, und da störten zwei Teenager im Haus. Er fand, June müsse auf jeden Fall die Kinder nehmen, immerhin war sie ihre Mutter. Er würde ihnen reichlich Geld zur Verfügung stellen, sagte er. Er verlange einfach nur eine eigene Wohnung und sein eigenes Leben, ohne zwei trampelige Teenager, die darin herumschlichen, überall Kleider rumliegen ließen und an geschlossene Schlafzimmertüren klopften.

Charlie nannte Anthony den Namen und die Adresse seines Anwalts. Ich saß da und lachte. Ich freute mich für sie alle, selbst für die Kinder. Aus Dickie und Dierdre waren verwöhnte, verhätschelte, rotzige Kids geworden, ich mochte sie nicht, und Caroline und Cathy mochten sie auch nicht und gingen ihnen, so gut sie konnten, aus dem Weg. Ich dachte, diese Veränderung könnte sich vielleicht vorteilhaft für die Leyden-Kinder auswirken, würde ihnen ihre Selbstgefälligkeit austreiben und die Augen öffnen für das Chaos der Gefühle, die sich unter gebügelten Bettlaken und hinter geputzten Fensterscheiben verbargen.

Ich hätte einiges dafür gegeben, wenn ich die Briefe hätte lesen können, die zwischen Adelaide und June hin und her gingen. Ich fragte mich: Wenn Adelaide June ihren verrückten Liebeswahn verzieh, konnte sie dann Charlie noch für sein Verhalten hassen? Würde sie es akzeptabel finden, daß eine Frau einen Mann verläßt, weil sie einen anderen liebt, es aber nicht gutheißen, daß ein Mann eine Frau verläßt, die er nicht mehr liebt?

In jenem Sommer hatten wir nicht viel von Adelaide gehört. Wenn wir die Mädchen nach ihrer Mutter fragten, sagten sie, sie sei mehr oder weniger glücklich und insgesamt ruhiger geworden. Sie suche keine Männerbekanntschaften mehr, sagten sie, denn sie habe nur noch bittere Gefühle für die Männer. Verglichen mit der edlen Spezies der Frauen halte sie Männer für eine ziemlich schäbige Gattung.

»Und was denkst du über Männer?« fragte Charlie eines Tages Caroline.

Caroline wurde blaß, was ihr immer passierte, wenn die Unterhaltung ernsthaft wurde.

»Ich weiß nicht«, sagte sie. »Ich glaube, ich hasse sie nicht so wie Mutter, aber ich weiß, daß ich ihnen niemals trauen werde.«

»Nicht einmal mir?« fragte Charlie.

»Vor allem dir nicht«, sagte Caroline. »Du hast uns verlassen. Nicht, daß ich dich hasse, ich liebe dich. Aber du hast uns verlassen. Vermutlich hast du gedacht, daß du uns nur dich selbst genommen hast, aber ganz offensichtlich hast du uns alles genommen, wirklich alles. Du hast uns dich genommen und unser Zuhause. Und irgendwie hast du uns auch unsere Mutter genommen. Sie hat sich verändert. Sie konnte nicht einfach nur für uns da sein. Sie war nicht zu Hause, wenn wir aus der Schule kamen, sie war auf der Arbeit in der Universität. Sie hat nicht besonders viel Zeit für uns gehabt, sie mußte sich mit ihren Freundinnen treffen und mit neuen Männern und mit Psychiatern und so weiter. Ich weiß, daß du glaubst, du hast das Beste für uns getan. Und trotzdem hast du uns verlassen, wie sollte ich dir da vollkommen vertrauen?«

»Wie schrecklich«, sagte Charlie. »Das tut mir wirklich leid, Caroline. Bitte schließe nicht von meinen Fehlern auf alle Männer. Ich – ich habe den Weg gewählt, den ich für uns alle für den besten hielt.« Er schwieg eine Weile und dachte nach.

»Ich mag Männer!« mischte Cathy sich ein. »Ich habe eine Menge Jungs als Freunde. Und auch wenn Mutter dich haßt, hab keine Angst, Dad, ich liebe dich jedenfalls. Ich verstehe, warum Mutter dich haßt, aber ich liebe dich, und das bleibt auch so.«

Während der gesamten Unterhaltung blieb ich stumm. Sie stellte eine Ausnahme dar, denn die Mädchen sprachen nur selten von Angesicht zu Angesicht über Liebe und Haß. Die ganze Zeit hoffte ich, eine der beiden würde sagen: »Und ich bin froh, daß du Zelda geheiratet hast. Es ist toll, daß es sie gibt.« Doch niemand erwähnte mich auch nur. Ich fühlte mich als das, was ich war: ein auswechselbares Teil.

Nach einem eigenen Kind sehnte ich mich immer noch. Ich war immer noch entschlossen, eines zu bekommen. Aber in jenem Sommer war das Verlangen ein wenig gedämpfter. Ich war aufgeregt wegen meiner Unterrichtstätigkeit. Und ich sagte mir, daß ich erst achtundzwanzig war. Mir blieb immer noch viel Zeit, ich konnte erst mal am College Fuß fassen, dort heimisch werden und danach ein Kind bekommen. Endlich einmal schien ich mein Leben unter Kontrolle zu haben, schien genau das zu tun, was ich auch tun wollte, und dorthin zu gehen, wo ich hin wollte. Ich war glücklich.

Sechs

»Nein! Nein, ich werde nicht ›vernünftig‹ sein! *Du* solltest lieber vernünftig sein! Im Grunde verlangst du von mir, daß ich alles aufgeben soll und *nichts* dafür kriege!«

Es war April 1972, und ich brüllte. Ich brüllte Charlie an. Im Februar war ihm ein renommierter Lehrstuhl an einer Universität in New Hampshire angeboten worden. Und nun lief die Frist für seine Entscheidung ab. Natürlich wollte er gehen. Ich nicht. Ich wollte ganz und gar nicht fort.

»Ich wußte nicht, daß dir unsere Beziehung überhaupt nichts gilt«, sagte Charlie.

»Ach, Charlie, das ist ungerecht. Es stimmt nicht, daß mir unsere Beziehung nichts gilt. Ich liebe dich. Ich liebe dich. Aber meine Arbeit liebe ich ebenfalls. Wieso kann ich nicht beides haben, dich und meine Arbeit?«

»Du könntest doch an der Universität deinen Doktor zu Ende machen. Die Englisch-Abteilung dort ist sehr gut.«

»Ich will meinen Doktor nicht zu Ende machen. Ich will unterrichten.«

»Du könntest sicher auch irgendwo unterrichten. Es gibt bestimmt auch Junior-Colleges und kleinere Colleges in der Gegend.«

»Charlie, du kennst doch die Situation heutzutage. Es gibt Tausende, die mit abgeschlossenem Englischstudium durch das Land ziehen und eine Stelle suchen. Es gibt keine Stellen. Man muß Beziehungen haben. In New Hampshire kenne ich niemanden. Und ich möchte hierbleiben. Mir gefällt es hier. Wilbury gefällt meine Arbeit, er will mich fest einstellen. Mich. Fest einstellen. Ich könnte für immer hierbleiben und unterrichten und bei der Ausweitung der Abteilung mitarbeiten und sogar die Entwicklung des

Colleges mit beeinflussen. Das finde ich wunderbar. Es ist meine Arbeit. Wie kannst du von mir verlangen, daß ich das alles aufgebe?«

»Wie kannst du von mir verlangen, daß ich den Wallace-Lehrstuhl ablehne? Es handelt sich um eine der höchsten Ehren, die einem Historiker widerfahren kann. Und die Historische Fakultät hier ödet mich an. Ich bin ihr längst entwachsen –«

»Ach, Charlie, das weiß ich doch. Ich weiß es. Aber –«

»Und dann ist da noch das Geld. Am Wallace-Lehrstuhl würde ich allein so viel verdienen wie wir beide jetzt zusammen.«

»Aber das Geld ist mir egal. Mein Leben dreht sich nicht ums Geld. Außerdem möchte ich gerne mein eigenes Geld verdienen. Es mag ja nicht viel sein, aber für mich ist es sehr wichtig, daß ich selber Geld verdiene.«

»Zelda, sei doch bitte realistisch. Sieh mal, im Augenblick schaffen wir es gerade so, obwohl du mitverdienst. Aber im nächsten Jahr wird Caroline aufs College gehen. Und danach Cathy. Ich kann die beiden nur aufs College schicken, wenn ich mehr Geld verdiene.«

»Du könntest weitere Bücher schreiben –«

»Ach, Liebes, du weißt doch, wie wenig mir meine Bücher eingebracht haben. Und das, woran ich arbeite, wird immer philosophischer, immer schwieriger, es gibt nur wenige, die sich dafür interessieren. Ich habe in Fachkreisen einen Ruf, und meine Bücher untermauern ihn. Aber aufs College können sie die Mädchen nicht schicken.«

»So ist es also. Wir schicken deine Töchter aufs College, und du erhältst einen renommierten Posten, und ich kriege gar nichts.«

»Es gibt noch anderes auf der Welt als Unterrichten. Du könntest dich in anderen Bereichen engagieren. Du könntest –«

»Charlie, hör auf. Du hast gewonnen. Du hast mich geschlagen. Wir werden gehen. Aber Herr im Himmel, ich hasse den Gedanken daran.«

»Zelda, wein doch nicht. Zelda, bitte nicht. Zelda, glaub mir. Ich möchte nicht, daß du so unglücklich bist. Zelda, ich liebe ich. Ich möchte, daß du glücklich bist. Weißt du was, Zelda? Du könntest doch ein Kind bekommen.«

In den ersten Juniwochen zogen Charlie und ich mit Hilfe einer Umzugsfirma nach New Hampshire. Seit Charlie jenen magischen Satz gesagt hatte, schien alles wie von selbst zu gehen. Wir verkauften unser Haus in Crestwood und die Ozark-Farm und verbrachten die Osterferien in New Hampshire, um uns nach einem neuen Heim umzusehen. Wir fanden etwas, was uns wie ein kleines Paradies vorkam: rund zwölf Hektar Land mit einem rauschenden Bächlein, einem alten Obstgarten mit Apfelbäumen, zwei einigermaßen brauchbaren Scheunen und einem wunderhübschen alten Haus im Kolonialstil. Die Gartenwege waren mit Schieferplatten belegt, das Haus selber war aus rotem Backstein und hatte grüne Fensterläden. Es verfügte über vier Kamine und vier Schlafzimmer. Das größte würden Charlie und ich nehmen, die übrigen drei gedachte ich mit Kindern zu füllen. Ich würde mindestens drei bekommen, beschloß ich; da es genügend Platz gab, vielleicht aber auch sechs. Ich würde unser eigenes Gemüse anbauen, selber Apfelmus machen und gesunde, lachende Kinder großziehen.

Kaum hatten wir im April den Entschluß gefaßt, nach Neuengland zu gehen, erhielt Charlie die Einladung zu einem Lehrauftrag in Amsterdam. Wir beschlossen, sie anzunehmen. Paris hatte uns gefallen, und wir waren beide der Meinung, daß wir nicht mehr so einfach würden reisen können, wenn wir erst mal Kinder hätten. Charlies Fakultät in New Hampshire war bereit, ihn für das Herbstsemester zu beurlauben, damit er nach Amsterdam gehen konnte, er würde dann im Januar mit seinen Lehrverpflichtungen beginnen. Alles fügte sich aufs schönste. Wir waren sicher, daß wir genau das Richtige taten.

Ich hatte vor, irgendwann in Amsterdam schwanger zu werden, vielleicht im Dezember, so daß ich noch Zeit genug hätte, im Frühling unser Haus einzurichten und meinen ersten echten Garten zu bepflanzen und auch schon einiges zu ernten. Statt dessen stellte ich zu meiner Verwunderung schon im Juni fest, daß ich schwanger war, also einen Monat, nachdem ich die Pille abgesetzt hatte. Mir war überhaupt nicht klar, wie es passiert war. Ich hatte schon seit so vielen Jahren Geschlechtsverkehr ohne jedes merkbare Resultat, daß ich dachte, eine Empfängnis sei ein bedeutsameres Ereignis. Ich wußte nicht, wann ich empfangen hatte, es hatte keinen Moment gegeben, in dem einfach das Herz kurz aussetzte. Als ich es Anfang Juni feststellte, war es schon geschehen. Ich saß stundenlang da, starrte auf meinen flachen Bauch und sprach mit ihm so, als wäre er ein Fremder mit einem Geheimnis und einem eigenständigen und eigenwilligen Leben, was er ja im Grunde auch war.

Ich benahm mich wie die allererste Frau, die je schwanger geworden war. In lieblichen Wellen wuchs die Welt um meinen Bauch herum. Ich hätte nicht mit Königen tauschen mögen. Ich vermißte meinen Unterricht, meine Studenten, meine Kollegen, mein Büro, die Texte und die Bücher, und es tat mir leid um meine geregelte Zukunft als Lehrerin, aber all dies zählte kaum noch. Ich horchte auf meinen Bauch, achtete auf jede kleinste Veränderung und begann, Bücher über natürliche Geburt zu lesen. Ich war so undramatisch schwanger geworden, daß diese Tatsache, zusammen mit allem anderen, mein Gefühl bestärkte, daß Charlie und ich alles richtig machten, daß wir den richtigen Weg eingeschlagen hatten.

In den letzten Junitagen besuchten Caroline und Cathy uns in unserem neuen Bauernhaus. Sie waren jetzt siebzehn und vierzehn. Teenager. Caroline trug keine Zahnspange mehr, und ihr Lächeln war umwerfend. Was für perfekte, regelmäßige, weiße Zähne! Sie hatte ihr blondes Haar bis auf die Schultern wachsen lassen und war mittlerweile fast acht Zentimeter größer als ich. Wenn ich neben ihr herging, kam ich mir wie eine kleine, dunkle Bäuerin vor, die eine Amazonenprinzessin begleitet. Cathy trug ihre Zahnspange noch, aber sie war hübsch und interessierte sich verschärft für Jungen, stärker sogar als Caroline. Beide Mädchen brachen in lauter Ooohs und Aaahs aus, als sie das große alte Haus, den Apfelbaumgarten und das hügelige Gelände erblickten. Doch es war absehbar, daß das Farmleben ein bißchen zu ruhig für sie sein würde. Unsere Nachbarn wohnten weit weg und waren ältere Leute, die sehr zurückgezogen lebten. Das Städtchen, in dem wir unsere Besorgungen machten, war malerisch, aber langweilig. Es gab nichts, was ihr Interesse hätte wecken können. Sie waren zu alt, um tagelang alberne Spiele zu machen, und zu jung, um allein in die gut dreißig Kilometer entfernte größere Universitätsstadt zu fahren. Schon am ersten Tag merkten Charlie und ich, daß sie sich langweilten und unruhig waren. Ihr Körper hatte die Herrschaft übernommen, genau wie bei mir.

Wir erzählten den Mädchen nicht, daß ich schwanger war, und zwar aus dem schlichten Grund, weil ich abergläubisch war und erst mal den vierten und fünften Monat abwarten wollte. So als würde das Baby verschwinden, wenn ich zu früh darüber redete.

»Hört zu, ihr Mädchen«, sagte Charlie am vierten Tag zu ihnen, »es wird diesmal nicht besonders lustig für euch werden. Zelda und ich werden den ganzen Sommer nichts anderes tun als anstreichen, alte Farbe abkratzen, Zäune reparieren und unsere Sachen auspakken. Wenn ihr hierbleiben und uns helfen wollt, werde ich euch für eure Arbeit bezahlen. Aber ich habe eine bessere Idee. Wie wäre es, wenn ihr wieder nach Hause fahrt und den Sommer mit eurer Mutter und euren Freunden verlebt und danach das Semester mit uns in Amsterdam verbringt?«

Die Mädchen starrten erst Charlie und dann einander an, und in ihren Gesichtern spiegelten sich Überraschung, Hoffnung und Furcht.

Cathy war schließlich die erste, die, fast flüsternd, das Wort ergriff. »Wir müßten aber Weihnachten zu Hause sein. Wir haben Mutter versprochen, daß wir, egal was ist, Weihnachten immer mit ihr verbringen.«

»Natürlich könnt ihr Weihnachten nach Hause fliegen«, sagte Charlie. »Ruft doch am besten sofort mal Adelaide an und seht, was sie davon hält.«

Was Adelaide davon hielt, lautete – nach einer Stunde höflicher Beharrlichkeit seitens Charlies: Ja, doch, das gehe in Ordnung. Sie konnte ihren Töchtern auch schlecht zweimal hintereinander solch eine europäische Erfahrung verweigern, zumal die kieferorthopädischen Rechnungen bezahlt waren und Charlie versprochen hatte, seine Unterhaltszahlungen auch dann zu leisten, wenn die Mädchen in Amsterdam wären. Außerdem freute Adelaide sich darauf, ihre Töchter einmal einen ganzen Sommer lang für sich zu haben. Am Telefon war sie zwar nicht gerade freundlich, aber sie geriet auch nicht in hysterische Wut. Offenbar hatte sie ein paar Dinge für sich geklärt und einen wenn auch nicht schönen, so doch friedlichen Ruheplatz für sich gefunden. Am nächsten Tag fuhren die Mädchen zurück nach Massachusetts – sie wohnten jetzt nur noch etwa drei Autostunden von uns entfernt –, und wir sahen sie erst im September wieder, als wir alle nach Amsterdam flogen.

Charlie und ich flogen als erste und richteten die Wohnung her. Wir hatten eine wunderschöne Wohnung direkt an der Ecke Prinsengracht und Leidsestraat mit Blick auf den Kanal und die fröhlich belebte Straße, auf der Straßenbahnen verkehrten und Dampforgel gespielt wurde. Die Bäume waren im September noch grün, und sie neigten sich so vollkommen über den Kanal, als hätte ein Künstler sie gezeichnet. Enten schwammen im Wasser, und Möwen schwangen sich in die Luft. Amsterdam bot alles in großer Fülle: Museen, Konzerte, Ballett, große Kaufhäuser und eine Menge zu besichtigen. Ich wußte, wir würden alle glücklich sein.

Und wir waren auch alle glücklich, allerdings nicht sofort. Erst mal fühlten wir uns eine Weile recht elend.

Als wir in Amsterdam ankamen, war ich im vierten Monat und trug Umstandskleidung, schlicht deshalb, weil mir meine normalen Kleider nicht mehr paßten und ich wußte, irgendwann würde ich sowieso Umstandskleider tragen müssen, und ich hatte keine Lust, alles in doppelter Ausfertigung einzupacken. Zu dem Zeitpunkt stieß das Baby schon, ich hatte die Morgenübelkeit schon hinter mich gebracht und fühlte mich absolut rosig und gut. Ich war so glücklich über meine Schwangerschaft, daß ich die ganze Zeit fröhlich und sexy und albern war, und Charlie gefiel das natürlich. Irgendwie vergaßen wir, daß wir Caroline und Catherine noch nichts von meiner Schwangerschaft erzählt hatten, und ich selber war schon so daran gewöhnt, gewöhnt daran, schwanger auszusehen, daß ich gar nicht auf die Idee kam, ich könnte für Caroline und Cathy anders aussehen als noch vor wenigen Monaten.

Charlie holte seine Töchter am Flughafen von Schiphol ab, während ich in unserer Wohnung wartete. Ich hatte ihnen wie immer ihr Zimmer hergerichtet, hatte kleine holländische Geschenke auf die Betten gelegt und einen Plan für die ersten Besichtigungen gemacht. Als die Tür aufging und die drei eintraten, stand ich vom Sofa auf, wo ich mir Reisebroschüren angesehen hatte, um sie zur Begrüßung zu küssen. Zuerst lächelten sie, dann veränderte sich ihr Gesichtsausdruck: Sie wurden blaß, blieben stehen, sahen verwirrt und verletzt aus. Dann drehten sie sich um und sahen einander mit jenem Ausdruck heimlicher Resignation an, den ich so gut aus ihren Teenagerzeiten kannte. Als ich sie küßte, wichen sie zurück, und ihre Begrüßung war kühl. Das heißt, Carolines war kühl, Cathys war gleich null. Sie brach in Tränen aus, stieß mich von sich und sagte: »Ich will nach Hause!«

»Was?« sagte ich.

»Um Himmels willen!« sagte Charlie. Er versuchte, Cathy in die Arme zu nehmen, aber sie stieß ihn weg. »Cathy, um Himmels willen, was ist los?«

»Nichts ist los«, sagte Cathy. »Ich will bloß nach Hause.«

»Du kannst auf keinen Fall sofort wieder nach Hause«, sagte Charlie. »Du bist stundenlang geflogen und erschöpft. Ich bring dich jetzt erst mal in dein Zimmer, und du legst dich hin und ruhst dich ein bißchen aus. Wenn du dann noch nach Hause willst, kannst du das natürlich.«

Caroline legte ihren Arm um Cathy. »Los, komm, Cath«, flüsterte sie. »Wir gehen mal kurz in unser Zimmer. Los, komm.«

»Bitte«, sagte ich, »erklär uns doch bitte, was los ist. Du kommst lächelnd durch die Tür spaziert, und auf einmal willst du nach Hause. Kannst du uns das bitte erklären?«

Aber die Mädchen rückten nur dichter zusammen, wichen vor mir zurück, schreckten buchstäblich vor meiner Berührung zurück.

»Ich will nach Hause. Ich will allein sein«, schrie Cathy, und ihr Schreien ging in richtiges, verzweifeltes Schluchzen über.

Charlie führte die beiden Mädchen in ihr kleines Schlafzimmer. Ich folgte ihnen nicht. Ich hörte, wie er die Tür schloß, ich hörte, wie er die Koffer absetzte. Genau in solchen Momenten hätte ich gerne geraucht. Ich sehnte mich nach irgend etwas, womit ich meine Hände beschäftigen konnte. Statt dessen hatten sie mich einfach stehen lassen, mit einer verstörten Leere um mich herum. Ich konnte leise Stimmen aus dem Zimmer der Mädchen hören und hätte alles gegeben, um zu erfahren, was sie sagten. Endlich konnte ich nicht mehr an mich halten, ging zur Wand zwischen ihrem Zimmer und dem Wohnzimmer, preßte neugierig mein Ohr dagegen und horchte.

»Ja, sie wird ein Baby bekommen«, sagte Charlie gerade. »Aber das ändert nichts an unserer Liebe zu dir.«

»Aber ich will nicht, daß du ein Baby bekommst«, schluchzte Cathy. »Das ist nicht fair. Wir haben dich nie ganz für uns gehabt, und jetzt werden wir noch weniger von dir haben. Du wirst dann nur noch ihr Baby lieben und nur noch Zeit für das Baby haben.«

»Das ist nicht wahr«, sagte Charlie. »Ich liebe euch beiden Mädchen von ganzem Herzen. Ich könnte niemals ein anderes Kind stärker lieben. Ihr zwei seid meine ersten Kinder, vergeßt das nicht, ich habe euch zuerst geliebt.«

»Es ist einfach nicht fair«, jammerte Cathy. »Oh, ich will nach Hause. Ich will nicht hier bleiben. Ich will dich nie mehr wiedersehen.«

»Cathy, mein Baby, bitte –«

»Nenn mich nicht Baby! Ich war mal dein Baby, aber das bin ich nicht mehr. Du hast dir jetzt ein neues Baby angeschafft. Ein niedliches neues Baby, das in deinem Haus wohnen kann und immer dir gehört.«

»Caroline«, sagte Charlie nach einer Weile, »denkst du genauso?«

Es folgte ein langes Schweigen. Im Geiste sah ich Caroline auf dem Bett sitzen und auf den Boden starren, während ihre Hände unruhig in ihrem Schoß zuckten. »Ich weiß nicht«, sagte sie schließlich. »Ich finde es nicht so wichtig. Mir ist es eigentlich egal.«

»Es tut mir leid«, sagte Charlie. »Es ist mein Fehler. Ich hätte euch nicht so überrumpeln dürfen. Ich hätte es euch früher erzählen sollen. Aber ehrlich gesagt, ich habe es irgendwie einfach vergessen. Zelda sieht doch wirklich dick und komisch aus, findet ihr nicht?« Darauf folgte ein leichtes, grimmiges, zufriedenes Kichern von einem der Mädchen. »Zelda hat sich schon sehr lange ein Baby gewünscht – ihr beiden wollt doch auch Kinder, wenn ihr groß seid, das habe ich euch tausendmal sagen hören. Und seht ihr, Zelda wünscht sich auch Kinder. Aber sie liebt euch, und ich liebe euch, und kein neues Kind wird das ändern. Ich hatte gehofft, ihr würdet euch über einen kleinen Bruder oder eine kleine Schwester freuen. Ich hatte sogar geglaubt, daß es euch Spaß macht.«

»Zeldas Baby wird nie mein Bruder oder meine Schwester sein.« Jetzt redete Caroline, und ihre Stimme klang so hart und kalt und scharf, daß sie mich wie ein Messer durchfuhr.

Wieder herrschte Schweigen. Ich lehnte an der Wand und betete, daß Charlie etwas sagte, daß er irgendwie die richtigen, treffenden Worte fand. Aber nach einer ganzen Weile sagte er nur: »Tja, ich weiß nicht, was ich sonst noch sagen könnte. Es tut mir leid, daß ihr beiden so unglücklich seid. Ich liebe euch beide. Das wißt ihr. Ich werde euch immer lieben. Zelda liebt euch ebenfalls. Wir hatten vor, hier mit euch in Amsterdam eine aufregende Zeit zu verbringen – das Baby soll erst Ende Februar kommen. Wir hatten vor, im November nach Paris zu fahren, und, na ja, wir hatten so viel geplant, was euch hoffentlich gefallen hätte. Ich fände es wirklich schade, wenn ihr euch um all diese schönen Dinge bringen würdet, nur weil Zelda zufällig schwanger ist. Das Baby ist doch noch nicht mal geboren. Wie wäre es, wenn ihr bis dahin erst mal abwartet, dann könnte ihr euch immer noch Sorgen machen.«

»Das wirst du nie begreifen«, sagte Cathy.

»Vielleicht nicht. Vielleicht kann ich das nicht. Vielleicht solltet ihr euch jetzt aber erst mal hinlegen und ausruhen. Ihr habt eine lange Reise hinter euch. Ihr seid erschöpft. Tut das bitte mir zuliebe, legt euch hin und ruht euch aus, und wenn ihr was zu essen oder zu trinken wollt, sagt mir Bescheid. Und wenn ihr danach noch immer nach Hause wollt, dann könnt ihr das natürlich.«

Ich verließ meinen Posten an der Wand, ging in den winzigen Küchenbereich und war gerade dabei, Tee zu machen, als Charlie aus dem Zimmer kam. Am liebsten hätte ich selber geweint. Ich hatte zwar überhaupt nicht vorhergesehen, wie die Mädchen auf meine Schwangerschaft reagieren würden, doch mit Sicherheit hätte ich mich anders verhalten. Sie taten mir leid, und trotzdem hatte ich schon den seltsamen Impuls, das ungeborene Kind in mir zu schützen. Ich wollte nicht, daß er oder sie dem Haß der Mädchen ausgesetzt war. Und ich fühlte mich wirklich zutiefst verletzt: Wenn die Mädchen mich liebten, hatten sie auch mein Kind zu lieben.

Als Charlie in die Küchenecke kam, fiel mir ein, daß ich noch nicht wissen durfte, was die Mädchen bekümmerte. Charlie sollte nicht erfahren, daß ich aus Neugier schamlos an der Schlafzimmerwand gehorcht hatte. Ich fürchtete, mein Gesicht könnte etwas oder gar alles verraten. So drehte ich mich um und griff nach den Teetassen.

»Sie sind eifersüchtig auf das Baby.« Charlie legte mir die Hände auf die Schultern und lehnte sich an mich. »Es ist ein Jammer. Ich habe nicht bedacht – Himmel noch mal, ich bin überhaupt nicht auf die Idee gekommen, daß sie so auf das Baby reagieren könnten.«

»Aber sie sind doch vierzehn und siebzehn«, flüsterte ich. »Wie können sie da eifersüchtig auf ein Baby sein? Wenn sie noch klein wären, würde ich es begreifen, aber das sind sie nicht mehr. Sie sind fast schon erwachsen.«

»Eifersucht ist nie vernünftig«, sagte Charlie. »Ich hätte es ihnen sagen müssen, es war nicht richtig, sie so zu überrumpeln. Jedenfalls schlafen sie jetzt wohl erst mal. Vielleicht sieht es danach ja besser aus.«

Und so war es. Sie wachten am frühen Abend auf und kamen aus ihrem Zimmer, um zu fragen, wo das Bad war und ob sie was zu essen bekommen könnten. Danach machte Charlie mit ihnen einen Rundgang durch die Stadt, die im Lichterglanz erstrahlte. Die Luft war noch warm, und überall auf den Straßen spielten junge Leute Gitarre und sangen. Die Mädchen beschlossen, daß sie noch einen Tag bleiben würden, und nach dem Tag noch den nächsten, bis sie schließlich ihre Koffer auspackten, ihre Kleider aufhängten und verkündeten, daß sie das ganze Semester über hierbleiben wollten. Anfangs war es unangenehm, es war schwierig. Alle kannten das Problem, aber niemand wollte darüber sprechen. Es war so, als ob erst das Reden darüber es real werden ließe und das Schweigen es zum Verschwinden brächte. Und so lebten wir dahin, und mein Bauch wurde immer dicker, und das Wort »Baby« wurde nie ausgesprochen. Es kam mir so vor, als wäre ich heimlich schwanger, wir schienen alle so zu tun, als existiere der anstößige Teil meines Körpers gar nicht. Es war ein seltsames Leben. Ich war schon mit Haut und Haaren meinem Kind verfallen und hätte am liebsten laut gerufen: »Seht her! Könnt ihr sehen, wie es schon stößt? Ist er nicht stark? Fühlt doch mal!« Aber ich wußte, keiner der Anwesenden würde meine Freude teilen. Und das verbitterte mich ein wenig, machte mich ein wenig wütend, ein wenig traurig.

Mit der Zeit entwickelte sich eine angenehme Routine. Der Direktor von Carolines und Cathys Schule in Massachusetts hatte einem merkwürdigen Vorschlag von Charlie zugestimmt, der ihm in seiner Verzweiflung eingefallen war, als er nach dem Unterricht für die Mädchen gefragt wurde: Ich sollte ihre Lehrerin sein. Ich sollte dafür sorgen, daß sie lernten, sollte ihre Lektüre überwachen und die schriftlichen Arbeiten für sie entwickeln. Die Noten, die ich ihnen am Ende des Semesters gäbe, würden von der Schule übernommen werden. Für einige Staaten Amerikas trifft es tatsächlich zu, daß Kinder, die von ihren Eltern unterrichtet werden, nicht die Schule besuchen müssen. Unser Modell war eine Variante dieser Regel. Und so stellten wir dann einen Stundenplan auf: Jeden Werktagmorgen unterrichtete ich die Mädchen in Geschichte, Französisch, englischer Grammatik sowie in Aufsatz, Literatur und Naturwissenschaften. Für Carolines Trigonometrieunterricht engagierten wir einen extra Lehrer, einen dünnen jungen Holländer mit Namen Martyn, der hervorragend Englisch sprach. Er erschien einmal in der Woche abends, setzte sich an unseren Küchentisch und redete leise mit Caroline. Wir benutzten die Lehrbücher der Schule, und ich tippte die schriftlichen Aufgaben auf Charlies Schreibmaschine, damit sie angemessen offiziell aussahen. Die Mädchen waren fleißig und lernten gut.

Nachmittags unternahmen wir etwas. Zu Anfang des Semesters, als die Sonne noch wärmte, mieteten wir Fahrräder und radelten zum Vondel-Park und picknickten im Gras. Auf unseren Mieträdern müssen wir einen seltsamen Anblick geboten haben: Der große, blonde Charlie mit seinen zwei großen, blonden Töchtern und hinter ihnen ein dunkelhaariges, kleines Wesen mit einem dikken Bauch, das unsicher voranschaukelte – glücklich, schnaufend und außer Atem. Oder wir wanderten überall in der Stadt herum, besichtigten die Heineken-Brauerei, den Treffplatz der internationalen Hippieszene, die dort auf Freibier und Käse hoffte, wir spazierten zum Dam-Platz, besuchten interessante Geschäfte, gingen durch schöne Straßen und an bezaubernden Kanälen entlang. Unsere Lieblingsentdeckung war die Moses-und-Adam-Kirche, ein fast schon schauerlich überladener Barock-Rokokobau. Die frühere katholische Kirche diente den Hippies mittlerweile als Teehaus und Meditationszentrum, und der Ort schien auf geradezu vollkommene Weise die religiöse Toleranz Amsterdams zu verkörpern. Als es dann kälter und dunkler und regnerischer wurde, verbrachten wir mehr Zeit in Museen – dem Stedelijk- und dem Rijksmuseum – und in privaten Gedenkstätten – dem Rembrandthuis, dem Anne-

Frank-Haus, dem Weigh-Haus … Es gab unendlich viele Orte zu besichtigen und unendlich viel zu lernen.

An den Wochenenden und in längeren Ferien, wenn Charlie keine Vorlesungen hielt, machten wir Reisen. Manchmal waren es nur kurze Trips in die nähere Umgebung, zum Beispiel nach Den Haag ins Maritshuis oder nach Haarjuilens, wo wir das märchenhafte Castel de Haar besichtigten, oder zu der düsteren, echten alten Burg in Muiden. Freunde fuhren mit uns nach Edam, Volendam und Marken, wo die Menschen noch Holzschuhe und lange Kleider und bauschige schwarze Hosen trugen. Einmal fuhren wir mit dem Zug nach Deutschland, besuchten Freunde in Lübeck, Hamburg und Kiel und wanderten über die frischen, sandigen Ufer der Insel Sylt. Ein andermal mieteten wir einen kleinen Fiat und fuhren gen Süden nach Frankreich. Wir verbrachten drei Tage mit Touristenprogramm in Paris, zeigten den Mädchen den Louvre und Sacré-Cœur und betranken uns mit alten Freunden in der Coupole. Wir spazierten durch die Rue de la Rochefoucauld und zeigten den Mädchen, wo wir gewohnt hatten. Ich mußte heimlich lächeln, als ich zu dem Balkon hochschaute, wo ich einst gestanden und Seiten aus einem Buch gerissen und mich zu einer Entscheidung durchgerungen hatte. Als Amerikaner im Ausland rückten wir näher zusammen, und wir mußten über vieles lachen – über das harte deutsche Toilettenpapier, unseren schauderhaften Akzent im Französischen und im Deutschen und all die Kleinigkeiten, die wir, fern von Zuhause, vermißten.

Am nächsten waren wir – Caroline, Cathy und ich – einander an den Donnerstagabenden. Dann sendete das Fernsehen eine einstündige amerikanische Show in englischer Sprache. Dafür bereiteten wir uns immer mit einem Besuch bei Dyker und Thies vor, einem speziellen Importgeschäft direkt gegenüber von uns, wo wir eine teure Dose Popcorn kauften. Dann versammelten wir uns für eine glückliche amerikanische Stunde vor dem Fernseher und sahen grinsend und Popcorn mampfend einem Detektiv mit Triefaugen und schlotterndem Regenmantel zu. Wir jammerten dann stets über Heimweh, aber nicht lange. Es gab zuviel anderes zu tun, wir hatten nie die Zeit, nur dazusitzen und zu seufzen. Wir trafen Leute und wurden von ihnen nach Hause eingeladen, wir luden selber Freunde zu uns ein, und Caroline flirtete auf der Straße mit den Jungen und ging manchmal mit ihnen ins Kino oder zum Orange Julius, während Charlie Vorlesungen hielt oder schrieb und Cathy und ich zu Hause Karten spielten. Auf diese Weise waren unsere Tage hübsch strukturiert und mit einer endlosen Kette abwechslungsreicher Vergnügungen angefüllt.

Die allerschönste Zeit – für mich und nur für mich – war der Dienstagnachmittag. Dann fuhr ich allein mit der Straßenbahn in die Schubertsstraat zu einem Lamaze-Kurs, den Madame Rouva-Carmen, eine elegante Sechzigjährige, leitete. Es war die einzige Zeit, in der ich mich unverstellt und selig schwanger fühlen konnte. Ich ging nur ungern wieder, wenn die Stunde vorüber war, ich wäre lieber bei all den anderen Müttern geblieben, hätte zugehört, wie sie sich über die Geburt, über Atemtechniken und Stillen unterhielten. Ich war so dankbar für jede beiläufige Bemerkung – »Ihr Baby liegt eher unten, das bedeutet, daß Sie einen Jungen haben werden!«; »Sie haben am Körper zugenommen, aber nicht im Gesicht, das heißt, Sie bekommen ein Mädchen!«; »Ich kriege jetzt immer schreckliche Krämpfe in den Füßen, haben Sie das auch?« – und brach fast in Tränen aus, wenn ich angesprochen wurde. Es tat so gut, wenn von der Schwangerschaft wie von etwas ganz Normalem, Natürlichem und Selbstverständlichem gesprochen wurde. Ich war stolz auf meinen Bauch, ich liebte ihn heiß und innig. In unserer Wohnung in der Prinsengracht dagegen taten alle einfach so, als existiere er nicht. Für mich war die Schwangerschaft etwas, was ich selber aktiv leistete, sie war ein Teil, ein erfreulicher Teil meines Lebens, und es fiel mir schwer, das zu leugnen. Ich fing an, mich nach meinen Eltern, meinen amerikanischen Freunden, nach Alice und all den anderen zu sehnen. Ich hätte sie gerne gefragt: »Wie geht es dir heute morgen? Hältst du deine Gewichtzunahme unter Kontrolle? Hast du dir schon einen Namen ausgedacht? Möchtest du lieber einen Jungen oder ein Mädchen?« Manchmal redete ich in der Intimität unseres Bettes mit Charlie über »es« – das Baby – oder über mich. Und Charlie war freundlich, aber nicht wirklich interessiert, es fehlten ihm die Leidenschaft und die Hoffnung, die mich erfüllten. Und wahrscheinlich begann ich damals wieder den Riß zwischen uns zu spüren. Es war diesmal kein überwältigender, plötzlicher, gewaltiger Abgrund wie in den Krisenzeiten mit Adelaides Mädchen. Das nicht. Diese neue Entzweiung war eher wie ein flacher, kahler Sandstreifen zwischen der Küstenlinie und dem Wasser, wenn die Flut sich zurückgezogen hat. Man weiß, daß das Meer wiederkehrt, aber der weite, leere Raum, den seine Abwesenheit schafft, bereitet Unbehagen, einen stechenden Schmerz.

Der Dezember war der schönste Monat. In Amsterdam ist es Sitte, daß der Heilige Nikolaus mit dem Schiff aus Spanien kommt, und Swart Piet, sein maurischer Helfer, macht den Kindern kleine Geschenke und verteilt Ingwerkekse an sie. An mehreren Tagen gibt es überall in der Stadt Schiffsparaden oder Prunkumzüge zu Pferde, und vom ersten Dezember an wachen die Kinder jeden Morgen mit der Hoffnung auf, daß der Nikolaus ihnen etwas gebracht hat. Wir fanden die Sitte so reizend, daß wir sie übernahmen, obwohl Caroline und Cathy schon groß waren. Jeden Abend versteckten wir kleine Geschenke: winzige blauweiße holländische Porzellanpantinen, Nagellack, besondere Süßigkeiten und Andenken. Charlie und ich hatten ebensoviel Spaß daran, die Geschenke auszusuchen und zu verstecken, wie Caroline und Cathy jeden Morgen beim Finden. Und am fünfzehnten Dezember, dem Tag vor ihrem Rückflug in die Staaten, entdeckten Charlie und ich beim Aufwachen kleine Geschenke vor unserer Schlafzimmertür. Konfekt für uns beide, dazu für mich eine Kette und ein Buch für ihn. An dem Morgen mußte ich weinen, weil Caroline und Cathy uns nach all den Jahren, die wir uns nun schon kannten, zum erstenmal etwas zu Weihnachten geschenkt hatten. Daß wir an all den anderen Weihnachtsfesten nichts von den Mädchen bekommen hatten, hatte mir nichts ausgemacht, ich wußte, daß Geschenke in unserer Situation mit hoher Bedeutung befrachtet waren. Immer wenn Charlie und ich Weihnachtsgeschenke für Caroline und Cathy aussuchten, bewegten wir uns auf einem schmalen Grat: Wenn wir nicht genug schickten, so war das ein Zeichen dafür, daß wir sie nicht liebten, dann waren wir egoistisch. Wenn wir jedoch zu viel schickten, wollten wir entweder unsere mangelnde Liebe durch konkrete Gegenstände kompensieren, die mit Geld erworben waren, oder wir wollten die Mädchen ihrer Mutter abspenstig machen. Jedesmal gab es so viele raffinierte Arten und Weisen, die schlichteste Handlung zu deuten, zu verdrehen und zu verderben. Ich konnte mir sehr gut die Schwierigkeiten ausmalen, die Caroline und Cathy gehabt hätten, wenn sie uns von ihrem wenigen Geld, dem gesparten Taschengeld, hätten Geschenke machen wollen. Wenn sie zum Beispiel insgesamt zehn Dollar für Weihnachtsgeschenke hätten, wieviel könnten sie dann davon für mich ausgeben, ohne ihre Mutter zu verletzen? Wieviel durften sie von dem Geld, das für ihre Mutter vorgesehen war, für mich abzweigen? Das war alles viel zu kompliziert und verworren für sie. Deswegen war ich so gerührt, als die beiden mich in jenem Jahr in Amsterdam beschenkten – auch wenn die Kette, so hübsch sie war, nicht das war, was ich an ihrer Stelle ausgesucht hätte. Wenn ich einen Wunsch hätte äußern dürfen, hätte ich mir gewünscht, daß sie einmal, nur ein einziges Mal zu mir sagten: »Mensch, Zelda, du bist aber ganz schön dick geworden, deine Umstandsbluse spannt ja schon. Bestimmt kannst du es kaum noch abwarten, bis das Baby kommt.« Vielleicht dachten die Mädchen manchmal so etwas. Sie konnten es ja nicht übersehen, wir wohnten zusammen, die Monate verstrichen, mein Baby wuchs. Wenn ich die Mädchen unterrichtete, beugte ich mich manchmal über Carolines Schulter, um auf einen Fehler oder einen interessanten Satz hinzuweisen, und mein dicker Bauch drückte zufällig gegen ihre Schulter – mein Baby berührte meine Haut, und meine Haut berührte Caroline. Unsere Küche war in ihrer kuriosen europäischen Art so winzig, daß nach einiger Zeit kein anderer mehr hineinpaßte, wenn ich schon dort stand. Wenn Caroline das Besteck holen wollte, um den Tisch zu decken, während ich die Spaghetti abgoß, mußte sie einfach gegen meinen Bauch stoßen, anders ging es gar nicht.

Und dennoch – nach jenem ersten überraschenden Tag verlor während der ganzen Zeit niemand ein einziges Wort über meine Schwangerschaft oder das zukünftige Kind. Es war, als hätten wir einen Pakt geschlossen, als hätten wir alle miteinander, ohne eine Geste, ohne ein Wort, eine heimliche, unwiderrufliche Abmachung getroffen, das neue Kind nicht zu erwähnen. Vielleicht glaubten Caroline und Cathy, wenn wir nicht von ihm sprächen, wenn wir so täten, als existiere es nicht, dann würde es auch nicht existieren, würde einfach verschwinden. Wahrscheinlich ging es Charlie wie mir, wahrscheinlich glaubte er, dadurch daß wir das Baby nicht erwähnten, wahrten wir den Frieden und schenkten den Mädchen das Gefühl, daß sie wichtig waren. Wenn es die Worte waren, die zählten, dann mußten die Mädchen sich sehr wichtig vorkommen, und das Baby mußte sich vollkommen belanglos fühlen. Und vermutlich habe ich es begriffen. Ich begriff, daß Caroline, obwohl sie schon siebzehn und größer als ich war, obwohl sie mathematische Probleme lösen konnte, an denen ich verzweifelte, und obwohl sie mit Wörtern wie »Selbstverherrlichung« und »globale Liebe« um sich warf, immer noch ein Kind war. Charlies Kind. Charlies erstes Kind. Und obwohl Cathy schon vierzehn war und Ohrringe und Lippenstift und Rouge und Fesselkettchen trug und Briefe von drei verschiedenen Jungen bekam, war sie immer noch ein Kind. Charlies Kind. Vielleicht sein Lieblingskind. Und mein Kind, das neue Kind, war nicht willkommen.

Vermutlich waren wir in gewisser Weise wieder an der Ausgangsposition angelangt – in jenen ersten Jahren, als alles so undurchschaubar war. Jetzt bestand die Schwierigkeit darin, daß die Mädchen nicht nur Charlie liebten und ihn deshalb nicht verletzen oder verärgern wollten, sondern auch ich ihnen nicht mehr gleichgültig war. Ich will nicht behaupten, daß sie mich liebten. Falls sie mich liebten, falls sie mich je geliebt haben, dann haben sie es mir nie gesagt, es nie zum Ausdruck gebracht. Das wäre also eine eitle, optimistische und wahrscheinlich irrige Vermutung meinerseits. Trotzdem glaube ich, daß ich ihnen, nachdem sie mich nun sieben Jahre kannten, nicht mehr gleichgültig war und daß es ihnen wahrscheinlich so ging wie zu dem Zeitpunkt, als sie mich kennenlernten. Sie wollten, daß ich glücklich war, weil sie mich mochten. Aber sie wollten nicht, daß ich auf die Weise glücklich war, wie ich es jetzt tatsächlich war – über meine Schwangerschaft.

Es waren unsere schlimmsten Zeiten miteinander. Ich fühlte mich elend und einsam, ungeliebt und schlecht behandelt, gekränkt und mißachtet. Von Freunden mit Kindern im Teenageralter wußte ich, daß sie, auch wenn sie noch vor wenigen Jahren oder selbst Monaten die reizendsten und willigsten Kinder gewesen sind, irgendwann zu mürrischen Wesen werden, die keine Lust haben, im Haushalt mitzuhelfen. In Amsterdam lebten wir zum ersten Mal eine ziemlich lange Zeit zusammen, und es war das erste Mal, daß ich mir wirklich Hilfe wünschte und sie auch brauchte. In kleinen europäischen Wohnungen ist die Hausarbeit zeitraubend und schwierig. Ich mußte jeden Tag zum Schlachter, zum Gemüsehändler und zum Bäcker, weil unser Kühlschrank und unsere Küche so klein waren. Wir hatten keine Waschmaschine, und ich mußte Berge von Bettlaken, Jeans und Handtüchern in eine ziemlich weit entfernte Wäscherei schleppen und dann wieder nach Hause. Wir waren zu viert, vier ausgewachsene Menschen, und das erforderte eine Menge an Kocherei, Abwaschen und Putzen. Anfangs war ich unbekümmert davon ausgegangen, daß Caroline und Cathy mir dabei helfen würden, einfach weil sie solche freundlichen Geschöpfe waren. Und zu Anfang, in den ersten zwei oder drei Tagen, taten sie das auch. Aber dann artete eine so schlichte Aufgabe wie das Abtrocknen von Geschirr, das ich gespült hatte, jedesmal zu einem größeren Streit aus. Caroline fauchte Cathy an, daß sie an der Reihe sei, und Cathy fauchte zurück, daß sie zwei Abende hintereinander abgetrocknet habe, und ziemlich häufig endete es damit, daß ich es lieber selber tat, anstatt sie um Hilfe zu bitten und eine Auseinandersetzung heraufzubeschwören. Noch schlimmer war es, wenn ich bei Dingen Hilfe brauchte, die wegen meiner Schwangerschaft unangenehm für mich waren. Ich hatte Schwierigkeiten, einen großen Korb mit Wäsche zu tragen, meine Arme reichten schlicht nicht über meinen Bauch hinweg bis zum Korb, und wenn ich ihn an der Seite trug, fühlte ich mich unsicher und unbeholfen. Wenn Charlie in der Nähe war, half er mir natürlich, aber wenn er fort war, machte ich alles allein. Wenn ich um Hilfe bat, machten beide Mädchen so gelangweilte, überhebliche, genervte Mienen, daß ich spürte, wie ein Ballon von Zorn in mir hochwallte und explodierte. Es war einfacher, die Wäsche zu schleppen, als mit diesem Zorn fertig zu werden. Ich hatte es gehört, alle hatten es mir erzählt, und wenn ich vernünftig war, wußte ich es auch – daß das typisch für Teenager war. Trotzdem verletzte es mich, daß die Mädchen sich derart benahmen, wenn ich Hilfe brauchte. Eigentlich schien die Logik ganz auf meiner Seite zu sein: Ich tat so viel für sie. Nicht nur, daß ich für sie einkaufte und kochte, ich opferte ihnen darüber hinaus auch so viel von meiner Zeit, ich unterrichtete sie, dachte mir schriftliche Aufgaben für sie aus, besichtigte Städte mit ihnen, versuchte sie auf interessante

Dinge aufmerksam zu machen oder spielte Karten mit ihnen, wenn sie sich langweilten und ich vielleicht lieber ein Buch gelesen hätte. Auch wenn ich nicht schwanger gewesen wäre, hätte ich mehr Hilfe von ihnen verdient, fand ich. Aber sie waren zu Wesen geworden, die mir im Grunde fremd waren, Wesen, mit denen ich mich nicht mehr richtig wohl fühlte. An manchen Tagen konnten wir einen interessanten Gedanken aus einem der Lehrbücher diskutieren oder miteinander über die Möwen lachen, wenn wir ihnen, über eine Steinbrücke gelehnt, Brotkrumen zuwarfen, oder wir konnten gemeinsam im Kino sitzen. Aber wenn ich sie um Hilfe beim Abwaschen bat, damit wir rechtzeitig ins Kino kamen, wurde ich mit Blicken bedacht, die Verachtung, wenn nicht sogar Haß verrieten. Es war bestürzend. Es war beunruhigend. Ich hatte geglaubt, daß ich sie liebte, daß ich zumindest Caroline geliebt hatte. Jetzt war ich nicht mehr so sicher. Es ist schwer, offenem Haß mit Liebe zu begegnen.

Und doch war es in gewisser Weise auch unsere schönste Zeit miteinander. So alt wie sie jetzt waren, konnten sie Dinge begreifen, die mich interessierten, und sich darüber mit mir unterhalten. Wir erlebten so vieles auf ähnliche Weise. Und Amsterdam war so eine fröhliche Stadt, so voller Musik und Leben, daß man nur auf die Straße gehen mußte, und schon erwachten die Lebensgeister wieder. Es gab alle möglichen Sorten von Paraden, es gab Jesusfreaks, die nachts durch die Straßen schwärmten, Gitarre spielten und laute, glückliche Lieder von Gott und der Liebe sangen, es gab die Drehorgelspieler mit ihren wunderbaren, reichverzierten, golden blinkenden Humtata-Dampforgeln, und es gab die Hare-Krishna-Jünger, die mit ihren langen Zöpfen, ihren wallenden Kleidern und ihren melodischen Gesängen durch die Straßen pilgerten. Und an den Straßenecken standen Männer und spielten Geige, während ihre Hunde friedlich neben ihnen lagen. Die jungen Frauen waren herrlich bunt, mit orangenem Haar, schwarzem Nagellack, grünen Stiefeln und purpurnen Jacken. Auf den Straßen mischten sie sich unter die sehr vielen gutaussehenden schwulen jungen Männer, die in Seidenanzügen mit passenden hohen Stiefeln und Ledertäschchen händchenhaltend oder engumschlungen vorbeipromenierten. In Bussen und Straßenbahnen lachte und küßte man sich, und man lächelte uns zu, wenn wir vorbeikamen, und bot uns sofort Hilfe an, wenn wir uns verlaufen hatten. Nichts war zu weit weg oder zu kompliziert zu erreichen, wir kamen überall mit der Straßenbahn oder zu Fuß hin, und es stand uns alles zur Verfügung – wunderbare Ballette und Konzerte im Concertgebouw oder in der Oper, amerikanische Filme, spanische, russische oder philippinische Tanztruppen, Restaurants sämtlicher Nationalitäten mit exzellentem Essen in höchst unterschiedlichem, luxuriösem Ambiente und natürlich das Rijksmuseum. Es war schlechterdings unmöglich, in Amsterdam nicht glücklich zu sein. Wir waren glücklich in Amsterdam, wir alle vier miteinander. Wir waren so etwas wie eine Familie, das heißt eine Gruppe von Menschen, die einander verbunden war, das Leben miteinander teilte.

Ich war in Paris mehr oder weniger glücklich, und ich war in Amsterdam mehr oder weniger glücklich. Wieso bin ich hier in Helsinki jetzt so unglücklich, auch wenn ich inzwischen mehr habe, als ich mir je erhofft hätte? Wieso war ich während meiner Schwangerschaft so euphorisch, so hoffnungsvoll und optimistisch und heiter? Wieso bin ich jetzt so niedergeschlagen, so pessimistisch und zermürbt, obwohl meine Kinder bei mir sind, quicklebendig und munter? Es liegt nicht nur an Helsinki. Auch in Helsinki gibt es großartige Konzerte, Museen, Ballette, Kinos und Restaurants. Die Esplanade sieht im Augenblick bezaubernd aus, so völlig verschneit, und der Marktplatz am Hafen bietet ein fröhliches Bild mit all den orangefarbenen Markisen, mit dem Gemüse, den Früchten, den Fischen und den frischen Blumen. Es ist nicht die äußere Welt, die mich bedrückt, beziehungsweise es ist nur zum Teil die äußere Welt, denn mit den Kindern ist diese Welt für mich im wesentlichen auf unsere kleine graue Wohnung und ihre regelmäßigen kleinen Bedürfnisse beschränkt. Ich selber bin der Grund für meine Niedergeschlagenheit, und das weiß ich auch. Ich quäle mich so herum, weil ich diesmal ausnahmsweise ganz allein eine äußerst wichtige Entscheidung treffen muß. Anscheinend gab es nur zwei größere Entscheidungen, die ich bisher in meinem Leben getroffen habe: Ich wollte Charlie, und ich wollte Kinder. Aber das waren im Grunde keine wirklichen Entscheidungen, es handelte sich um nicht zu unterdrückende, leidenschaftliche Wünsche, kleine Vögel, die in meinem Bauch wuchsen und mich hoch in die Lüfte und weit fort trugen. Aber jetzt bin ich vierunddreißig, bin verheiratet und Mutter und eine erwachsene, intelligente Frau. Und da sollte ich wahrhaftig in der Lage sein, die Verantwortung für mein Leben zu übernehmen, es in vernünftige Bahnen zu lenken. Ich sollte wahrhaftig in der Lage sein, anstehende Entscheidungen so anzugehen, als seien sie ein Puzzle: Indem ich sorgfältig die einzelnen Teile betrachte und sie so zusammenfüge, daß sie genau ineinander passen und schließlich das endgültige Bild ergeben. Was für eine hübsche Metapher, sie kommt mir in den Sinn, weil ich ständig kleine Holzpuzzles aus China zusammensetze, die ich für meine Tochter gekauft habe. Jedes der Spiele ist aus dickem Holz und bunt angemalt, jedes besteht aus neun Teilen, und jedes ergibt das Bild von einem Tier mit einem Instrument: Ein Hund spielt Banjo, ein Hahn bläst Trompete, ein Häschen spielt Schlagzeug. Meine Tochter hat Grübchen in den Händen, und weil sie jung und tolpatschig ist, brauchen ihre süßen, pummeligen Hände lange, bis sie die Teile richtig zusammengesetzt haben. Es ist schwierig für Lucy, aber irgendwann hat sie es geschafft, und das lustige bunte, hübsche Bild ist fertig. Wir klatschen in die Hände und rufen »Hurra« und feiern jedesmal, wenn sie ein Puzzle fertig hat. Es ist befriedigend, etwas zu vollenden, aus Einzelteilen etwas hübsches Ganzes zu verfertigen. Allerdings sind die Puzzleteile in eben dieser Absicht und zu diesem Zweck hergestellt. Ich glaube nicht, daß das Leben so konkret und schlicht ist, jedenfalls sehe ich keine Anzeichen für ein hübsches, angenehmes, vernünftiges Ganzes.

In drei Tagen soll zum Beispiel Stephen in Helsinki ankommen. BEA 270, 29. November, 11 Uhr 30. Das ist ein Teil des Puzzles. Unglaublicherweise, unfaßbarerweise fährt Charlie morgen für fünf Tage zu Vorträgen nach Schweden. Ist das ein weiterer Teil des Puzzles? Hat das Schicksal es so arrangiert, daß mein Ehemann fort ist, damit ich unbehelligt mit meinem Liebhaber zusammensein kann? (Ist Stephen denn mein Liebhaber, wenn wir noch gar nicht miteinander geschlafen haben? Ich weiß es nicht so genau. Vielleicht ist er schon deshalb mein Liebhaber, weil er mich liebt, aber im Grunde bin ich mir auch nicht sicher, ob er mich wirklich liebt. Wie soll ich ihn denn dann nennen?) Wenn das Schicksal es so arrangiert hat, daß Charlie fort ist, heißt das, es ist richtig, mit Stephen zusammenzusein? Soll ich mich für Stephen entscheiden? Was soll ich tun? Will ich Stephen überhaupt? Was will ich eigentlich?

Ich möchte unterrichten. Ich möchte unterrichten, und das habe ich immer gewollt. Und im Augenblick gebe ich mir alle Mühe, eine Stelle zu finden. Ich habe sämtliche Colleges angeschrieben, die von unserem Bauernhaus in New Hampshire gut zu erreichen sind, aber Briefe, sogar solche per Luftpost, brauchen häufig endlos lange, oder sie kommen gar nicht an; jedenfalls habe ich noch keine einzige Antwort erhalten. Plötzlich fällt mir ein, daß ich mit Stephen ein Geschäft machen könnte: Gib mir einen Job, und ich schlafe mit dir. Aber nein, nein, damit könnte ich nicht leben; das zumindest ist etwas, was ich gewiß nicht tun werde.

Es muß doch etwas zu sagen haben, daß ich an Stephen nur in seiner Funktion als Verteiler von Stellen denken kann, nach denen ich mich verzehre. Wie eigenartig, daß ich jetzt, da ein gutaussehender Mann mich besuchen wird, der mein Liebhaber werden will, überhaupt nicht an Sex oder Liebe denke. Wie eigenartig, daß jetzt, da mir alle meine Freundinnen Briefe über ihre neuen Liebhaber und neuen Liebesaffären schreiben oder über die Geliebten und Liebesaffären ihrer Ehemänner, daß ich, während sie von Rendezvous mit leidenschaftlichen Männern träumen, nur von einem hübschen, sauberen Büro mit meinem eigenen Schreibtisch träume und von einem großen Klassenzimmer voller achtzehnjähriger junger Menschen, die nicht wissen, wie man den Konjunktiv benutzt. Bin ich verrückt? Was will ich? Wie kann ich entscheiden, ob ich mit Stephen schlafen soll oder nicht?

Ich will versuchen nachzudenken, ich werde die Puzzleteile in meinen Händen hin und her wenden und nachdenken. Es ist jetzt Mitternacht, und Charlie und die Kinder schlafen. Ich bin aufgestanden, weil sich der Schlaf einfach nicht einstellen wollte, obwohl ich immer wieder die Augen schloß und mir immer wieder sagte, daß ich am Morgen erschöpft und nörgelig sein werde. Ich bin in diese kleine Küche gekommen und habe die Tür geschlossen, damit ich niemanden mit meinen Geräuschen störe. Es ist seltsam, daß die Küche, die über Tag so dunkel und trostlos ist, plötzlich hell und irgendwie geheimnisvoll heiter wirkt. Es liegt daran, daß es jetzt schneit und die Straßenlaternen wie goldene Kugeln aussehen und die Autos draußen auf den Schnellstraßen mit hellen Scheinwerfern unter der hellen Straßenbeleuchtung herfahren. Ich habe mir einen Scotch mit Wasser gemacht, einen starken, damit ich einschlafen kann, und ich sitze an dem guten alten, wackeligen Küchentisch, trinke und schaue durchs Fenster auf den Schnee und die Straße und die Wohnungen mit all ihren schlafenden Menschen. Niemand ist draußen unterwegs. Es ist sehr still. Bestimmt werde ich in dieser Stille gut nachdenken können und zu einem intelligenten, vernünftigen Entschluß kommen.

Soll ich mich mit Stephen treffen? Soll ich mit ihm schlafen? Ich habe es ihm versprochen. Und er sieht gut aus und ist sexuell sehr attraktiv, wahrscheinlich würde ich es genießen, mit ihm zu schlafen. Soll ich ihm sagen, daß ich ihn heiraten werde? Aua – wieso tut dieser Gedanke so weh? Heiraten. Um Himmels willen, es ist der Gedanke an Heirat.

Heiraten. Ich bin schon mit Charlie verheiratet, ich lebe schon in einer Ehe. Wir führen diese Ehe nun schon dreizehn Jahre lang. Und was bedeutet das? Als ich Charlie kennenlernte und während der ersten Jahre unserer Ehe hatte ich Verlangen nach ihm, ich begehrte ihn, wie ich noch nie in meinem Leben etwas begehrt hatte. Die dreizehn Jahre mit ihm haben mich um einiges ruhiger gemacht. Aber ich habe Stephen oder irgend jemanden anders nie so begehrt wie Charlie. Sex. Es war nicht nur der Sex, und er ist es auch jetzt nicht nur. Ich wollte nicht nur mit Charlie vögeln, ich wollte noch etwas anderes, und ich muß sagen, ich habe das Gefühl, daß ich es bekommen habe. In dieser Hinsicht bin ich zufrieden. Ich bin zufrieden mit meiner Ehe.

Wieso komme ich dann überhaupt auf die Idee, mit Stephen zu schlafen? Und wieso um Himmels willen denke ich ans Heiraten? Jene ersten scharfen, wahnsinnigen sexuellen Augenblicke, jene erste Woge von Verlangen, jene ersten Küsse – all das ist unendlich wollüstig, das stimmt. Und nach dreizehn Jahren, in denen ich Charlie hinterhergezogen bin, ist es phantastisch, daß einmal jemand mir hinterherreist. Aber ich weiß nicht, ob ich noch weiter gehen will. Eigentlich glaube ich nicht, daß ich noch mehr will. Charlie und ich haben gewissermaßen gemeinsam eine Brücke gebaut, eine großartige, starke Brücke aus Stein, die sich über den unheimlichen Abgrund von Tod, Einsamkeit und Sinnlosigkeit schwingt und uns sicher trägt. Sie ist etwas Reales, etwas Gutes und Besonderes, diese großartige Brücke. Sie trägt auch Adam und Lucy, sie können sicher darauf stehen, bis sie ihr eigenes Leben aufbauen. Ich möchte meinen Teil der Brücke nicht abbrechen oder mit mir zusammen in einem einzigen gewaltigen Sturz in die Tiefe reißen, nur weil ich nach einem Schmetterling hasche.

Schmetterlinge, Brücken, wovon rede ich eigentlich? Unter dem Küchentisch hier liegen Brotkrümel, und der Scotch ist mir zu Kopf gestiegen. Nein, ich kann eine Entscheidung nicht wie ein Puzzle zusammensetzen. Zumindest nicht heute nacht. Vermutlich werde ich mich wieder einmal selbst überraschen müssen.

Am 5. Februar 1973 gab es einen Blizzard in New Hampshire. Es war beängstigend, wie der Wind heulte und an den Mauern und Fenstern unseres Hauses rüttelte, beängstigend zu sehen, wie der Schnee quer über die Straße Barrieren auftürmte, beängstigend zu hören, wie mächtige Äste knackten und brachen und niederstürzten. Charlie lag im Bett und schlief, doch ich war um Mitternacht unten in der Küche, ich sah aus dem Fenster und weinte. Ich hatte schon seit ach, so vielen, vielen Nächten nicht mehr richtig geschlafen; jede Nacht wachte ich auf, weil ich pinkeln mußte, und konnte danach nicht mehr einschlafen, weil mein Körper mich quälte und meine Gedanken mich quälten. Ich war wirklich unvernünftig, aber während ich da unten in der dunklen Küche stand, mit kalten Füßen und einem Morgenmantel, der so eng war, daß er nicht über meinen dicken Bauch reichte, weinte ich und flüsterte mit dem heulenden Wind. Ich wollte etwas aushandeln. Ich wollte mit irgend jemandem, mit irgend etwas ein Geschäft machen, und der heulende Wind schien mir das zu verkörpern, was über meinem Leben wachte, was immer es auch sein mochte. Ich hatte plötzlich die Vorstellung, daß ich durch die Geburt eines Kindes, dadurch, daß ich einem neuen Menschen das Leben schenken würde, meinem Ehemann Jahre seines Lebens stahl. Er war jetzt fünfundvierzig, und auf einmal kam mir fünfundvierzig sehr alt vor. Ich war selber entsetzt, daß ich so verwegen gewesen war, schwanger zu werden. Für wen hielt ich mich eigentlich? Charlie war es doch, den ich liebte; es war Charlie, dem ich meine Liebe schenken wollte, all meine Liebe. Dadurch daß ich einen neuen Menschen in die Welt setzte, würde ich Charlie viel Liebe und Aufmerksamkeit entziehen. Das war ungerecht. Es war nicht richtig. Ich lehnte mich gegen das Fenster – die kalten Scheiben machten mich frösteln –, und ich flüsterte dem Sturm zu: »Mach, daß dieses Baby eine Fehlgeburt wird, mach, daß dieses Baby stirbt, und füge die verhinderten Jahre seines Lebens dem Leben von Charlie hinzu. Mach, daß Charlie für immer und ewig lebt oder wenigstens so lange, wie ich lebe. Schenk Charlie das Leben und die Jahre, und wenn das bedeutet, daß unserem Kind das Leben und die Jahre genommen werden, dann sei es so.«

Was für eine irrsinnige Nacht! Mit meinem Verstand wußte ich, daß man nicht das eine Leben gegen das andere, die eine Anzahl von Jahren gegen die andere ausspielen kann. Doch in jener Nacht hatte ich meinen Verstand verloren. Ich dachte plötzlich, ein Baby würde mich Charlie entfremden, wir würden nie mehr das sich selbst genügende, vollkommene Paar sein, das wir waren. Ich übersah dabei, daß ich gar nicht die vollkommen zufriedene eine Hälfte des Paares war. Ich ahnte nur eine gewaltige, unabsehbare Veränderung, die vor mir lag, und diese Veränderung machte mir angst.

Ich konnte nicht schlafen. Ich wanderte durch unser großes, altes Haus, spähte durch Fenster in die verschneite Nacht, fuhr mit den Händen über vertraute Möbel. Schließlich landete ich in der Speisekammer und holte, ohne Licht zu machen, eine Flasche Advokaat oben vom Bord. Ich hatte den holländischen Likör in Amsterdam schätzen gelernt, man hatte mir erzählt, er sei gut für schwangere Frauen, weil er Eier enthielt. Im Licht, das durch das Fenster fiel, schimmerten alle Flaschen und Gläser silbrig. Ich trank ein wenig von dem dickflüssigen gelben Likör und fühlte mich besser und goß mir noch ein Glas ein und wanderte zurück ins Wohnzimmer. Ich war so rastlos, daß ich wußte, ich würde nicht wieder ins Bett gehen können, ich würde mich nur hin und her wälzen und Charlie aufwecken. Ich ließ mich in das große weiße Sofa fallen, nahm eine Afghandecke und rollte mich darunter zusammen. Für eine Weile war ich glücklich: warm und allein und irgendwie auch unabhängig in dem großen, dunklen, stillen Zimmer. Die Möbel kamen mir fast freundlich und verständnisvoll vor. Es hatte mich schon immer beschäftigt, was die Möbel nachts machen, ob sie vielleicht umherwanderten. Ich fand es seltsam, daß sie sich Tag um Tag und Nacht um Nacht nicht von der Stelle rührten, wo ich doch den Eindruck hatte, sie führten ein eigenständiges Leben. Wie ich sehen konnte, bewegten die Möbel sich nicht. Aber sie strahlten eine Freundlichkeit aus, die mich tröstete. Ich trank noch etwas Advokaat, dann schlief ich eine Weile.

Als ich erwachte, war es immer noch Nacht, und ich fühlte mich warm und gemütlich und ziemlich gutgelaunt, und all meine Ängste waren verschwunden. Der Wind hatte sich gelegt, und die plötzliche nächtliche Stille war ungeheuer prophetisch. Ich dachte an Charlie, der oben über mir schlief, und ich lächelte still für mich und fand, daß ich mich sehr albern benommen hatte. Charlie würde ewig leben, mit meiner Liebe oder ohne sie, das wußte ich: Er war stark, energisch und gut, ein Bär von einem Mann, voller Vitalität. Meine Sorge war närrisch gewesen. Ich begriff nicht, was in mich gefahren war. Ich kuschelte mich wieder unter die Afghandecke und schloß die Augen.

Mein Bauch wurde hart. Es war, als sei er zu einer riesigen Faust geworden, die sich ballt und quälenden Schmerz ausquetscht. Ich wartete, bis er sich beruhigt hatte, drehte mich auf die andere Seite und versuchte wieder einzuschlafen. Er wurde wieder hart.

»Oh, hör auf«, sagte ich laut und rieb meinen Bauch. Er hatte sich in den vergangenen Tagen schon mehrmals auf dieselbe Weise gemeldet, wenn auch nicht ganz so dramatisch.

Und nicht so häufig, denn da war es schon wieder. Es war erstaunlich: Da unten waren meine nackten Füße und Beine, hier oben waren meine Arme, die Schultern, Hals und Kopf, und da in der Mitte, abgetrennt von dem vertrauten, angenehmen, normalen Teil von mir, war dieses weite, gewölbte Gebiet, das plötzlich seine eigenen Regeln aufstellte und mit seiner eigenen Revolution begann. Mein Bauch preßte wie eine Riesenfaust, und der Schmerz quoll heraus wie eine heiße, rote Säure, die mich einhüllte.

»Nicht jetzt«, sagte ich, »nicht jetzt. Ich bin noch nicht soweit.

Ich bin nicht in der Stimmung. Ich habe seit Ewigkeiten nicht geschlafen. Laß mich erst mal ein Nickerchen machen.«

Mein Bauch zog sich zusammen, und ich hörte mich aufschreien, mit einem kleinen unwillkürlichen Stöhnen. Ich richtete mich auf und schaute mich um. Es war immer noch Nacht, immer noch dunkel draußen. Charlie schlief immer noch oben. Ich war ganz allein, und ich fand es seltsam, daß mein Bauch ausgerechnet zu dieser Zeit sein merkwürdiges Tun begann. Er preßte wieder, sehr hart, so hart, daß ich dachte: Du lieber Schreck, glaubst du etwa, es ist soweit? Ich sollte lieber nicht das Sofa naß machen.

Ich zog mich hoch, bis ich richtig stand, und nach kurzer Überlegung wanderte ich in das untere Badezimmer. Als ich die Hose herunterzog, sah ich, daß sie blutig war. Es war trotz alledem immer noch ein Schock für mich, daß mein Körper, den ich natürlich als einen Teil von mir ansah, so etwas machte, daß er ohne mein Wissen oder Zutun diese indiskrete Blutung produzierte. Das Blut, das von einem Fremden hätte stammen können, so unbeeinflußt war es geflossen, schien voller Bedeutungen. Ich hätte es noch endlos weiter betrachtet, ganz versunken in metaphysischen Reisen, aber mein Bauch preßte wieder heftig. Ich schaute auf meinen Bauch. Ich konnte sehen, wie er preßte, wie er sich straffte, als würden beide Seite versuchen, sich zusammenzuziehen, um einander zu berühren. Ich schaute wieder auf das Blut in meiner Hose und dann auf meinen gewaltigen, harten Bauch und dann hoch auf mein verwundertes Gesicht im Badezimmerspiegel. Mein Haar stand in wilden schwarzen Locken vom Kopf ab. Das Bild stellte sich scharf ein, es war alles real. Ich grinste mich im Spiegel an. Ich fühlte mich absolut heiter.

»Na denn, gratuliere, Bauch!« sagte ich schließlich und gab mir selber einen Klaps. »Was bist du für ein guter kleiner Bauch!« Ich watschelte aus dem Badezimmer zurück in die Küche und überlegte, was ich zuerst tun sollte. Ich fühlte mich schwindelig, ich gefiel mir ungeheuer gut. »Weißt du was, Tisch«, sagte ich zum Küchentisch, »ich glaube, es geht los. Mein Bauch ist so hart wie du.« Ich stützte mich mit beiden Händen auf den Tisch und keuchte, als mein Bauch wieder hart wurde. Soll ich Charlie schon wecken? überlegte ich. Soll ich die Ärztin anrufen? Nein, es wäre eine Sünde, sie aufzuwecken. Soll ich meine Tasche runterholen? Vielleicht sollte ich noch etwas trinken. Vielleicht Champagner. Das würde das Warten erleichtern. Das wäre doch ein Fest – Champagner trinken und darauf warten, daß das Pressen zu regelrechten Wehen wird. Ich ging wieder in die Speisekammer und begann, im Weinregal nach Champagner zu suchen. Ich fand eine Flasche und schaukelte zum Kühlschrank, legte sie zum Kühlen hinein, hielt mich an der Kühlschranktür fest und keuchte. Alle hatten mir versichert, dieser einfache, rhythmische Schmerz würde Stunden und Stunden dauern. Ich solle erst ins Krankenhaus fahren, wenn die Wehen regelmäßig im Vierminutenabstand kamen. Aus Spaß beschloß ich, nicht auf den Champagner zu warten und schon jetzt die Wehen zu messen. Ich knipste die Küchenlampe an, sank in einen hölzernen Lehnstuhl und streckte die Beine aus. Ich sah zu, wie der dünne, rote kleine Zeiger um das Zifferblatt unserer großen, gelben Küchenuhr wanderte.

Die Wehen erfolgten jetzt im Abstand von zwei Minuten. Eine Viertelstunde blieb ich so sitzen, bis ich sicher war, daß ich meiner Beobachtung trauen konnte.

»Na, wirklich«, sagte ich zu meinem Bauch, »du bist mir aber ein Schlauer. Du gehst wohl gleich richtig zur Sache.« Als Antwort wurde mein Bauch wieder hart.

Ich war hochzufrieden mit mir und gab mich den Wonnen zeitweiser Schizophrenie hin. Irgendwo in der Ferne schwebte das Baby wie ein Gedanke oder wie der Refrain eines Liedes, mein Bauch dagegen war plötzlich zu einem realen Wesen geworden, einem reizenden, unterhaltsamen, ziemlich eigenwilligen Freund, und ich selber sah mich hinterhertrotten, wie ein Kind, das einem älteren, mutigeren, ein wenig beängstigenden Spielkameraden folgt. Und dieser Freund führte mich an Orte, die ich mir nicht vorstellen konnte.

Ich schleppte mich die Treppe hoch, blieb immer wieder stehen, um mich zu bücken und zu entspannen und zu keuchen, wenn die Wehen kamen, und ging dann in mein Schlafzimmer. Ich fand es lustig, daß Charlie so tief und ahnungslos schlief, während all das passierte. Ich zog mir mein liebstes Umstandskleid an, steckte mir geschickt meine Ohrringe durch die Löcher und setzte mich dann auf das Bett und schaute Charlie eine Weile beim Schlafen zu. Er sah so süß und unschuldig aus, so anständig und liebenswert. Dagegen kam ich mir sehr tüchtig, sehr groß und wichtig vor. Schließlich weckte ich ihn auf.

»Charlie«, sagte ich, »wach auf. Es ist soweit.«

Charlie öffnete die Augen und starrte mich eine Weile an, während er langsam aus den Tiefen des Schlafs auftauchte. »Was ist soweit?«

»Das Baby.«

»Bist du sicher?«

»Fühl mal.«

Mit seiner Hand auf meinem Bauch empfand ich die Krämpfe als nicht ganz so schlimm. Ich überlegte, ob ich mich etwa getäuscht hätte. Vielleicht handelte es sich nur um falschen Alarm.

»Zweiminutenabstand«, sagte ich.

»Wir fahren ins Krankenhaus«, sagte Charlie.

Während Charlie sich anzog, machte ich das Bett, setzte mich dann darauf, betastete meinen Bauch und keuchte. Ich hätte gern meine Freundinnen angerufen, um zu erzählen, daß es losging, aber mir war klar, daß ich abzuwarten hatte, bis alles vorüber war, erst dann durfte ich anrufen. Trotzdem war ich furchtbar aufgeregt und glücklich, als wäre ich unterwegs zu einer tollen Party.

Charlie half mir die Treppe hinunter und ging dann nach draußen, um den Jeep anzulassen und vorzuwärmen. Er stellte meine kleine Reisetasche mit Still-BHs und Nachthemden in den Wagen und kam mich dann holen. Als ich durch die Tür meines Hauses hinaustrat, fühlte ich mich ganz beschwingt, so als trüge mich der Schritt von der Veranda direkt in die Schwerelosigkeit. Wer würde wohl in meinen Armen liegen, wenn ich das Haus wieder betrat?

Auf der ganzen Fahrt zum Krankenhaus plauderte ich vergnügt mit Charlie. Ich war mir noch nie so geistreich, so heiter und so unterhaltsam vorgekommen. Charlie mußte sich darauf konzentrieren, daß der Jeep sicher durch die tief verschneiten Straßen kam, und ein- oder zweimal gerieten wir auf einer vereisten Fläche ins Schleudern. Trotzdem kam mir alles irgendwie weit weg und mühelos vor, auch wenn ich bei einem gelegentlichen Ruckeln den Atem anhielt. Alles schien mir jetzt aus den Händen genommen. Wenn Charlie sich plötzlich in seinem Sitz zurücklehnen würde, fände das Auto von allein seinen sanften Weg durch die verschneiten Straßen, dachte ich. Draußen war es wunderschön. Alles war weiß und weich und wirkte tief bedeutsam.

Im Krankenhaus mußte ich unwillkürlich alle anstrahlen. So sieht also der Hausmeister aus, der jede Nacht die Böden wischt, dachte ich, es muß doch nett sein, an so einem dramatischen Ort zu arbeiten. Und das ist also meine Krankenschwester. Das Wehenzimmer, in das ich gelegt wurde, hatte ein Fenster, und ich konnte sehen, wie der Himmel allmählich hell wurde und die Fenster einer weißen Schindeldachkirche zu leuchten begannen. Ich fand es schön, daß die Schwester mir einen frischgestärkten Krankenhauskittel überzog; das hieß, daß sich jemand um mich kümmerte, daß mich jemand wie eine Mutter ankleidete.

Ich kletterte auf ein hohes, weißes Bett, die Schwester deckte mich mit einer weichen, beigefarbenen Decke zu, und Charlie kam herein und hielt mir die Hand. In seinem grünen Pullover und der alten grauen Kordhose sah er irgendwie fehl am Platze aus, da wir anderen alle in Weiß waren.

»Charlie«, sagte ich, »du hast versprochen, daß du mit in den Kreißsaal kommst. Du hast es versprochen.«

»Das werde ich auch«, sagte er. »Bestimmt. Wenn es soweit ist, ziehe ich mir auch die Krankenhaussachen an. Aber es wird noch eine ganze Weile dauern.«

»Woher weißt du das?« fragte ich. Ich wußte, daß Charlie bei Carolines und Cathys Geburt nicht dabeigewesen war.

»Das haben mir die Schwestern gesagt«, erklärte Charlie. »Sie haben gesagt, solange du noch lächelst und Witze machst, ist es noch nicht soweit.«

Na warte, dachte ich bei mir, da werden sie aber eine Überraschung erleben! Ich werde bis ganz zum Schluß lächeln und Witze machen. Wieso nicht? Es ist doch alles ganz einfach. Zu Charlie sagte ich: »Muß ich noch mehr Lippenstift auflegen?«

Charlie sagte: »O Zelda, ich liebe dich.«

Und natürlich hatten die Schwestern recht. Nach einer Weile hörte ich auf, zu lächeln und zu spötteln, und konzentrierte mich darauf, richtig zu atmen und nicht zu schreien. Nach einer Weile kamen mir die Schwestern nicht mehr so süß und reizend vor, und

Charlie fand ich absolut irritierend. Ganz plötzlich wurde mir klar, daß ich mich einem Vorgang überlassen mußte, der außerhalb meiner Kontrolle lag. Es kam mir so vor, als versuche mein gieriger, harter Bauch, mich – das »Ich« in mir – aus meinem Kopf herauszuziehen, es in die Mitte meines Körpers zu ziehen. Und als ich schließlich begriff, daß genau das notwendig war, ließ ich los. Und von da an ging alles schneller. Ich ließ mich selbst los, ließ mein »Ich« los, das Ich, das Zelda war, das dreißig Jahre alt war und schwarzgelocktes Haar hatte und gerne lachte, das über T. S. Eliot Bescheid wußte und gerne durch die Wälder ritt. Ich ließ los. Und mein Ich, mein Selbst, schien plötzlich zu sinken und in die Tiefe meines innersten Wesens zu tauchen. Ich verlor mich selbst, ich überließ mich dem leidenschaftlichen, lustvollen Schmerz. Charlie hielt meine Hand und rieb mir den Rücken, aber ich war nicht bei Charlie. Und ich war nicht bei dem Baby. Ich war bei etwas anderem, verschmolzen mit etwas anderem, einer gierigen, wütenden, zerreißenden Macht. Plötzlich boxte mich die geballte Faust ins Kreuz, und mein Rücken bäumte sich auf, und ich schrie so laut, wie ich es mir bis dahin nie erlaubt hätte. Sie brachten mich in den Kreißsaal.

Für einen Moment erschreckte mich die blendende Helle des sauberen Raums. Dann kam ich wieder zu mir. Ich sagte: »Charlie, ich bekomme ein Kind.«

Charlie sagte: »Brauchst du etwas? Gegen die Schmerzen?«

»Ich bin durstig«, sagte ich. »Wenn ich nur etwas zu trinken haben könnte –«

Jemand netzte mir die Lippen mit einem feuchten Tuch, und ich sagte »Dankeschön«, und dann reckte sich die Faust in meinem Bauch und zog mich herunter.

»Pressen Sie«, sagte jemand. »Richtig pressen. Noch fester!«

Jemand in Weiß stieß versehentlich gegen den Spiegel, so daß ich mein Gesicht sah. Der Anblick entsetzte mich. Ich war rot und glänzend, und es sah so aus, als hätte ich zwei Kinne, weil ich mein Kinn beim Pressen gegen die Brust drückte. Ich sah, daß ich nicht Zelda war. Ich war zu etwas anderem geworden, war nicht einmal mehr eine Frau, sondern eine weibliche Kreatur, die Schwester von Kühen und Hündinnen und Tornados und Überschwemmungen, ein glänzender, heißer Dynamo, aus dem Leben herausexplodierte.

»Seht mich nicht an!« schrie ich und umklammerte die Griffe am Tisch und ließ mich fallen und krümmte den Rücken und preßte. Ich hatte das Gefühl, ich würde auseinanderbersten und den Kreißsaal und alle Menschen darin in Brand stecken, wenn ich auch nur ein klein bißchen stärker preßte.

»Drücken Sie Ihren Hintern fest gegen den Tisch. Halten Sie den Hintern unten«, sagte eine Schwester zu mir.

Ich preßte und schrie erneut.

Charlie fragte die Ärztin: »Ist alles in Ordnung?«

Die Ärztin sagte: »Sehen Sie, da kommt schon der Kopf.«

Ich stand auf einer hohen, roten Klippe und stieß mich ab und schrie vor Freude, als ich fiel.

»Zelda, Zelda, es ist alles in Ordnung«, sagte Charlie und legte mir die Hände fest auf die Schultern. Ich zitterte am ganzen Leib.

»Natürlich ist alles in Ordnung!« brüllte ich und preßte wieder, diesmal mit einer abschließenden, gewaltigen, begeisterten Kraft, die sich von ganz allein in mir gesammelt hatte. Mein Baby glitt heraus. Er schrie.

Als er schrie, wurde ich wieder ich selbst. Es war sehr merkwürdig. Ich wurde wieder ich selbst, ich wurde ein verrücktes, wildes, halb betrunkenes Ich, aber doch Zelda. »Da ist er!« rief ich. »Ich möchte ihn halten! Oh, wie schade, daß es vorbei ist, es war phantastisch – Sieh doch, sieh doch! Was für ein komisch aussehendes kleines Ding er ist!«

So wurde Adam geboren. Mein Sohn. Alles, was danach kam, war vernünftig und süß: Die winzigen Nachtsachen und Windeln, der vertrauensvolle, verschleierte Blick, die wunderhübsche Faust, die meinen Finger umklammerte, und die Tränen, die Charlie ungehemmt übers Gesicht liefen, während er uns beiden zusah und während er seinen neuen Sohn hielt. Es war eine ganz besondere Zeit, diese ersten paar Tage in Adams Leben, und Charlie und ich erlebten sie gemeinsam, so als würden wir uns eine köstliche Frucht teilen. Ich redete mit Schwestern und anderen Müttern über Stillzeiten und Bäuerchen und schrieb Briefe an meine Freundinnen und lernte zu stillen und war bald wieder ein ganz normaler netter Mensch. Manchmal jedoch, wenn ich aus meinem Fenster im fünften Stock des Krankenhauses schaute, hätte ich es am liebsten geöffnet und meinen Körper in die kalte, turbulente Luft geworfen, um die Erfahrung noch einmal zu machen: Das Entsetzen, den Schmerz, den wilden, wirbelnden Fall, jenes Dahinsegeln auf dem Rücken einer universellen Macht, die mich tief in den Ozean der Schmerzen und Freuden tauchte, die mich hoch in den Himmel schmerzender Freuden emporschwang, jenen Himmel, der für Worte unerreichbar ist. Ich bedauerte Charlie, weil er ein Mann war. Ich wußte, daß ich unbedingt noch ein zweites Kind wollte. Ich wollte mich noch einmal in die Lüfte schwingen.

Sieben

»Ich bin völlig normal, verdammt noch mal. Und ich bin auch nicht unvernünftig. Du bist der Unvernünftige. Du verhältst dich unvernünftig und gefühllos. Aua – o Scheiße, die war nicht schlecht!«

»Wenn wir nicht sofort losfahren, kriegst du das Baby noch im Auto.«

»Dann ruf Mrs. Justin an und frag, ob sie herkommt.«

»Wir brauchen Mrs. Justin nicht. Catherine und Caroline sind hier. Also, zum Teufel noch mal, hör auf!«

»Charlie! bitte, Charlie, ich flehe dich an. Ich kann Adam nicht mit ihnen allein lassen. Laß mich nicht wegfahren, und Adam bleibt allein mit ihnen. Oh, verfluchte Scheiße; oh, tut das weh. Charlie, bitte.«

»Zelda, Liebes. Leg dich einen Moment hin. Hör auf zu reden, und mach deine Atemübungen, und hör mir mal eine Minute zu. Adam ist prima aufgehoben bei den Mädchen. Sie werden sich gut um ihn kümmern. Du bist doch verrückt.«

»Charlie. Der nächste erreichbare Mensch wohnt gut zehn Autominuten von uns entfernt. Deine Töchter haben uns in den vergangenen zwei Jahren nur zweimal besucht, und sie haben kein Wort mit Adam gesprochen, sie haben ihn in der ganzen Zeit nie in den Arm genommen oder ihn angelächelt. Daß du sie für ihre Hilfe bezahlst, heißt noch lange nicht, daß sie nett zu ihm sein werden. Er ist gerade mal ein kleiner zweijähriger Junge, und er weiß nicht einmal, wer sie sind, und da gehen seine Mommy und sein Daddy weg, um ein neues Baby zu bekommen. Er braucht jemanden, dem er vertrauen kann. Er muß sich heute sicher fühlen. Er liebt Mrs. Justin. Bitte ruf sie an.«

»Zelda, du redest von den Mädchen, als wären sie Monster.«

»Sie sind auch Monster. Sie sind verwöhnte, egoistische, rücksichtslose, lieblose, gehässige, boshafte Monster.«

»Zelda, beruhige dich. Wir haben doch schon früher darüber geredet. Eifersucht kann gar nicht ausbleiben. Du kannst nicht erwarten, daß sie deine Kinder lieben.«

»Wer redet denn von Liebe? Ich verlange doch nur ein Lächeln hin und wieder und vielleicht eine Umarmung oder ein freundliches Hallo. Mein Gott, Charlie, denk doch nur daran, wie sie gestern abend waren, als sie ankamen. Hast du je zwei mürrischere Gesichter gesehen? Haben sie mit Adam gesprochen oder ihn angelächelt? Haben sie mir ihre Hilfe angeboten? Du lieber Gott, sie haben einfach nur am Eßtisch gesessen und verdrossene Gesichter gemacht, während ich das Essen gekocht, den Tisch gedeckt und den Abwasch erledigt habe. Als ich Adam zum Gutenachtsagen herunterbrachte, haben sie ihn nicht einmal angesehen, sie haben einfach weiter ferngesehen. Glaubst du etwa, sie werden heute mit ihm schmusen und ihn küssen? Es sieht verdammt nicht danach aus.«

»Das liegt an ihrem Alter. Und es ist eine schwierige Situation. Das mußt du doch verstehen. Wahrscheinlich sieht es für sie so aus, daß ich Adam mehr als sie liebe, weil ich ihn ständig auf dem Schoß halte. Er muß nur ›Daddy, Daddy‹ sagen und gelaufen kommen, und schon nehme ich ihn hoch. Sie können das nicht mehr, da müssen sie doch voller Groll sein.«

»Ja, verdammt noch mal, Charlie, wenn du weißt, daß sie voller Groll sein müssen, wieso um Himmels willen hast du sie dann überhaupt gebeten, herzukommen und uns zu helfen? Wenn sie sauer auf Adam sind, werden sie keine Lust haben, sich um ihn zu kümmern, während wir das neue Baby bekommen.«

»Sieh mal. Wir haben das doch alles schon durchgekaut. Caroline ist auf dem College, und Cathy ist in einem Jahr soweit. Sie brauchen Geld. Sie brauchen eine Menge Geld für den Unterricht, für Bücher und Kleidung. Ich habe nicht haufenweise Geld. Ich schaffe es nicht, jemanden zu bezahlen, der dir mit Adam und im Haushalt hilft, und dazu noch all das, was die Mädchen brauchen. Es ist nur vernünftig, daß sie jetzt gekommen sind. Es ist Sommer, sie haben keine Jobs, und sie sollten sich etwas von dem Geld, das ich ihnen gebe, auch verdienen.«

»O Charlie, ich verstehe das alles, und ich wollte es ja auch so. Aber es klappt so nicht, siehst du das denn nicht? Charlie, bitte. Ich habe Schmerzen. Hör zu, wir machen folgendes, wir machen einen Handel. Ich weiß, daß du gerne zu dieser verfluchten Konferenz möchtest, und ich will auch, daß du fährst. Wenn das Baby erst mal geboren ist, komme ich hier schon zurecht. Ich bin dann hier und kann sehen, wie die Mädchen mit Adam umgehen. Aber heute, bitte, laß Mrs. Justin heute kommen. Laß Adam diesen einen Tag jemanden haben, den er liebt und dem er vertraut. Bitte.«

Ich schluchzte. Die Sonne ging auf, und ich rollte mich in meinem Sommernachthemd auf dem Fußboden und schluchzte. Die Wehen kamen mittlerweile im Abstand von zwei Minuten. Das Krankenhaus war gute fünfundzwanzig Minuten entfernt, aber ich würde Adam, meinen hilflosen schlafenden Sohn, nicht verlassen, ich würde ihn nicht allein mit meinen Stieftöchtern lassen. Das konnte ich einfach nicht.

»Zelda ...«, fing Charlie wieder an.

»Charlie, hilf mir. Es tut so weh.«

Charlie ging zum Telefon und rief Mrs. Justin an, unsere gute alte, verläßliche Babysitterin. Sie war eine Großmutter, sie wohnte noch immer auf derselben Farm, auf der sie vor siebzig Jahren geboren war, und wenn Adam je eine richtige Großmutter hatte, dann war sie es. Denn Charlies Mutter war inzwischen gestorben, und meine Mutter war eine flotte Geschäftsfrau, die nicht die geringste Lust hatte, wieder auf eine Farm in New Hampshire zurückzukehren und Windeln zu wechseln und in Haus und Garten zu helfen.

»Sie kommt sofort«, sagte Charlie zu mir. »So, jetzt laß mich dir helfen, daß du vom Boden hochkommst. Komm, wir bringen dich jetzt ins Auto.«

»Ich will nicht fort, solange sie nicht hier ist.«

»Also gut. Aber laß uns schon mal zum Auto gehen.«

»Ich möchte erst noch nach Adam sehen, bevor wir aufbrechen.«

Wir schlichen uns langsam in sein Zimmer. Ich beugte mich über ihn, griff nach dem Bettpfosten und keuchte wegen einer Wehe, während ich ihn anschaute. Er trug einen leichten blauen Sommerschlafanzug, sein Haar kräuselte sich in der Hitze, und sein Gesicht war rosig und verschwitzt.

»Mein kleiner Junge«, flüsterte ich.

»Weck ihn nicht auf«, sagte Charlie. »Los, komm, Zelda. Er ist in guten Händen.«

Während wir langsam die Treppe hinunterstiegen, mußte ich daran denken, wie anders das Haus diesmal aussah: In den zwei Jahren nach Adams Geburt hatte ich mich ausschließlich meinem Heim gewidmet. Ich hatte in jedem Zimmer alte Farbe und alte Tapeten abgekratzt, hatte alles frisch gestrichen und neu tapeziert. Ich hatte gärtnern, einwecken, einfrieren, kochen und backen gelernt. Inzwischen war das Haus in perfektem, absolut perfektem Zustand. Die Keksdose war mit selbstgemachten Haferflocken-Rosinenkeksen, die Tiefkühltruhe mit nahrhaften Gerichten gefüllt. Auch wenn ich in jenen zwei Jahren nicht gerade rasend glücklich war, so war ich immerhin zufrieden, richtig dick und fett zufrieden – ich liebte mein Kind und dann das strampelnde Geheimnis in meinem Bauch. Ich hatte mein Bestes getan, um einem bestimmten Phantasiebild zu genügen, das ich über Mutterschaft und das schöne Leben auf einer Farm im Kopf trug.

Charlie führte ein paradiesisches Leben. Er lehrte an der Universität, und in seiner Freizeit hackte er Feuerholz für den Winter oder half im Garten. Er genoß es, in seinem Studierzimmer zu schreiben oder hinaus in die frische Landluft zu treten, wenn er eine Pause brauchte. Und Adam gedieh auf der Farm wie eine der wilden Blumen, die dort wuchsen. Er trottete hinter Schmetterlingen her, planschte im Teich herum, versuchte Frösche zu fangen und wanderte durch Wiesen, wo das Gras ihn überragte. Ich saß in der Sonne und las all die unnützen, hübschen Romane, die ich mir während meiner Promotionsjahre versagt hatte, und Adam buddelte im Sand, oder er jagte Hühner oder spielte mit den Katzen. Von Zeit zu Zeit tauchte ich aus diesem Leben immerhin so weit auf, daß ich die Colleges in erreichbarer Nähe abklapperte, um zu hören, ob sie jemanden brauchten, was sie nicht taten. Es war 1975. Den Colleges und Universitäten ging das Geld aus. Es wurde immer schwieriger, eine Stelle zu bekommen. Ich führte ein beschauliches Leben, ich las und ruhte mich aus, ich kümmerte mich um meinen kleinen Jungen und hielt das Haus in Ordnung, während in meinem Bauch ein neues Baby heranwuchs.

Ich war ziemlich zufrieden. Auf gewisse Weise fühlte ich mich wie auf einem Rastplatz oder in der Warteschleife. Ich wußte, daß ich in ein paar Jahren wieder die wirkliche Welt betreten würde, ich würde wieder studieren und unterrichten, doch vorerst hatte ich genug davon. Ich war reif für Kinder und eine Farm. Mein Körper rundete sich mit weichem, milchigem Fleisch und mein Leben mit entsprechend weicher, milchiger Freude. Ich wurde gelassener. Ich dehnte mich aus, mein ganzer Körper dehnte sich aus, so wie man sich an einem freien Sommertag in der warmen Sonne ausdehnt.

Und Charlie liebte Adam.

Ich hatte mich auf das Gegenteil vorbereitet. Adam würde eine Störung sein. Ich wußte, er würde laut und fordernd und lästig sein. Charlie war jetzt fünfundvierzig, er hatte schon zwei fast erwachsene Kinder, Babys würden ihn langweilen, so glaubte ich. Doch offenbar bildete sich zwischen meinem Sohn und meinem Mann sofort ein starkes, festes Band, vielleicht deshalb, weil Charlie es gewesen war, der Adam in seinen ersten Lebensminuten in den Armen gehalten, ihm in seine dunklen, zufriedenen Augen geschaut und die unendliche Vollkommenheit dieses kleinen Körpers gespürt hatte. Ich weiß es nicht. Wie ließe es sich erklären? Charlie liebte seinen Sohn, und ich liebte Charlie nur um so mehr, weil er es tat, und so waren wir alle drei einander in Liebe verbunden. In jenem Frühling nahm Charlie Adam im Tragesack auf dem Rücken überall mit – wenn er Bäume pflanzte oder den Garten umgrub oder im Wald spazieren ging. Er setzte ihn bei sich im Studierzimmer auf den Boden, wenn er arbeitete. Er brachte ihm kleine Geschenke mit. Er nahm ihn mit, wenn er in der Stadt Besorgungen machte. Beim Essen hielt er ihn auf dem Schoß. Er war richtig verliebt in sein Kind. Natürlich war ein Grund dafür, daß Adam ein Baby war, noch nicht alt genug, um zu quengeln, dazwischenzuplappern oder wichtige Papiere zu zerreißen. Später dämpfte berechtigter Ärger diese Liebe ein wenig. Doch in diesem ersten Jahr waren wir alle ineinander verliebt, und es war ein rührseliges, sentimentales Jahr, vielleicht das glücklichste unseres Lebens.

Caroline und Cathy erschienen nicht, um Adam als Baby zu begucken. Wir riefen sie an Adams zweitem Lebenstag vom Krankenhaus an, um ihnen die Neuigkeit zu erzählen, und beide sagten dasselbe, nämlich: »Oh.« Kein deutlicher Unterton in der Stimme, kein weiteres Wort. Wir grübelten: Sind sie glücklich? Traurig? Gelangweilt? Charlie schrieb jedem der Mädchen einen langen Brief, worin er ihnen sagte, wie sehr er sie liebte, wieso sie etwas Besonderes für ihn waren und daß er sie immer lieben werde. Ich schickte allen beiden je ein silbernes Armband mit einem herzförmigen silbernen Glücksbringer, auf dem auf der einen Seite »Ich liebe dich« stand und auf der anderen »Adam Campbell, 5. Februar 1973«. So weit ich weiß, erhielten die Mädchen die Armbänder auch, zumindest kamen sie nicht mit der Post zurück; aber Caroline und Cathy erwähnten sie nie und trugen sie auch nie. Mehrmals in jenem Frühling schrieben wir ihnen und riefen sie an, ob sie nicht Lust hätten, uns zu besuchen, wir wohnten jetzt ja in der Nähe. Charlie bot an, sie mit dem Auto abzuholen oder ihnen Fahrkarten für den Bus zu schicken, doch stets hatten sie Ausreden. Die Schule, schriftliche Arbeiten, Parties, Aussicht auf einen Job. Ich war unglücklich, daß sie nicht kamen. Ich glaubte, wenn sie Adam – dieses kleine unschuldige Baby – erst mal *sahen*, würden sie ihn mögen, vielleicht sogar lieben. Und ich vermißte die Mädchen, ich vermißte ihre Scherze, ihr Geplapper und schlicht den Anblick dieser hochaufgeschossenen, schlanken, hübschen jungen Menschen. Sie waren inzwischen ein Teil meines Lebens, und ihre Abwesenheit war deutlich spürbar. Doch ich wollte sie nicht zwingen zu kommen, und Charlie wollte es ebensowenig.

Am Anfang des Sommers erhielt Charlie kühle kleine Briefe von den Mädchen, in denen sie ihm mitteilten, sie würden diesen Sommer lieber nicht kommen. Beide schrieben, sie hätten lauter Babysitter-Jobs, und außerdem käme ihre Großmutter, die Mutter ihrer Mutter, zu Besuch, und sie wollten so viel Zeit wie möglich mit ihr verbringen, wo sie jetzt alt wurde; und auch mit ihren Freundinnen würden sie gern möglichst viel zusammensein. Die Briefe klangen vernünftig. Ich war traurig, daß sie nicht kommen würden, aber auch erleichtert. Mir fiel die unerfreuliche Seite unseres Amsterdamaufenthalts ein, als die Mädchen sich so zickig bei der Hausarbeit angestellt hatten. Die Farm und Adam erforderten eine Menge Arbeit. Und ich brauchte keine muffigen Gesichter bei der Aussicht auf Arbeit.

Es war Ende Dezember, und Adam war elf Monate alt, als Caroline und Cathy ihn endlich sahen. Sie hatten sich schließlich herabgelassen, uns am Ende der Weihnachtsferien zu besuchen. Wahrscheinlich hing es damit zusammen, daß Charlie ihnen gesagt hatte, er wolle ihnen ein Auto schenken. Das Auto war meine Idee. Ich dachte, so ein großes, teures Geschenk würde ihnen beweisen, daß Charlie sie immer noch liebte, auch wenn er jetzt ein neues Kind hatte. Außerdem glaubte ich, es würde ihnen die Entscheidung zu einem Besuch erleichtern. Und im übrigen fand ich, daß ein Auto für sie einfach toll wäre. Es sollte auf Carolines Namen laufen, da sie die Ältere war und einen Führerschein besaß, aber irgendwann würde auch Cathy damit fahren können. Charlie und ich sahen uns stundenlang bei Gebrauchtwagenhändlern um und entschieden uns schließlich für einen todschicken roten VW-Käfer mit Schiebedach. Es war ein erstklassiger Wagen, süß und kompakt, liebenswert. Ich konnte es kaum abwarten, daß die Mädchen ihn bekamen.

Charlie fuhr nach Hadley, um sie abzuholen. Er nahm den roten VW, und auf meinen Vorschlag hin hatte er eine dicke rote Schleife auf der Haube befestigt. Später erzählte er mir, daß die Mädchen auf ihre recht stumme, reservierte Art reagiert hatten. Offenbar hatte der Ärger, daß es nur ein Auto gab und sie es teilen müßten, die Freude darüber, daß sie überhaupt eines bekamen, überwogen. Charlie war darüber traurig und wütend, und die Rückfahrt zur Farm war nicht so fröhlich, wie ich sie mir ausgemalt hatte.

Ich war an jenem Tag zu Hause, kümmerte mich um Adam, war mit der Vorbereitung für ein großes Festessen beschäftigt und wanderte durch das ganze Haus und bewunderte mein Werk. Ich wohnte erst ein Jahr dort, und in diesem Jahr hatte ich ein Baby bekommen, trotzdem hatte ich noch manches an Verschönerungen zuwege gebracht. Abgesehen von ein paar abblätternden Decken und vereinzelten schäbigen Räumen sah das Haus prächtig aus. Mit roten Bändern hatte ich überall Immergrün aus dem Garten aufgehängt, der Weihnachtsbaum stammte von unserem eigenen Land und stand noch vorne im Salon, mit Carolines und Cathys Geschenken darunter. Adam lernte gerade laufen und war ziemlich albern. Er war pummelig und glücklich. Wenn er mit seinen sechs Zähnen lachte, fand ich ihn unwiderstehlich.

Er machte gerade ein Nickerchen, als die Mädchen am späten Nachmittag mit Charlie ankamen. Ich hatte ihn extra deswegen spät hingelegt, denn ich dachte, es wäre gut, wenn wir vier etwas Zeit für uns hätten, ohne daß das neue Wesen schon dabei war. Charlies Töchter traten ins Haus und ließen mich ihre eisigen Wangen küssen: Sie waren noch größer, noch schlanker und noch viel hübscher als in Amsterdam. Sie waren junge Frauen. Sie waren absolut umwerfend. »Wie wunderschön seid ihr geworden!« sagte ich ein ums andere Mal, ich mußte es sagen, ich konnte gar nicht anders. »Freut ihr euch nicht, daß ihr so schön seid?« Ich war wirklich glücklich, daß sie da waren. Fast hätte ich aus lauter Freude geweint. Das waren meine – meine was? Ich hatte kein Wort für sie. Nicht meine Töchter, nicht meine Verwandten, nicht meine Freundinnen, sondern meine Irgendwas. Geschöpfe, die ich nun schon so lange kannte, um die ich mich gekümmert, denen ich geholfen, die ich beeinflußt hatte.

Caroline und Cathy bedachten mich mit Blicken, die so kalt wie die Dezemberluft waren. Sie standen in steifer Haltung herum. Sie starrten mich an, als wäre ich eine Fremde, als würden sie mich nicht kennen, als würden sie mich nicht mögen und das auch nicht ändern wollen. Sie werden schon noch auftauen, sagte ich mir, aber das taten sie nicht, und zwar für keine einzige Sekunde während der zwei langen Tage, die sie bei uns waren.

Ich schenkte mir einen steifen Scotch ein und schlug vor, daß wir uns um den Baum versammelten. Es war zu kalt, um zu reiten oder einen Spaziergang zu machen, und zu früh zum Essen. Ich hoffte, das Auspacken ihrer anderen Geschenke würde sie ein wenig aufheitern. Charlie und ich hatten ihnen während des ganzen langen Jahres immer wieder Briefe geschrieben, und Adam hatten wir darin nur kurz erwähnt. Die Mädchen hatten keinen der Briefe beantwortet. Ich bedauerte das wohl am meisten, ich bedauerte, daß Caroline, vor allem Caroline, die mir solche langen, persönlichen, offenherzigen Briefe geschrieben hatte, ganz damit aufgehört hatte. Als Weihnachten dann herannahte, tauchte ein neues Problem auf: Wir wußten nicht, was die Mädchen sich wünschten. Wir hatten sie in einem Brief gefragt, sie hatten nicht geantwortet. Wir kannten ihre Kleidergröße, ihre Interessen, ihre Wünsche nicht. Deshalb war das Hauptgeschenk in jenem Jahr das Auto. Ich kaufte jeder der beiden ein indisches Baumwollhemdchen und zwei oder drei Bücher und verrückte Socken, bei denen jeder Zeh extra und in einer anderen Farbe gestrickt war. Da ich in meinem Erdmutterstadium war und fand, daß selbstgemachte Geschenke Liebe verrieten, weil eher Zeit in ihnen steckte als Geld, strickte ich allen beiden lange Schals mit passenden Mützen dazu.

Wir saßen vorne im Salon um ein hübsches, knisterndes Feuer, das ich gemacht hatte, und schauten in die funkelnden Lichter des Weihnachtsbaumes. Charlie und ich tranken Scotch, die Mädchen tranken Eierflip mit Rum, sie öffneten ihre Geschenke, sahen einander unendlich gelangweilt an und sagten: »Danke, Dad. Danke, Zelda. Und noch mal danke für das Auto.« Und das war's. Fröhliche Weihnachten allerseits.

Es wurde auch nicht besser, als Adam loskrähte, nachdem er von seinem Nickerchen aufgewacht war. Mir war klar, daß die Mädchen bestimmt nicht »Oh, wie süß ist er!« ausrufen würden, wenn sie ihn sahen, auch wenn er süß war; die meisten elfmonatigen Babys sind es. Auf die flüchtigen, versteinerten Blicke, mit denen sie ihn empfingen, als ich ihn herunterbrachte, war ich allerdings nicht gefaßt.

»Das ist Adam«, sagte ich, nicht besonders strahlend, nicht besonders fröhlich, eher so, als käme ich mit dem Familienhund oder der Katze.

»Hallo«, sagte Cathy, ohne ihn richtig anzusehen, ohne richtig zu lächeln.

»Er ist niedlich«, sagte Caroline tonlos, und das war's. Sie versuchten nicht, mit ihm zu reden oder ihn in den Arm zu nehmen, sie stellten keine Fragen über ihn.

So saßen wir eine Weile im Salon – eine große, glückliche Familie. Adam spielte auf dem Boden mit dem zerrissenen Einwickelpapier und den Schleifen. Die Mädchen blätterten zerstreut in ihren neuen Büchern. Das Haus roch nach Immergrün, nach dem großen Schmorbraten, der in Wein köchelte, und nach Apfelholz im Kamin. Adam zerkleinerte das Einwickelpapier und giggelte und plapperte vergnügt vor sich hin. Caroline und Cathy hatten, anders als sonst, keine Geschenke mitgebracht, und auf Fragen antworteten sie nur sehr einsilbig. Ich dachte, mir bricht das Herz. Wie konnten sie derart verändert sein, und das so plötzlich, so vollständig? Noch vor einem Jahr waren wir in Amsterdam Freundinnen und miteinander glücklich gewesen. Mir war elend. Und ich war gekränkt. Aber Charlie war ihr Vater, und da er es aushielt und so tat, als sei er rundum zufrieden, dachte ich, wenn er nichts sagt, halte ich am besten auch den Mund.

Schließlich servierte ich das Abendessen, und nach dem Essen klebten die Mädchen am Fernseher, während Charlie und ich den Abwasch machten und Adam Pfeilwurzkekse knabberte und in seinem Ställchen in der Küche spielte. Hin und wieder sagte ich zu ihm: »Hallo, Herzchen« oder »Na, wie ist es, Süßer?« Doch ich sagte es nicht so häufig wie sonst. Jedes Wort klang zu laut, zu ekelhaft lieb, weil Caroline und Cathy es hören konnten.

Am nächsten Tag machte Charlie mit ihnen einen langen Spaziergang über die Farm, er zeigte ihnen den Pferdestall, den er repariert und aufgeräumt hatte, und er zeigte ihnen die Bäume, die er gepflanzt hatte, und die Beerensträucher und die im Augenblick völlig verschneite Stelle, wo wir im Sommer unseren Garten angelegt hatten. Ich fragte beide Mädchen, ob sie Lust hätten, mit Liza und Gabe auszureiten, aber beide sagten kurzangebunden nein. Also servierte ich ihnen ein warmes Mittagessen, und dann stiegen sie in ihren neuen roten Käfer und fuhren ohne ein Lächeln davon.

»Teenager machen solche Phasen durch«, sagte Charlie zu mir, während wir ihnen hinterherblickten. »Mit ihrer Mutter verhalten sie sich garantiert ganz genauso. Sie sind dabei, sich abzunabeln, ihren eigenen Lebensstil zu finden, unabhängig zu werden, und sie müssen alle Fäden kappen. Sie sind in jener Lebensphase, in der sie alle Menschen über dreißig hassen, alle, die sich in ihr Leben einmischen wollen. Das ist schade, ich weiß. Es ist ein gräßliches Stadium. Und ich hasse es. Ich würde ihnen am liebsten die Hölle heiß machen, ich finde sie absolut unerträglich. Und ich bin stinksauer darüber, wie sie sich bei der Autogeschichte benommen haben. Aber es wäre nicht gut, wenn ich sie jetzt kritisierte. Es würde ihnen nicht helfen. Außer ihren normalen Problemen haben sie jetzt noch dich und Adam, womit sie sich herumschlagen müssen. Nimm es bitte nicht persönlich. Frag jeden, der ein Kind im Teenageralter hat, sie werden es bestätigen. Es ist ein grauenhaftes Stadium. Alles, was man tun kann, ist, sich ruhig verhalten und versuchen, sie trotz allem noch zu lieben. Du wirst sehen, irgendwann ist es vorbei. Da mache ich mir keine Sorgen. Aber ich bin ausnahmsweise mal froh, daß ich nicht mit ihnen zusammenleben muß.«

Der Frühling und der Sommer vergingen, ohne daß wir die Mädchen sahen oder irgend etwas von ihnen hörten; allerdings fuhr Charlie zweimal hinunter, um mit ihnen essen zu gehen, und als er wiederkam, sagte er, sie seien immer noch ziemlich gräßlich. In einem Anfall von Optimismus schickte ich Caroline eine Schachtel mit selbstgebackenen Keksen, erhielt aber keine Antwort. Caroline und Cathy kamen dann Weihnachten 1974 noch einmal für einen Tag zu Besuch, aber es war wieder genauso unerfreulich und unangenehm wie im Vorjahr. Allerdings war es auch nicht gerade hilfreich, daß ich im vierten Monat schwanger war und man es schon sehen konnte, und ebensowenig, daß Adam jetzt fast zwei Jahre alt war, laufen und sprechen konnte und mit den Mädchen anbändeln wollte. »Du wer?« sagte er oder »Guck mein Zug« oder »Du hast ein Hübsches an deinem Hals«. Sie antworteten ihm so knapp wie möglich. Nach ihrer Ankunft stellte er sich anfangs einfach nur neben sie und versuchte herauszufinden, was das für komische Leute waren, die ihn nicht anlächelten und nicht mit ihm schmusten. Nach einer Weile fand er es langweilig mit ihnen und marschierte weg. Der Besuch war kein Erfolg, und innerlich tobte ich und hätte ihre mürrischen Gesichter am liebsten mit Beschimpfungen bombardiert. Aber Charlie verhielt sich still, und ich tat es auch.

Dann war Juni, und mein zweites Baby war auf dem Weg.

Die Geburt sollte in die erste Juniwoche fallen. In der zweiten Juniwoche würde Charlie an einer siebentägigen Konferenz teilnehmen. Der Haushalt war zwar insgesamt in gutem Zustand, aber ich war nicht besonders erpicht darauf, mit einem lebhaften Zweijährigen, einem neuen Baby und einem wunden Hintern allein draußen auf dem Land zu sitzen. Das Gras mußte gemäht und das Unkraut im Garten gejätet werden, und neu ausgesät werden müßte auch. Charlies Küken stand kurz vorm Ausschlüpfen. Unsere Lieblingsbabysitterin Mrs. Justin hatte ihre eigene Familie und die Farm, um die sie sich kümmern mußte. Da wir auf dem Land lebten, brauchten wir mindestens zwanzig Minuten mit dem Auto zu unseren Freunden von der Universität, und die besten dieser Freunde waren sowieso während der Sommerferien nicht in der

Stadt. Ich würde also sieben Tage lang mit Adam und dem neuen Baby vollkommen allein auf der Farm sein. Ich brauchte Hilfe. Es schien logisch, daß Caroline und Cathy dafür in Frage kamen, zumal wir sie bezahlen würden. Charlie ließ sie wissen, daß er ihnen für die eine Woche je zweihundert Dollar geben würde. Im ersten Moment fand ich das viel zuviel, aber dann beschloß ich, die Summe sei gerechtfertigt, wenn die Mädchen nur endlich lächeln würden.

Es waren fast sechs Monate vergangen, seit wir die Mädchen zuletzt gesehen hatten. Ich mußte an die Vergangenheit denken, an all die Jahre, die wir sie nun schon kannten und liebten. Es stimmte, daß sie Geld brauchten; vielleicht brauchten sie ja aber auch das Gefühl, daß sie zur Familie gehörten, daß sie erwünscht waren und daß sie helfen konnten. Vielleicht würden sie sich wohler und zufriedener fühlen, wenn sie nicht nur empfangen, sondern auch geben könnten. Immerhin, so sagte ich mir, handelte es sich um Caroline und Cathy, zwei Mädchen, die ich seit Jahren kannte, mit denen ich so häufig gelacht hatte. Sie waren jetzt siebzehn und zwanzig, große Mädchen, sicherlich waren sie jetzt reifer. Ich sagte also zu Charlie, es sei in Ordnung, er solle sehen, ob sich die Sache mit den Mädchen arrangieren ließe.

Am Telefon sagten sie mit ihrer neuen ausdruckslosen Stimme: Okay, gut. Sie würden es machen. Und sie kamen am siebten Juni an, dem fälligen Geburtstermin und dem Tag, für den wir sie erwartet hatten. Sie kamen allerdings mit denselben zugeknöpften Gesichtern, die sie seit zwei Jahren aufsetzten. Sie redeten gezwungen, sie guckten mürrisch, sie wandten die Augen ab. Ich lächelte, Charlie lächelte, wir lächelten beide, bis uns der Kiefer weh tat; doch sie reagierten mit eisiger Zurückhaltung auf uns. Und mit eisiger Zurückhaltung auf Adam. Sie berührten ihn nicht, sprachen nicht mit ihm, blickten ihn nicht an. Ich hätte so gerne gefragt: Was ist bloß passiert? Warum benehmt ihr euch so? Haßt ihr uns plötzlich alle? Was können wir tun, damit es anders wird? Doch ihre Gesichter luden nicht zu solch persönlichen Fragen ein.

Als in jener Nacht meine Wehen einsetzten und mich aus dem Schlaf rissen, geriet ich in Panik. Ich sagte: Nein, neues Baby, noch nicht, ich bin noch nicht auf dich vorbereitet. Ich muß mir erst noch eine Lösung einfallen lassen. Ich kann Adam nicht mit diesen beiden eisigen Mädchen allein lassen. Vielleicht übertrieb ich ja, natürlich würden die Mädchen Adam nicht umbringen. Aber ich wünschte mir so sehr, daß die Geburt des neuen Babys für alle eine Zeit der Liebe und der Fröhlichkeit sein sollte, auch für Adam. Ich wollte nicht, daß sie ihm als eine Zeit befremdlicher Einsamkeit und Angst im Gedächtnis blieb. Vielleicht war es ja irrational, daß ich ihn nicht den Mädchen überlassen wollte. Aber dann war Charlie jedenfalls zu rational, fand ich, und das mußte ich ausgleichen. Nicht alles ließ sich mit Geld und Logik regeln, nicht in solchen Zeiten.

Als Mrs. Justin dann kam und wir ihr unsere Anweisungen gaben, war es schon fast halb sechs. Caroline und Cathy schliefen noch in den Ausziehbetten im Salon. Adam schlief noch oben. Meine Wehen waren heftig und kamen in kurzem Abstand. Wir stiegen ins Auto. Charlie fuhr so schnell er konnte.

»Hast du versucht, mit ihnen darüber zu reden?« fragte ich Charlie in einer Schmerzpause. »Hast du ihnen gesagt, wie uns zumute ist?«

»Ich habe gestern ein bißchen mit ihnen geredet«, sagte Charlie. »Sie sagten, sie kämen sich hier komisch vor. Sie fühlten sich ausgeschlossen. Wir hätten unsere kleine Familie, und sie gehörten nicht dazu. Sie sagten allerdings auch, daß sie nicht dazugehören wollten. Sie seien einfach nicht gerne hier. Ich vermute, daß sie denken, ich hätte sie verraten, und du hättest mich irgendwie in diesen Verrat hineingezogen. Sie wollen eigentlich nicht darüber reden. Sie wollen nicht mit mir reden, sie verschließen sich. Als ich sagte, meine Liebe gehöre ihnen doch weiterhin, und wir hätten sie vermißt, ihre Freundschaft und ihre Gesellschaft habe uns gefehlt, antworteten sie nicht. Schließlich sagten alle beide, wenn wir Adam nicht hätten, dann hätten wir sie auf bessere Colleges schicken können, auf private Schulen statt auf öffentliche. Cathy sagte, sie finde es ungerecht, daß ich einfach losgehen und mir neue Kinder besorgen könne. Sie dagegen könne sich nicht einfach einen netten neuen Vater besorgen.«

»O Charlie«, stöhnte ich.

»Ich habe trotzdem noch Hoffnung für diese Woche«, sagte Charlie. »Wenn erst mal etwas Zeit vergangen ist, werden sie sich vielleicht entkrampfen, sie werden sich zu Hause fühlen, mit dir reden. Sie machen doch wirklich eine harte Zeit durch. Sie haben mir erzählt, daß Adelaide vor einem Jahr eine neue Stelle an der Universität angeboten bekam. Verglichen mit vorher ist das ein schöner Sprung nach oben. Sie ist jetzt Geschäftsführerin des Vizepräsidenten der Universität. Eine sehr anspruchsvolle und renommierte Position, sie wird gut bezahlt, und offenbar gefällt ihr die Arbeit. Es ist wirklich ein erstklassiger Job mit großer Entscheidungsmacht. Sie hat sich voller Begeisterung darauf geworfen, arbeitet ganztags, macht Überstunden und nimmt häufig an Essen mit Treuhändern und durchreisenden hohen Tieren teil. Ich glaube, sie hat den Job zu ihrem Leben gemacht. Sie war froh, daß er ihr genau zu der Zeit angeboten wurde, als ihre Mädchen flügge wurden und dabei waren, das Nest zu verlassen. Ich vermute allerdings, daß die Mädchen im Grunde noch nicht soweit waren. Auf der einen Seite ist da ihre Mutter, die zu müde ist, um Essen zu kochen oder irgendwas sonst selbst zuzubereiten, und die zu beschäftigt, zu sehr von ihrer Arbeit in Anspruch genommen ist, um wirklich für sie dazusein, und auf der anderen Seite sind da wir mit unserer langweiligen Farm und den neuen Babys. Sie fühlen sich isoliert, fremd und bitter und ohne Schutz.«

»Das ist ja toll für Adelaide!« rief ich, wegen meiner Wehen lauter als ich wollte. »Hast du gestern mit ihr gesprochen, als du die Mädchen abholtest? Hast du sie gesehen?«

»Ja«, sagte Charlie, »und sie sah so gut aus wie noch nie in ihrem Leben. Ihr Haar ist immer noch blond, sie ist sehr schlank, und sie trug eine schlichte, gutsitzende Bluse und Hosen und nicht mehr diesen Rüschenquatsch wie früher. Sie ist glücklich, ihr ganzer Körper strahlt das aus. Sie ist wirklich glücklich. Sie wirkt elegant, absolut makellos. Wir haben nicht lange miteinander geredet, aber es war wirklich angenehm. Sie trug eine todschicke Lederaktentasche unter dem Arm. Sie sah toll aus.«

»Gott, wie bin ich froh!« kreischte ich. »O Charlie, könntest du wohl schneller fahren? Ich glaube, ich muß pressen.«

»Du sollst um Gottes willen schnaufen und keuchen«, sagte Charlie. »Aber lieber Himmel, bloß nicht pressen!« Er trat heftig auf das Gaspedal.

Ich hatte Angst, daß ich das Baby im Auto bekommen würde. Ich hatte Angst, daß Adam weinen würde, wenn er aufwachte und wir nicht da waren. Ich hatte Angst, die Mädchen würden gemein zu ihm sein. Ich hatte Angst, daß ich für Charlie plötzlich nicht mehr so attraktiv war wie die schlanke, elegante Adelaide mit ihrer Lederaktentasche. Es stimmt, daß die seelische Befindlichkeit eines Menschen viel mit seinem jeweiligen körperlichen Zustand zu tun hat. Und tief in meinem Innern wußte ich auch genau, was da vor sich ging, aber ich fürchtete mich so schrecklich vor allem, daß jede Wehe wie eine Faust der Angst war. Als wir endlich im Krankenhaus ankamen, schluchzte und zitterte ich und war kaum noch bei Sinnen. Natürlich hatten wir vergessen, der Ärztin Bescheid zu sagen, daß wir auf dem Weg waren. Ich sackte in einen Rollstuhl, und wir fuhren hoch zur Entbindungsstation, wo ich, halb geschubst und halb fallengelassen auf einem Tisch landete und eilig in den Kreißsaal gebracht wurde. Mittlerweile preßte ich schon: Ich mußte einfach pressen. Und ich schrie, weil ich Schmerzen hatte, weil ich die Beherrschung verloren hatte, weil mein ganzes Leben aus den Fugen geraten war. Noch nie hatte mich etwas so verletzt. Der Tisch war noch nicht vorbereitet. Ich packte Charlie mit der linken und die Schwester mit der rechten Hand, und eine weitere Schwester lief ganz aufgeregt da unten rum, wo meine Beine waren, und versuchte irgend etwas mit weißen Handtüchern zu machen, und ich brüllte: »Bitte, helft mir! Bitte gebt mir was gegen die Schmerzen!« Und mit einem herrlichen glatten Rutsch war meine Tochter geboren.

Ich verbrachte zwei gemütliche, schmerzende, tropfende, liebevolle Tage mit Lucy im Krankenhaus, bevor ich entlassen wurde. Ich schaffte es, diese zwei Tage nicht an Adam zu denken, meinen pummeligen kleinen Adam, weil Charlie noch zu Hause war und ich wußte, Charlie würde gut für ihn sorgen. Und ich überließ mich einfach der Betrachtung und der Bewunderung meines neuen Kindes, überließ mich dem Genuß meiner Schmerzen und meiner Wunden, der routinierten Pflege von anderen, der durchweichten, milchigen, blutigen, heißen, feuchten Wonne. Aber an Lucys drittem Lebenstag ging ich nach Hause. Die Schwestern und meine Ärztin warnten mich, doch ich hörte nicht auf sie. Es kümmerte mich nicht. Ich konnte meinen Sohn nicht allein mit meinen Stieftöchtern lassen.

Charlie holte mich ab, und Adam saß im Wagen. Sein Haar war ganz lockig von der feuchten New-Hampshire-Luft, und seine Wangen waren erhitzt. Ich legte das Baby in einer Tragetasche auf den Rücksitz, ließ mich vorne neben Charlie nieder und küßte und herzte Adam, streichelte seine hübschen, gebräunten, kräftigen Beinchen und vergrub meine Nase in seinem Haar.

»Wie geht es Cathy und Caroline?« fragte ich ihn.

»Wem?«

»Cathy und Caroline –«

»Ach, diese Damen, die bei uns im Haus wohnen? Es geht ihnen gut.« Und das war alles, was er sagte. Immerhin, dachte ich, immerhin scheint er keine Angst vor ihnen zu haben.

Charlie brachte uns alle wohlbehalten nach Hause. Cathy und Caroline waren gerade im Garten und jäteten Unkraut, und als wir vorfuhren, blickten sie zwar hoch, kamen aber nicht her, um mich und mein neues Kind zu sehen. Charlie trug Lucy ins Haus und legte sie in ihr Bettchen. Er brachte meine Reisetasche herein und packte sie für mich aus. Er machte mir eine Bloody Mary; er machte für Adam und uns beide Mittagessen.

Er sagte: »Es tut mir leid, daß ich fort muß. Ein Mann meines Alters hat kein Recht auf Babys. Ich würde gerne hierbleiben und Lucy einfach nur im Arm halten und sie anschauen. Sie ist so wunderhübsch. Aber die Konferenz ist wichtig.«

»Ich weiß«, sagte ich.

»Ich habe mit den Mädchen gesprochen. Ich habe ihnen aufgetragen, nett zu dir und Adam zu sein. Ich habe ihnen aufgetragen, alle Hausarbeiten und den ganzen Abwasch zu machen, während ich fort bin. Sie haben recht fleißig im Garten gearbeitet. Ich denke, es wird alles gutgehen. Auf jeden Fall hoffe ich, daß es so besser ist, als wenn ich dich mit einer teuren, fremden Schwester vom Gesundheitsamt allein lasse.«

»Vielleicht«, sagte ich.

»Ich muß jetzt los. Ich bringe Adam nach draußen und sage den Mädchen, sie sollen auf ihn aufpassen, während du Lucy stillst und ein wenig ruhst. Mach dir keine Sorgen. Ich verspreche dir, es wird alles gut werden.«

Dann ging Charlie. Er verließ das Zimmer mit Adam an der

Hand. Ich schleppte mich die Treppe hoch in mein Schlafzimmer, versuchte etwas Lippenstift aufzulegen und mir das Haar zu bürsten. Ich wollte nicht allzu unansehnlich und schlampig aussehen. Ich zog meine Umstandssachen aus und schlüpfte statt dessen in ein weiches, blaues Nachthemd, das ich zu Adams Geburt gekauft hatte. Es wurde vorne zugeknöpft, so daß es sich zum Stillen leicht öffnen ließ. Ich schlurfte über den Flur zum Badezimmer, erledigte dort einige körperliche Bedürfnisse, und als ich mich wieder in der Lage fühlte zurückzugehen, greinte Lucy ihr neues Babygreinen. Ich wechselte ihre Windeln und stillte sie und redete ein bißchen mit ihr, und bald war sie wieder eingeschlafen. Es war ein warmer Junitag, die Fenster standen offen, Insekten prallten gegen das Fliegengitter, und es wehte kein Lüftchen. Ich streckte mich auf dem Bett aus, horchte angestrengt, ob mit Adam alles in Ordnung war, und ehe ich's mich versah, war ich eingeschlafen.

Ich wachte auf, weil Lucy wieder weinte. Das Licht in meinem Schlafzimmer hatte sich verändert, es war dunkler geworden. Entsetzt sah ich auf meine Uhr, es war fast halb sechs. Ich hatte fünf geschlagene Stunden geschlafen, ich hatte meinen kleinen Jungen fünf geschlagene Stunden allein in der Welt gelassen. Halb verzweifelt packte ich Lucy, wechselte ihre Windeln, drückte sie dann an mich und ging schwerfällig aus dem Zimmer und die Treppe hinunter. »So ist es brav«, flüsterte ich, »so ist es ganz brav, gleich kriegst du was. Erst mal wollen wir Adam suchen.«

Die Küchentür war geschlossen. Ich öffnete sie und sah Caroline und Cathy am Tisch sitzen und den Braten essen, den ich vor einiger Zeit geschmort und eingefroren hatte. Der Fernseher war an, und sie guckten gebannt.

»Hallo«, sagte ich. »Wo ist Adam?«

»Da drin«, sagte Cathy und wies mit dem Kopf in eine Ecke.

Adam lag in dem Ställchen. Er nuckelte am Daumen und rollte rhythmisch von einer Seite auf die andere. Als er mich sah, stand er auf und brach in Tränen aus.

»Mommy!« wimmerte er.

Keines der Mädchen schaute zu ihm oder zu mir; sie guckten seelenruhig weiter in den Fernseher. Ich legte Lucy auf den Teppich, ging zu Adam hinüber und hob ihn aus dem Ställchen. Es tat weh beim Heben, er war so viel schwerer als Lucy, und um ihn hochzunehmen, mußte ich mich sehr unangenehm vorbeugen. Ich spürte, wie irgend etwas in mir zerrte. Aber er klammerte sich an mich, barg seinen Kopf an meinem Hals und weinte, so daß ich ihn nicht wieder absetzen mochte.

»Habt ihr ihm was zu essen gegeben?« fragte ich die Mädchen.

Sie zeigten auf einen vollen Teller. »Das wollte er nicht«, sagten sie. »Er hat gesagt, das mag er nicht.«

»Ja und – habt ihr ihm was anderes gegeben?«

»Nein. Er hat nicht gesagt, daß er was anderes will. Wir dachten, er hat keinen Hunger.«

Lucy, die offenbar vor Schreck verstummt war, begann jetzt wieder zu weinen, sehr heftig diesmal. Es war mehr als fünf Stunden her, daß sie gefüttert worden war. Adam klammerte sich immer noch an mich und schluchzte. Die beiden Mädchen sahen weiter fern.

»Hör zu, mein Herz«, sagte ich zu Adam, »Mommy packt dich jetzt in dein Kinderstühlchen und setzt sich neben dich und füttert dich, und du darfst Lucy-Baby beim Trinken zuschauen. Als du klein warst, hast du genauso getrunken.«

»Aus deiner Brust?« fragte Adam.

»Aus meiner Brust«, sagte ich.

Diese Neuigkeit gefiel Adam. Er kletterte bereitwillig in seinen Stuhl, ich nahm Lucy hoch, zog mir einen Stuhl für mich selber heran, setzte mich neben Adam, öffnete meinen Morgenrock und drückte Lucys gieriges Mäulchen an meine linke Brust. Ich hielt Lucy mit dem linken Arm und fütterte Adam mit der rechten Hand. Die Mädchen sahen weiter fern. Es war, als ob wir drei überhaupt nicht existierten. Ich spürte, wie Zorn in mir aufstieg, versuchte aber ruhig zu bleiben, da ich Lucys Milch nicht mit Gift vermischen wollte.

Mir knurrte der Magen. Ich hatte seit Mittag, als Charlie mir etwas gemacht hatte, nichts mehr gegessen und getrunken. Diese behütete, freundliche Zeit, als Charlie noch da war, schien Jahre zurückzuliegen. Jetzt fühlte ich mich in meinem eigenen Haus wie eine unerwünschte Fremde. Ich saß da, müde, blutend, leckend und mit Schmerzen, und sehnte mich nach einem freundlichen, teilnahmsvollen Wort. Ich saß da mit meinem neuen Baby, und Caroline und Cathy wandten noch nicht einmal den Kopf, um zu gucken, wie Lucy aussah. Ich saß da, fütterte Adam und stillte gleichzeitig Lucy, während Caroline und Cathy auf den Fernseher starrten, den Braten aßen, den ich gemacht hatte, und so taten, als wäre niemand sonst im Raum. Es war eigenartig. Es war schrecklich.

»Meint ihr, eine von euch könnte mir vielleicht auch einen Teller auffüllen?« fragte ich. »Ich bin sehr hungrig. Und könntet ihr mir wohl bitte ein Bier einschenken?«

Caroline und Cathy sahen einander an, wechselten einen langen, angeödeten, überlegenen, genervten Blick.

Dann seufzte Caroline: »Ich mach das schon.« Sie stand auf und öffnete ein Bier, und ohne mir ein Glas einzuschenken, knallte sie die Dose vor mir auf den Tisch wie eine mürrische Kellnerin. Dann klatschte sie etwas von dem Schmorgericht auf einen Teller und schob ihn mir vor die Nase. Sie setzte sich wieder.

Ich war kurz davor, in Tränen auszubrechen. Es kam mir so vor, als sei die Welt verrückt geworden. Der Haß, den die Mädchen ausstrahlten, erstickte mich. Ich begriff nicht, was hier vor sich ging, aber ich wußte, wenn ich jetzt anfinge, mit ihnen darüber zu diskutieren, würde ich in demütigenden Tränen schwimmen und nicht mehr aufhören können zu schluchzen.

»Könnte ich wohl bitte eine Gabel haben?« fragte ich. Ich dachte an all die Male, all die Tausende von Malen, als ich ihnen ihr Essen gekocht und abgewaschen hatte.

Diesmal stand Cathy auf, holte eine Gabel aus der Schublade und legte sie vor mir auf den Tisch. Dann setzte auch sie sich wieder und sah weiter fern.

Ich war so hungrig, daß ich es irgendwie fertigbrachte, selber zu essen, Lucy zu stillen und Adam zu füttern – alles zur selben Zeit. Ich legte Lucy an meine rechte Brust, steckte Adam einen Löffel voll in den Mund, stopfte mir dann selber schnell etwas in den Mund, während Adam kaute. Ich mußte die Mädchen noch um ein zweites Bier, um eine Serviette, um einen Apfel für mich und eine Banane für Adam bitten. Endlich fühlte ich mich satt, Adam hatte alles aufgegessen, und Lucys Mäulchen an meiner Brust wurde schlaff. Ich lehnte sie mit dem Kopf an meine Schulter und klopfte ihr so lange leicht auf den Rücken, bis sie einen lauten, ziemlich ordinären Rülpser von sich gab. Über das Geräusch mußte Adam lachen, und ich lächelte, aber Caroline und Cathy schienen nichts gehört zu haben.

Ich schob meinen Stuhl zurück, legte Lucy auf den Boden und half Adam aus seinem Kinderstuhl. Dann nahm ich, ohne ein Wort zu den Mädchen zu sagen (was hätte ich nach all dem auch sagen sollen?), Lucy wieder in den Arm, nahm Adam an die Hand und führte ihn die Treppe hoch. Wir gingen in sein Schlafzimmer, und ich blieb zwei ganze Stunden dort, spielte mit ihm und las ihm vor, während Lucy auf dem Boden lag und ins Lampenlicht guckte. Hin und wieder weinte sie ein bißchen, dann nahm ich sie hoch, und sie kuschelte sich an mich, nicht schläfrig, sondern zufrieden. Schließlich hatte ich Adam soweit, daß er seinen Sommerpyjama anzog, zur Toilette ging, sich die Zähne putzte, und endlich, endlich lag er im Bett. Ich war vollkommen erledigt und fühlte mich wie eine Gefangene in meinem eigenen Haus. Von unten konnte ich den Fernseher hören. Lucy wollte nicht schlafen, also setzte ich mich eine Weile mit ihr auf mein Bett und sang ihr etwas vor, dann ließ ich sie auf dem Bauch auf meinem Teppich liegen, während ich versuchte, einigen Freunden Geburtsanzeigen zu schreiben. Aber ich war müde, zu müde. Ich sehnte mich nach Ruhe und Schlaf. Ich lechzte nach einem heißen Bad, einem steifen Scotch und nach vierundzwanzig Stunden ununterbrochenem Schlaf. Ich wünschte mir, daß irgendein freundlicher Mensch mich anrief, um zu hören, wie es mir ging; ich wünschte, Caroline und Cathy würden hochkommen und fragen, ob alles in Ordnung sei, ob sie irgend etwas für mich tun könnten. Ich grübelte, warum in aller Welt sie sich wie zwei total verwöhnte, eklige Zimtzicken benahmen. Aber ich besaß nicht mehr die seelische und körperliche Kraft, um es alleine herauszubekommen. Ich beschloß, daß ich mir am nächsten Morgen ein Herz fassen und sie fragen würde, was los sei. Wenn ich mutig genug war, ihnen diese Frage ganz unverblümt in ihre verstockten Gesichter zu schleudern, würden sie einfach antworten müssen.

Ich stillte Lucy noch einmal, obwohl es eigentlich noch zu früh dafür war, aber ich hoffte, sie würde dann einschlafen, und das tat sie auch. Um halb zehn brachte ich sie zu Bett und sah nach Adam, der tief und fest schlief, ließ das ersehnte heiße Bad sausen und fiel ins Bett und in einen dumpfen, unruhigen Schlaf.

Um zwei wachte Lucy auf und beschloß, den Rest der Nacht wachzubleiben. Offenbar hatte ihr Fünfstundenschlaf über Tag sie gestärkt, und ihre innere Uhr sagte ihr, daß jetzt Aufsteh- und Spielzeit war. Sie wollte nicht schlafen. Sie trank, grabbelte eine Weile an meinen Brustwarzen herum, ich sang ihr leise etwas vor, wiegte sie, sprach mit ihr, wanderte mit ihr herum und rieb ihr den Rücken, aber sie wollte nicht schlafen. Sie war anbetungswürdig, und ich betete sie an, aber ich war müde. Sie war gerade mal drei Tage alt. Ich brauchte Schlaf. Ich sehnte mich nach Schlaf. Ich überlegte, ob ich hinuntergehen und fragen sollte, ob eines der Mädchen Lucy für eine Stunde übernehmen könnte, entschied mich jedoch dagegen. Weder hatte ich das Gefühl, daß ich ihnen Lucy anvertrauen konnte, noch fühlte ich mich mitten in der Nacht ihrem Haß gewachsen. Also kümmerte ich mich selbst um Lucy. Zum Glück weinte sie nicht, sie kriegte auch keine Kolik und war nicht wütend, sie war einfach nur wach und wollte unterhalten werden. Und sie weinte erst dann, als ich sie wieder in ihr Körbchen legte. Ich fühlte mich wie eine schmelzende Kerze, meine Haut und mein Fleisch schienen vor Erschöpfung nach unten wegzusacken. Ich hätte schrecklich gern alles liegengelassen, wäre am liebsten weggesunken, um mich in Schlaf aufzulösen. Statt dessen hielt ich Lucy drei Stunden lang im Arm, studierte ihr süßes, zartes Gesichtchen und redete mit ihr. Um fünf legte ich sie schließlich neben mir ins Bett, stillte sie noch einmal, und dann schliefen wir beide zusammen in unserem heißen, feuchten Bett ein.

Adam weckte mich um halb sieben. Er kam in mein Zimmer getapst und rief: »Mommy, Mommy, wo bist du?« Er strahlte dermaßen übers ganze Gesicht, als er sah, daß ich wirklich da war, wirklich in dem Bett lag, ihn nicht verlassen hatte, daß ich es nicht übers Herz brachte, ihn auszuschimpfen, weil er mich so früh geweckt hatte, obwohl ich halb krank vor mangelndem Schlaf war.

»Komm in mein Bett und schmuse ein bißchen mit mir«, sagte ich und schob Lucy etwas beiseite und machte Platz für meinen Sohn. Wir kuschelten und redeten ein Weilchen miteinander, und das war wonnig. Aber schon nach kurzer Zeit wollte Adam aufstehen, er wollte sein Frühstück, und er wollte spielen gehen.

Lucy schlief noch. Ich nahm Adam an die Hand und ging mit ihm nach unten. Vor meinen Augen tanzten lauter kleine Pünktchen, so müde war ich. Vor Erschöpfung tat mir alles weh. Während ich die Treppe hinunterging, schmerzten meine Knie. Meine Brüste taten weh, mein Rücken tat weh, mein Hintern tat weh. Panik stieg in mir hoch. Ich schaffte alles nicht mehr allein. Ich war zu müde.

Ich klopfte an die Tür vom Salon. Keine Antwort. Ich klopfte noch einmal, lauter. Immer noch keine Antwort.

»Hallo?« sagte ich. »Cathy, Caroline?«

Keine Antwort.

Ich stieß die Tür auf und ging in das Zimmer. Beide Mädchen lagen zwischen verwühlten Decken im Sofabett, das Gesicht hatten sie unter den Kissen versteckt.

»Hört zu, ihr beiden«, sagte ich, »es tut mir leid, daß ich euch aufwecke, aber es ist halb acht, nicht besonders früh. Ich war die ganze Nacht mit Lucy auf, und ich bin total erschöpft. Könntet ihr wohl bitte das Frühstück für Adam machen und eine Weile mit ihm draußen spielen? Es sieht nach einem wunderschönen Morgen aus.«

Keine Antwort.

»Sie schlafen«, sagte Adam. Er hielt meine Hand ganz fest und blieb dicht bei mir. »Komm, wir gehen.«

Ich ging näher ans Bett und schüttelte sacht einen der Körper – er war so unter Kissen und Decken vergraben, daß ich nicht wußte, wem er gehörte.

»Bitte«, sagte ich. »Wacht auf. Bitte helft mir. Euer Vater bezahlt euch eine Menge Geld dafür, daß ihr mir in dieser Woche helft, und ich brauche eure Hilfe, und zwar jetzt. Bitte wacht auf und macht Adam Frühstück und geht mit ihm ein wenig raus.«

Ganz langsam tauchten die Mädchen aus ihrem Bett auf. Das Haar hing ihnen in die Augen. Sie setzten sich und starrten mich an, als wäre ich irgendein fremdes Monster, das obszöne Sachen von ihnen verlangte.

»Guten Morgen«, sagte ich und versuchte zu lächeln.

»Ich ziehe mich nur eben an, und dann mache ich ihm Frühstück«, sagte Caroline, ohne mein Lächeln zu erwidern und ohne jeden Versuch, freundlich zu sein.

»Komm, wir gucken uns einen Zeichentrickfilm an, Adam«, sagte ich zu meinem Sohn. »Du kannst solange Fernsehen gucken, bis die Mädchen angezogen sind, und dann ißt du dein Frühstück, und sie gehen draußen mit dir spielen. Caroline, ich setze ihn in der Küche vor den Fernseher. Dann muß ich schnell wieder ins Bett. Lucy schläft noch, und ich muß die Zeit zum Schlafen ausnützen.«

Caroline sagte nichts.

Ich brachte Adam in die Küche, setzte ihn auf einen Stuhl, gab ihm seine Decke, damit er sich darin einwickeln und sie als Tröster benutzen konnte, machte den Fernseher an, schleppte mich dann wieder nach oben in mein Zimmer und versank im heißen Luxus meines Betts.

Zwei Stunden waren vergangen, als ich von einem Weinen aufwachte. Es war nicht Lucy, die weinte, sie lag immer noch in meinem Bett, war inzwischen wach und nuckelte an ihrer Faust, schien aber ganz zufrieden und betrachtete das Sonnenlicht auf meiner Wand. Das Weinen kam von unten. Mein Körper weigerte sich, auf das Geräusch zu reagieren, jeder Muskel, jeder Knochen, jeder Nerv zog mich zurück ins dunkle Herz des so notwendigen Schlafs. Es tat weh, die Augen zu öffnen. Ich mußte mich anstrengen, sie offen zu halten. Aber Adam weinte, und er weinte heftig, verzweifelt, es ging also nicht, daß ich weiterschlief.

Ich stand auf und schleppte mich ins Badezimmer. Ich stellte fest, daß ich noch immer stark blutete; das Blut erschreckte mich, es war so hell, so dick, so verheerend. Es ärgerte mich, daß mein Körper ohne mein Wissen und meine Zustimmung weiterhin solche Sachen machte, wo ich jetzt überhaupt keine Zeit hatte, den Grund dafür herauszufinden. Ich wusch mich und hätte mich so schrecklich gern für eine Weile in eine Wanne mit warmem Wasser gesetzt, doch ich hörte Adam immer noch weinen und wußte, es ging nicht. Ich spülte mir das Gesicht rasch mit kaltem Wasser ab und hoffte, das würde mich wach machen. Dann eilte ich so schnell ich konnte ins Zimmer zurück, um Lucy zu holen, die gerade anfing, jämmerliche kleine Laute auszustoßen. Mit ihr im Arm stieg ich die Treppe hinunter.

Der Lärm kam aus der Küche. Dort war Adam und lag auf dem Fußboden und weinte. Caroline und Cathy waren auch da. Caroline telefonierte gerade, und Cathy stand neben ihr. Als sie mich hereinkommen sahen, schauten sie schnell weg.

Ich legte Lucy auf den Teppich, kniete mich nieder und nahm Adam in die Arme.

»Adam, mein Herzchen, was ist los?«

»Ich will nach draußen und spielen. Ich hab keine Lust mehr, Fernsehen zu gucken. Ich will mit meinem kleinen Auto fahren.«

»Warst du denn noch nicht draußen?«

»Nein. Ich will mit meinem kleinen Auto fahren.«

Ich drehte mich zu den Mädchen um. Caroline hatte aufgelegt. Sie standen beide am Spülbecken und taten so, als spülten sie das Frühstücksgeschirr.

»Adam sagt, er möchte gerne raus und spielen«, sagte ich. »Könnt ihr eine Weile mit ihm nach draußen gehen? Ihr müßt nicht mit ihm spielen, nur bei ihm sein.«

Es folgte ein langes Schweigen, und dann sagte Cathy: »Das ist so langweilig.«

»Was?«

»Es ist so langweilig«, sagte Cathy, »ihm nur beim Spielen zuzugucken.«

Lucy fing an zu weinen. Adam heulte immer noch in mein Nachthemd. Mir tat alles weh, und ich fühlte mich schwach und verletzlich, doch aus irgendeiner neuen Kraftquelle stieg Zorn in mir auf.

»O Cathy«, sagte ich. »O Caroline. Arbeit ist oft langweilig. Ich bitte euch doch nur für ein paar Tage, ein paar Stunden um eure Mithilfe. Und wir zahlen euch eine Menge Geld. Warum könnt ihr mir nicht ein bißchen helfen? Ich bin müde. Ich habe Schmerzen. Ich brauche Ruhe. Ich brauche Hilfe. Was ist geschehen, was habe ich bloß getan, daß ihr euch so benehmt? Könnt ihr mir das sagen? Würdet ihr bitte den Versuch machen, mit mir darüber zu sprechen? Ich begreife es einfach nicht. Ich habe euch doch geliebt, und ich dachte, wir seien zumindest Freundinnen, und Freundinnen helfen einander doch. Aber ihr zwei scheint mich zu hassen, und das begreife ich nicht. Was geht hier bloß vor?«

Cathy brach in Tränen aus und lief aus dem Raum.

Caroline sagte: »Es gefällt uns hier nicht. Es ist langweilig. Richtig öde. Wir wollen nach Hause.«

Es gab keinen Hinweis, kein Anzeichen dafür, daß ich dieser jungen Frau jemals auch nur auf der Straße begegnet wäre. Ich kannte sie nicht. Ihre Augen blickten stahlhart, unnachgiebig. So wie sie sich benahm, so wie sie mich anstarrte, war es, als töte sie mich.

Lucy wand sich in meinen Armen, wedelte mit ihren winzigen Fäusten in der Luft und brüllte jetzt richtig, teils aus Hunger, teils aber sicher auch, weil sie die Wellen von Zorn, Fassungslosigkeit und Verteidigungswillen spürte, die mein Körper aussandte.

»Also gut«, sagte ich und zwang mich, aus der Hocke hochzukommen – ich kniete noch immer neben Adam. Meine Knie zitterten so sehr, daß ich glaubte, ich würde fallen, aber ich wollte mich unbedingt zu voller, zorniger Größe aufrichten; im Stehen kam ich mir irgendwie weniger machtlos vor. »Also gut«, sagte ich sehr scharf, plötzlich war ich über Tränen hinaus. »Raus hier! Fahrt nach Hause. Aber wagt nicht, mich jemals wieder um irgend etwas zu bitten. Ich werde dafür sorgen, daß ihr die gottverdammten zweihundert Dollar nicht bekommt, ihr habt keinen einzigen Penny davon verdient. Ihr seid beide einfach – einfach grausam und herzlos und egoistisch. Ich habe in all den Jahren, seit ich euch kenne, so viel für euch getan, ihr habt keine Ahnung, was ich alles für euch getan habe, aber ich werde nie wieder etwas für euch tun.«

»Das ist mir egal«, sagte Caroline. Ihr Gesicht war weiß, aber ihre Augen waren immer noch hart. Sie verließ den Raum, und ich hörte sie in den Salon gehen.

Adam hatte sich mit beiden Händen an meine Beine geklammert und den Kopf in mein Hinterteil vergraben. Lucy wimmerte immer noch, und ich tätschelte ihr geistesabwesend mit bebender Hand den Rücken. Mit eisiger Miene und zitternd stand ich da und horchte auf die Geräusche: Koffer wurden geschlossen, die Mädchen flüsterten miteinander, die Haustür wurde geöffnet, die Haustür schlug zu, und dann das Geräusch des Wagens, ihres Käfers, der ansprang und fortfuhr.

Ich ging zum Telefon und rief Mrs. Justin an. Als sie abnahm, war ich so außer mir, daß ich mich kaum verständlich machen konnte vor lauter Schluchzen. »Mrs. Justin«, sagte ich, »Könnten Sie wohl bitte sofort kommen und mir eine Weile helfen?«

»Ich bin gleich da«, sagte sie.

Und sie kam sofort. Unterdessen hatte ich mich zu einem Stuhl geschleppt und stillte Lucy, die nicht neu gewickelt worden war und sich und mein Nachthemd völlig naß gemacht hatte, und streichelte Adam übers Haar, der neben mir saß und hörte, wie ich immer und immer wieder sagte: »Es wird alles wieder gut, mein Engel, keine Angst, es wird alles wieder gut.« Ich versuchte, gleichzeitig mich selbst und meinen Sohn zu trösten.

Mrs. Justin fand eine alte Bauersfrau, die mir bei der Hausarbeit und in der Küche half, und ein junges Mädchen, das über Nacht bei uns schlief. Das Mädchen war nicht besonders aufgeweckt, und sie war zu dick und hatte dünnes Haar und Pickel, aber sie wachte morgens fröhlich auf, sie machte Adam das Frühstück, und sie ging draußen mit ihm spielen. Sie lächelte Adam an, sie redete in freundlichem Ton mit ihm, und sie plapperte vergnügt mit mir. »Wie geht's denn dem neuen Baby heute morgen; oh, da ist sie ja; was für ein kleines Püppchen; darf ich sie mal halten? Nein, was für ein süßer Spatz.« Das Mädchen wollte wissen, wie es mit Lucys Schlaf und mit dem Stillen war, sie fragte nach Adams Geburt, und sie erzählte mir, wie ihre Brüder und Schwestern geboren wurden, und sie brachte mir Bier und was zu essen, wenn ich auf dem Sofa saß und Lucy stillte, und sie nahm Adam huckepack durchs ganze Haus und machte lange Spaziergänge mit ihm. Ich liebte sie. Sie hieß Tina und war ein freundliches, warmherziges, liebevolles, fröhliches Wesen, genau das, was ich zu diesem Zeitpunkt meines Lebens brauchte. Sie war schlampig und schmutzig und unordentlich und nicht gerade intelligent, aber ich war absolut begeistert, daß sie da war. Als sie das erste Mal zur Tür hereintrat und mich anlächelte und Adam in die Arme nahm, ihn tätschelte und sagte: »Na, du bist mir aber ein großer Junge für deine zwei Jahre«, traten mir Tränen der Dankbarkeit in die Augen. Ich war ihr so dankbar, daß ich deswegen glatt hätte tot umfallen können. Sie blieb die ganze Woche, und ich weiß nicht, was ich ohne sie getan hätte.

Als Charlie von seiner Konferenz zurückkehrte, erzählte ich ihm von meinem Ärger mit den Mädchen. Charlie sagte, es tue ihm leid, er könne es nicht begreifen und werde sie anrufen, um zu hören, was eigentlich los sei. Doch jedesmal wenn er anrief, waren die Mädchen gerade nicht da. Die Tage vergingen. Schließlich schrieb er ihnen einen langen Brief, auf den sie nie antworteten.

»Na gut«, sagte er sarkastisch, »wir warten mal ab, bis der Sommer vorbei ist. Wir warten mal, bis sie Geld fürs College und für neue Sachen brauchen. Wir warten mal, bis sie sich anmelden müssen. Dann werden wir schon von ihnen hören.«

Und natürlich hatte er recht. Aber wir hatten den ganzen Sommer für uns, und diesmal war ich nicht traurig, daß die Mädchen nicht da waren. Ich fühlte mich glücklich und zufrieden. Ich wußte nicht, was eigentlich ihr Problem gewesen war, aber ich hatte viel zuviel zu tun, um mir darüber Gedanken zu machen. Und in Wahrheit hatte ich nicht nur zu viel zu tun, um mir den Kopf zu zerbrechen, sondern ich war einfach wütend, verletzt und traurig. Ich nahm es ihnen übel, daß sie bei der Geburt meiner Tochter und in ihren ersten Lebenstagen solch ein Theater gemacht hatten – ein richtiges Melodram aus Wut und Groll und unterdrückten häßlichen Gefühlen. Damals war ich mir nicht sicher, ob ich Charlies Töchtern je würde verzeihen können. Ich wußte nicht, ob ich sie je wieder bei mir haben wollte. Ich spürte, daß etwas zerstört worden war.

Und jetzt sind Lucy und Adam zwei und vier, und es ist völlig selbstverständlich für mich, daß es sie gibt. Ich poltere umher und verfluche sie heimlich, weil sie mir die Zeit stehlen, weil sie mein Leben mit Beschlag belegt haben. Ich verteile Ohrfeigen, ich brülle sie an und schneide ihnen Grimassen, die Erwachsene in Schrecken versetzen würden, und sie brüllen mich an, sie schneiden Grimassen und jaulen und fordern und stiften Unordnung und meckern und zerren an mir und nerven unendlich. Sie nagen an mir. Sie fressen mich bei lebendigem Leibe auf. Hier in Helsinki ist jetzt Ende November, und es herrscht eisige Kälte. Ich brauche ewig, bis die Kinder umständlich und mit viel Murren angezogen sind: lange Unterhosen, drei Paar Wollsocken, Unterhemden, Hemden, Pullover, Jacken, Handschuhe, Strickschals, Mützen, Stiefel – und dann juckt es einen der beiden, oder einer muß mal, oder irgendwas drückt im Stiefel. Endlich gehen wir die vielen Treppen hinunter, diese surrealen, schroffen, grauen Treppenstufen, und treten aus dem Wohnblock in die scharfe, weiße Luft. Ich mache Fotos mit meiner kleinen schwarzen Kamera. Klick, und schon ist sie da, die Lüge: Zwei prächtige Kinder, die in ihren roten und blauen Wintersachen vergnügt und munter aussehen. Ihre Wangen sind rosig, ihr Lächeln ist echt, die Landschaft weich und weiß. Adam ißt Schnee. Lucy versucht ihren orangefarbenen Schlitten zu ziehen. Nein, es ist keine Lüge, es ist wahr. Sie sind prächtig, sie sind glücklich, sie wissen sich geliebt, es ist Winter, sie werden im Schnee spielen und lachen, und ich werde mit ihnen lachen. Jetzt, mit meinen eigenen Kindern, bin ich dabei zu lernen. Ich lerne täglich, aus unseren kleinen Auseinandersetzungen, unseren Kriegen, unseren ständigen Mißverständnissen. Ich lerne täglich, zu vergeben und zu vergessen. Es zählt nicht, daß ich Adam soeben oben angebrüllt habe: »Verdammt noch mal, wirst du je lernen, dich selber anzuziehen! Es macht mich noch verrückt. Jetzt schieb den Fuß doch mal fester rein, verdammt noch mal!« Nun sind wir unten, der Augenblick ist vorüber, dies ist ein neuer Augenblick, und wir sind glücklich miteinander. Heute zählt es nicht, daß Adam gestern sagte: »Ich liebe dich nicht mehr.« Er liebt mich trotzdem. Er hat mich sogar geliebt, als er das sagte, und das wußte ich. Ich liebe ihn sogar, wenn ich ihn schüttele, weil er die Wände vollgekritzelt hat, und das weiß er. Unter all dem wirbelnden, fliegenden, leichten, lärmenden Schaum täglicher Verletzungen und Wutausbrüche liegt das Fundament unserer Liebe, das viel zu fest gegründet ist, um je Schaden zu nehmen, das viel zu stabil ist, um je auch nur im geringsten angeknackst zu werden. Das heißt es, eine Mutter mit einem Kind zu sein und ein Kind mit einer Mutter. Es ist diese tiefe, befriedigende Sicherheit. Vielleicht macht das den Unterschied aus zwischen einer Mutter und einer Stiefmutter, zwischen einem Kind und einem Stiefkind: In der Stiefmutter-Stiefkind-Beziehung fehlt dieses starke Fundament von Liebe und Vertrauen, das fest unter den Stürmen der täglichen Emotionen liegt, wo Zorn zu Lachen, Schmunzeln zu Verärgerung, Schmusen zu Ohrfeigen wird und Haß sich auflöst in Vergebung und Liebe. Wahrscheinlich läßt sich dieses Fundament auch aufbauen, und je nach Art der Menschen kann es wahrscheinlich auch genauso sicher sein wie eines, das so natürlich gewachsen ist wie die Erde unter unseren Füßen, so selbstverständlich eben wie ein normales Mutter-Kind-Verhältnis. Vielleicht ist es einfacher, mit Sicherheit ist es einfacher, wenn man zuerst seine eigenen Kinder bekommt und dann erst Stiefkinder. Die eigenen Kinder haben einen dann schon die Lektionen schnellen Verzeihens, plötzlicher Liebe und plötzlichen Hasses gelehrt. Ich weiß es nicht. Ich weiß nur, daß ich erst spät das Wissen um Vergebung, wirkliche Vergebung, erwarb, erst nachdem meine eigenen Kinder geboren waren und es mir beibringen konnten.

Wir gehen jetzt um den Wohnblock herum. Dahinter erstreckt sich ein wunderschönes Waldgelände. Es gibt große, graue Felsen, die man erklettern kann, eine Schaukel und einen Sandhaufen, der jetzt natürlich ganz verschneit ist, und mitten zwischen den Bäumen liegt ein Miniaturtal, wo ein riesiges graues Kaninchen wohnt. Es hat fast die Größe eines Känguruhs, dieses Kaninchen, und es ist sehr lieb und bei all seiner furchterregenden Größe ziemlich hübsch anzusehen. Die Kinder lieben es, wir alle lieben es. Es hoppelt herum, geht uns aus dem Weg und spielt doch irgendwie mit uns, hüpft hin und her und lenkt uns von seinem Nest ab. Es ist grau, und wenn es hüpft, können wir die weiße Unterseite seiner Pfoten sehen. Als wir uns heute seinem kleinen Waldstück nähern, erleben wir eine bezaubernde Überraschung. Da ist das Kaninchen, »unser« Kaninchen, es hockt neben einem Felsen und beäugt uns, und es ist nicht mehr grau. Es ist schneeweiß geworden.

»Mommy, Mommy, sieh mal das Häschen!« schreit Adam. »Es ist ganz weiß!«

»Das ist ja phantastisch!« sage ich und knie mich hin, um Lucy in die Arme zu nehmen und ihr zu zeigen, wo genau das Kaninchen sitzt. Es ist schwer, das Tier im weißen Schnee zu erkennen. »Das ist eine natürliche Tarnung«, erkläre ich Adam. »Im Sommer ist sein Pelz grau wie die Farbe der Felsen, damit die Raubtiere es nicht sehen können, und im Winter wird es weiß. Was meinst du, warum wird es wohl weiß?«

»Weil der Schnee weiß ist«, sagt Adam so ungeduldig, als hätte ich ihm eine eindeutig alberne Frage gestellt, was ja vielleicht auch stimmt. »Und was machen Raubtiere?«

»Die wollen das Kaninchen töten und auffressen«, sage ich. »Zum Beispiel ein Puma oder ein Wolf oder ein Hund, und manchmal ist es auch ein Mensch.« Ich bin an diesem Morgen nicht in der Stimmung, ausführlich über Raubtiere und Gewehre und Tod zu diskutieren. Wundersamerweise unterstützt das Kaninchen mich dabei, es hoppelt herum, und beide Kinder juchzen laut und stapfen durch den Schnee und jagen tolpatschig hinterher.

Und schon sind sie auf und davon und selig. Es tut gut, daß sie eine Weile fort sind. Ich weiß, daß unsere lächerlichen, unbedeutenden und doch so ermüdenden und deprimierenden täglichen Auseinandersetzungen notwendig sind als eine Art Vorbereitung. Eines Tages werden diese zwei Menschlein, meine Kinder, größer sein, sie werden sich ändern und sich von mir lösen wollen. Sie werden mich verlassen wollen, plötzlich wird es ihr größtes Bedürfnis sein, mich zu verlassen. Eine unkontrollierbare Macht wird sie ebenso gewaltig und unwiderruflich von mir wegstoßen, wie sie sie bei ihrer Geburt aus mir herausgestoßen hat. Allerdings mit dem Unterschied, daß ich nicht darauf vorbereitet bin, ganz unabhängig davon, wann das geschieht. Ich werde so daran gewöhnt sein, sie um mich zu haben; ich werde die Ablösung nicht wollen. Sie werden mir zu jung dafür erscheinen oder zu verletzlich, oder ich werde sie in meiner Nähe brauchen oder was auch immer. Vielleicht hat die Gesellschaft bis dahin, bis meine Kinder groß sind, noch verrücktere, noch raffiniertere Rituale erdacht. So könnten Eltern etwa eine symbolische Niederkunft zelebrieren, wenn ihre Kinder aus dem Haus gehen. Das wäre doch hübsch, und ich male es mir aus: Angenommen, Adam hat sein erstes Jahr am College hinter sich. Er möchte ausziehen, alleine leben. Für eine Weile möchte er mir nicht mehr erzählen, was für Freundinnen er hat, was er raucht oder wo er arbeitet. Und ich gehe dann einfach ins Krankenhaus, sitze im Nachthemd herum, esse Süßigkeiten, und Schwestern bringen mir die Mahlzeiten auf einem Tablett und massieren mir den Rücken. Von Freunden erhalte ich Blumen, und der Postbote bringt mir lauter Karten; diese Karten sind eine Mischung aus Glückwünschen und Mitgefühl. Vielleicht hat die Postkartenindustrie bis dahin für solche Gelegenheiten bescheidene kleine Reime geschmiedet:

Mütterlein lieb, ist dir allzu trüb?
Nun, da dein Jung' nicht mehr an dir klebt?
Benimmt sich nicht fein, ja richtig gemein?
Weil er sein eigenes Leben lebt?
Klag nicht, wein nicht, laß dir sagen,
Alle Kinder verlassen das Nest.
Jetzt sind sie vermessen, doch bald ist's vergessen,

Bald können sie fliegen und zieh'n mit dem Rest.
Drum weine nicht, dein kleiner Schatz
Ist unterwegs, er wird ein Mann.
Laß ihn in Ruh des Weges zieh'n,
Er folgt Natur und ihrem Plan.
Mach kein Geschrei, bald ist's vorbei.
Wie hart, wenn ein Junges flügge wird
Und ganz allein sein Ränzel schnürt!
Doch weine nicht, nimm Valium,
Die Wartezeit ist bald herum.
Zurück wird dir gegeben
Ein Freund fürs ganze Leben.

All das durchlitten sie damals, Caroline und Cathy, die Qualen und Schmerzen des Erwachsenwerdens. Genau zu dem Zeitpunkt ihres Lebens, wo sie sich unbedingt von den Erwachsenen lösen wollten, brauchten sie eben deshalb ihre Unterstützung. Die Erwachsenen sollten genau zu der Zeit am allernettesten zu ihnen sein, wenn es für sie, die Kinder, unumgänglich war, sich besonders gräßlich zu verhalten. Da war also ihre Mutter Adelaide, mit ihrer neuen wichtigen Arbeit und ihrer ledernen Aktentasche, ganz Seligkeit und Stolz, wie eine Glucke, die plötzlich zum Paradiesvogel geworden ist. Und da war Charlie mit seiner Arbeit, seiner immer stärker ausufernden Arbeit, und da war natürlich ich mit den Babys. Jetzt weiß ich das, jetzt ist es mir klar. Genaugenommen fing ich schon an zu begreifen, als Adam etwa drei war; ich lerne schnell. Als ich einmal sehr müde war, hätte ich Adam beinah angeschrien, daß ich ihn haßte. Ich habe ihn nicht angeschrien, sondern ich tigerte mitten in der Nacht in der Küche auf und ab und sagte es leise zu mir selbst, während ich ihm Milch warm machte. Und nach einer Weile begriff ich, daß Caroline und Cathy sich zur Zeit von Lucys Geburt mir gegenüber wirklich gemein verhalten hatten. Sie hatten mich rückhaltlos und abgrundtief gehaßt. So wie Blut die Haie anzieht und Alpträume alte Schmerzen wieder wachrufen, förderte ihr neuer Haß den alten wieder zutage. Sie haßten meine Kinder, die neuen Lieblinge ihres Vaters. Sie haßten mich, weil ich diese Kinder bekommen hatte. Und schließlich und endlich haßten sie mich für die ursprüngliche Sünde: Dafür daß ich mit ihrem Vater zusammengelebt hatte, als sie noch kleine Mädchen waren und ihn gebraucht hätten. Jetzt endlich brach alles aus ihnen heraus, der Kummer und die Wut ihrer Kinderjahre, die fortwährende Verzweiflung darüber, daß es nie anders werden würde; daß ihr Daddy nie zurückkommen würde; daß ich die Frau in seinem Haus war. Vielleicht waren ihnen ihr Haß und seine tiefverwurzelten Gründe gar nicht richtig bewußt, ich jedenfalls habe es damals nicht sofort begriffen. Ich versuchte einfach nur, im Angesicht all dessen zu überleben – im Angesicht dieser zerstörerischen Gewalt, die aus der Vergangenheit aufstieg und mir zu eben der Zeit zusetzte, als ich am verletzlichsten und am wenigsten fähig war, zu reagieren oder zu begreifen. Weil ich ihre Stiefmutter war, war ich nicht fähig, sie auch in jener Zeit des Hasses zu lieben.

Aber weil ich ihre Stiefmutter war, liebte ich sie dann später doch wieder. Und das ist schließlich das Entscheidende.

Liebe. Wir sahen Caroline und Cathy erst ein Jahr später wieder. Überraschend riefen sie an einem Junimorgen an und fragten, ob sie uns besuchen und ein paar Freunde mitbringen dürften. Wir sagten selbstverständlich ja. Charlie hatte ihnen hin und wieder geschrieben, er hatte ihre Rechnungen bezahlt, und wir hatten ihnen zu Weihnachten Schecks über kleinere Summen geschickt, aber für den kommenden Sommer hatten wir sie nicht eingeladen. Cathy war inzwischen achtzehn geworden, die Mädchen waren nun keine Kinder mehr, die ihren Vater aufgrund einer richterlichen Verfügung in den Sommermonaten zu besuchen hatten. Charlie freute sich, daß sie kommen wollten; ich war mir nicht so sicher. Lucy war jetzt ein Jahr alt, sie konnte laufen, und sie rannte und zwitscherte und lachte unentwegt, und Adam war muntere, pausbäckige drei. Die Aussicht, die Mädchen wiederzusehen, und die Aussicht, daß sie meine Kinder sehen würden, machten mich nervös. Ich wußte, daß Caroline und Cathy sich nicht für ihr Verhalten im vergangenen Jahr entschuldigen würden, trotzdem wünschte ich mir irgendein Zeichen des Bedauerns, irgendeine Art von Wiedergutmachung. Und ich wußte, es würde nichts dergleichen geben. So war ich einigermaßen ratlos und fürchtete die direkte Konfrontation mit ihnen. Ich mußte davon ausgehen, daß sie mich immer noch haßten, und wie ich selber zu ihnen stand, war mir auch nicht ganz klar.

Lucy wurde am frühen Nachmittag müde, und ich legte sie zu ihrem Mittagsschläfchen hin. Da ich sehr unruhig war, sattelte ich anschließend Liza, bat Charlie, er möge ein Auge auf Lucy haben, nahm Adam mit aufs Pferd und brach zu einem geruhsamen Spazierritt auf. Es war Sommer und heiß, und alles prangte in üppigem Grün, alles war fruchtbar und saftig. Wir ritten über die Wiese, nahmen den Pfad durch den Wald und kamen an einen kleinen Bach. Dort blieben wir eine Weile, wateten im Wasser und lauschten auf die Stille. Schließlich ritten wir wieder heimwärts. Ich sattelte Liza ab und ließ sie frei auf der Wiese laufen, nahm Adam an die Hand und ging mit ihm zum Haus. Neben dem Stall parkte der Käfer; ich wußte, die Mädchen waren angekommen.

Das Betreten der Küche wurde durch ein dringendes, unzivilisiertes Bedürfnis eines Kindes kompliziert – und so würde es nun mein restliches Leben sein: Adam mußte auf die Toilette. Wir traten in die Küche, sahen dort fünf Personen stehen, und plötzlich mußte ich hinter Adam her eilen und ihm auf den Topf helfen. Als wir zurückkamen, war die allgemeine Vorstellung schon vorüber: Caroline hatte einen jungen Mann mitgebracht. Er hieß John, war sehr groß und ziemlich nichtssagend, trug Jeanskleidung und hatte sein langes Haar zu einem Pferdeschwanz gebunden. Cathy hatte auch einen Jungen dabei, einen kleineren Blonden namens Mike, der herrliche grüne Augen hatte. Beide Mädchen waren schlank, gebräunt, hoch aufgeschossen und wirkten strahlend. Beide Mädchen waren – und das sah man sofort – verliebt. Ihre Freunde plauderten mit Charlie über die Freuden des Landlebens, und die Mädchen hörten sichtlich mit größter Zufriedenheit zu. Sie sagten freundlich hallo zu mir, sie lächelten sogar und redeten ein bißchen mit Adam, und ich kam mir so vor, als begegnete ich Fremden, als sähe ich die Mädchen zum ersten Mal. Wir tranken miteinander Bier und machten anschließend einen Rundgang über das Gelände, wobei Charlie allen sein Werk zeigte – die Verschönerungen in Haus und Garten, den neuen Hühnerstall und so weiter. Dann ging es wieder hinein, und ich bereitete das Abendessen vor. Vollkommen unfaßlicherweise spielten Caroline und Cathy mit Lucy und Adam, während ich kochte. Sie taten das so unbefangen und selbstverständlich, als hätte es im letzten Jahr nie irgendwelchen Haß oder Mißklang, nie ein gespanntes Verhältnis gegeben. Zwar küßten und herzten sie die Kinder nicht, aber sie waren wirklich nett zu ihnen und redeten und lachten und ließen Lucy auf ihren Knien reiten.

John und Mike hielten nicht sehr lange, kaum mehr als ein Jahr, aber ich war ihnen auf ewig dankbar für das, was sie bewirkt hatten. Sie hatten sich in meine Stieftöchter verliebt, und Caroline und Cathy hatten sich in sie verliebt, und im Sog dieser vielfachen starken, süßen, frohmachenden Liebe glättete sich alles übrige. An jenem Sommerabend saßen wir um den Tisch und waren alle miteinander glücklich: Charlie, John und Mike diskutierten die Vorteile des Landlebens; Cathy und Caroline mischten sich gelegentlich ein, saßen aber hauptsächlich einfach nur da und lächelten stolz und zufrieden; Lucy hämmerte mit dem Löffel auf ihren Kinderstuhl ein; Adam spielte unter dem Tisch mit der Katze. Es war immer noch nicht ganz dunkel, als die vier jungen Leute um halb neun wieder nach Hadley fuhren. Charlie hatte sie zum Bleiben aufgefordert, aber sie hatten alle Jobs, die auf sie warteten. Ich merkte, daß die Mädchen kaum den Aufbruch erwarten konnten, doch diesmal wollten sie fort, weil sie die dunkle Intimität des Autos suchten, sich an die starken männlichen Körper pressen, den Kopf an die Brust der Männer lehnen wollten, in die sie verliebt waren, die sie streicheln und küssen wollten. Sie waren so glücklich. Und Adam, der schläfrig in seines Vaters Armen lag, und Lucy, die in meinen döste, und Charlie und ich – auch wir waren glücklich. Was für Wunder kann Liebe bewirken, sie ist wie ein Zauber, wie ein Balsam, der sich über alles und jeden legt, der Krankheiten kuriert und Wunden heilt – wortlos, still und sanft. Es war ein gutes Jahr, jenes Jahr, in dem Caroline und Cathy alle beide verliebt waren.

Acht

Das kleine Notizbuch, in das ich meine Eintragungen mache, ist vierzehn mal neunzehn Zentimeter groß; auf der Rückseite ist der Einband türkis, und den Deckel ziert, ebenfalls türkis eingerahmt, das Farbfoto eines Mannes, der in voller Montur – mit Schutzbrille, Helm, Rennfahreranzug und Spezialstiefeln – auf einem Motorrad fährt. Das Foto wirkt so, als fahre der Mann genau auf mich zu: Wenn er mit hoher Geschwindigkeit und gewaltigem Lärm lospreschte, würde der Mann auf dem Motorrad aus dem Bild aufsteigen und direkt über mich, direkt über meine Brust und mein Gesicht sausen. Männer sind gefährlich. Doch ich muß das kleine Notizbuch nur öffnen, um hineinzuschreiben, und schon klebt der Motorradmann mit dem Gesicht nach unten auf dem Küchentisch. Wenn er jetzt losführe, würde er nur gegen das Holz knallen und einzig sich selbst verletzen. Ich habe dieses spezielle Notizbuch nicht ausgesucht. Es war eines von dreien, die ich, als Kombipack in Zellophan verschweißt, hier im Laden für fünf Finnmark, vierzig Pennies, gekauft habe. Diese lieben, kleinen, stummen Notizbücher, sie sind wie eine Art Gott für mich oder zumindest wie Engel: Sie hören meinen Bekenntnissen zu, und sie helfen mir dabei, zu verstehen und mir selbst zu verzeihen. Hier in Helsinki gehe ich nicht zur Kirche, das heißt, einmal war ich in der Temppeliaukio-Kirche, einem in Fels gehauenen Gebäude, um die *cantor minores* singen zu hören, und ich fand den Ort auf düstere Weise inspirierend. Doch ich gehe schon seit einigen Jahren nirgends mehr in die Kirche. Als ich erwachsen war, wurden Kirchen für mich zu scheinheiligen Orten, in denen ich mich nicht wohl fühlte. Nun, da ich älter werde, sehe ich die Dinge nicht mehr so streng; ich erkenne, daß ich genauso wie die anderen bin, daß auch ich falsch handele und das Bedürfnis nach Vergebung und Liebe verspüre. Und nach

Metaphern: Die Kirche liefert Metaphern, die einem zwar vielleicht nicht helfen, das eigene Leben zu verstehen, es aber zumindest verschönern, es in einer bestätigenden, überhöhenden Form widerspiegeln. Ich liebe Metaphern. Ich brauche selber eine für mich, mag sie auch noch so kitschig sein. Der Mann auf dem Motorrad vorne auf diesem Heft kann es nicht sein, er ist zu künstlich. Ich muß mir wohl hier in diesem stummen kleinen, lieben kleinen Bekenntnisbüchlein selbst eine ausdenken. Ich werde etwas Schönes, schlicht Konstruiertes erschaffen, das mir hilft, meinem Leben einen Sinn zu geben.

Es ist Mitternacht, Charlie ist irgendwo in Schweden und schläft, nachdem er an der Universität von Lund einen Vortrag gehalten hat. Adam und Lucy sind in ihrem kleinen Zimmer und schlafen mit rosigen Gesichtern unschuldig unter ihren Decken. Stephen ist irgendwo über dem Atlantischen Ozean in einer silbernen 747, auf dem Weg nach Logan, zum internationalen Flugplatz von Boston. Auf Wiedersehen, Stephen; vielen Dank und auf Wiedersehen.

Ich fühle mich schuldig wegen Stephen, wegen der Art, wie ich mit ihm zusammen war, ich fühle mich schuldig wegen der Entscheidung, die ich über mein Leben getroffen habe, schuldig, weil sie mit Sicherheit Charlie verletzen wird. Ich fühle mich schuldig, weil ich meinen Kindern ihren Vater nehmen werde, zumindest für eine Weile. Aber ich wußte, daß ich mich irgendwann auf die eine oder andere Weise schuldig fühlen würde, ich bin immer noch eine Methodistin aus Kansas. Immerhin habe ich es getan: Ich habe eine Entscheidung getroffen. Seltsam, wie leicht mir diese Entscheidung gefallen ist. Und der Weg, den ich gewählt habe, scheint mir das größtmögliche Glück bei so wenig Schuldgefühlen wie möglich zu versprechen. Ich muß wohl ein sehr langsamer Mensch sein. Die Bedeutungen stellen sich bei mir erst nach den Handlungen ein, erst wenn ich über die Dinge nachgedacht habe, so wie ich es jetzt hier in meinem türkisfarbenen Motorradfahrerheft tue.

Ich hatte reichlich Zeit, Entscheidungen im voraus zu fällen. Ich verfügte über alle Zeit der Welt und sämtliche erreichbaren Informationen, bevor ich ins Hotel ging, um mich mit Stephen zu treffen. Es erstaunt mich noch jetzt, wie benommen und entschlußlos ich selbst noch in dem Moment war, als ich an seine Tür klopfte. In den

Tagen vor seiner Ankunft und noch im 90er Bus, der mich dem Rautatientori und dem Hotel Vakuuna immer näher brachte, zermürbte ich mich mit Fragen. Liebte ich Stephen? Liebte ich Charlie? Wollte ich mit Stephen schlafen? Würde ich mit Stephen schlafen? Sollte ich mit Stephen schlafen? Was war mit Ellen – sie war meine Freundin –, was war ich ihr schuldig? Was war mit Charlie – er war mein Ehemann –, was war ich ihm schuldig? Was wünschte ich mir? Wie fühlte ich mich? Was war wichtig? Was würde ich tun?

Erstaunlich. Erstaunlich, daß es im Kopf einer angeblich intelligenten Person bei einem so klar umrissenen Problem dermaßen verworren aussah.

Natürlich benahm ich mich so, als wollte ich mit Stephen schlafen, ganz unabhängig davon, was ich vorzuhaben glaubte. Ich besorgte eine Babysitterin für den ganzen Tag, den ganzen Tag, sie würde sieben lange Stunden bei meinen Kindern bleiben, und ich weigerte mich, über die Tatsache nachzudenken, daß sie eine ältere Frau war, die zwar von der American Women's League in Helsinki empfohlen worden war, die meine Kinder und ich aber noch nie gesehen hatten. Ich duschte, rasierte mir Arme und Beine, cremte mich ein, parfümierte mich, zog meine elegantesten und attraktivsten Sachen an, kaufte mir sogar noch Mundwasser und Pfefferminzbonbons für frischen Atem, genau wie eine erwartungsvolle, verliebte junge Frau in einer Fernsehwerbung. Ich trug frische Unterwäsche, meine beste.

Als Stephen vom Flughafen anrief, um zu sagen, daß er angekommen war, schlug ich vor, er solle das Hotel Vakuuna nehmen. Andere Hotels wären bestimmt besser gewesen, zumindest lagen andere nicht so zentral, in der Nähe von Orten, wo ich Amerikanern oder Finnen, die mich kannten, hätte über den Weg laufen können. Aber ich hatte mich nicht vorher um ein Hotel für ihn gekümmert, hatte mir kein intimes, entlegenes Hotel ausgesucht, und als Stephen anrief, als er um einen Vorschlag bat, kam mir irgendwie das Hotel Vakuuna in den Sinn. Später fand ich dann, daß es eine gute Wahl war, obwohl es so nah beim America Center und dem United States Information Service usw. liegt. Zum einen war es leicht für mich zu erreichen, ich mußte nicht endlos mit verschiedenen Straßenbahnen und Bussen fahren oder weite Fußmärsche in der Kälte machen. Es lag nur eine Straßenecke hinter dem backsteingepflasterten Platz, wo die Busse hielten. Ich mußte nur durch den prächtigen, großen Bahnhof und an der Taxiinsel vorbei, dann noch eine kleine Straße entlang, und schon war ich da. Der andere Vorteil bestand darin, daß das Hotel neben dem Sokos, einem großen Warenhaus, lag. Wenn Bekannte mich dort in der Gegend sähen, würden sie annehmen, daß ich ins Sokos wollte. Tatsächlich gab es an der einen Seite des Hotels eine kleine Tür, die rechtwinklig an eine Tür grenzt, die ins Sokos führt. Falls mich also jemand aus dem Hotel Vakuuna kommen sähe, würde ich lachend sagen, daß ich mich geirrt hätte und versehentlich durch die falsche Tür gegangen sei.

Wie sich allerdings herausstellte, sah mich niemand.

Ich ging durch die Eingangstür des Hotels Vakuuna und die Treppe hinauf; Stephen hatte mir nach seiner Ankunft im Hotel per Telefon seine Zimmernummer mitgeteilt: 561. Je näher das Zimmer rückte, desto wahnsinniger rasten meine Gedanken, desto weniger wußte ich, was ich eigentlich genau wollte. Ich hatte das Gefühl, ich sei Stephen allein deshalb etwas schuldig, weil er mich verfolgt hatte, weil er gekommen war, weil er hier war.

»Hallo«, sagte er und öffnete lächelnd die Tür.

»Hallo«, sagte ich und trat ins Zimmer.

Stephen trug ein weiches, blaues Baumwollhemd mit offenem Kragen und aufgerollten Ärmeln. Offenbar hatte er sich gerade gewaschen und rasiert, er sah frisch aus und roch auch so. Er war, das ließ sich nicht leugnen, ein außerordentlich gutaussehender Mann, und ich bin empfänglich für Schönheit.

Nachdem wir uns einen Moment lang angelächelt hatten, küßten wir uns denn auch. Und küßten und küßten uns.

»Ich muß erst mal Mantel und Handschuhe ausziehen«, stieß ich endlich atemlos hervor. »Mir wird heiß.«

Stephen half mir aus meinem schweren Pelzmantel und sagte: »Ich habe Champagner bestellt. Wie wär's, hast du Lust darauf?«

»Um zehn Uhr morgens Champagner«, lachte ich. »Natürlich.«

Stephen ging zu dem Tisch, auf dem der Eiskübel stand, und genau in dem Augenblick erkannte ich an der Art, wie er die Champagnerflasche aus dem Kübel nahm und die Gläser füllte, daß ich immer noch Charlie liebte. Charlie ist sehr groß, aber er verrichtet die kleinen Dinge mit besonderer Anmut. Wir haben schon viele Champagnerflaschen miteinander geleert, und das Bild seiner großen, lieben Hände, die die Flasche aus ihrem Nest heben, hat sich tief in mein Gedächtnis eingegraben. Stephens Hände zitterten leicht, und sie waren nicht so groß wie Charlies; es fehlte ihm das Gespür für das Besondere der Flasche und des Champagners, der in den Gläsern hochperlte. Das Ganze war etwas, was er hinter sich bringen, möglichst schnell erledigen wollte, und nicht ein Augenblick, der als solcher Schönheit besaß. Und in diesem Moment begriff ich, daß Stephen in dieser Weise über alles hinweggehen würde – den teuren Champagner in seinen Regenbogenfarben, seine Frau, seine Kinder und meine Kinder –, um zu mir zu gelangen, um mich zu bekommen. Charlie würde das nicht tun, Charlie würde jedes Ding in seiner Besonderheit erkennen und schätzen, würde jedem Ding Zeit und Aufmerksamkeit widmen und dann erst zu mir kommen, zu mir, die er als Krönung aller schönen Dinge in seinem Leben erwählt hatte. Charlie ist ebenfalls ein Methodist aus Kansas; er fühlt sich verpflichtet, allen Dingen Gerechtigkeit widerfahren zu lassen, alle Dinge mit gebührender Ernsthaftigkeit zu behandeln. Wenn Charlie zu einem vierzehnten Jubiläum ein Glas Champagner einschenken würde, so wäre das für ihn ein bedeutsamerer Akt, als wenn Stephen dasselbe tat, bevor er zum ersten Mal mit mir zu schlafen gedachte. Stephens Handeln war auf das Ziel gerichtet, auf den Vollzug. Er war vor allem ein ehrgeiziger Mann.

»Stephen«, sagte ich, als ich das Champagnerglas in Empfang nahm, »ich möchte mit dir reden, bevor ich beschwipst bin und vielleicht etwas tue, was ich hinterher bedaure. Ich finde es wahnsinnig romantisch von dir, daß du nach Helsinki gekommen bist, um mich zu sehen, aber es ist einfach nicht richtig. Es wird nicht gut ausgehen. Es wäre falsch, es zu tun.«

»Komm, setz dich«, sagte Stephen. »Du solltest dich wenigstens einen Moment hinsetzen.« Er lächelte mich an. Sein Lächeln war umwerfend.

Ich setzte mich auf die Bettkante. Stephen zog einen Stuhl unter dem Tisch hervor und stellte ihn so hin, daß er mir ins Gesicht sehen konnte. Beinahe hätten sich unsere Knie berührt.

»Zelda«, sagte er. »Ich will dich nicht zu etwas verführen, was du falsch findest. Ich möchte dich heiraten, das weißt du, ich will keine schnelle Affäre. Obwohl mir das weiß Gott auch gefallen würde.«

»O Stephen. Ich kann dich nicht heiraten, und ich kann keine Affäre mit dir haben. Ich kann es einfach nicht. Du hast diese ganze Reise gemacht, über den Atlantik –«

»– und die Ostsee«, sagte Stephen lächelnd und ganz der Charmante.

»– und deswegen habe ich das Gefühl, ich bin zu einer Affäre verpflichtet. Und du bist der bestaussehende Mann, den ich kenne, und du weißt, wie es mir ergeht, wenn ich in deiner Nähe bin, du merkst ja, daß ich dich in gewisser Weise auch will –«

Während ich redete, wurden Stephens Augen ernst, und als ich sagte, daß auch ich ihn wollte, stellte er sein Champagnerglas ab, nahm mir meines aus der Hand, und ich war darüber so überrascht, daß ich uns beide mit Champagner bespritzte, aber das machte nichts. Stephen war neben mir, auf mir, warf mich aufs Bett.

Ach, es war wonnevoll. Unter den diversen Kleiderschichten schien alles auf geheimnisvolle Weise so attraktiv, und während wir schmusten und uns küßten und rollten und aneinanderpreßten, hatte ich dieselben Gefühle von Angst und Erregung wie in meinen High-School-Zeiten, als ich meinen ersten richtigen Freund hatte. Wie viele Stunden unseres Lebens haben wir auf den Vordersitzen seines 56er Chevrolet verbracht, Dave und ich! Wie haben wir uns geküßt und berührt und gesehnt und aneinandergedrückt, haben gestöhnt und den Akt doch nie ganz vollzogen. Wir waren beide Methodisten aus Kansas. Vielleicht finde ich deshalb seit jeher die Versuchung erregender als den Vollzug. Meine Mutter hatte mir gesagt, wenn ich vor der Ehe mit einem Jungen schliefe, käme ich in die Hölle. Als ich dann schließlich vor der Ehe tatsächlich mit Charlie schlief, war es die grandioseste, exotischste Tat meines Lebens. Es kam mir so vor, als verzichtete ich damit auf die ganze Welt und darüber hinaus auf das ewige Leben. Was war ich bloß für ein großartiger Mensch! Wie sündig fühlte ich mich da, und wie stolz war ich auf meine Liebe, diese Liebe, die mir mehr bedeutete als der Himmel oder die ewige Verdammnis. Höchst eigenartig, daß ich nicht mehr an die Hölle glaubte. Und nicht einmal mehr an die Reinheit der Ehe. Eigentlich habe ich Charlie ja schon jetzt durch mein Verhalten betrogen, dachte ich, da zählt der Akt selber nun auch nicht mehr, stärker betrügen kann ich ihn nicht. Und doch war der Akt selber, der Vollzug, für mich natürlich etwas Besonderes; natürlich zählte er und bedeutete mir etwas.

Ich stieß Stephen weg. Und dabei rutschte ich halb, und halb fiel ich vom Bett. Heftig keuchend rappelte ich mich wieder hoch und lehnte mich gegen die Wand.

»Stephen, bitte«, sagte ich. »Bitte, laß mich mit dir reden. Laß mich bitte sagen, was ich zu sagen habe. Gib mir ein paar Minuten Zeit zu reden. Dann werde ich, das verspreche ich, mit dir schlafen, wenn du immer noch willst. Aber vorher muß ich einige Dinge klarstellen.«

Stephen wich zurück. Er setzte sich auf die Bettkante und verbarg sein Gesicht in den Händen, indem er die Ellbogen auf die Knie stützte. Sein Rücken sah wunderschön aus, er hob und senkte sich, während Stephen versuchte, wieder zu Atem zu kommen.

»Rede«, sagte er, immer noch ohne mich anzuschauen, immer noch das Gesicht in den Händen verborgen.

»Stephen«, sagte ich und überlegte: Was will ich ihm denn mitteilen? Was ist so wichtig, daß es gesagt werden muß? »Stephen, ich bin total durcheinander. Es tut mir so leid. Ich begehre dich wirklich; Gott, wer würde dich nicht begehren? Aber es bedeutet mir etwas, es bedeutet mehr für mich als einfach nur so rumvögeln –«

»Für mich bedeutet es auch mehr als das.«

»Bitte, laß mich ausreden. Gut, es mag sein, daß ich Signale ausgesandt habe, die mir gar nicht bewußt waren. Oder vielleicht waren sie mir bewußt, aber es war mir nicht klar, wohin sie führen würden, ich weiß auch nicht. Oh, es tut mir so leid, ich weiß nicht, was ich dir eigentlich sagen will. Sieh mal, ich bin über dreißig. Ich habe zwei kleine Kinder, die ich liebe, auch wenn sie mich manchmal zum Wahnsinn treiben. Ich möchte unterrichten, aber es geht nicht, und das deprimiert mich unglaublich. Ich liebe Charlie, und ich liebe unsere Ehe, und ich möchte weiter mit Charlie verheiratet bleiben, und ich möchte immer bei ihm sein. Wenn ich zu Hause in Amerika wäre und unterrichten könnte, hätte ich nicht das geringste Interesse an dir. Oh, das meine ich nicht so, wie es klingt. Es ist einfach so, daß mein Leben völlig außer Kontrolle geraten ist, und die Dinge bedeuten mir soviel, und wenn ich jetzt mit dir schlafe, dann werde ich mich mit der ganzen Last der Bedeutung herumquälen müssen. Und dann ist da noch Ellen. Sie ist meine Freundin. Sie ist wunderbar. Ich weiß, daß du sie liebst, ich weiß, du liebst eure Kinder. Es war schön, miteinander zu flirten, ich finde Flirten wunderbar, aber ich möchte nichts tun, was darüber hinausgeht. Ich fühle mich so geschmeichelt, daß du die weite Reise nach Helsinki gemacht hast, es macht mich wirklich glücklich, daß du mich begehrst. Es ist großartig, es ist ein phantastischer Egotrip. Ich werde noch Jahre davon zehren. Aber ich bin gierig und egoistisch und schlecht; ich will nur den guten Teil der Geschichte, ich will das Flirten und die süße Gewißheit, daß du mich haben willst. Alles andere will ich nicht, weder die Schuld und das Chaos, noch will ich andere verletzen. Ach, ich weiß nicht. Ich kann noch nicht einmal klar denken. Hab ich mich überhaupt verständlich gemacht?«

»Zelda«, sagte Stephen, drehte sich um und stand auf und sah mich übers Bett hinweg an, »wenn du dir in diesem Moment etwas wünschen könntest, was würdest du dir dann wünschen?«

»Eine Arbeit«, sagte ich. Ich lächelte. »Ist das nicht albern?«

Stephen sah mich einen Augenblick an. »Ich habe eine Arbeit für dich«, sagte er.

»Du hast was? Du hast eine Arbeit für mich?«

»Nicht in meiner Abteilung. Nicht an der Universität. Ein kommunales College sucht eine Vollzeit-Englischlehrkraft. Für Anfängerenglisch und einige Grundkurse in Literatur. Ich habe ihnen schon von dir erzählt. Wenn du deinen Doktor gemacht hast und wenn du ihnen gefällst, könnten sie dich einstellen, und du könntest die Oberstufenkurse übernehmen. Das ist wie für dich gemacht. Absolut perfekt. Es gibt nur ein Problem: Sie brauchen jemanden, der schon im Januar anfangen kann, und Charlie und du, ihr werdet ja noch bis Mai hierbleiben. Außerdem liegt das College eine gute halbe Autostunde von eurer Farm entfernt.«

»Ach, Stephen«, sagte ich. »Ach, Stephen. O mein Gott, ich fasse es nicht. Du hast mit ihnen über mich geredet?«

»Ich habe ihnen eine Kopie deines Lebenslaufs gegeben. Ich habe dich wärmstens empfohlen.«

»Vielleicht haben sie inzwischen ja schon jemanden anders eingestellt.«

»Nein. Ich kenne Jim Steele, den Chef der Abteilung. Er wartet auf eine Nachricht von mir. Ich habe ihm mitgeteilt, daß ich mich in der Sache mit dir in Verbindung setzen werde. Ich weiß, wie sehr du dir eine Stelle wünschst.«

»Ja, und nun, was machen wir nun? Ich will den Job nämlich. Ich will ihn unbedingt. O Gott, das ist wie ein Wunder. Können wir sie jetzt gleich anrufen und sagen, daß ich den Job annehme?«

»Willst du nicht zuerst mit Charlie sprechen? Willst du nicht wissen, was du verdienst?«

Ich überlegte kurz. »Ja. Ja, ich möchte gerne wissen, was ich verdiene, aber eigentlich spielt es keine Rolle. Und nein, nein, ich möchte es nicht erst mit Charlie besprechen. Ich will den Job. Ich bin Charlie schon viel zu lange hinterhergereist; es wird höchste Zeit, daß ich jetzt auch mal selber irgendwohin gehe.«

»Dann schicken wir ihnen ein Telegramm. Und sobald ich wieder in den Staaten bin, rufe ich Jim Steele an und bestätige das Telegramm. Und den Rest machst du dann selber.«

»Können wir das Telegramm jetzt gleich schicken?«

Wir gingen zum Telefon und schickten das Telegramm. Stephen zog den Stuhl unter dem Schreibtisch hervor und setzte sich an den Tisch, während er telefonierte. Ich wanderte derweil auf und ab und machte Pläne. Ich würde Flugtickets bestellen müssen, ich würde packen müssen, ich würde für die Kinder eine Vorschule finden müssen, ich würde – o Gott, ich würde es Charlie sagen müssen.

Nachdem das Telegramm erledigt war, kam Stephen wieder zu mir, sah mich eine Weile an und lächelte. Dann sagte er: »Du bist wirklich eine verrückte Frau, Zelda, weißt du das?«

»Dafür bin ich eine absolut klasse Englischlehrerin«, sagte ich. Ich war ganz aufgekratzt. Ich hatte noch nicht einmal mein Glas Champagner ausgetrunken und fühlte mich schon aufgedreht, beschwipst, euphorisch.

»Das habe ich den Leuten in Jim Steeles Abteilung auch gesagt«, bestätigte Stephen.

»Jetzt sollte ich wirklich mit dir schlafen«, sagte ich plötzlich ernüchtert. »Zumindest aus Dankbarkeit.«

Stephen stand auf, durchquerte das Zimmer und nahm mich in die Arme. Er sah mich lange an, dann küßte er mich und drückte mich an sich. »Zelda«, sagte er, »ich will nicht, daß du aus Dankbarkeit mit mir schläfst. Oder aus Langeweile oder aus Verwirrung oder aus irgendeinem anderen Grund als Liebe. Ich möchte, daß du mit mir schläfst, weil du mich liebst. Nur dann kann es gut für dich sein, und nur dann kann es gut für mich sein. Hör zu: Ich liebe dich. Deshalb werde ich wieder nach Hause fahren. Ich werde dich allein lassen. Wenn du mich willst, weißt du, wo ich zu finden bin.«

»Aber Stephen«, sagte ich, »du hast den ganzen Weg über den Atlantik gemacht!«

»Und die Ostsee«, lächelte Stephen. »Aber allein der Anblick deines Gesichts, als du von dem Job hörtest, war mir die Reise wert.«

Ich blickte zu Stephen hoch und sah Tränen in seinen Augen und blickte schnell wieder weg, aber da standen mir auch schon die Tränen in den Augen.

»Stephen«, sagte ich in sein Baumwollhemd hinein, »du bist ein guter Mensch.«

»Ich weiß«, sagte Stephen. »Ist das nicht ein Jammer?«

»Du hast mein Leben verändert, das weißt du doch«, sagte ich. »Du hast mir die zwei Dinge geschenkt, die ich am meisten brauchte: eine Arbeit und die Gewißheit, daß jemand so Großartiges wie du mich lieben kann. Das kann ich nie wiedergutmachen. Wie soll ich das je wiedergutmachen?«

»Verlieb dich in mich«, sagte Stephen und lächelte, um anzudeuten, daß er das nicht ganz ernst meinte.

»Was wirst du jetzt tun?« fragte ich.

»Ich? Ich werde nach Hause fahren, meine Abteilung leiten und mit Ellen und den Kindern leben.«

»Ellen ist großartig. Joe und Carrie sind bezaubernd. Deine Abteilung hat phantastische Möglichkeiten. Es könnte dir schlechter gehen.«

»Ich weiß. All das weiß ich. Du mußt mich nicht bemitleiden. Ach, Zelda, du bist wirklich komisch. Du bist so glücklich über einen blöden, schlechtbezahlten, anstrengenden Job. Sieh dich nur an, du kannst schon gar nicht mehr an was anderes denken. Du hältst dich für den glücklichsten Menschen der Welt.«

»Ich bin der glücklichste Mensch der Welt. Ich habe alles, was ich mir je gewünscht habe, Kinder, Charlie und jetzt eine Arbeit –«

»– und einen Freund an der Seite.«

»Einen Freund. Ach, Stephen, ach, Stephen, ich liebe dich wirklich.«

Wir umarmten uns erneut und küßten uns erneut, und es geschah wieder – die Chemie, die Explosion, das Verlangen. Es zerriß mich. Jetzt wollte ich aus allen Gründen der Welt mit Stephen schlafen, nur einer sprach dagegen: meine Bindung an Charlie. Und nachdem ich endlich eine Entscheidung getroffen hatte, wollte ich mich nun auch an sie halten. Ich wand mich aus seinen Armen, zog meinen Mantel an und ging aus seinem Zimmer.

Ich blieb einige Minuten vor Zimmer 561 stehen und starrte einfach nur auf die Wände und den hellblauen Läufer. Ich kam mir so vor, als wäre ich soeben einem Raumschiff entstiegen. Es war alles viel zu schnell für mich gegangen. Zu viel war geschehen, und mit dem Erfassen der Bedeutung lag ich Lichtjahre zurück. Ich war glücklich, aber nicht zufrieden. Es fehlte noch etwas, was die Geschehnisse krönend abrundete.

Ich drehte mich um und klopfte erneut an die Tür. Als Stephen sie öffnete, sagte ich: »Stephen, ich habe eine Babysitterin für den ganzen Tag engagiert. Du hast gesagt, du seist mein Freund, und das bist du, du bist mein Freund. Komm, wir machen jetzt etwas Freundschaftliches. Ich werde dir Helsinki zeigen. Es ist eine interessante Stadt, im Ateneum gibt es eine Ausstellung russischer Kunst, das Café Manta hat köstliche Kuchen. Du hast diese weite Reise gemacht, da solltest du wenigstens die Stadt sehen.«

»Und wenn uns jemand zusammen sieht?«

»Das ist mir egal«, erwiderte ich. »Ich werde sagen, daß du ein Freund bist. Und das ist ja auch die Wahrheit.«

Also wusch Stephen sich das Gesicht, zog seinen Mantel an, nahm Hut und Handschuhe, und wir machten uns gemeinsam auf zu einem Tagesausflug durch Helsinki. Wir besuchten Galerien und Museen, wir promenierten auf der prächtigen Esplanade und sahen uns Schaufenster an, wir saßen auf der Hafentreppe, die zum Meer hinunterführt, und betrachteten all die verschiedenen Schiffe, die Möwen und die geschwungene Küstenlinie. Es war ein kalter Tag;

wir hielten uns beim Gehen an den Händen, und es verblüffte mich, wie stark die Chemie war, sie fuhr einfach durch seine Lederhandschuhe und meine Fäustlinge hindurch. Im Café Manta aßen wir spät und köstlich zu Mittag, wir tranken Bier und später Tee und redeten über uns. Wir redeten über unsere Vergangenheit und unsere Hoffnungen, über unsere Probleme und unsere Wünsche. Es war zweifellos einer der schönsten Nachmittage meines Lebens, den ich mit diesem gutaussehenden befreundeten Fremden in einer hübschen, fremden Stadt verbrachte. Für Stunden fühlte ich mich der Verantwortlichkeit gegenüber Ehemann, Kindern und Arbeit enthoben und wußte doch, daß ich jederzeit zu ihnen zurückkehren konnte.

Endlich mußte ich nach Hause; ich hatte der Babysitterin versprochen, ich würde um vier zurück sein. Stephen wartete mit mir auf den Bus, und als ich wegfuhr, winkte er lächelnd zum Abschied. Ich saß auf dem blauen Plastiksitz des 16er Busses wie in einer Kutsche aus rosa Wolken, die von blauen Drachen gezogen wird. Ich fühlte mich wie die glücklichste Frau der Welt.

Als ich in die Tür trat, fand ich zwei weinerliche und liebebedürftige Kinder vor; die Wohnung war eine Katastrophe. Es war mir egal. Ich bezahlte die Babysitterin und setzte mich in meinen guten Sachen auf den Fußboden, um Lucy und Adam in den Arm zu nehmen. Ich ließ sie toben und hopsen, auf mir herumspringen und über mich weg rollen. Ich küßte sie und herzte sie, und ich drückte sie an mich. Ich war ein Engel an Geduld und guter Laune. Schließlich machte ich ihnen etwas zu essen, badete sie, las ihnen Geschichten vor und beschwatzte sie dann, mir beim Aufräumen der Wohnung zu helfen, und eine Stunde nach ihrer gewohnten Schlafenszeit brachte ich sie zu Bett. Danach zog ich Nachthemd und Bademantel an, kochte mir einen Hagebuttentee, machte alle Lichter bis auf das in der Küche aus und setzte mich hier ans Fenster, um in dieses kleine Motorradfahrerbuch zu schreiben und nachzudenken. Und als ich jetzt aus dem Fenster schaue, sehe ich, daß es zu regnen begonnen hat.

Und ich danke dir, Helsinki, und ich danke dir, du komisches kleines Notizbuch; ihr habt mir meine Metapher geschenkt, ihr habt dazu beigetragen, daß sich alles geklärt hat. Obwohl es abgedroschen, kitschig und banal ist, war ich doch immer noch auf der Suche nach einer Metapher für mein Leben. Und wie ich hier so sitze, fest und warm und bequem, noch erfüllt vom Nachhall der Knüffe, der Zärtlichkeiten und der Stimmen meiner Kinder, behaupte ich einfach mal, dieses kräftige Wesen mit den gerundeten Formen, das ich bin, sei die Erde. Und – sind wir nicht alle, jeder Mensch für sich – eine in sich geschlossene, vollständige Kugel, eine Welt aus unergründlicher innerer Energie und äußeren Schichten von Schönheit oder Häßlichkeit? Wir schlafen und wachen wie die Erde, wir erleben Phasen der Wärme und Phasen der Kälte, wir kreisen durch die Zeit, wir drängen aus unseren Müttern heraus, wir wachsen, wir sind eruptiv, und schließlich sterben wir und lösen uns auf und verlieren uns im Raum. Die Erdmetapher gefällt mir; ich finde sie passend. Und wenn ich die Erde bin, dann ist die Liebe zu meinen Kindern der Ozean – tief und weit und unerschöpflich. Die Liebe zu meinen Kindern überschwemmt mich, ich bestehe größtenteils aus ihr, sie reißt und zerrt an mir, sie treibt mir Geschenke zu, sie bestürmt mich, und sie leuchtet mir, sie ist mein eigentliches Selbst. Sie ist nicht zu trennen von mir, sie läßt sich nicht leugnen; sie hat mich geformt. Die Liebe zu meinen Kindern ist der unendliche Ozean, so ewig, wie ein irdisches Ding nur ewig sein kann, und schön; sie rundet mich ab.

Meine Liebe zu Charlie ist dann ein Fluß, vielleicht auch alle Flüsse, denn meine Liebe zu ihm ist ein so veränderliches Ding. Meine Liebe zu meinem Mann ist ein Fluß, der meinem Herzen entspringt, der in den Ozean mündet und ihn füllt, ein Teil von mir und ein Teil des Ozeans. Meine Liebe zu Charlie ist ein Fluß, ein Fluß, der sich tief in mich eingegraben hat, ein Fluß, der ruhig und breit und gut ist. Und wahrscheinlich notwendig, wenn ich wachsen soll, so gut ich kann.

Und meine Arbeit ist dann der Regen. Meine Arbeit, der Englischunterricht für junge Collegeschüler, ist der Regen meines Lebens: Ich brauche ihn, um zu existieren. Er nährt mich, erfüllt mich, erneuert mich, reinigt mich, läßt mich wachsen, hält mich offen und empfänglich, hilft mir zu geben.

Das alles ist wahr. Wahr, aber nicht vollkommen. Nein, es ist nicht vollkommen. Es funktioniert nicht. Es hält nicht. Es ist eine lausige

Metapher. Ich habe zu viel Scotch getrunken und kann nicht klar denken. Als ich Charlie kennenlernte und ihn heiratete, war er natürlich der Ozean auf meiner Erde und all die Flüsse und der Regen dazu. Es ist ungerecht, wenn ich ihn jetzt so festnagele; er wird sich weiter ändern, und ich werde mich weiter ändern, und auch unsere Beziehung wird nicht immer gleich bleiben. Nein, sie wird gewiß nicht immer gleich bleiben, nicht, wenn ich ihm von meinem Job erzählt habe. Von meinem Job. Charlie, bitte versteh mich.

Auch an anderen Stellen taugt die Metapher nicht: Was sind dann, wenn ich sie weiterspinne, meine Freunde? Was sind Alice, Linda, Ellen, Rija, Gunnel – Stephen –, was sind meine Freunde? Vielleicht sind sie die Quellen meines Lebens: Lebhaft, erfrischend und köstlich, bezaubern und bereichern sie mein Leben. Doch was ist dann mit Caroline und Cathy? Wenn ich selber mich als Erde denke und alle anderen als unterschiedliche Formen von Wasser, dann muß ich mir Caroline und Cathy vermutlich wohl als kleine Seen in meinem Leben vorstellen, nicht mehr und nicht weniger. Ich habe sie getragen, so wie die Erde Seen trägt, aber ich kann nicht behaupten, daß sie ein Teil von mir sind, das könnte ich nie behaupten, und ich bin sicher, daß auch sie es nie behaupten würden. Ich will es also dabei belassen, daß sie Seen sind, hübsch, oberflächlich, manchmal glitzernd, manchmal trübe; einfach vorhanden.

Letztes Jahr im Herbst, nach dem Sommerversöhnungsbesuch von Charlies Mädchen, bekamen wir unseren ersten unerwarteten Brief von Caroline. Es war eine lange, freundliche, plauderige Epistel an uns beide, in der sie von ihrer neuen Wohnung und ihren drei Freundinnen erzählte und schrieb, wie schwer ihre Kurse waren und mit welchen Jungen sie ging. Es fehlte jede Bitte um Geld. Und der letzte Satz lautete: »Hoffentlich geht es Euch zweien und den Kindern gut. Alles Liebe, Caroline.«

Charlie war glücklich. »Ich wußte, irgendwann würde es soweit sein«, sagte er. »Sie möchte wieder Verbindung aufnehmen. Sie ist erwachsener geworden. Das Schlimmste ist Gott sei Dank vorüber.«

Er schrieb ihr zurück, und nach einiger Zeit schrieb auch ich ihr. Mein Brief war kürzer, verhaltener, und Adam und Lucy erwähnte ich nur kurz. Mir war klar, wie langweilig mein Brief für eine Collegeschülerin klingen mußte; ich schrieb nur von der Farm und unseren neuen Kätzchen, ich berichtete, wie viele Äpfel ich kleingeschnitten und eingefroren oder zu Apfelmus und Apfelmost verarbeitet hatte. Am liebsten hätte ich geschrieben: »Das ist nur eine vorübergehende Phase, die Mutterschaft und das friedliche Farmleben; und ich weiß, daß beides mich nicht gerade interessant macht, doch es macht mich zufrieden. Auch Du hast weiß Gott eine sehr spezielle Phase durchgemacht, jetzt habe ich auch ein Anrecht darauf.« Während ich den Brief schrieb, wurde mir bewußt, daß die Farm, meine Kinder, mein ruhiges, sicheres, sich gleichmäßig dahinschleppendes Leben mich nicht noch viel länger befriedigen würden.

Caroline antwortete wieder mit einem langen, freundlichen Brief. Sie schrieb, daß Cathy grüßen lasse. Wir schrieben Caroline zurück. Mehrere Briefe gingen hin und her, und plötzlich war Weihnachten, und beide Mädchen kamen in ihren Weihnachtsferien für zwei Tage zu Besuch.

Es war ein guter Besuch. Es gab keine überschwenglichen Umarmungen und Küsse, strenggenommen fanden überhaupt keine Berührungen statt, und wir waren alle recht reserviert und auf der Hut. Aber wir aßen und tranken und lachten und plauderten miteinander. Die Mädchen halfen mir beim Abdecken, ohne daß ich sie erst bitten mußte. Sie lächelten und bedankten sich, als sie ihre Geschenke auspackten. Sie hatten sogar kleine Geschenke für Adam und Lucy mitgebracht, und obwohl sie die Kinder nicht in den Arm nahmen, redeten sie doch ein wenig mit ihnen und lächelten sie an. Es war, als habe ein Sturm sich gelegt, als sei ein Alptraum schließlich vorbei. Gegen Ende der beiden Tage fühlten wir uns beinahe wohl miteinander.

Im Februar fragte Caroline in einem Brief, ob Charlie und ich sie wohl in New Haven besuchen könnten. Es war ihr letztes Collegejahr, und sie wollte uns ihre Wohnung und ihre Zimmergenossinnen vorstellen, bevor sich alles ändern würde. Schon bei ihrem Weihnachtsbesuch hatte sie diesen Vorschlag kurz erwähnt, aber wir hatten das eher für eine höfliche Floskel gehalten. Jetzt schien sie ihre Einladung aber absolut ernst zu meinen.

»Ich kann nicht«, sagte Charlie. »Ich habe einfach keine Zeit. Aber du könntest doch fahren.«

»Ich? Allein? Sie will nicht mich, sie will dich. Lieber Himmel, du bist doch ihr Vater!« sagte ich.

Als Charlie dann aber später Caroline anrief und ihr erklärte, daß er, selbst für einen Kurzbesuch über Nacht, zu viel zu tun habe, sagte Caroline: »Na gut, kann Zelda dann kommen?«

»Na gut, kann Zelda dann kommen?«

Das waren Carolines Worte, und diese sechs einfachen Wörter ließen mein Herz höher schlagen, und die Tränen schossen mir in die Augen. »Sie möchte, daß ich komme«, flüsterte ich der Luft zu, so als ob die laute Wiederholung es glaubhafter, wirklicher machen würde. Und in diesem Augenblick merkte ich, wie glücklich ich war, daß Caroline sich mein Kommen wünschte; und ich merkte auch, wie traurig ich in einer verborgenen Ecke meines Herzens über jene Zeit war, in der ich nicht mehr ein Teil ihres Lebens und sie nicht mehr ein Teil des meinen gewesen war.

Ich fuhr. Es war in vielerlei Hinsicht eine großartige Reise. Es war das erste Mal überhaupt, daß ich Charlie mit Adam und Lucy alleine ließ. Hin und wieder hatten Charlie und ich uns mühsam ein Wochenende freigeschaufelt und waren nach New York gefahren, um ein Theaterstück zu sehen und Freunde zu besuchen, und selbstverständlich war Charlie zigmal auf seinen ewigen Konferenzen gewesen und hatte mich mit Adam und Lucy allein gelassen. Aber diesmal war ich an der Reihe: Ich machte ganz allein, ohne Mann und Kinder, eine Reise. Ich packte wie eine Braut, nahm einen dicken neuen Taschenbuchschinken für die Busfahrt mit, kaufte Caroline und Cathy neue Hemden und steckte genügend Geld für Wein und Bier ein.

Wie frei fühlte ich mich, als ich in New Haven aus dem Bus stieg! Allein die Tatsache, daß ich ohne Kind im Arm dort stand, keine Sportkarre schieben und keine piepsige Frage beantworten mußte, fand ich berauschend. Und als ich Caroline in ihren Jeans und der Daunenjacke auf mich zukommen sah, fühlte ich mich zum ersten Mal seit Jahren wieder jung.

An jenem Abend, einem Freitagabend, fuhren die Mädchen mich zum Studentenwohnheim, wo ich mir Cathys Zimmer anschaute und ihre Zimmergenossin kennenlernte, danach hielten wir bei einem Getränkeladen, und ich kaufte, Bier, Wein, Wodka, Tonicwasser und Sprudel, auf daß alle zufriedengestellt wären, und dann feierten wir in Carolines Wohnung eine prächtige, angeheiterte Party. Eine Zimmergenossin hatte die Vorspeisen zubereitet, eine hatte den Salat, eine das Fleisch und eine den Nachtisch gemacht. Als wir endlich beim Nachtisch angelangt waren, war ich wahrscheinlich zu beschwipst, um irgend etwas zu schmecken, jedenfalls fand ich alles ganz köstlich, vielleicht einfach deshalb, weil ich ausnahmsweise einmal nicht hatte kochen müssen und auch das Chaos nicht beseitigen mußte. Ich bot zwar meine Hilfe an, aber die Küche war so klein, daß nur zwei Personen gleichzeitig hineinpaßten. Also machten zwei Zimmergenossinnen von Caroline den Abwasch, und Caroline, Cathy und ich saßen beisammen und hielten uns an die Getränke.

Ich fand die Wohnung hinreißend. Sie war wie eine dreidimensionale Collage. Alle vier Bewohnerinnen hatten die unterschiedlichsten Gegenstände beigesteuert, so daß die Wohnung in Form und Farben einen sehr fröhlichen, bunten Eindruck machte. Es gab das übliche billige, häßliche grüne Heilsarmeesofa, aber darüber lag ein Teppich, den die Mutter eines Mädchens geknüpft hatte. Weiter gab es einen mit purpurnem Samt gepolsterten Chippendalesessel, einen schnittigen dänischen Plastikstuhl und einen leuchtendgelben Sitzsack. Überall hingen Pflanzen in hübschen Makrameehängeschalen, und jeder Zentimeter Wand war mit Gemälden und Fotografien geschmückt, unter anderem laszive Rockstarposter und Rettet-die-Wale-Plakate. Sogar die Badezimmerwände hingen voll – mit ausgeschnittenen Comics und Witzen über Männer, Vibratoren, Frauenbewegung, Sex, Collegeleben, Arbeitslosigkeit. Ich hätte nur im Badezimmer Stunden verbringen können; und ich schaffte es nie, alle Witze zu lesen.

Wir unterhielten uns im Wohnzimmer und tranken und lachten. Die Unterhaltung war flüchtig wie Rauch; am nächsten Tag konnte ich mich an kein einziges Wort mehr erinnern. Etwa eine Stunde nach dem Essen tauchte Cathys neueste Flamme, ein attraktiver, großer, blonder Junge namens Chris auf und entführte sie. Zwei von Carolines Mitbewohnerinnen verschwanden ebenfalls mit ihren Freunden, und schließlich blieben nur noch wir drei übrig: Caroline, ich und die dritte Mitbewohnerin Lynn. Lynn hatte uns inzwischen Tee gekocht, der uns wieder etwas nüchterner machte, und wir redeten über Kurse, Noten, den schlechten Arbeitsmarkt und die unsichere Zukunft. Wir rutschten tiefer in unsere Sessel.

Schließlich hörte ich mich sagen: »Sieht so normalerweise euer Freitagabend aus? Sitzt ihr zu Hause und werdet depressiv?«

Es stellte sich heraus, daß sie normalerweise nicht zu Hause saßen und depressiv wurden, sie waren meinetwegen zu Hause geblieben; normalerweise waren sie mit Freunden verabredet oder gingen zu Louie's.

»Louie's? Was ist Louie's?«

Caroline machte ein spitzbübisches Gesicht. »Willst du Louie's sehen? Mensch, du mußt unbedingt *Louie's* sehen. Los, komm. Es wird dir guttun.«

Also legten wir Lippenstift auf, zogen unsere Mäntel an und machten uns auf den Weg zu Louie's. Was sich als eine große, laute, schummerige Bar entpuppte, wo gerade eine Liveband spielte und junge Leute dichtgedrängt an winzigen, wackeligen Tischen saßen und billiges Bier und Cocktails zu überhöhten Preisen tranken. Als wir eintraten, prallte ich nach der kalten Stille draußen gegen die Hitze und den Lärm wie gegen eine Wand, und ich mußte einen Moment stehenbleiben, um meine Augen an den Raum zu gewöhnen. Ich denke, es war eine dieser ganz typischen Bars, in denen Collegeschüler rumhängen, nur daß sie vielleicht ein bißchen verrauchter und ein bißchen lauter war, doch schließlich war ja Freitagabend.

Caroline und Lynn kannten sich offenbar aus und bahnten mir einen Weg durch das Gewirr von Beinen, Tischen und bewegten Körpern bis zu dem anscheinend einzigen freien Tisch ganz hinten in der Ecke an der Wand. Während ich mich hinter den Mädchen durch die Menge schlängelte, stellte ich fest, daß keiner in der Bar über Dreißig und auch nur annähernd so alt war. Ich versuchte, mich kleiner zu machen, und hätte mich am liebsten versteckt. Ich fühlte mich alt, matronenhaft, deplaziert. Ich war deplaziert; wie lange war es her – Jahre! –, daß ich mit meinem Mann zuletzt in einer Bar gewesen war. Ich war froh, daß wir einen Ecktisch hatten.

»Da wären wir«, sagte Caroline, als wir uns setzten. Ich nahm den Stuhl, der in der dunkelsten Ecke stand. »Guck mal, Lynn«, fuhr sie fort, »da drüben ist Ed mit Andrea. Das ist doch nicht zu fassen!«

»Hoffentlich kreuzt John heute noch auf«, sagte Lynn.

Ich hörte zu, während Caroline und Lynn über Leute tratschten, die ich nicht kannte, Leute, die weder Babys hatten noch eine Farm bearbeiteten und einen Job in Aussicht hatten. Es ging vielmehr um junge Menschen, die sich gerade von ihren Lovern trennten, durch einen Oberstufenkurs gerasselt waren, MGs zu Bruch fuhren oder zum Skifahren am Wochenende aufbrachen. Irgendwann erschien auch die Kellnerin an unserem Tisch und brachte uns allen Bier. Ich bezahlte, und dann war ich plötzlich sehr glücklich, sehr zufrieden, wie ich da bei Louie's saß und einfach nur meiner Stieftochter und ihrer Freundin beim Plaudern zuhörte. Caroline hatte sich im Herbst die Haare zu einer schlichten Hollandmädelfrisur mit Pony schneiden lassen. Sie trug Jeans und einen wenig bemerkenswerten blauen Pullover und kleine goldene Steckohrringe. Sie hatte blauen Lidschatten und Rouge aufgelegt, sich aber nicht die Lippen angemalt. Sie war raffiniert aufgemacht und sah sehr hübsch aus, nicht zu vergleichen mit jenem kleinen Mädchen mit Hasenzähnen, das ich vor Jahren kennengelernt hatte, jenem Mädchen, das so spitz und eckig und zerbrechlich wirkte. Ich hätte gern gewußt, ob Adelaide je mit Caroline bei Louie's gewesen war, die Bar sah nicht gerade nach einem Ort aus, zu dem man seine Mutter mitnimmt; und in einer plötzlichen Eingebung wurde mir klar, daß Caroline niemals mit ihrer Mutter hierhergehen würde, ebensowenig wie Lucy als junges Mädchen mit mir in einer Bar aufkreuzen würde. Mir wurde ganz warm, ich fühlte mich privilegiert und als etwas Besonderes: Ich durfte einen Teil von Carolines Leben sehen, den Charlie und Adelaide nie zu Gesicht bekommen würden. Ich saß da und trank, wurde wieder betrunken, lächelte Caroline liebevoll an, dachte, wie hübsch sie war, und überlegte, ob ich wohl irgendeinen Einfluß auf ihre Entwicklung gehabt hatte.

»Hast du Lust zu tanzen?«

Der Junge mußte es dreimal sagen, bevor ich aufmerkte und begriff, daß er mit mir redete.

Trotzdem sagte ich: »Was?« Wenn mir ein Frosch in den Schoß gefallen wäre, hätte ich mich kaum heftiger erschrecken können.

»Hast du Lust zu tanzen?« schrie der Junge.

Mein alkoholisch benebelter Kopf stellte rasch fest: Ein hoch aufgeschossener, dunkelhaariger, gutaussehender Junge, schlank, vielleicht zwanzig, lehnte auf dem Tisch und schaute mich an. Ich registrierte ebenfalls die totale Überraschung in den Gesichtern von Caroline und Lynn.

Ich wußte nicht, was ich tun sollte. Ich fühlte mich vollkommen überrumpelt und hilflos. Ich schaute Caroline an. »Ich glaube, er hat mich gefragt, ob ich mit ihm tanze«, sagte ich.

»Nun, dann tanz doch mit ihm«, antwortete sie.

»Also gut«, sagte ich zu dem Jungen. Er wandte sich um und ging zur Tanzfläche, und ich folgte ihm, indem ich mich zwischen Stühlen und warmen Körpern hindurchdrängelte. Mein Herz flatterte auf einmal wie verrückt, meine Hände wurden feucht, und ich hatte Angst, daß mein gesamter Körper zu einem einzigen nervös zukkenden Bündel würde. In einem Anfall von Entsetzen dachte ich plötzlich: Ich kann nicht mit diesem Knaben tanzen! Ich bin eine Mutter. Ich lebe auf einer Farm. (Mein Gott, ich bin verheiratet.) (Mein Gott, das da hinten ist die Tochter meines Ehemanns, die mir zusieht.) Ich kann nicht tanzen; sieht er denn nicht, daß ich alt und verheiratet bin? Was für ein gutaussehender Junge!

Natürlich konnte ich tanzen. Charlie und ich hatten auf Parties und Bällen getanzt, und ich hatte öfter das Radio angestellt, meine Kinder in den Arm genommen und mit ihnen getanzt. Ich hatte im Winter täglich zu Rockmusik getanzt, nur um gegen die Langeweile anzukämpfen. Ich konnte tanzen, aber dort auf der Tanzfläche mit einem fremden Jungen, während Caroline zusah, fühlte ich mich mit einemmal wie gelähmt. Jede Bewegung, jede Geste kam mir schwierig und unbeholfen vor. Wenn ich nicht so viel getrunken hätte, wäre ich nicht in der Lage gewesen, mich zu bewegen.

Doch ich tanze schrecklich gerne. Und die Musik war gut und laut, und ich hatte eine Menge getrunken, und der Junge besaß ein tolles Lächeln, und auf einmal tanzte ich. Auf einmal tanzte ich also, eine Ehefrau und Mutter und Farmerin, in einer Bar in New Haven, Connecticut, mit einem umwerfenden jungen Mann. Ich war glücklich. Ich tanzte. Ich liebte mich dafür, daß ich für den Besuch Jeans und Pullover angezogen hatte statt meiner eleganteren Hosen.

Ich hatte ganz vergessen, wie schön es ist, wenn man beim Tanzen einen gutaussehenden Fremden anlächelt.

»Danke«, sagte ich höflich, als die Musik endete, und wollte zurück zu unserem Tisch gehen.

Doch der junge Mann packte meine Hand; genauer gesagt nahm er meine Hand in seine. »Warte«, sagte er. »Sie spielen gleich weiter.«

Der Himmel möge mir verzeihen, aber ich glaube, da habe ich gekichert. Ich konnte es nicht fassen, daß dieser Junge meine Hand hielt. »Das ist eine verheiratete Hand«, hätte ich fast gesagt, aber zum Glück setzte die Musik sofort wieder ein, und er ließ meine verheiratete Hand los, und wir tanzten.

Wir tanzten vielleicht eine halbe Stunde ohne Unterbrechung. Der Junge besaß einen herrlichen langen Rücken und lange, schlanke Beine, und seine Bewegungen waren geschmeidig und weich und langsam, nicht wild oder ausgelassen wie bei manchen anderen. Er hatte blaue Augen, beschloß ich nach einer Weile, zumindest sahen sie in der schwachen Beleuchtung der Tanzfläche blau aus. Anfangs fiel es mir sehr schwer, ihm in die Augen zu sehen. Ich guckte die ganze Zeit weg und fühlte mich irgendwie verlegen und schuldig; schließlich sah ich ihm dann doch in die Augen, und er lächelte, und ich lächelte, und als dieser Kontakt erst einmal hergestellt war, fand ich ihn zu angenehm, um ihn zu unterbrechen.

Als die Band eine Pause machte, legten sie einige Platten auf, aber ich beschloß, mich erst einmal zu setzen. Ich mochte es nicht zugeben, aber ich war völlig außer Atem. Der Junge folgte mir an den Tisch und setzte sich, ohne daß ich ihn dazu aufgefordert hätte. Caroline und Lynn hatten ebenfalls getanzt und bahnten sich langsam ihren Weg durch die Menge zum Tisch zurück.

»Heute abend ist es toll!« sagte Caroline glücklich und setzte sich. Sie fuhr sich mit der Hand unter das Haar im Nacken. Ihre Wangen waren von der Hitze des Tanzens gerötet; sie sah hinreißend aus.

»Wie heißt du?« Der Junge wandte sich an mich.

»Was?« sagte ich. Ich hatte ihn gehört, aber ich konnte die Frage nicht fassen. Sie kam mir so abartig vor. Außerdem wußte ich nicht recht, was ich antworten sollte. Mir war klar, daß »Mrs. Campbell« kaum das Richtige war.

»Zelda«, sagte ich und lächelte.

»Zelda?« fragte er. »Echt? Zelda? Ich habe noch nie eine Zelda kennengelernt. Was für ein verrückter Name. So wie Fitzgeralds Frau.«

»Genau«, sagte ich. »Stimmt, ein verrückter Name. Meine Schwester heißt Audrey. Meine Mutter mochte ausgefallene Namen.« Ich sagte nicht – wieso eigentlich nicht?: »Und meine Tochter heißt Lucy und mein Sohn Adam, und dieses Mädchen neben mir ist meine Stieftochter und heißt Caroline.«

»Ich heiße Charles«, sagte der Junge.

»Jetzt nimmst du mich auf den Arm«, sagte ich.

»Nein«, sagte der Junge. Er sah überrascht aus. »Was ist verkehrt mit Charles? Das ist doch ein vollkommen normaler Name.«

»Nennt irgend jemand dich manchmal Charlie?« fragte ich.

»Nee. Und Chuck nennt mich auch keiner. Ich hasse Spitznamen.«

Ich beobachtete ihn genau beim Sprechen. Er machte sich nicht lustig über mich. Es war kein Witz. Er hieß tatsächlich Charles.

»Das ist Caroline«, sagte ich und wies mit dem Kopf auf meine Stieftochter, »und das ist Lynn.«

»Hallo«, sagten alle und nahmen einander in Augenschein. Plötzlich überfiel mich eine neue Furcht: Daß sie nun alle darüber zu reden anfangen würden, welches College sie besuchten und in welchem Jahr sie waren, worauf ich dann enthüllen müßte, was mittlerweile irgendwie zu einem peinlichen Geheimnis geworden war: daß ich schon lange verheiratet war.

»Ich gehe mal kurz verschwinden«, sagte ich zu Caroline. »Wo ist es?«

Sie beschrieb es mir, und ich stand auf und schlängelte mich durch die Menge. Ich hoffte, daß der Knabe Charles verschwunden wäre, wenn ich wiederkam. Vielleicht würde Caroline ihm ja erklären, wer ich war und was ich war, dachte ich. Auf der Toilette begann ich leise und betrunken zu lachen. Irgendwie machte mir das Ganze auch Spaß. Irgendwie war es auch ein guter Witz, vor allem auf Kosten des armen Knaben. Wenn der wüßte, wie ich meinen Bauch mit den Schwangerschaftsstreifen eingezogen hatte, um den Reißverschluß meiner Jeans zuzukriegen! Und doch konnte ich in dem matten Licht des Waschraums erkennen, daß ich gut aussah, jünger zumindest, als ich war, und strahlend. Ich sah glücklich aus. Ich muß gestehen, daß ich stolz auf mich war und froh, daß Caroline dabei war und miterleben konnte, daß ihre langweilige Stiefmutter flott genug war, um von einem Collegeknaben zum Tanz aufgefordert zu werden.

Ich nahm mir Zeit auf der Toilette, weil ich hoffte, der Junge sei weg, wenn ich an den Tisch zurückkam; doch als ich dann zurückkehrte, saß er immer noch da, und er hatte Bier für alle bestellt. Er unterhielt sich gerade mit Caroline und Lynn über irgendeinen aktuellen New Havener Skandal.

Ich setzte mich unauffällig auf meinen Stuhl, lehnte mich zurück und süffelte mein Bier in der Hoffnung, es würde mich für den Rest dieses verrückten Abends stärken.

»Was hältst du von Cataloni?« fragte der Junge und sah mich dabei an.

Ich starrte zurück. Ich wußte nicht, ob er von einer Person oder einer italienischen Nudel sprach.

»Sie ist nicht von hier«, sagte Caroline und unterhielt sich dann weiter. Ich begriff, daß sie mich nicht bloßstellen würde, sie würde nicht sagen: »Sie hat keine Ahnung, wer Cataloni ist, weil sie meine Stiefmutter ist und mit ihrem Mann und ihren Kindern auf einer Farm lebt.« Ich stellte darüber hinaus fest, daß Charles und Caroline ein prächtiges Paar abgeben würden, beide so groß und schlank, und der eine so dunkel, die andere so blond.

Die Musik setzte wieder ein, und Charles forderte mich wieder zum Tanzen auf.

»Ich bin müde«, sagte ich. »Ich würde gern mein Bier austrinken. Wie wäre es, wenn du mit Caroline tanzt?« Sieh da, dachte ich, da hast du endlich getan, was dir ansteht. Ab mit euch beiden Verliebten!

»Ich warte solange«, sagte Charles. Er lehnte sich zurück und legte seinen Arm um meine Stuhllehne. Ich blickte ihn erstaunt an. Er blickte zurück. Er war umwerfend. Ich lächelte. Er lächelte. Es war lächerlich. Ich war tatsächlich direkt vor den Augen der Tochter meines Ehemanns sexuell von ihm angezogen, und ich fühlte mich so verlegen und schuldig, als hätte ich mir in die Hose gemacht. Ich blickte weg, doch meine Augen von Charles abwenden hieß auch, eine aufsteigende wärmende Lust beenden. Ich sah zu Caroline. Ihr Gesicht verriet nichts: Sie sah hinüber zur Tanzfläche, suchte dort jemanden und schien in Gedanken versunken. Wenigstens schämt sie sich nicht für mich, dachte ich. Ein Junge kam durch die Menge und forderte sie zum Tanzen auf, sie lächelte, als sie ihn sah, und ich begriff, daß sie sich nicht besonders für mein Tun interessierte.

Also tanzte ich erneut mit dem Jungen. Ich tanzte den ganzen Abend mit dem Jungen. Mit Charles. Nicht mit Charlie, meinem Ehemann; sondern mit Charles, meinem zwanzig Jahre alten Verehrer für eine Nacht. Wir tanzten bis halb drei morgens. Wir tanzten zu schneller Musik, und wir tanzten zu langsamer Musik. Er hielt mich fest an sich gedrückt, und mir war, als würde ich zu einem einzigen großen Tropfen Lust und demnächst als kleiner See auf dem Boden landen. Es tat so gut, in den schlanken, ungewohnten Armen eines fremden männlichen Wesens zu liegen. Nach einer Weile hörte ich auf, mir vorzuhalten, daß dieser Junge ein Schüler von mir sein könnte, daß ich alt genug war, um seine Lehrerin zu sein, und daß meine Stieftochter mir zusah. Nach einer Weile hielt ich mir überhaupt nichts mehr vor. Ich lieferte mich der Erfahrung aus. Und wie süß war sie!

Der Junge tanzte sehr eng. Er roch gut, wie Fichtennadelseife und saubere Baumwolle und Schweiß, und ich mochte diese Gerüche, getrimmt, wie ich war, auf Babypuder, Babyfürze und Desinfektionsmittel. Ich überließ mich dem Geschehen. Ich schmolz dahin. Ich atmete seinen Duft ein. Ich genoß das Gefühl seines hochgewachsenen, schlanken Körpers an meinem.

»Zelda«, flüsterte der Junge mir ins Ohr, und es überlief mich heiß, »darf ich dich nach Hause bringen?«

Mich nach Hause bringen? dachte ich. Mich nach Hause bringen? Ich wohne in New Hampshire, ich habe Mann und Kinder zu Hause. Und eine Stieftochter hier in New Haven.

Das Stadium des Scherzens hatte ich indes überschritten. Ich konnte jetzt nicht mehr einfach nur flapsig sagen: »Oh, ich schlafe heute nacht bei meiner Stieftochter«, ebensowenig wie ich ihm ins Gesicht hätte lachen können. Ich wußte nicht, was ich sagen sollte.

»Ich – ich bin bei einer Freundin zu Besuch«, sagte ich. »Wir sind alle zusammen gekommen, Caroline und Lynn und ich.«

»Ich möchte dich nach Hause bringen«, sagte der Junge. Er schaute mich an. »Bitte«, sagte er.

Mein Gott, es war wie in alten Collegetagen: Erst ein Abend mit viel Tanzen und Trinken und dann, am Ende des Abends, der Wunsch, diesen schönen, warmen Körper nicht gehen zu lassen, der Wunsch, sich mit diesem Menschen in seinem Arm an irgendeinen dunklen, warmen, wonnevollen Ort zurückzuziehen. Und ich besaß ein hübsches, verläßliches Pessar, und das hatte ich in meiner Collegezeit nicht.

»Ich rede mal kurz mit Caroline«, sagte ich.

Aber ich kriegte Caroline nicht zu fassen. Sie war mit dem Jungen auf der Tanzfläche, mit dem sie schon den ganzen Abend zusammen war, und Lynn tanzte auch mit jemandem. Charles hatte meine Hand genommen und war mir gefolgt, und als ich hilflos sagte: »Ich fürchte, wir müssen warten, bis sie zu Ende getanzt haben«, sagte er: »Komm, wir setzen uns solange und trinken unser Bier aus.«

Wir gingen zurück zu unserem Tisch und setzten uns, und auf einmal merkte ich, wie müde ich war, wie bettreif, aber auch, wie sinnlich erregt. Ich nippte an meinem Bier, starrte auf die Tanzfläche und versuchte, Caroline ausfindig zu machen. Da sagte der Junge: »Zelda ...«

Und ich blickte ihn an, und er beugte sich zu mir herüber und küßte mich sehr zärtlich.

Es war ganz gewiß einer der schöneren Küsse meines Lebens, er konnte sich durchaus mit einigen von Charlies gelungeneren messen und auch mit denen von Lucy und Adam. Es war ein süßer, guter, starker Kuß, und Charles legte mir seine Hände auf die Schultern, und ich spürte, daß er mich begehrte. Und ich begehrte ihn auch.

»Zelda«, sagte jemand, und ich blickte hoch in Carolines lächelndes Gesicht.

»Bist du soweit, daß wir gehen können?« fragte ich und staunte, daß ich noch mit normaler Stimme sprechen konnte.

»Ja«, sagte Caroline, »ich gehe jetzt, aber nicht zurück in die Wohnung. Lynn wird allerdings nach Hause gehen, sie kann dich mitnehmen, wenn du willst. Und Jim bringt mich morgen früh zurück, dann sehen wir uns. Einverstanden?«

»Gut«, sagte ich. Was sollte ich sonst sagen?

Ich sah zu, wie Caroline und ihr Freund, der wie ich jetzt vermuten mußte, Jim hieß, Louie's Bar verließen. Es war spät, und viele Paare waren schon gegangen, weshalb Caroline und Jim nebeneinander hinausgehen konnten, eng umschlungen, Hüften und Schenkel berührten sich.

»Hallo«, sagte Lynn, als sie am Tisch erschien. »Bist du soweit?« Sie sah müde und traurig aus.

»Na klar«, verkündete ich. »Kannst du noch eine Minute warten?«

»Sicher«, sagte sie. »Ich muß sowieso noch mal verschwinden.«

Ich wandte mich zu Charles, der geduldig neben mir gesessen hatte, mit einem Arm auf meiner Stuhllehne und der Hand auf meiner Schulter.

»Ich muß jetzt gehen«, sagte ich zu ihm.

Er beugte sich zu mir und küßte mich erneut. »Dann geh mit mir«, sagte er. Er lächelte. »Ich glaube nicht, daß Caroline dich heute nacht vermißt.«

Der Gedanke verblüffte mich, Charles hatte recht. Caroline würde mich nicht vermissen, es schien ihr egal zu sein, ob ich mit dem Jungen fortging oder nicht. Ich mußte mich also nicht ihretwegen anständig benehmen. Und doch – selbst ohne Publikum, selbst im Schutze der Heimlichkeit war das etwas, was ich einfach nicht konnte: mit Charles fortgehen.

»Charles«, sagte ich, »Ich kann nicht mit dir gehen. Ich bin verheiratet.«

»Na und?« sagte der Junge.

»Na und?« wiederholte ich verwundert. »Ich bin verheiratet, und zwar richtig verheiratet. Das heißt, mein Mann und ich haben ein Abkommen miteinander, das sich Treue nennt. Es ist altmodisch, und in Momenten wie diesem weiß ich nicht genau, ob es so grandios ist, aber es existiert halt. Ich kann nicht mit dir gehen. Aber ich möchte dir danken, du warst – wunderbar. Der Abend mit dir war einfach phantastisch. Du kannst dir nicht vorstellen, was das für mich bedeutet. Ich werde dich nie vergessen.«

Der Junge sah mich eine Weile an. »Das meinst du ernst, nicht wahr?« sagte er.

»Ja, das meine ich ernst.«

»Tja denn«, sagte er, »es ist wirklich jammerschade. Aber ich heiße Charles Hall, und ich wohne in der Chestnut Street hier in New Haven, und mein Name steht im Telefonbuch, falls du mich je wiedersehen möchtest.«

Ach, es war wunderbar, es war wunderbar, daß er das gesagt hatte. »Ich werde es nicht vergessen«, sagte ich.

Wir küßten uns noch einmal, und dann stand Lynn da, und ich verabschiedete mich von Charles, stand auf und ging mit Lynn aus Louie's Bar. Lynn hatte offensichtlich einen schlechten Abend gehabt und war etwas vermault. Ich versuchte, sie in ein Gespräch zu ziehen, und fragte, was los sei, aber alles, was sie sagte, war: »Mensch, ziemlicher Ärger«, und das war's. So fuhren wir in schläfrigem Schweigen nach Hause und gingen sofort zu Bett. Als ich morgens aufwachte, war Caroline schon da, sie trug die Jeans und den Pullover vom Vorabend, hatte sich in einem Sessel im Wohnzimmer zusammengerollt und trank Tee.

Ich wanderte im Nachthemd in der Wohnung umher und genoß den Luxus eines faulen Morgens, an dem keine Kinder abzufüttern und herumzutragen und keine Windeln zu wechseln waren.

Ich machte mir auch einen Tee und setzte mich zu Caroline ins Wohnzimmer. Es war ein sonniger Morgen, und die Sonne wärmte eine Stelle auf dem alten Heilsarmeesofa; dort setzte ich mich hin und legte mir eine grüne Häkeldecke über Knie und Schultern.

»Hattest du eine schöne Nacht?« fragte ich Caroline.

»Hm«, lächelte Caroline.

»Ist der Typ etwas Besonderes?« fragte ich. »Ich meine den, mit dem du weggegangen bist.«

»Und ob«, sagte Caroline. »Etwas ganz Besonderes.«

»Glaubst du, daß du ihn heiraten wirst?«

»Ich weiß, daß ich das nicht tun werde.«

»Aber wenn er doch so besonders ist ...«

»Ach, Zelda, er ist wirklich etwas Besonderes, ich bin verliebt in ihn. Aber er ist so ehrgeizig. Er will Rechtsanwalt werden, und er wünscht sich eine süße kleine Frau im Hintergrund, die das Haus auf genau die richtige Weise schmückt und für die wichtigen Gäste genau die richtigen Menüs zubereitet und genau die richtige Kleidung trägt und dieser ganze Mist. Er will nach oben. Er will irgendwann ein großes Tier sein, und er braucht eine Frau, die sich ganz seinem Erfolg widmet. Das kann ich einfach nicht.«

»Das verstehe ich. Du möchtest dich deinem eigenen Erfolg widmen.«

»Nein, nicht einmal das. Ich finde Erfolg nicht so wichtig, wenigstens nicht so wie Jim. Er will zum Beispiel eines Tages Senator werden, er will einen Haufen Geld verdienen und seinen Namen in den Tageszeitungen sehen. Das will ich nicht. Ich möchte einfach jemanden finden, mit dem ich zusammenleben kann, und eine gute Arbeit, die mir etwas bedeutet. Ich möchte meinen Magister machen und versuchen, vielleicht irgendwann im Ministerium für Forstwirtschaft zu arbeiten. Mir ist nicht einmal die Ehe besonders wichtig, solange ich jemanden finde, der bereit ist, mich mein Leben so leben zu lassen, wie ich möchte. Das heißt nicht, daß ich nicht teilen und Kompromisse machen will und so weiter, aber ich will nicht untergehen.«

»Möchtest du Kinder?«

»Kinder?« Caroline lächelte und sah gleichzeitig traurig aus. »Ach, ich weiß nicht. Früher dachte ich mal, ich würde gern einen Haufen Kinder haben. Wahrscheinlich will ich immer noch gerne ein Kind, aber erst viel, viel später.«

Eine Weile saßen wir stumm da, jede in ihre eigenen Gedanken versunken. Ich überlegte, was ich wohl sagen würde, wenn Caroline mich fragte, ob ich froh war, daß ich Kinder hatte. Statt dessen überraschte sie mich mit der Frage: »Bist du gestern abend mit diesem Typ nach Hause gegangen?«

»Caroline!« sagte ich. »Natürlich nicht. Du lieber Himmel, ich bin immerhin verheiratet. Wieso? Hast du gedacht, ich wäre mit ihm gegangen?«

»Ich wußte es nicht. Ich weiß nicht, was für ein Abkommen du mit Dad hast.«

Darüber mußte ich erst mal nachdenken. »Hätte es dir etwas ausgemacht?« fragte ich schließlich. »Hättest du es richtig oder falsch gefunden?« Ich war gespannt auf ihre Antwort.

Aber da schaute Caroline weg, und jener leere, gelangweilte Ausdruck ihrer Teenagerjahre trat in ihr Gesicht. »Ich weiß nicht«, sagte sie. »Ich weiß es wirklich nicht.«

»Ich bin Charlie treu«, sagte ich. »Ich bin es immer gewesen.« Wir saßen eine Weile stumm da, während ich überlegte, ob ich einen Vortrag über die Bedeutung der Treue in der Ehe halten sollte. Ich entschied mich dagegen; Caroline war jetzt ein großes Mädchen. Ich setzte lieber auf Unbeschwertheit. »Aber bestimmt war er richtig süß, oder?« Ich lächelte.

»Er war ein richtiges Himbeereis mit Sahne«, sagte Caroline. Wir lachten beide.

»Du kannst dir nicht vorstellen, wie toll es für mich war, daß er gefragt hat, ob ich mit ihm – tanze – und so weiter«, sagte ich. »Wo ich nach all diesen Monaten mit Mutterschaft und Farmleben schon anfing, mich langweilig und häßlich zu finden.« Ich hielt inne und wartete darauf, daß Caroline mir versicherte, daß ich nicht langweilig und häßlich war.

Doch wieder offerierte sie mir nicht das, was ich erhoffte. Statt dessen schien sie in irgendeine tieftraurige Stimmung gefallen zu sein. Eine Weile saß sie nur da und starrte in ihre Teetasse. Dann gab sie sich einen Ruck und sagte: »Weißt du was, ich mache dir jetzt dieses Omelett!«

Sie machte das Omelett, und es war köstlich – dünn, leicht und mit Käse und Kräutern gefüllt –, und wir hielten uns an weniger heikle Themen, wie die Wale und Jacques Cousteau oder das Magisterstudium und alte Professoren. Als es für mich Zeit wurde, zu gehen und mit dem Greyhound-Bus zu meiner Farm, zu Ehemann, Babys und Alltag zurückzukehren, wurde ich ganz traurig. Ich hätte gern gewußt, ob sie ahnte, was dieser Besuch mir bedeutete. Als wir einander kühl die Wangen küßten, bevor ich den Bus bestieg, merkte ich indes, daß sie mich im Geiste schon verabschiedet hatte und keinen Gedanken mehr an mich und die Kompliziertheiten meines Lebens verschwendete. Sie war viel zu sehr damit beschäftigt, selber klarzukommen. Ich gehörte zu ihrer Kindheit, ihrer Vergangenheit; offensichtlich konnte ich ihr bei der Klärung ihrer Zukunft nicht behilflich sein. Für mich war es dennoch ein erfolgreicher Besuch. Es kam mir so vor, als hätten wir eine Barriere durchbrochen und eine neue Phase in unserer Beziehung begonnen. Wir hatten uns miteinander wohl gefühlt, daran war nicht zu rütteln, wir hatten zusammen gegessen, sie hatte mich bekocht, wir hatten beieinandergesessen, gelacht und geredet, und das war einfach nett gewesen. Vielleicht würden wir am Ende doch noch Freundinnen werden. Und als ich durch die verschneite Landschaft Neuenglands nach Hause fuhr, wurde mir klar, daß ich das schön finden würde, daß es das war, was ich wollte: Ich wollte die Freundin der hübschen jungen Frau mit dem langen blonden Haar sein. Vielleicht hatte ich eine Rolle in ihrem Leben gespielt, vielleicht auch nicht, das war mir egal. Wichtig war allein, daß ich sie kannte, daß sie mir nicht gleichgültig war, daß ich sie mochte. Mir gefiel die junge Frau, zu der sie geworden war, und mir gefiel, was sie werden wollte. Caroline war interessant geworden – unterscheidungsfähig, kompetent, nachdenklich. Ich war froh, daß ich sie kannte, daß ich mit ihr verwandt war. Ich freute mich über die Verbindung mit ihr. Endlich war ich froh, daß ich eine Stieftochter hatte.

Neun

Beglückung und Rückschlag.

Rückschlag und Beglückung.

Es ist Weihnachten hier in Helsinki, und das ist das Beglückende. Aber Lucy hat Windpocken, und das ist der Rückschlag.

Kinder haben heißt, sie zu Geiseln des Schicksals machen; man kann sich nie ausruhen, muß immer wachsam bleiben. Und die Bedeutungen verschlingen und verwirren sich: Freude wird zu einer Quelle der Sorge, da sie zu Leid führen könnte. Immerfort denke ich: Wenn ich jetzt glücklich bin, wird das, nach irgendeinem rätselhaften universellen Bewertungssystem meinen Kindern später womöglich Unglück bringen? Und wenn ich jetzt leide, wird das mich und meine Kinder später vor Leid schützen? Hat Lucy jetzt Windpocken, weil ich mich beinahe auf eine Affäre mit Stephen eingelassen habe, weil ich meinen Mann wegen eines Jobs verlasse?

Beides kam zur selben Zeit, Weihnachten und die Windpocken. Adam holte sie sich in der Schule, wo die Krankheit plötzlich ausgebrochen war, und er bekam sie genau zehn Tage vor Weihnachten, so daß ich wußte, was mir bevorstand. Adam hat es allerdings nur leicht erwischt, er hatte nur sieben winzige Pocken und kein Fieber; ich behielt ihn zwar für fünf Tage streng zu Hause, aber eigentlich war das nicht nötig, er platzte vor Energie. Ich machte ihm mehrere Stärkemehlbäder, doch sie waren überflüssig, er sagte, es jucke überhaupt nicht. Mit Lucy ist es anders. Armes kleines Mädchen – es ist ganz anders. Lucy hat Fieber, sie ist zappelig und reizbar, und es juckt sie überall. Außerdem hat sie jetzt unsinnigerweise Angst vor den Bädern und läßt sich nicht mit dem Stärkemehlwasser waschen, das eine beruhigende Wirkung haben soll. Im Babyratgeber steht: »Lassen Sie das Kind nicht an den Pocken kratzen.« Das klingt durchaus vernünftig, ist aber in der Praxis absolut undurchführbar: Es juckt sie, und sie muß sich kratzen. Ich habe ihr die Nägel geschnitten, ich nehme sie in den Arm und beschäftige mich ununterbrochen mit ihr, um sie vom Jucken abzulenken, aber sie kratzt sich trotzdem. Ein paar Pocken werden schon rot, vielleicht haben sie sich entzündet. Ach, mein Baby, mein armes Baby, wie schrecklich für dich! Ich leide so sehr mit dir, daß es mich auch schon überall juckt, hinter dem Ohr, unter meinen Brüsten, auf der Wange. Ich verbiete mir das Kratzen, als könnte ich, wenn ich diese kleine Qual erdulde, Lucy die Krankheit erleichtern.

Wenigstens ist da der Baum, den sie angucken kann. Die liebe Gunnel, unsere Wirtin, und ihr Ehemann Klaus waren in ihrem Sommerhaus in Mittelfinnland und haben uns einen Weihnachtsbaum mitgebracht. Er sieht richtig edel aus: Ein vollkommenes Dreieck mit Ästen, die so anmutig ausschwingen wie die Arme einer Ballerina. Ich hätte fast vor Freude geweint, als ich ihn sah und roch. Der frische Fichtenduft läßt diese grauen Räume um einiges freundlicher erscheinen. Adam hatte in seiner Schule Schmuck aus Pappe, Metallfolie und Plakatkarton gebastelt; und als wir den Baum damit behängt hatten, sah er so bezaubernd aus, daß wir beschlossen, in diesem Jahr keinen Baumschmuck zu kaufen, sondern alles selber zu machen. Das Haus sieht mittlerweile wie eine Müllkippe aus, weil ich nicht mehr saubermache. Ich brauche die Zeit, um Lucy zu trösten und mit Adam zusammen weiteren Schmuck zu basteln. Wir haben geleimt und geklebt und gepinselt und Engelsflügel und Zuckerstangen aus Papier mit goldenen und silbernen Tupfern gesprenkelt. Lauter rote und grüne Schnipsel und Reststücke haben sich wie eine dicke, lustige, verrückte Staubschicht unter dem Küchentisch angesammelt. Wir haben auch versucht, eine Popcornkette zu machen, aber das gestaltete sich – mit Lucy, die auf meinem Schoß saß, so daß ich kaum mit der Nadel um sie herum langen und das Popcorn durchstechen konnte, ohne sie zu pieksen – so schwierig, daß ich es sein ließ und wir alles aufaßen anstatt es aufzufädeln. Und nun steht der Baum dort in der Ecke in unserer Wohnung wie ein Stück Zauberwelt in unserem Alltag. Mir fehlen die funkelnden Lichter, aber nicht sehr. Der Baum wirkt so schlicht, so kindlich, natürlich und heiter, wie er ist, einfach richtig. Die Finnen feiern den Valentinstag nicht, und die roten Herzen benutzen sie als

Weihnachtsdekoration. So haben wir auch welche in unseren Baum gehängt, und sie scheinen dort am rechten Platz zu sein, diese Symbole der Liebe, die neben Sternen und Glöckchen schaukeln. Ich werde nächstes Jahr bestimmt wieder Herzen als Schmuck verwenden; es gibt einige Dinge, die ich hier lerne und von denen ich nicht mehr lassen werde.

Zwei befreundete Paare – Bekannte?, nein, Freunde – sind überraschenderweise vorbeigekommen und haben uns und den Kindern Geschenke mitgebracht. Solides, buntes Holzspielzeug für Adam und Lucy, Fotos von Finnland für Charles und Schmuck aus Arikka für mich. Charlie und ich waren sehr erstaunt und angerührt, und wir hatten ein schlechtes Gewissen, weil wir nichts für sie hatten. Es ist wirklich eigenartig. Ein Paar, mit dem wir uns in den vier Monaten, die wir schon hier sind, nur zweimal getroffen haben. Beide sind scheu und still und zurückhaltend, und obwohl sie uns aufforderten, sie jederzeit anzurufen, wenn wir etwas bräuchten, haben wir sie nie richtig kennengelernt. Und da waren sie nun, klingelten an unserer Wohnungstür und hatten die Arme voller Geschenke. Vielleicht sind sie, wie die Reiseführer schreiben, eben doch im Grunde ein warmherziges Volk, die Finnen. Auf jeden Fall kann man ihnen nicht vorwerfen, daß sie allzu rasch unaufrichtige, ölige Freundschaften schließen. Vielleicht hat es etwas mit Gesichtern zu tun; im großen und ganzen sind ihre Gesichter durchaus anziehend, aber es fehlt ihnen das lebhafte Mienenspiel, an das ich gewöhnt bin. Sie wirken ausdruckslos, leidenschaftslos und tatsächlich ziemlich dumpf; doch anscheinend verbergen sich darunter eine tiefe und echte Aufmerksamkeit und Großherzigkeit. Auf einer der offiziellen Cocktailparties, zu der wir geladen waren und bei der wir alle mit steifem Rücken dasaßen, auf den Knien unsere Teller und Gläser balancierten und feierlich über Steuern und Erziehung diskutierten, machte ich einer der anwesenden Frauen zufällig ein Kompliment über ihre bemerkenswerte Halskette aus Holz und Metall. Wir sprachen über das Geschäft, in dem sie sie gekauft hatte, und über finnischen Schmuck im allgemeinen, und ich hatte geglaubt, damit hätte es sein Bewenden. Doch da lag sie, in einer kleinen, eleganten, braunen Schachtel, die Halskette für mich, ein Geschenk für mich von der Gastgeberin der Party. Ich hatte nicht einmal gewußt, daß sie unser Gespräch gehört hatte, doch das hatte sie, und sie hatte es behalten. Im Vergleich dazu scheinen Amerikaner ununterbrochen und sehr vertraulich miteinander zu reden. Für uns ist das Wörtermachen ein Spaß, ihren Inhalt nehmen wir nicht besonders ernst. Dagegen wägen die Finnen offenbar jedes Wort genau ab, ihre Gespräche wirken schwerfällig, aber diese Schwerfälligkeit hat Gewicht.

Letzten Sonntag waren wir allesamt von unserer Gastfamilie zum traditionellen finnischen Weihnachtsessen eingeladen. Sie hatten das Haus wunderschön hergerichtet. Überall standen Blumentöpfe – Weihnachtssterne und Hyazinthen – und brennende Kerzen, und in dem rechteckigen Kamin brannte ein kleines Feuer. Das Essen war üppig und köstlich: Der erste Gang bestand aus Hering, der auf siebenerlei Weise zubereitet war, mit einem wunderbaren *sillsalad* aus roter Bete, Hering, Kartoffeln und Sauerrahm. Es gab Kartoffelgratin und Gratin aus Süßkartoffeln, Schinken, Erbsen, einen grünen Salat und als Nachtisch selbstgemachte Fruchttörtchen, unter Bergen von Schlagsahne begraben. Und dazu unendliche Mengen von Getränken: heißer Grog, Wein, Moltebeerenlikör. Der süße, würzige Grog wärmte mich schon vor dem Essen, und so konnte ich, abgesondert auf meiner Alkoholinsel, durch den Rest des Abends segeln und versuchen, meine Kinder dazu zu bringen, sich wie menschliche Wesen zu benehmen. Das Essen interessierte sie nur mäßig, und da es weder andere Kinder noch Spielzeug gab, langweilten sie sich ziemlich bald. Ich war so schlau gewesen, eine Schachtel mit Bauklötzen mitzunehmen, und eine Weile spielten sie auch recht vergnügt damit. Ach, Kinder verkomplizieren so viele Dinge – Ehen, den Aufenthalt in fremden Ländern, vornehme Esseneinladungen. Dennoch werde ich das Weihnachtsessen in dem warmen finnischen Haus nicht vergessen, und ich denke, meine Kinder auch nicht. Ich bin froh, daß sie mit dabei waren. Nach dem Mahl nahm unser Gastgeber, ein hochrangiger Regierungsbeamter, Lucy auf den Schoß, sang ihr finnische Kinderlieder vor und ließ sie dabei auf seinen Knien wippen. Ich war überrascht und erfreut. Vielleicht werden meine Kinder ja doch etwas Wärmendes von ihrem Aufenthalt in einem kalten Land mit nach Hause nehmen. Vielleicht haben wir alle, Charlie, die Kinder und ich, etwas darüber begriffen, wie man mit ein wenig Hartnäckigkeit und Anmut harte Zeiten überstehen kann.

Jetzt ist Weihnachtsabend. Wir haben an der Weihnachts-Champagnerparty im America Center teilgenommen, wurden in den Häusern anderer Fulbright-Stipendiaten mit Cocktails und Kanapees bewirtet, und alle waren sehr freundlich zu uns. Aber dennoch liegt hier ein Hauch von Einsamkeit über diesem Tag; ich fühle mich verloren, und es fehlt mir alles: die Weihnachtsparaden im Fernsehen, die Footballspiele, die Freunde und Verwandten, mein Zuhause. Weihnachten hat die Zeit schneller vergehen lassen, aber immer noch nicht schnell genug. Ich habe für den vierten Januar Flugtickets bestellt, aber schon umwuchern Hindernisse dieses Datum wie Dornenhecken eine schlafende Prinzessin. Vielleicht ist Lucy dann noch nicht gesund genug, um zu reisen – ich bin in ständiger Alarmstimmung wegen möglicher »Komplikationen« durch die Windpocken –, oder Adam kriegt irgendeine andere Krankheit, oder ein Blizzard verhindert sämtlichen Luftverkehr, und die ganze Geschichte verschiebt sich um Tage. Alles mögliche könnte passieren; ich wage kaum noch die Wohnung zum Einkaufen zu verlassen, aus Furcht, ich könnte ausrutschen und die Treppe hinunterfallen und mir ein Bein brechen. Ich möchte so schrecklich gern nach Hause.

Ich öffne Lucys Schlafanzug, um ihren Po zu untersuchen, und entdecke, daß sich noch mehr Pocken gebildet haben. Es scheint unmöglich Platz für weitere zu sein, ihre Haut wird bald vollständig bedeckt sein. Ich versuche, die Stellen mit Stärkemehl als Salbe einzureiben, aber offenbar quält es sie nur noch mehr. Und einige Pokken sind offen aufgeplatzt und entzündet; bösartig rot sehen sie aus. Wie kann so etwas passieren, wieso wird mein modernes Kind von so etwas Altmodischem wie Pocken zerlöchert?

»Charlie«, sage ich, »wir müssen einen Arzt holen.«

»Es ist Weihnachtsabend«, sagt Charlie. »Kann das nicht bis morgen warten?«

»Ich habe die ganze Nacht bei ihr gewacht. Wir haben überhaupt nicht geschlafen; das weißt du. Ich bin erschöpft. Sie ist erschöpft. Eine weitere Nacht stehen wir nicht durch. Es geht ihr richtig schlecht.«

Charlie ruft verschiedene Freunde an, die ihm Ärzte empfehlen, aber wir können sie nicht erreichen und rufen schließlich Gunnel an. Sie nennt uns eine Notfallklinik in der Nähe des großen offenen Marktes in Hakaniementie, und wunderbarerweise bietet sie an, uns dorthin zu fahren. Adam spielt zufrieden mit dem Spielzeug, das ihm der Weihnachtsmann gebracht hat, und es wäre unsinnig, ihn mit in die kalte Nacht hinauszunehmen, also bleibt Charlie bei ihm zu Hause. Doch als ich mit der unruhigen Lucy im Arm die Treppe hinuntergehe, steigt eine entsetzliche Angst in mir hoch. Ich sehne mich nach Charlie, nach seiner starken, hohen Gestalt, die mich beschützt und mir hilft, alles richtig zu machen. »Ich schaffe es nicht alleine«, möchte ich schreien.

Gunnels Gegenwart im Wagen wirkt wie Balsam. Sie spricht sehr lieb mit Lucy und erzählt mir von den Zeiten, als ihre eigenen Jungen, die inzwischen erwachsen sind, krank waren. Sie kommt mir gar nicht finnisch vor, sie redet und lacht so bereitwillig und strahlt solche Wärme aus. Das fremde Auto und die hellen Lichter der Stadt lenken Lucy eine Weile von der Juckerei ab, und schon bald sind wir bei der Klinik.

Es ist sieben Uhr abends, und im Wartezimmer sitzen eine ganze Reihe Menschen. Einige husten; ein kleiner Junge sieht ziemlich krank aus, und wieder steigt Panik in mir hoch: Was ist, wenn Lucy sich, so geschwächt, wie sie im Augenblick durch die Pocken ist, mit einer der Krankheiten ansteckt, die hier im Raum herumschwirren? Womöglich war es falsch, mit ihr hierherzukommen. Ich bringe sie nur noch weiter in Gefahr. Ich rutsche auf meinem Stuhl herum, wiege Lucy im Arm und schmuse mit ihr, lächele Gunnel an und plaudere mit ihr, aber in mir drin schreit es laut und schrill vor Angst. Ob der Arzt wohl Englisch sprechen kann? Kennt er das englische Wort für Windpocken, wird er etwas dagegen tun können, werden sich »Komplikationen« entwickeln? Wir warten und warten und warten, Lucy zappelt nervös herum, und mein Magen zerfrißt sich selber.

Endlich werden wir in das innere Büro gebeten, wo ein überraschend junger Arzt wartet. Ja, er spricht Englisch.

»Sie hat Windpocken«, sage ich.

»Und sie haben sich entzündet«, läßt er mich wissen.

Ich komme mir vor wie ein Kind beim Beichtvater: »Sie hat schon zwei Nächte nicht geschlafen, ich bin die ganze Zeit mit ihr herumgewandert und habe sie im Arm geschaukelt, aber sie kann nicht schlafen. Ich habe ihr nicht die Sachen ausgezogen, aber sie kratzt sich trotzdem.«

»Ich werde ihr ein Antihistamin gegen das Jucken geben«, sagt der Arzt, »und zum Einnehmen ein Antibiotikum gegen die Entzündung und außerdem ein äußerlich anwendbares Antibiotikum für die entzündeten Pocken. Dieses Einreibmittel wird ihre Haut blau färben, aber nach einigen Tagen wäscht es sich ab.«

Ein Arztbesuch ist ein religiöses Erlebnis: Erst die Gefühle von Angst und Bedrohung und Schuld, und dann die heiße, triumphale Gewißheit, daß man gerettet ist. Ich bezahle dem Arzt seine siebzig Finnmark (etwa sechzehn Dollar), und dann eilen Gunnel und ich wieder in die Nacht hinaus und suchen eine offene Apotheke.

Ich gebe Lucy ihre Medizin schon im Auto, und bevor wir noch zu Hause sind, ist sie eingeschlafen. Ich bedanke mich bei Gunnel und schleppe meine schlafende Tochter die vier Stockwerke in unsere Wohnung hoch. Als sie auf dem Bett liegt, betupfe ich ihre entzündeten Pocken mit dem blauen Antibiotikum und merke, wie tief und gesegnet ihr Schlaf ist; er päppelt sie regelrecht auf, als sei sie ein verhungertes Tier.

Und nun sind die Tränen nicht mehr zu halten. Der Arzt hat uns eine Medizin gegeben, es wird ihr bessergehen, sie wird wieder gesund werden. Es geht ihr jetzt schon besser, sie ist in heilenden Schlaf gesunken. In Zeiten wie dieser denke ich, Muttersein ist nicht zum Aushalten, wenn man mit ansehen muß, wie das eigene Kind leidet. Und ich bin für die Medizin, die meine Kinder und mich rettet, unendlich dankbar. In Zeiten wie dieser verspüre ich gewaltiges Mitleid mit all den Müttern, die vor unserem Jahrhundert lebten und ihre Kinder ohne die Hilfe von Penizillin, Antibiotika und Wunderpillen haben leiden sehen müssen. Ich wünschte, Mitgefühl wäre nach rückwärts wirksam; ich wünschte, ich könnte etwas Trost und Stärke in die Vergangenheit schicken, in jene endlosen, dunklen Nächte, und all den anderen bekümmerten Müttern helfen, wenn sie ihr krankes Kind wiegten.

Lucy schläft, und im anderen Bett schläft Adam. Ich gehe aus dem Zimmer, damit mein Weinen, das zu einem erschöpften Schluchzen geworden ist, sie nicht aufweckt. Charlie nimmt mich in die Arme, er hält mich eine Weile fest und küßt mich auf den Scheitel.

»Komm, laß uns etwas trinken«, sagt er. »Ich habe extra was für dich gemacht.«

Es ist heißer Tee mit Brandy. Er hat auch einen leichten Imbiß aus den Resten des Weihnachtsessens vorbereitet, das ich pflichtschuldig gekocht hatte, von dem ich dann aber aus Nervosität und Sorge nichts essen konnte.

Wir sitzen eine Weile schweigend da, betrachten den Baum und genießen unser Mahl.

»Charlie«, sage ich schließlich, »wie soll ich je ohne dich leben? Das kann ich nicht.«

»Doch, das kannst du«, sagt Charlie. »Natürlich kannst du es. Du wirst in deinem eigenen Haus sein, Freunde werden dir helfen, und im Notfall komme ich nach Hause geflogen. Ich bin nur vierundzwanzig Stunden von dir entfernt. Es wird dir guttun, es wird dich nur noch stärker machen.«

»Es wird die Hölle für uns sein, nicht?« sage ich lächelnd.

»Ja, aber es wird eine nette, saubere, gesunde Hölle sein, mit einem Licht am Ende.«

Es ist Weihnachten. Draußen schneit es, meine beiden Kinder schlafen und sind außer Gefahr, und mein Ehemann hat mir mit seinen Worten das denkbar schönste Geschenk gemacht.

Bis jetzt ist der Dezember ein fürchterlicher Monat gewesen. Als Charlie im November von seiner schwedischen Vortragsreise zurückkehrte, besorgte ich eine Babysitterin und ging mit ihm essen. Wir waren in Helsinki nicht sehr oft essen gewesen, und zwar einfach deshalb, weil wir es uns nicht leisten können. Aber an jenem Abend im November gingen wir ins Havis Amanda, eines der teureren Restaurants von Helsinki. Es liegt am Südende der Esplanade, gegenüber der berühmten Brunnenstatue einer nackten Frau, und das Restaurant trägt ihren Namen, hat jedoch nichts von ihrer üppigen, offenen Sinnlichkeit. Es ist ein ernstes, dunkles Restaurant mit niedriger Decke, aber mit erstklassigem Service und exzellentem, äußerst sorgfältig zubereitetem Essen.

Während des Essens unterhielten wir uns unbeschwert. Charlie erzählte mir von seiner Reise, ich berichtete ihm von den Kindern. Aber als wir bei Nachtisch und Likör angelangt waren, berichtete ich Charlie, so wie ich es mir vorgenommen hatte, von der Geschichte mit Stephen und unserer Beinah-Affäre und von dem Job, mit dem ich im Januar anfangen würde.

Vielleicht war es falsch, ihm von Stephen zu erzählen. Ich bin sicher, die Freundschaft zwischen den beiden ist zu Ende, und auch wenn Charlie versprochen hat, keine Szene zu machen, Stephen nicht zu töten oder zu schlagen oder Ellen alles weiterzuerzählen, so weiß ich doch, daß er Stephen nie mehr als Freund akzeptieren wird. Das ist eine der Folgen der Geschichte: Wir, Stephen und ich, haben eine Freundschaft zerstört. Ich fand es eigenartig, daß für Charlie die Vergangenheit das Wichtigste war – daß ich beinahe eine Affäre mit einem anderen Mann begonnen hätte. Während ich mich die ganze Zeit wegen der Zukunft sorgte und schuldig fühlte, weil ich Charlie in Helsinki allein lassen und mit den Kindern in die Staaten zurückkehren würde, um wieder zu arbeiten.

Mittlerweile wurde es etwas peinlich im Restaurant, jenem kühlen, reservierten Ort, wo die Kellner sich steif wie Automaten bewegten und alle anderen leise lachten, falls sie überhaupt lachten, und Deutsch und Schwedisch sprachen. Und da saßen wir in unserer Ecknische, Charlie und ich, und fauchten einander an und versuchten, nicht zu schreien. Schließlich mußten wir gehen. Es war schwierig, auf der Straße, und noch schwieriger, im Bus zu streiten, weil die meisten Finnen genügend Englisch können, um uns zu verstehen. Trotzdem konnten wir nicht den Mund halten. Als es erst einmal heraus war, mein Geheimnis, war es wie ein Monster, auf das wir unablässig eindreschen mußten, um es klein und von unserem Leben fernzuhalten.

Ich hatte nicht gedacht, daß es so schlimm sein würde. Ich hatte nicht gedacht, daß es so lange dauern würde. Während die Kinder schliefen, schrien und brüllten und stritten wir die ganze Nacht hindurch. Charlie wollte nicht glauben, daß ich nicht doch mit Stephen geschlafen hatte, und er wollte nicht glauben, daß ich nur wegen des Jobs nach Hause wollte. Er dachte, ich würde nach Hause wollen, um meine Beziehung mit Stephen fortzusetzen. Ich fühlte mich hilflos. Ich sah keine Möglichkeit, ihn davon zu überzeugen, daß ich die Wahrheit gesagt hatte; es gab nichts, womit ich es ihm hätte beweisen können.

Den Rest des Novembers und bis in den Dezember hinein zürnten wir miteinander. Wir führten ein seltsam schizophrenes Leben nach jener ersten Nacht. Es war klar, daß wir nicht ununterbrochen weiterdiskutieren konnten, ebenso klar war, daß wir das Problem nicht auf der Stelle lösen würden. Also waren wir tagsüber, wenn wir arbeiten, einkaufen, für die Kinder sorgen und den Fulbright-Verpflichtungen nachkommen mußten, freundlich, kühl und formell miteinander. Aber sobald die Kinder abends eingeschlafen waren, küßte ich sie auf ihre glatten, süßen Stirnen, stopfte die Decken fest, ging aus dem Zimmer und machte die Tür hinter mir zu, damit sie nichts hörten. Und klick: Da stand Charlie schon und hatte sich seine Worte bereits zurechtgelegt.

»Ich glaube einfach nicht, daß Stephen so viel Zeit und Geld aufgewendet hat, um hierherzufliegen, ohne daß du mit ihm geschlafen hättest«, sagte er dann, oder:

»Los, Zelda, komm, jetzt setzen wir uns und bringen die Sache hinter uns. Sag mir die Wahrheit.«

»Aber ich sag dir doch die Wahrheit«, jammerte ich jedesmal, und schon ging es los. Bis spät in die Nacht tobten und wüteten wir dann, gaben die Auseinandersetzung schließlich zornig oder verzweifelt auf, um ins Bett und in einen unruhigen, gequälten Schlaf zu fallen.

Ich beschrieb haarklein jedes Treffen mit Stephen. Ich schlug Charlie vor, er solle Stephen anrufen und ihn fragen. Natürlich sagte Charlie, Stephen würde ihn sowieso anlügen. Mir leuchtete Charlies Einwand ein. Es war lächerlich, daß wir all die Heimlichkeiten, die ängstliche Knutscherei veranstaltet hatten, ohne tatsächlich Geschlechtsverkehr zu haben.

»Aber darum geht es doch!« schrie ich dann Charlie an. »Es geht doch nur darum! Ich habe nicht mit ihm geschlafen. Ich war dir treu!«

Mitte Dezember änderte Charlie sein Verhalten.

Er war jetzt nicht mehr zornig, sondern wurde statt dessen traurig, fiel in tiefe Verzweiflung. »Ich habe dir nicht gegeben, was du dir vom Leben gewünscht hast«, sagte er nun. »Ich habe dich nicht befriedigt. Du solltest dir jemanden anders suchen.«

»Hör zu, Charlie«, flehte ich, »bitte sei nicht so. Sieh es doch mal von meiner Seite. Du hast mich und deine Kinder und deine Arbeit. Ich fühle mich nicht schuldig, weil deine Arbeit für dich so wichtig ist. Ich weiß, daß deine Arbeit ein Teil von dir ist. Kannst du nicht begreifen, daß für mich die Arbeit ebenso wichtig ist?«

»Ich dachte, du wolltest Kinder, du wolltest Mutter sein«, entgegnete er.

»Das stimmt. Das will ich auch. Ich will meine Kinder. Ich will Mutter sein, ich will Ehefrau sein. Aber ich möchte auch Lehrerin sein. Ich will meine Arbeit. Ich will alles. Du hast alles, wieso darf ich das nicht?«

»Ich habe nie eine Geliebte gehabt«, sagte Charlie. »In all diesen Jahren habe ich nie eine andere Frau in den Armen gehalten. Ich war zufrieden mit dir, aber ich habe dich nicht glücklich gemacht. Du hast einen anderen Mann gebraucht.«

»Charlie! Hör auf, Charlie. Ich habe keinen anderen Mann gebraucht. Ich habe nicht einmal einen anderen Mann gehabt. Wahrscheinlich brauche ich es ab und an, daß mich jemand auf eine gewisse Weise anschaut; das tut gut; es ist ein Egotrip. Jeder braucht so etwas. Aber ich brauche Stephen nicht. Ich will ihn nicht, ich habe nicht mit ihm geschlafen. Ich bin dir treu gewesen. Und ja, du bist mir treu gewesen, ich glaube dir, aber Himmel noch mal, du hast Adelaide und wer weiß wie viele andere Frauen vor mir gehabt! Ich bin dir immer treu gewesen.«

Allmählich wurde es komisch, absurd. Wir waren im Kaufhaus Stockmann und sahen uns Puppen und Legobaukästen an, die der Weihnachtsmann Lucy und Adam bringen sollte, und plötzlich blickte Charlie von einer batteriebetriebenen Eisenbahn hoch und sagte: »Du solltest zu ihm gehen, Zelda. Wirklich, das solltest du. Du solltest dich von mir scheiden lassen und Stephen heiraten.«

Und als wir einmal im 16er Bus nach Hause fuhren, fingen wir mitten zwischen finsteren Hausfrauen mit Pelzmützen und Einkaufstüten einen Streit über die Bedeutung von Treue an: Charlie behauptete, ich sei ihm nicht treu, da ich den Wunsch gehabt hätte, mit Stephen zu schlafen; ich hielt dagegen, der entscheidende Punkt sei, daß ich es nicht getan hatte. »Himmel Herrgott«, flüsterte ich, und die Tränen stiegen mir in die Augen, »ich wünschte, ich hätte mit ihm geschlafen, wirklich und wahrhaftig. Dann besäße ich wenigstens die Erfahrung, an die ich mich erinnern könnte. Ob ich es getan habe oder nicht – die Strafe, die ich kriege, und deine Wut darüber sind doch gleich.« Mehrere finnische Frauen starrten mich gleichmütig an, während mir die Tränen über die Wangen rollten.

Der Höhepunkt kam genau vier Tage vor Weihnachten, als wir über die Esplanade schlenderten. Es war ein klarer, bitterkalter und trotzdem schöner Tag. Auf dem Mittelstreifen der Esplanade waren sieben mächtige, immergrüne Bäume aufgestellt, alle geschmückt mit Lichtern und skandinavischen Flaggen. Leuchtend orangefarbene Zelte gruppierten sich rund um die hohe Statue des Zentralplatzes, und pelzverhüllte Frauen verschiedener Wohltätigkeitsvereine saßen in den warmen Zelten und verkauften handgemachtes Spielzeug sowie selbstgestrickte Schals und Handschuhe als Weihnachtsgeschenke. Wir hatten Lucy und Adam mit in die Stadt genommen, um ihnen die Weihnachtsfenster von Stockmann und Sokos und dem Elanto-Centrum zu zeigen. Das riesige Stockmann-Fenster war mit lauter Snoopy-Hunden sämtlicher Größen dekoriert, worauf Adam in quietschende Juchzer des Wiedererkennens ausbrach. Lucy schlief in ihrer Sportkarre ein, und Adam lief neben uns her und aß eine dicke, süße Brezel. Als wir bei den orangefarbenen Zelten der Esplanade angelangt waren, kam uns ein gutaussehender junger Mann entgegen und lächelte, und ich lächelte zurück: Es war Weihnachten. Vermutlich war es dieses Lächeln des jungen Mannes, das Charlie aufgefallen war.

»So, das da war also ein Geliebter, woher weiß ich, daß es nicht noch mehr gibt?« fragte er.

»Woher weiß ich, daß du während all deiner verdammten Sieben-Tage-Konferenzen nicht Hunderte von Geliebten gehabt hast?« erwiderte ich. Es war eine improvisierte Replik, keine ernstgemeinte. Ich hatte Weihnachten im Kopf und war bester Dinge.

Charlie schwieg einen Moment. »Du hast recht«, sagte er. »Ich verstehe, was du meinst. Ich hätte auf den Konferenzen tatsächlich wild herumschlafen können; eine Menge Leute tun das auch. Und ich hatte durchaus reichlich Angebote.«

»Wirklich?« fragte ich verblüfft. Ich sah zu meinem Ehemann hoch. Die Esplanade verschwand, und mit einemmal sah ich nur Charlies Gesicht. Er war jetzt natürlich älter, hatte schon graue Strähnen im Haar und einen dichten Bart, aber er war immer noch ungeheuer attraktiv. Er war groß, männlich, klug. »Von Studentinnen, oder?« fragte ich. »Mit Sicherheit. Sie haben von dir gehört, sie sitzen in deinen Vorträgen. Eigentlich sind sie so was wie akademische Groupies; sie möchten gern mit dem großartigen Charles Campbell schlafen. Stimmt doch, oder?« Aus irgendeinem Grunde war ich aufgeregt.

Charlie lächelte. »Stimmt«, sagte er. Es war ein beinah albernes Grienen, und ich sah ihm an, daß er sich gerade an irgend etwas erinnerte. »Aber ich habe mit keiner anderen Frau geschlafen als mit dir, und zwar seit dem Tag, als ich dich kennenlernte«, sagte er. »Und so wird es auch bleiben.«

»Und ich auch nicht, das werde ich auch nicht. Mit jemand anderem schlafen als mit dir«, sagte ich. »O Charlie, ich habe dir vertraut, und Vertrauen ist eine Form der Liebe. Kannst du mir nicht auch vertrauen? Ich habe dir alles erzählt. Und für mich ist nicht ausschlaggebend, daß Stephen mit mir schlafen wollte, sondern daß er wie ein Freund gehandelt hat. Er hat mir geholfen, Arbeit zu finden. Er war mein Freund. Die Arbeit ist für mich das Entscheidende.«

»Mommy, darf ich so einen kleinen Weihnachtsmann haben?« Adam hatte unsere Diskussion gar nicht beachtet und zerrte an meiner Hand. Er zeigte auf einen orangefarbenen Stand, wo kleine rotbemützte Weihnachtsmänner aus Tannenzapfen und Holzkugeln an bunten Fäden baumelten.

Ich gab ihm ein Geldstück und sagte: »Nun zeig mal, daß du ein großer Junge bist, und kauf dir selber einen.« Adam spazierte in Richtung Zelt los. Ich packte Charlie am Arm. »Bitte«, sagte ich, »sei nicht mehr mein Feind. Sei mein Freund.«

Charlie nahm mich in die Arme und drückte mich ganz fest an sich. »Mein Gott, Zelda«, sagte er, »die Vorstellung, daß du in den Armen eines anderen liegst, tut so weh.«

»Charlie«, sagte ich, »bitte glaub mir. Er hat mich zwar in den Armen gehalten, aber wir hatten immer unsere Kleider an. Er hat nie auch nur meinen Bauchnabel zu Gesicht bekommen.«

»Ach, Zelda«, sagte Charlie. »Ach, Zelda.«

Adam kam zurück. Er strahlte vor Freude, weil er es geschafft hatte, sich der Finnin verständlich zu machen und seinen Tannenzapfenweihnachtsmann zu kaufen. Lucy wimmerte in ihrer Sportkarre, und Adam sagte: »Ich bin brrrr.« Charlie und ich lösten uns voneinander und stellten fest, daß es Zeit wurde für die Heimfahrt mit dem Bus, der Abend brach schon herein, und wir hatten alle kalte Hände und Füße. Als wir aus dem Rund der Verkaufsstände traten, merkten wir, daß verschiedene Menschen uns anstarrten, vermutlich weil wir uns auf offener Straße umarmt hatten, was in Helsinki nicht *comme il faut* ist. Charlie ging mit Adam an der Hand voraus und unterhielt sich mit ihm, ich schob die Karre und folgte ihnen. Mir war leichter ums Herz, befreiter. Dort auf der Esplanade war etwas zwischen uns geschehen, wir hatten eine Art wortloser Vereinbarung getroffen. Plötzlich beschäftigte es mich noch einmal, ob Charlie auf einer seiner Konferenzen eine Affäre gehabt oder herumgeschlafen hatte; er hatte sich mit Sicherheit ein wenig ausweichend verhalten, als ich das Thema anschnitt. Doch ich spürte, daß er die Wahrheit gesagt hatte, daß ihm Avancen gemacht worden waren, denen er aber nicht nachgegeben hatte. Die Anträge hatten ihm durchaus gefallen, es gefiel ihm, begehrt zu werden. Das Gefühl von Verlangen und Lust tat ihm gut, aber ebenso wie ich hatte er darüber hinaus nicht mehr gewollt oder gebraucht. Auf jeden Fall wußte ich, daß es hirnrissig wäre, sich jetzt Gedanken darüber zu machen, ob er mir treu gewesen war oder nicht. Ich wollte, daß er mir vertraute. Also mußte auch ich ihm vertrauen. Vertrauen. Ich begriff, daß wir einander in den kommenden Monaten wie nie zuvor würden vertrauen müssen.

An jenem Abend blieben wir, nachdem die Kinder im Bett waren, wiederum sehr lange auf, aber anstatt zu streiten, redeten wir diesmal vernünftig miteinander. Am selben Tag hatte ich einen Brief von dem kleinen College bekommen, an dem ich unterrichten sollte. Er enthielt einen Einjahresvertrag für mich. Jim Steele hatte einen freundlichen Begleitbrief dazu geschrieben, in dem es hieß, er sei gespannt auf mich und freue sich, daß ich demnächst Mitglied seiner Abteilung sei. Die Kurse für die Zweitsemester würden erst am ersten Februar beginnen, schrieb er, aber es wäre gut, wenn ich schon früher kommen könnte, damit ich mich mit ihren Unterrichtsmethoden für die Einführungskurse in Aufsatzkunde und mit den Texten vertraut machen könne. Ich erklärte Charlie, daß ich gerne nach Neujahr nach Hause fliegen würde, damit ich Zeit genug hätte, um die Kinder in Kindergarten und Vorschule unterzubringen, und auch Zeit genug, um mich auf die Arbeit vorzubereiten.

»Zelda«, sagte Charlie, »steht dein Entschluß wirklich fest? Bist du sicher, daß du das jetzt willst?«

»O ja, da bin ich sicher«, sagte ich. »Absolut sicher.«

»Wir könnten im Januar nach Griechenland fahren«, sagte er. »Ich muß dort Vorträge halten. Wir könnten die Kinder mitnehmen und zwei Wochen lang auf irgendeiner warmen Insel in der Sonne sitzen.«

»Ich will keine Sonne und keine warme Insel«, lächelte ich. »Ich will ein Klassenzimmer voller pickliger junger Leute, die den Unterschied zwischen Semikolon und Doppelpunkt nicht genau kennen.«

»Und was ist mit Sex?« fragte Charlie.

»Ich weiß ja nicht, wie du es halten wirst«, sagte ich. »Aber ich weiß, was ich tun werde. Ich werde sublimieren. Ich will Sex mit keinem anderen als mit dir. Und ich bin so begierig auf die Arbeit, daß sie ein echter Ersatz sein wird, bis wir wieder zusammen sind. Und damit ist es mir sehr ernst. Es wird nicht einfach sein, ganztags zu arbeiten und sich um die Kinder zu kümmern, ohne daß du da bist. Ich werde viel zu müde sein für Sex. Ich habe entdeckt, daß ich mit niemanden Sex will außer mit dir. Und noch eins, Charlie, ich verspreche dir, daß ich mich nicht mit Stephen treffen werde. Ich will ihn nicht mehr sehen. Und er ist trotz dieser ganzen leidigen Geschichte ein guter, ehrenhafter Mensch. Ich weiß, daß er nicht mehr versuchen wird, sich mit mir zu treffen. Er ist jetzt mein Freund. Aber was ist mit dir? Wie hältst du es mit dem Sex?«

»Das weiß ich nicht, Zelda«, sagte Charlie. »Ich weiß es wirklich nicht. Ich fühle mich dir sehr verbunden, selbst jetzt. Vor allem jetzt. Vielleicht frage ich die Fulbright-Leute, ob ich hier früher aufhören kann. Ich könnte dann schon im April zu Hause sein. Und ich könnte auf jeden Fall ein- oder zweimal in die Staaten fliegen, um irgendwo einen Vortrag zu halten. Auf diese Weise könnte ich im Februar oder März für eine schnelle Vögelei vorbeischauen.« Wir mußten beide lachen, und dann fuhr er mit ernsterer Stimme fort: »Was ich noch nicht weiß, ist, wie ich damit umgehe, daß die Kinder fort sind. Es wird fürchterlich sein, wenn Adam und Lucy nicht mehr da sind. Bei dem Gedanken daran würde ich am liebsten weinen.«

»Machst du dich über mich lustig?« fragte ich überrascht, verwundert, überglücklich. »Du wirst diese lärmigen, unordentlichen, nervtötenden kleinen Wesen vermissen?«

»Himmel, ja, und ob ich das werde!« sagte er. »Ich verdanke ihnen die glücklichsten Momente des Tages.«

»O Charlie, o Charlie«, rief ich. »Danke!«

»Danke?« wiederholte er. »Dafür, daß ich meine eigenen Kinder liebe? Zelda.« Er schaute mich an.

Ich schaute ihn an, schaute ihn wirklich an, diesen Mann, den ich seit dreizehn Jahren fast täglich gesehen hatte, und ich sah ihn. Er liebte meine lauten Kinder; er liebte mich. Er tat das Beste, was er überhaupt tun konnte, er ließ mir meine Freiheit und versicherte mir gleichzeitig, daß wir einander gehörten.

»Mein Gott«, sagte ich, »ich liebe dich so sehr. Du bist so gut!« Ich ließ mich in seine Arme fallen und begann zu weinen. »Ich möchte nicht fort von dir«, sagte ich. »Ich möchte nicht, daß die Kinder ohne dich sind, sie werden dich schrecklich vermissen. Aber, Charlie, ich weiß, daß dies die eine große Chance für mich ist, zu unterrichten und alles zu haben – einen Beruf, meine Kinder und dich. Das wünsche ich mir so sehr.«

»Dann weine nicht«, sagte Charlie. »Es sieht doch so aus, als hättest du es bekommen.«

In dieser Nacht liebten wir uns zum ersten Mal wieder nach langer Zeit, und es war wunderbar, voller Wärme und Zuneigung und auch mit dem Anflug einer neuen, eigenartigen Heiterkeit, als hätten wir einander erst frisch kennengelernt. Danach erwähnten wir Stephen immer seltener und sprachen immer häufiger über unsere Zukunft. Dann kam Weihnachten, und Lucy bekam Windpocken, und ich fühlte mich innerlich viel besser; ich begriff, daß das Leben nie vollkommen sein würde, es würde immer Sorgen und Prüfungen geben, und auf meine abergläubische Weise fand ich das richtig.

Vollkommenheit ist kalt und eindeutig und starr. Das Leben ist warm und verworren und kompliziert. Und gut.

Es ist der 4. Januar 1978, und folgende Dinge sind geschehen:

Lucy hat die Windpocken vollständig überwunden. Nur noch ein paar verschorfte Stellen sprenkeln hier und da ihren Körper, aber die kümmern sie nicht und mich auch nicht. Wir lachen alle über die blonde Haarsträhne, die von der Medizin, mit der ich eine Pocke auf ihrem Kopf betupfen mußte, grün geworden ist. Lucy wird ein wenig sonderbar aussehen, aber sie ist in der Lage, die Heimreise anzutreten. Und Adam ist gesund; wir alle sind es.

Cathy, die inzwischen zwanzig ist, hat ihr Studium mitten im Semester abgebrochen und ist mit einem hübschen Jungen, der Gitarre spielt, nach Kalifornien durchgebrannt.

Caroline ist von der biologischen Fakultät der Hochschule, an der Charlie lehrt, angenommen worden. Sie sagt, sie habe die Nase voll von New Haven und finde, sie müsse wieder Anschluß an die »wirkliche« Welt bekommen. Sie möchte wissen, ob sie im Januar auf die Farm kommen und bei uns leben dürfe.

Adelaide hat wieder geheiratet. Ihr neuer Mann ist Vizepräsident einer Bank und besitzt offenbar Haufen von Geld, aber Adelaide hat beschlossen, weiter zu arbeiten, sie ist jetzt stolz auf ihre Stellung an der Universität. Sie hält sich für ziemlich unabkömmlich und hat vor, bis zu ihrer Pensionierung dort zu arbeiten. Sie und ihr neuer Ehemann Bob haben ein schickes Stadthaus gekauft und bereiten dort, wenn sie von der Arbeit nach Hause kommen, abwechselnd Feinschmeckermenüs zu. Sie haben in den Weihnachtsferien geheiratet und die Flitterwochen auf den Bermudas verbracht. Adelaide ist glücklich und gelassen.

Wir wissen von all diesen Geschehnissen, da wir in den vergangenen paar Tagen mit Briefen und Telegrammen und Anrufen bombardiert worden sind. Daß Adelaide gelassen ist, entnehmen wir aus der Art, wie sie auf Cathys Verschwinden mit dem Gitarrenspieler reagiert hat.

»Sie ruiniert ihr Leben«, sagte Adelaide bei einem Überseeanruf zu Charlie. Sie hatte um dreiundzwanzig Uhr Massachusetts-Zeit angerufen und extra so lange gewartet, um uns nicht vor sechs Uhr finnischer Zeit zu wecken. Nur ein ganz leichter Anflug von Hysterie lag in ihrer Stimme. »Glaubst du, du könntest irgend etwas dagegen unternehmen?« fragte sie Charlie. »Sie hat dir immer gefallen wollen.«

»Vielleicht ist das ja genau das Richtige für sie«, sagte Charlie.

»O Charlie, du hast mich schon immer zur Verzweiflung getrieben«, jammerte Adelaide. »Du bist ein College-Professor. Wie kannst du glauben, daß es richtig für deine Tochter ist, ihr Studium zu schmeißen! Ich wünschte, ich hätte eine College-Ausbildung; dann wäre mein Leben nicht so eine elende Schufterei gewesen, nachdem du mich verlassen hast.«

»Vielleicht macht sie das College ja später zu Ende«, sagte Charlie. »Ich will nicht behaupten, daß ich begeistert darüber bin, daß sie ihr Studium abbricht, nachdem das ganze Schulgeld schon bezahlt war, aber Cathy ist nicht dumm, und so wird es wohl das gewesen sein, was sie jetzt brauchte.«

»Ach, Charlie«, seufzte Adelaide.

»Also gut, ich werde ihr schreiben. Ich werde sie anrufen und herausfinden, was los ist. Hast du ihre Adresse oder die Telefonnummer?«

»Nein«, sagte Adelaide. »Alles, was ich weiß, ist Kalifornien.«

»Kalifornien ist ziemlich groß«, sagte Charlie. »Jetzt beruhige dich doch erst mal. Und wenn sie sich wieder bei dir meldet, dann sag ihr bitte, sie möchte sich auch bei mir melden.«

»Sie ist erst zwanzig«, sagte Adelaide. »Mein Baby. Aber wahrscheinlich hast du recht. Solange sie uns nicht mitteilt, wo sie ist, können wir wohl kaum etwas unternehmen.«

»Caroline hat uns geschrieben, daß du inzwischen verheiratet bist, Adelaide«, sagte Charlie. »Herzlichen Glückwunsch. Ich hoffe, du bist glücklich.«

»Das bin ich. Ich bin glücklich, Charlie. Sehr glücklich. Auch wenn mich die Geschichte mit Cathy bedrückt. Ich hatte gehofft, daß ich nie mehr etwas mit dir zu besprechen haben würde, doch jetzt mache ich mir Sorgen, weil ich nicht weiß, wo sie ist und was sie macht.«

»Ich werde tun, was ich kann, um dir zu helfen«, sagte Charlie. »Das verspreche ich. Sobald sie sich bei dir – oder bei Caroline oder mir – meldet, werde ich versuchen, mir ein Bild zu machen. Bis dahin sieh zu, daß du einen kühlen Kopf bewahrst.«

»Gut«, sagte Adelaide. Und dann: »Charlie? Danke.«

»Ich danke dir«, sagte Charlie.

Die Kinder schliefen schon, als Adelaide anrief, und ich saß in Nachthemd und Morgenmantel dabei, trank heißen Tee, bekämpfte eine irrationale Eifersucht und versuchte mich darüber zu freuen, daß Adelaide und Charlie inzwischen immerhin freundlich miteinander reden konnten.

»Wie sich die Welt doch ändert«, sagte ich zu Charlie.

»Wenn du nach Hause kommst«, sagte Charlie, »solltest du versuchen, mit Caroline zu reden, vielleicht weiß sie, was mit Cathy los ist. Möglicherweise gibt es auch irgendwelche Freundinnen, die wissen, wo sie ist und was sie vorhat.«

»Ich werde mich bemühen«, sagte ich. »Ich werde dir schreiben, wenn ich etwas herausfinde.«

»Und du mußt eine Entscheidung wegen Caroline treffen«, sagte Charlie. »Ob du willst, daß sie bei euch lebt.«

»Das ist einfach«, sagte ich. »Natürlich möchte ich, daß sie kommt. Ich mag Caroline. Es wird bestimmt sehr nett, wenn sie da ist, allein daß noch eine Erwachsene im Haus ist. Mir stehen eine Menge langer, einsamer Nächte bevor.«

»Du kannst ja aufbleiben und deine kostbaren Erstsemesteraufsätze korrigieren«, sagte Charlie. »Das sollte dich doch heiter stimmen.«

Ich lächelte. »Da hast du absolut recht, Charlie. Ich kann es kaum abwarten, bis ich zu Hause bin und wieder unterrichte.«

Und jetzt, an diesem kalten Januarmorgen, bin ich dabei, die letzten notwendigen Dinge vor meiner Abfahrt zu erledigen. Die Kinder lasse ich noch ein paar Minuten weiterschlafen. Ich habe schon gestern abend ihre Kleidung zurechtgelegt und Bücher, Spielzeug, Rosinen und Kaugummi in ihre kleinen Rucksäcke gepackt, damit der lange Flug erträglich für sie wird. Geschlafen habe ich kaum die letzte Nacht und bin schon seit fast einer Stunde auf und fertig angezogen. Während Charlie sich im Badezimmer rasiert, wandere ich noch ein letztes Mal durch diese kleinen grauen Zimmer und gucke, ob ich noch irgend etwas vergessen habe. In jedem Zimmer mache ich halt und blicke aus dem Fenster in den grauen Himmel von Helsinki, auf die strengen, modernen Wohnblocks und die Schnellstraße, auf die zitternden Birken, Fichten und Tannen. Gleich wird meine Freundin Gunnel erscheinen und uns zum Flughafen fahren, dann wird all dies hier hinter mir liegen. Ich bedaure nicht, daß ich hier weggehe, aber ich bedaure ebensowenig, daß ich hier war.

Ich merke, daß ich etwas vergessen habe. Meinen finnischen Glücksbringer. Ein kleines verkrumpeltes, silbriges Stück Blei, das erst vor wenigen Tagen auf der finnischen Silvesterparty für mich entstand. In Finnland ist es Sitte, sich die Zukunft voraussagen zu lassen, indem man Blei in einer speziellen Pfanne mit langem Griff im Kamin schmilzt, dann das geschmolzene Blei rasch in einen Eimer mit kaltem Wasser gießt. Das geschmolzene Blei erstarrt sofort, und das entstandene Gebilde soll einem das Schicksal im kommenden Jahr verraten. Die Endprodukte sind in der Tat ausgesprochen hübsch – silbrig glitzernde kleine Skulpturen, zart und bezaubernd. Auf der finnischen Neujahrsparty halfen uns unsere Gastgeber beim Bleigießen und bei der Auslegung, und reihum hielten alle anwesenden Gäste ihre Figuren hoch und rieten, was sie wohl bedeuten mochten. Bei manchen war es einfacher, bei anderen schwieriger: Mehrere Glücksbringer sahen aus wie Segelboote, was die Finnen, die gerne segeln, entzückte. Einige hatten lauter schwarze Punkte, was auf Geld hinweist, und natürlich freute sich ihr Besitzer darüber. Charlies erinnerte, bei genügend großer Einbildungskraft, an ein Flugzeug, was gut paßte, da im nächsten Jahr für ihn mehr Vortragsreisen als je zuvor anstanden.

Bei meinem Stück Blei waren sich alle einig, daß es wie eine Treppe aussah. Wie gewundene, höckerige, spiralige, reichverzierte Treppenstufen.

»Die sollen Ihnen nicht die Zukunft voraussagen«, meinte ein Finne zu mir. »Sie wollen Ihnen helfen, Ihre Vergangenheit nicht zu vergessen – all die vielen Stufen, die Sie zu Ihrer Wohnung hochsteigen mußten!«

Wir hatten alle gelacht. Etwas früher an jenem Silvesterabend, als es Mitternacht schlug und wir aus dem Fenster schauten und zusahen, wie sich der Himmel mit funkelndem Feuerwerk füllte, hatte ich geweint. Ich weinte vor Glück und Erschöpfung, aus Furcht und vor großer Hoffnung. Charlie hatte den Arm um mich gelegt und mich sehr fest gehalten, und da hatte ich noch heftiger geweint, weil mir klar wurde, wie sehr mir in den folgenden Monaten der Trost seiner Arme fehlen würde.

Und nun stehe ich hier, reibe an meinem krummen finnischen Bleistückchen, starre in den Himmel und weine erneut. Ich bin traurig, daß ich Helsinki und die Freunde, die ich hier gewonnen habe, verlasse; ich bin sehr traurig, daß ich Charlie verlasse, wenn auch nur für eine kurze Zeit. Gehen werde ich trotzdem, es ist das, was ich möchte, das, wozu ich mich entschieden habe. Ich habe eine Entscheidung getroffen, und ich werde sie verwirklichen. Und dennoch glaube ich, daß ich mich nie damit abfinden werde, wie Beziehungen, Menschen, Bedeutungen sich verändern.

Anfang September letzten Jahres, nur zwei Tage, bevor wir nach Finnland aufbrachen, besuchte Caroline uns auf der Farm, um sich von uns zu verabschieden. Es war ein sonniger, milder Samstag. Sie war mit Brad, ihrem neuesten Freund, gekommen, und sie war glücklich. Sie hatte das College im Frühling erfolgreich abgeschlossen und arbeitete jetzt für die Regierung an einem zeitlich begrenzten staatlichen Projekt, bei dem es um die Untersuchung von Schwammspinnern ging. Es sollte eine Methode entwickelt werden, wie man die Tiere davon abhalten konnte, sämtliche Bäume und Büsche in New Haven zu vernichten. Caroline hatte sich das Haar kurz unterhalb der Ohren abgeschnitten und trug jetzt einen Seitenscheitel, was sie viel reifer wirken ließ und aparter als früher, als ihr Haar noch lang und offen und in der Mitte gescheitelt war. Sie trug Jeans und ein Sweatshirt, und sie bewegte sich lässig und entspannt in Haus und Garten – mit eben jener wunderbaren Gelassenheit, die sich einstellt, wenn man eine interessante Arbeit, ein freies Wochenende in Aussicht und einen netten Mann hat, mit dem man dieses Wochenende verbringen wird.

Ich steckte mitten in der wildesten Packerei. Auf dem Eßzimmerfußboden lagen lauter offene, halbvolle Koffer, dazwischen standen Gläser mit Erdnußbutter und Popcorn und Kartons mit Frühstücksmüsli und Wackelpudding. Pausenlos legte ich Kleider und Pullover in die Koffer und holte sie wieder heraus, weil ich nicht genau wußte, was ich mitnehmen sollte. Ich wollte weder zu viel noch zu wenig einpacken. Ich fühlte mich angespannt und unter Druck. Ich litt darunter, daß ich die Möglichkeit zu unterrichten verlieren würde. Ständig schauten irgendwelche Leute überraschend bei uns herein: der Mathematiker, der unsere Farm für ein Jahr gemietet hatte und mit Charlie noch einmal die Wasserversorgung und die Kamine überprüfen wollte; Freunde, die Abschiedsgeschenke vorbeibrachten; Studentinnen, die Charlie anhimmelten. Die Kinder rannten draußen in zu klein gewordenen, nicht zusammenpassenden Sachen herum; die guten Kleider waren alle schon verpackt. Die Betten waren nicht gemacht, das Geschirr war nicht abgewaschen, die Waschmaschine und der Trockner liefen, Menschen gingen aus und ein, Haufen von unbedingt notwendigen Sachen sammelten sich um die Koffer, und ich wußte, daß ich Dinge vergessen würde. Es war schlechterdings unmöglich, an alles zu denken, was wir in einem fremden Land brauchen würden.

Am späten Nachmittag ging Charlie in den Keller hinunter und kam mit ein paar Flaschen Champagner wieder hoch. Immer noch kamen Leute vorbei und tranken ein oder zwei Gläser, aber es blieb noch genug für mich für einen hübschen kleinen Schwips, und das half. Irgend jemand beschloß, daß ich an dem Abend nicht kochen sollte (was ich sowieso nicht vorhatte), und Caroline und ihr Freund erklärten sich bereit, den langen Weg in die Stadt zu machen und etwas zu essen zu besorgen. Adam fragte, ob er mitdürfe, weil er gern in Brads Auto fahren wollte, einem prachtvollen alten, weinroten Jeep mit einem Waschbärschwanz an der Antenne. Und Lucy wollte ebenfalls mit, weil Adam mitwollte, und Charlie beschloß, auch mitzufahren, um allerletzte Briefe in der Post einzustecken. Ich wollte lieber zu Hause bleiben und ein langes, heißes Bad nehmen.

Plötzlich waren alle weg. Es war still im Haus. Unser Hund schlief auf dem Küchenläufer ein. Die Sonne ging allmählich unter. Die Champagnerflaschen waren leer. Ich zog meine Jeans aus und versank in einem luxuriösen Schaumbad, versank in Hitze, Wonne und Stille. Dann zog ich mich wieder an und ging nach unten. Doch ich hielt es im Haus nicht aus – zu groß war das Chaos, das in jedem Zimmer auf mich wartete –, also brach ich zu einem Spaziergang auf dem Gelände auf.

Wenn keine Menschen da sind, hat die Stille auf einer Farm auf dem Lande etwas sehr Geheimnisvolles. Ich kann die Menschen verstehen, die Einsiedler und Mystiker werden. Wenn man allein in der Natur ist, sieht man sich jener gewaltigen Kraft des Lebens ausgesetzt, die in den nichtmenschlichen Dingen waltet. Ich wanderte über die Farm, meine Farm, meine Heimat, betrachtete die orangefarbenen und rostbraunen Chrysanthemen, die ich gepflanzt hatte, die späten Rosen, die Apfelbäume, die voller Früchte hingen, die Beerenbüsche, die sich schon in Rost- und Scharlach- und Flammenfarben zu kleiden begannen. Vögel zwitscherten in den Bäumen, die Bäume selbst schienen fast hörbar zu atmen. Es lag etwas Gespanntes in der Luft, jener Schwebezustand zwischen der Aufregung des nahenden Herbstes und der Ruhe der nun schneller einfallenden Nacht.

Ich wanderte unseren Sandweg zur Koppel vor der Scheune hoch, wo die Pferde untergebracht waren. Liebe Liza, lieber Gabe. Sie waren jetzt neunzehn und siebzehn Jahre alt. Sie standen beide am einen Ende der Koppel, hatten die Augen halb geschlossen, und mit jenem wunderbaren Sinn für Bedeutsamkeit, den Tiere besitzen, taten sie nichts. Ich betrat die Koppel, ging zu Liza und lehnte mich gegen sie. Ich hatte schon seit Tagen keine Zeit mehr gehabt, sie zu reiten. Ich hoffte, sie würde den kalten Neuengland-Winter überstehen, und ich wünschte, ich könnte ihr irgendwie begreiflich machen, daß ich zwar fortgehen, aber nach einiger Zeit wiederkommen würde. Ich streichelte ihren Hals. Sie war immer noch gut in Form, obwohl die Haare am Maul und ihre Mähne inzwischen komisch grau geworden waren.

»Ich liebe dich, Liza«, sagte ich.

Als Antwort stupste sie mit der Nase gegen meine Schulter. Gabe begann an meinen Händen und Taschen herumzuschnuppern, und als er weder Zucker noch Karotten riechen konnte, schnaubte er, stampfte mit den Hufen und trottete davon.

Ich blieb gegen Liza gelehnt stehen, während das Licht allmählich aus dem Himmel schwand. Ein herrliches Gefühl von Einsamkeit erfüllte mich, nein, nicht von Einsamkeit, sondern von Alleinsein, einem Innewerden meiner selbst. Das Pferd, gegen das ich mich lehnte, war ein echter Freund, eine Kreatur auf dieser Erde, die mich kannte, mich liebte, auf mich reagierte, mir vertraute. Ich kannte sie schon länger, als ich Charlie oder Charlies Kinder oder meine eigenen kannte. Das war verwunderlich. Ich rechnete im Kopf nach. Doch auch, wenn ich von optimistischsten Zahlen ausging, würde sie nicht mehr leben, wenn meine Kinder groß und aus dem Haus waren. Liza würde uns zuerst verlassen.

»Ich liebe dich, Liza«, sagte ich noch einmal und legte ihr meine Arme um den Hals.

Liza ertrug meine Zuneigung einen Moment lang, doch dann entzog sie sich gelangweilt meiner Umarmung und begann an den Grasstoppeln auf der Koppel zu knabbern.

In dem Augenblick kam der weinrote Jeep zur Farm zurückgerumpelt. Auf dem Rückweg von den Pferden beobachtete ich, wie alle aus dem Wagen ausstiegen, sie waren wie leuchtend bunte Bündel von Leben, die aus einer Schachtel flogen. Der kräftige irische Brad, der zappelige, laute Adam, der große, starke Charlie und schließlich Caroline, blond und schlank, mit Lucy im Arm. Lucy war eingeschlafen, vollkommen schlaff und mit offenem Mund lag sie in Carolines Armen und seufzte im Schlaf.

Die beiden boten einen seltsamen Anblick: Charlies Töchter, die eine dreiundzwanzig Jahre alt, die andere erst zwei, die eine schlafend in den Armen der anderen. Ich fragte mich, ob Charlie wohl auffiel, daß Caroline eher wie Lucys Mutter wirkte als ich. Beide hatten dieselben Farben, denselben Knochenbau, dieselben Gesichtszüge; beide Mädchen waren groß für ihr Alter und schlank, blond und grünäugig mit heller Haut. Bei Lucys Geburt hatte ich gefürchtet, daß sie tot war, weil sie so bleich, so weiß wie Papier war. Aber sie war vollkommen gesund gewesen; sie hatte einfach nur Charlies Hautfarbe geerbt. Mir fiel die Zeit in Michigan ein, als ich Alices kleines Mädchen im Arm gehalten und mir so sehr ein eigenes Mädchen gewünscht hatte, eines, das genauso aussah wie ich. Jetzt hatte ich mein eigenes kleines Mädchen, und sie sah genauso, exakt genauso aus wie meine Stieftochter. Wie merkwürdig das Leben ist.

Wie gingen zusammen ins Haus, und weil es schon kühl wurde, machte Charlie im Küchenkamin ein Feuer. Brad ging in den Keller hinunter und fand noch Champagner. »Champagner und Pizza!«

riefen wir alle miteinander. »Wie verrückt!« Doch es war wundervoll.

»Ich nehme dir Lucy jetzt ab und lege sie in ihre Wiege«, sagte ich zu Caroline.

»Es geht schon«, sagte sie und ließ sich auf einem Küchenstuhl nieder. »Ich kann sie gut halten. Wenn du sie herumträgst, wacht sie womöglich noch auf. Sie liegt gut. Und eine Hand habe ich ja frei zum Essen.«

Wir setzten uns um den runden Eichentisch, aßen Pizza, tranken Champagner und sahen ins Feuer. Der irische Brad unterhielt uns mit Geschichten, doch ich hörte nicht richtig zu. Ich mußte dauernd zu Caroline hinschauen, wie sie die schlafende Lucy hielt und vorsichtig ihre Pizza aß, damit Lucy nicht zu sehr gerüttelt wurde und aufwachte. Ich überlegte, ob Caroline etwa auf demselben Stuhl saß, auf dem sie vor zwei Jahren, direkt nach Lucys Geburt, gesessen hatte, als ich Lucy die Brust gab und mit meiner freien Hand Adam fütterte und gleichzeitig selber aß. Damals hatte ich Caroline und Cathy aus vollem Herzen gehaßt.

Ach, die Liebe! Sie ist nichts Beständiges, auch wenn wir alle es am liebsten so hätten; das Leben verliefe gewiß viel ruhiger. Die Liebe und die Zeit; die Liebe braucht Zeit; die Liebe muß auf der Zeit hochklettern, als wäre die Zeit eine Reihe wunderhübscher, gewundener, spiraliger Stufen, mit Treppenabsätzen zum Ausruhen und mit Fensternischen, von denen sich die Vergangenheit überblikken läßt, mit einem Geländer, an das man sich klammern kann, um nicht ins Nichts zu stürzen, und vielleicht, so möchte man hoffen, mit einem Zimmer der Weisheit und der Einsicht ganz oben, am Ende der letzten Stufe.

Hier in Helsinki bin ich nirgendwo auch nur in die Nähe der Weisheit jener letzten Stufe gelangt, aber so weit bin ich immerhin doch gekommen: Ich habe erkannt, daß ich Charlie liebe und daß sich das nie ändern wird. Er liebt mich. Wir sind gemeinsam so weit, ziemlich weit, gekommen. Ich habe begriffen, daß es in Ordnung, daß es zulässig ist, neben ihm auch andere Dinge zu lieben, dadurch wird meine Liebe zu ihm nicht kleiner. Und er hat jetzt begriffen, daß ich tun muß, was ich tun möchte, sonst verkümmere ich. In unserem Fall bereichert die Art unserer Trennung sogar unsere Liebe;

die Art unseres bisherigen Zusammenlebens hätte sie dagegen zerstört. Er wird reisen und Vorträge halten, und ich werde unterrichten und mit den Kindern spielen, und wir werden einander Briefe schreiben. In ganz wenigen Monaten werden wir wieder zusammensein. Und es wird schön sein, wieder zusammenzukommen. Vielleicht wird es in unserem Leben demnächst mehr Kommen und Gehen geben, nun, da wir beide selbständige Personen sind, die, jede für sich, auch ein gesondertes Leben führen. Ich werde ihn stärker lieben, weil ich nicht mehr abhängig von ihm bin. Und er wird mich, glaube ich, stärker lieben, weil ich ein Mensch geworden bin, der sich besser lieben läßt. Das wird aufregend. Nach dreizehn Jahren Ehe fangen wir offenbar wieder ganz von vorne an.

Und ich liebe meine Kinder. Meine Liebe wird groß genug sein, um das Wissen darum auszuhalten, daß es Zeiten geben wird, in denen ich sie hassen werde, in denen sie mich hassen werden, in denen wir einander Kummer zufügen und weinen werden. Doch zuallermeist werde ich beglückt in der Liebe, der Schönheit, dem Vergnügen baden, die das Zusammenleben mit diesen jungen Menschen mir beschert.

Ich liebe meine Stieftöchter. Ja, diese Stufe habe ich erklommen. Voller Aufrichtigkeit kann ich sagen, daß ich sie liebe. Das Zusammenleben mit Caroline wird ein spannendes Experiment sein. Erwartet sie von mir, daß ich Mutter, Aufpasserin, Köchin und Dienstmädchen für sie bin, oder wünscht sie sich ein Miteinander von Freundinnen? Was wird Adam wohl davon halten, daß sie bei uns leben wird? Er ist jetzt fast fünf und fängt an, Fragen zu stellen, Verwandtschaftsverhältnisse zu erspüren und seine eigenen Schlüsse zu ziehen. Bisher hat er weder Charlie noch mich gefragt, wieso Caroline Charlie »Dad« nennt und wieso sie mit Nachnamen genauso heißt wie wir; doch ich weiß, irgendwann wird er es tun. Wie werde ich oder wie wird Charlie – immerhin ist es sein Problem – Adam, dem unschuldigen kleinen Adam, erklären können, daß Caroline und Cathy auch Charlies Kinder sind? Wie werden wir Adam dann den Zusammenhang von Ehe, Scheidung und Kindern erläutern? Bekommt Adam dann Angst, daß Charlie ihn verläßt? Nun, wenn das der Fall sein sollte, wird er eben Angst haben müssen; diese Möglichkeit besteht immer. Wir leben im zwanzigsten Jahrhundert, und auch wenn wir jetzt auf dem Lande wohnen, können wir uns den herrschenden Werten nicht entziehen. Alles in allem glaube ich, daß Caroline und ich eine angenehme Zeit miteinander verleben werden. Ich freue mich schon darauf, mit ihr zu reden und zu lachen und den Alltag zu teilen. Es ist nicht zu übersehen, daß sie mir mehr bedeutet – daß ich sie mehr liebe – als Cathy. So war es schon immer. Trotzdem hege ich keinen Groll gegen Cathy, und ich glaube, auch sie grollt mir nicht. Wenn sie jetzt zusammen mit ihrem Gitarrenspieler da drüben in Kalifornien ist, wird sie kaum einen Gedanken an mich verschwenden. Sie hat mich nie gebraucht, nie Halt bei mir gesucht; sie hat immer die Männer bevorzugt, schon gleich von Anfang an. Nun, Adam ist dabei, sich zu einem hübschen, liebenswürdigen Jungen zu entwickeln, vielleicht gefällt er ihr ja, wenn es sie mal wieder in unsere Gegend verschlägt. Eines Tages wird Cathy dann vielleicht mit Adam ins Kino gehen und Caroline mit Lucy, und sie werden zusammen lachen und Popcorn essen, und vielleicht werden sie irgendwann auch Freunde sein, da sie nicht als Bruder und Schwestern zusammenleben können. Und vielleicht werden sie einander sogar bereichern. Das wäre wirklich sehr schön; und mehr kann ich mir gar nicht erhoffen.

So viel weiß ich immerhin: Es endet nicht hier. Es wird nicht immer Frieden zwischen uns herrschen. Nichts wird endgültig sein. Unsere Beziehung wird nie beständig, verläßlich oder abgeschlossen sein. Sie wird sich immerfort verändern. Das darf ich nicht vergessen und auch nicht böse darüber sein. Es ist ebensogut möglich, daß meine Stieftöchter und ich im Haß aufeinander sterben, wie daß wir in Liebe zueinander sterben. Nichts in dieser Beziehung ist selbstverständlich. Was ich tun kann, ist, die guten Zeiten genießen und die schlechten vorübergehen lassen.

Charlie hat sich anscheinend nie groß Gedanken über die Beziehung zu seinen verschiedenen Kindern gemacht. Vielleicht liegt das daran, daß er Historiker und Realist ist. Er scheint zu wissen, daß Kinder krank und dann wieder gesund werden, daß Menschen entweder lernen, einander zu lieben, oder sie tun es nicht – mögen wir uns auch noch so sehr danach verzehren. Es würde ihm nicht zu schaffen machen, wenn Caroline und Cathy sich Adam und Lucy gegenüber gleichgültig verhielten. Wieso würde es mir eigentlich etwas ausmachen? Ich glaube, es liegt nicht nur daran, daß ich schon so lange einen Haushalt führe und es gern sauber und ordentlich habe. Nein, es geht vielmehr darum, daß sie vier Menschen sind, die ich mag und an denen ich mich erfreue, und deshalb hätte ich es auch gern, daß sie einander mögen und sich aneinander erfreuen. Aber ich werde dieses Problem ruhen und den Dingen ihren Lauf lassen; ich werde nicht mehr versuchen, bestimmend einzugreifen. Lucy ist in Carolines Armen eingeschlafen, als ich gerade nicht im Raum war.

Und an diesem kalten Januarmorgen nehme ich jetzt das verkrumpelte Stück Blei, meinen finnischen Glücksbringer, und stecke es in die Tasche. Einen anderen Platz gibt es nicht mehr, alle Koffer sind schon gepackt und verschlossen. Ich könnte es wegwerfen, dieses kleine unnütze Stück Metall, für jeden anderen außer mir ist es wertlos. Doch ich möchte es gerne mitnehmen als Erinnerung, als *souvenir*, als Talisman. Ich möchte all das, was hier geschehen ist, nicht vergessen, all das, worüber ich nachgedacht und was ich gelernt habe, all die Stufen, die ich erklommen habe, im buchstäblichen und im übertragenen Sinne. Ich möchte, daß dieser Gegenstand immer in meiner Nähe ist, irgendwo auf einem Schreibtisch oder einem Kaminsims, jedenfalls an einem ganz alltäglichen Ort, wo er mir hin und wieder in die Augen fällt. Ich möchte, daß er mich daran erinnert, was für einen weiten Weg ich schon zurückgelegt habe.

Und ich möchte, daß er mich, mit seinem strengen Glanz, immerdar behütet und beschützt. In Liebe ersteige ich die Stufen der Zeit. Es liegen noch viele vor mir.

[illegible]

Und [illegible] Kaiser [illegible]

[illegible]

[illegible]

Nancy Thayer

Frauen aus guter Familie

Roman

Aus dem Amerikanischen von Gesine Strempel

Band 13189

Es ist die Geschichte der erfolgreichen Diane, ihrer gerade verwitweten Mutter Jean und ihrer heftig verliebten Tochter Julia. Diane, die von ihren erwachsenen Kindern kaum noch gebraucht wird und sich innerlich von ihrem Mann verlassen fühlt, verliebt sich in einen geheimnisumwitterten, attraktiven Mann, der einer mysteriösen Sache im Leben ihrer Mutter Jean auf der Spur ist. Jean selbst befindet sich gerade auf einer Tour durch Europa, um die Abenteuer zu erleben, die sie in den Jahren ihrer Ehe versäumt hat. Als sich nun herausstellt, daß sie kurz vor dem 2. Weltkrieg eine leidenschaftliche Affäre mit einem sowjetischen Spion hatte, der dann mit einem Geheimcode vom Schreibtisch ihres Vaters spurlos verschwand, ist die Familie wie vom Donner gerührt. Julia, ihre Enkeltochter, ist überwältigt von ihrer ersten Liebe. Sie ist völlig fixiert auf ihren Freund Sam und droht ihm sogar mit Selbstmord, wenn er sie nicht heiratet. Durch ihre ganz und gar unterschiedlichen Auffassungen von einem sinnvollen Leben, ob Beruf oder ausschließlich Mutter-Dasein, ist genügend Konfliktstoff vorhanden, der die drei Frauen immer wieder heftig aneinandergeraten läßt.

Fischer Taschenbuch Verlag

fi 5030 / 4

Nancy Thayer

Zwischen den Zeiten

Roman

Aus dem Amerikanischen von Karin Hafner

Band 14027

Daphne Millers Leben scheint in eine Sackgasse geraten zu sein. Ihr Ehemann hat sie verlassen, der Mann, den sie liebte, ist tot, und nun hat ihre sechzehnjährige Tochter beschlossen, zu ihrem Vater nach Kalifornien zu ziehen. Hat sie alles falsch gemacht in ihrem Leben – zum Beispiel damals, als sie ihr Studium abbrach, um die Karriere ihres Mannes zu unterstützen und später Zeit für ihre Tochter zu haben? Daphne muß das viel zu teure Haus in der Nähe des Westhampton College, wo sie arbeitet, aufgeben und zieht aufs Land nach Vermont. Ihre Nachbarn sind der College-Professor Jack und Carey Ann, ein junges Paar aus Kansas, das Mühe hat, sich in der neuen Umgebung einzuleben. Schon bald ertappt sich Jack dabei, daß er sich auf den morgendlichen Waldlauf freut, der an Daphnes Haus vorbeiführt. Und auch Daphne spürt, daß Jack ein Vakuum in ihrem Leben füllt.

Fischer Taschenbuch Verlag

fi 3044 / 1

fi 3041 / 1

Margaret Forster

Ich glaube, ich fahre in die Highlands

Roman

Aus dem Englischen von Sylvia Höfer

Band 10867

Mrs. McKay, von ihrer Familie liebevoll »Grandma« genannt, ist alt im bittersten Sinn des Wortes. Grandma leidet an Altersdemenz. Ein Leben lang hat sie für ihre Familie gesorgt, nun ist sie auf die Hilfe anderer angewiesen. Es sind die Frauen in der Familie der McKays, die einen großen Teil der Tag für Tag zu bewältigenden Aufgaben erledigen: Bridget, die unverheiratete Tochter und Krankenschwester, Jenny, die pflichtbewußte Schwiegertochter, und Hannah, die siebzehnjährige Enkelin. Die Männer gehen auf Distanz: Stuart, der Polizist, empfindet die Mutter als unzumutbare Belastung, während Charlie, der Börsenmakler, sich damit beruhigt, daß er die Miete für Grandmas Wohnung und die Pflegerinnen bezahlt. Als das mühsam geknüpfte Versorgungsnetz plötzlich reißt, weil eine Pflegerin kündigt, und die andere wegläuft und Bridget mit ihrem Freund Urlaub macht, lebt die alte Debatte um einen Heimaufenthalt wieder auf. Auch verschlimmert sich der Zustand der alten Frau und die Familie fühlt sich in ihren Bemühungen, Grandma nicht »wegzugeben«, schließlich überfordert.

Fischer Taschenbuch Verlag

fi 168 / 13